读客

读客中国史入门文库

顺着文库编号读历史，中国史来龙去脉无比清晰！

红顶商人

讲透中国传统商人生存之道的至高经典

从店伙计到大清首富花了30年，从首富到倾家荡产只花了3天。
经商的看到生存的安全边界；从政的看到权力的雷区所在。

胡雪岩

高 阳 著

6

悲凉醒世
大结局

江苏凤凰文艺出版社
JIANGSU PHOENIX LITERATURE AND ART PUBLISHING

原著作名《灯火楼台（下）》

目　录

第一章　改弦易辙

汇丰银行的买办曾友生，为人很势利，喜欢借洋人的势力以自重。他对胡雪岩很巴结，主要的原因是，胡雪岩跟汇丰银行的“大班”不论以前是否认识，都可以排闼直入去打交道，所以他不敢不尊敬。但胡雪岩却不大喜欢这个人，就因为其势利之故。

但这次曾友生是奉了他们“大班”之命，来跟胡雪岩商量，刚收到五十万现银，需要“消化”，问胡雪岩可有意借用。

“现在市面上头寸很紧，你们这笔款子可以借给别人，何必来问我这个做钱庄的？”

“市面上头寸确是很紧，不过局势不大好，客户要挑一挑。论到信用，你胡大先生是天字第一号的金字招牌。”曾友生赔着笑说，“胡大先生，难得有这么一个机会，请你挑挑我。”

“友生兄，你言重了。汇丰的买办，只有挑人家的，哪个够资格来挑你？”

“你胡大先生就够。”曾友生说，“真人面前不说假话，除了你，汇丰的款子不敢放给别人，所以只有你能挑我。”

“既然你这么说，做朋友能够帮忙的，只要办得到，无不如命。不过，我不晓得怎么挑法？”

“无非在利息上头，让我稍稍戴顶帽子。”曾友生开门见山地说，“胡大先生，这五十万你都用了好不好？”

“你们怕风险，我也怕风险。”胡雪岩故意问古应春，“王中堂有二十万银子，一定要摆在我们这里，能不能回掉他？”

古应春根本不知道他说的“王中堂”是谁，不过他懂胡雪岩的意思，是要表示阜康的头寸很宽裕，便也故意装困惑地问：“呀！小爷叔，昨天北京来的电报，你没看到？”

“没有啊！电报上怎么说？”

“王中堂的二十万银子一半在北京，一半在天津，都存进来了。”古应春又加一句，“莫非老宓没有告诉你？”

“老宓今天忙得不得了，大概忘掉了。”胡雪岩脸看着曾友生说，“收丝的辰光差不多也过了，实在有点为难。”

“胡大先生，以你的实力，手里多个几十万头寸，也不算回事，上海谣言多，内地市面不坏。马上五荒六月，青黄不接的时候，阜康有款子，不怕放不出去，你们再多想一想看。吃进这笔头寸，只有好处，没有坏处。”

胡雪岩点点头停了一下问道：“利息多少？”

“一个整数。”曾友生说，“不过我报只报八五。胡大先生，这算蛮公道吧？”

“年息还是月息？”

“自然是月息。”

“月息一分，年息就是一分二。这个数目，一点都不公道。”

“现在的银根，胡大先生，你不能拿从前来比，而且公家借有扣头，不比这笔款子你是实收。”

胡雪岩当然不会轻信他的话，但平心而论，这笔借款实在不能说不划算，所以彼此磋磨，最后说定年息一分，半年一付，期限两年，到期得展延一年。至于对汇丰银行，曾友生要戴多少帽子，胡雪岩不问，只照曾友生所开的数目承认就是。

胡雪岩原来就已想到，要借汇丰这笔款子，而汇丰亦有意贷放给胡雪岩。彼此心思相同，加以有胡雪岩不贪小利，提前归还这很漂亮的一着，汇丰的大班，越发觉得胡雪岩确是第一等的客户，所以曾友生毫不困难地将这笔贷款拉成功了，利息先扣半年。曾友生的好处，等款子划拨到阜康，胡雪岩自己打一张票子，由古应春转交曾友生，连宓本常都不知道这笔借款另有暗盘。

司行中的消息很灵通。第二天上午城隍庙豫园的“大同行”茶会上，宓本常那张桌子上热闹非凡，都是想来拆借现银的。但宓本常的手很紧，因为胡雪岩交代，这笔款子除了弥补古应春的宕账以外，余款他另有用途。

“做生意看机会。”他说，“市面不好，也是个机会，当然，这要看眼光。看准了赚大钱，看走眼了血本无归。现在银根紧，都在脱货求现，你们看这笔款子应该怎么用？”

古应春主张囤茶叶，宓本常提议买地皮，但胡雪岩都不赞成，唯一的原因是，茶叶也好，地皮也好，投资下去要看局势的演变，不能马上发生作用。

“大先生，”宓本常说，“局势不好，什么作用都不会发生，我看还是放拆息最好。”

“放拆息不必谈，我们开钱庄，本意就不是想赚同行的钱。至于要发生作用，局势固然有，主要的是看力量。力量够，稍微再加一点，就有作用发生。”胡雪岩随手取过三只茶杯，斟满其中的一杯说，“这两只杯子里的茶只有一半，那就好比茶叶同地皮，离满的程度还远得很，这满的一杯，只要倒茶下去，马上就会流到外面。这就是你力量够了，马上能够发生作用。”

古应春颇有领会了。“这是四两拨千斤的道理。”他说，“小爷叔，你的满杯茶，不止一杯，你要哪一杯发生作用？”

“你倒想呢？”

“丝？”

“不错。”

古应春大不以为然。因为胡雪岩囤积的丝很多，而这年的“洋庄”并不景气，洋人收丝，出价不高，胡雪岩不愿脱手。积压的现银已多，没有再投入资金之理。

“不！应春。”胡雪岩说，“出价不高，是洋人打错了算盘，以为我想脱货求现，打算买便宜货，而且，市面上也还有货，所以他们还不急。我呢！你们说我急不急？”

忽然冒出这么一句话来，古应春与宓本常都不知如何回答了。

“你们倒说说看，怎么不开口？”

“我不晓得大先生怎么样。”宓本常说，“不过我是很急。”

“你急我也急，我何尝不急，不过越急越坏事，人家晓得你急，就等着要你的好看了。譬如汇丰的那笔款子，我要说王中堂有大批钱存进来，头寸宽裕得很，曾友生就越要借给你，利息也讨俏了，只要你一露口风，很想借这笔钱，那时候你们看着，他又是一副脸嘴了。”

“这似乎不可以一概而论。”古应春总觉得他的盘算不对，但却不知从何驳起。

“你说不可一概而论，我说道理是一样的。现在我趁市价落的时候，把市面上的丝收光，洋人买不到丝，自然会回头来寻我。”

“万一倒是大家都僵在那里，一个价钱不好不卖，一个价钱太贵，不买。小爷叔，那时候，你要想想，吃亏的是你，不是他。”

“怎么吃亏的是我？”

“丝不要发黄吗？”

“不错，丝要发黄。不过也仅止于发黄而已，漂白费点事，总不至于一无用处，要掼到汪洋大海。”胡雪岩又说，“大家拼下去，我这里是地主，总有办法好想；来收货的洋人，一双空手回去，没有原料，他的厂就要关门，我不相信他拼得过我。万一他们真是齐了心杀我的价，我还有最后一记死中求活的仙着。”

大家都想听他说明那死中求活的一着是什么，但胡雪岩装作只是信口掩饰短处的一句“游词”，笑笑不再说下去了。

可是当他只与古应春两个人在一起时，态度便不同了。“应春，你讲的道理我不是没有想过。”他显得有些激动，“人家外国人，特别是英国，做生意是第一等人。我们这里呢，士农工商，做生意的，叫啥‘四民之末’，现在更加好了，叫作‘无商不奸’。我如果不是懂做官的诀窍，不会有今天。你说，我是不是老实话？”

“不见得。”古应春答说，“小爷叔光讲做生意，一定也是第一流人物。”

“你说的第一流，不过是做生意当中的第一流，不是‘四民’当中的第一流。应春，你不要‘晕淘淘’，真的当你做生意的本事有多大！我跟你说一句，再大也大不过外国人，尤其是英国人。为啥？他是一个国家在同你做生意。好比借洋款，一切都谈好了，英国公使出面了，要总理衙门出公事，你欠英商的钱不还，就等于欠英国女皇的钱不还。真的不还，你试试看！软的，海关捏在人家手里；硬的，他的兵舰开到你口子外头，大炮瞄准你城里热闹的地方。应春，这同‘阎王账’一样，你敢不还？不还要你的命！”

胡雪岩说话的语气，一向平和，从未见他如此锋利过。因此，古应春不敢附和，但也不敢反驳，因为不管附和还是反驳，都只会使得他更为偏激。

胡雪岩却根本不理会他因何沉默，只觉得“话到口边留不住”，要说个痛快：“那天我听吴秀才谈英国政府卖鸦片，心里头感慨不少。表面上看起来，种鸦片、卖鸦片的，都是东印度公司，其实是英国政府在操纵，只要对东印度公司稍为有点不利，英国政府就要出面来交涉了。东印度公司的盈余，要归英国政府，这也还罢了。然而，丝呢？完全是英国商人自己在做生意，盈亏同英国政府毫不相干，居然也要出面来干预，说你们收的茧捐太高了，英商收丝的成本加重，所以要减低。人家的政府，处处帮商人讲话，我们呢？应春，你说！”

“这还用得着我说？”古应春苦笑着回答。

“俗语说，不怕不识货，只怕货比货。政府也是一样的。有的人说，我们大清朝比明朝要好得多，照明朝末年皇帝、太监那种荒唐法子，明朝不亡变成没有天理了。但是，货要比三家，所谓货比三家不吃亏，大清朝比明朝高明，固然不错，但还要比别的国家，这就是比第三家。你说，比得上哪一国，不但英法美德，照我看比日本都不如……”

“小爷叔，”古应春插嘴说道，“你的话扯得远了。”

“好！我们回来再谈生意。我胡某人有今天，朝廷帮我的忙的地方，我晓得。像钱庄，有利息轻的官款存进来，就是我比人家有利的地方。不过，这是我帮朝廷的忙所换来的，朝廷是照应你出了力、戴红顶子的胡某人，不是照应你做大生意的胡某人，这中间是有分别的。你说是不是？”

“小爷叔，你今天发的议论太深奥了。”古应春用拇指揉着太阳穴说，“等我想一想。”

“对！你要想通了，我们才谈得下去。”

古应春细细分辨了两者之间的区别以后问道：“小爷叔的意思是，朝廷应该照应做大生意的？”

“不错。”胡雪岩说，“不过，我是指的同外国人一较高下的大生意而言。凡是销洋庄的，朝廷都应该照应，因为这就是同外国人‘打仗’，不过不是用真刀真枪而已。”

“是，是。近来有个新的说法，叫作‘商战’，那就是小爷叔的意思了。”

“正是。”胡雪岩说，“我同洋人‘商战’，朝廷在那里看热闹，甚至还要说冷话、扯后腿，你想，我这个仗打得过打不过人家？”

“当然打不过。”

“喏！”胡雪岩突然大声说道，“应春，我胡某人自己觉得同人家不同的地方就在这里，明晓得打不过，我还是要打。而且，”他清清楚楚地说，

“我要争口气给朝廷看，教那些大人先生自己觉得难为情。”

“那，”古应春笑道，“那不是争气，是赌气了。”

“赌气同争气，原是一码事。会赌气的，就是争气，不懂争气的，就变成赌气了。”

“这话说得好。闲话少说，小爷叔，我要请教你，你的这口气怎么争法？万一争不到，自搬石头自压脚，那就连赌气都谈不到了。”

这就又谈到所谓“死中求活的仙着”上头来了。胡雪岩始终不愿谈这个打算，事实上他也从没有认真去想过，此时却不能不谈不想了。

“大不了我把几家新式缫丝厂都买了过来，自己来做丝。”

此言一出，古应春竟有些不相信自己的耳朵了。胡雪岩一向不赞成新式缫丝厂，现在的做法完全相反，实在不可思议。

然而稍微多想一想，就觉得这一着实在很高明。古应春在这方面跟胡雪岩的态度一直不同，他懂洋文，跟洋人打交道的辰光也多，对西方潮流比较清楚。土法做丝，成本既高，质量又差，老早该淘汰了，只因为胡雪岩一直顾虑乡下丝户的生计，一直排斥新式缫丝。现在难得他改变想法，不但不反对，而且更进一步，自己要下手做，怎不教人既惊且喜。

“小爷叔，就是洋人不跟你打对台，你也应该这样做的。你倒想——”

古应春很起劲地为胡雪岩指陈必须改弦易辙的理由。第一是新式缫丝机器比手摇脚踏的“土机器”要快好几倍，茧子不妨尽量收，收了马上运到厂里做成丝，既不用堆栈来存放干茧，更不怕茧中之蛹未死，咬出头来；第二，出品的匀净、光泽，远胜于土法所制；第三，自己收茧，自己做丝，自己销洋庄，“一条鞭”到底，不必怕洋人来竞争，事实上洋人也无法来竞争。

这三点理由，尤其是最后一点，颇使胡雪岩动心，但他一时也委决不下，只这样答一句：“再看吧！这不是很急的事。”

但古应春的想法不同，他认为这件事应该马上进行。胡雪岩手里有大批干茧，如果用土法做成丝，跟洋人价钱谈不拢，摆在堆栈里，丝会发黄；如果自己有厂做丝直接外销，就不会有什么风险了。

因此，他积极奔走，去打听新式缫丝厂的情形。新式缫丝厂共有五家，最早是法国人卜鲁纳开设的宝昌丝厂，其次是美商旗昌洋行附设的旗昌丝厂。

第三家去年才开，名为公和永，老板是湖州人黄佐卿。此外，怡和、公平两家洋行，跟旗昌洋行一样，也都附设了丝厂。

这五家丝厂，规模都差不多，也都不赚钱。原因有二：第一，是干茧的来路不畅，机器常常停工待料；第二，机器的效用不能充分发挥，成品不如理想之好。据说，公和永、怡和、公平三家打算联合聘请一名意大利有名的技师来管工程。其余两家，已有无意经营之势，如果胡雪岩想收买，正是机会。

古应春对这件事非常热衷，先跟七姑奶奶商量，看应该如何向胡雪岩进言。

“新式缫丝厂的情形，我不大清楚，不过洋丝比土丝好，那是外行都看得出来的，东西好就不怕没有销路。”古应春说，“小爷叔做什么生意，都要最好的，现在明明有最好的东西在那里，他偏不要，这就有点奇怪了。”

七姑奶奶想了一下说：“我来跟他说。”

“七姐，不是我不要。我也知道洋丝比起土丝来起码要高两档。不过，七姐，做人总要讲宗旨、讲信用，我一向不赞成新式缫丝，现在反过来自己下手，那不是反复小人？人家要问我，我有啥话好说？”

“小爷叔，所谓此一时也，彼一时也，世界天天在变。我是从小生长在上海的，哪里会想到现在的上海，会变成这个样子？人家西洋，样样进步，你不领盆，自己吃亏。譬如说，左大人西征，不是你替他买西洋的军火，他哪里会成功？”

“七姐，你误会了，我不是说洋丝不好……”

“我知道，我也没有误会。”七姑奶奶抢着说，“我的意思是，人要识潮流，不识潮流，落在人家后面，等你想到要赶上去，已经来不及。小爷叔，承你帮应春这么一个忙，我们夫妇是一片至诚……”

“七姐，七姐，”胡雪岩急忙打断，“你说这种话，就显得我们交情浅了。”

“好！我不说。不过，小爷叔，我真是替你担足心思。”七姑奶奶说，“现在局势不好，听说法国人预备拿兵舰拦在吴淞口外，不准商船通行。那一来洋庄不动，小爷叔，你垫本几百万银子的茧子跟丝，怎么办？”

“这，这消息，你是从哪里来的？”

“是替我看病的洋大夫说的。”

“真的？”

“我几时同小爷叔说过假话？”

“喔，喔！”胡雪岩急忙道歉，“七姐，我说错了。”

“小爷叔，人，有的时候要冒险，有的时候要稳当，小爷叔，我说句很难听的话，白相人说的‘有床破棉被，就要保身家’。小爷叔，你现在啥身家？”

胡雪岩默然半晌，叹口气说：“七姐，我何尝不晓得？不过，有的时候，由不得自己。”

“我不相信。”七姑奶奶说，“事业是你一手闯出来的，哪个也做不得你的主。”

“七姐，这你就不大清楚了，无形之中有许多牵制。譬如说，我要一座新式缫丝厂，就有多少人来央求我，说‘你胡大先生不拉我们一把，反而背后踢一脚，我们做丝的人家，没饭吃了。’这一来，你的心就狠不下来了。”

七姑奶奶没有料到，胡雪岩的话会说在前头。这等于先发制人，将她的嘴封住了。当然，七姑奶奶决不会就此罢休，另外要想话来说服他。

“小爷叔，照你的说法，好比从井救人。你犯得着犯不着？再说新式缫丝是潮流，现在光是销洋庄，将来厂多了，大家都喜欢洋机丝织的料子，土法做丝，根本就没人要。只看布好了，洋布又细又白又薄，到夏天哪个不想弄件洋布衫穿？毛蓝布只有乡下人穿，再过几年乡下人都不穿了。”

“这不可以一概而论的。”

“为啥不可以，事情是一样的。”七姑奶奶接着又说，“从井救人看自己犯得着犯不着是一桩事，值得不值得救，又是一桩事。如果鲜龙活跳一个人，掉在井里淹死了，自然可惜。倘或是个骨瘦如柴的痨病鬼，就救了起来，也没有几年好活，老实说，救不救是一样的，现在土法做丝，就好比是个去日无多的痨病鬼。”

她这个譬仿，似乎也有点道理，胡雪岩心想，光跟她讲理没有用处，只说自己的难处好了。

“七姐，实在是做人不能‘两面三刀’，‘又做师娘又做鬼’。你说，如果我胡某人是这样一个人，身家一定保不住。”

七姑奶奶驳不倒他，心里七上八下转着念头，突然灵机一动，便即问道：“小爷叔，照你刚才的话，你不是不想做新式缫丝厂，是有牵制，不能做，是不是？”

“是的。”

“那么牵制没有了，你就能做，是不是？”

“也可以这么说。”

“那好，我有一个法子，包你没有牵制。”

“你倒说说看。”

“很容易，小爷叔，你不要出面好了。”

“是——”胡雪岩问，“是暗底下做老板？”

“对！”

胡雪岩心有点动了，但兹事体大，必须好好想一想。见此光景，七姑奶奶知道事情有转机了，松不得劲，当即又想了一番话说：“小爷叔，局势要坏起来是蛮快的，现在不趁早想办法，临时发觉不妙，就来不及补救了。几百万银子，不是小数目。小爷叔，就算你是‘财神’，只怕也背不起这个风险。”

这话自然是不能当为耳边风的，胡雪岩不由得问了一句：“叫哪个来做呢？”

要谈到委托一个出面的人，事情就好办了。七姑奶奶说：“我在想，最好请罗四姐来。我的身子风瘫了，脑子没有坏，也可以帮她出出主意。”

“她一来，一家人怎么办？”胡雪岩说，“除非七姐你能起床，还差不多。”

“我是绝不行的。要么——”她沉吟着。

“你是说应春？不过应春同我的关系，大家都晓得的，他出面同我自己出面差不多。这种掩耳盗铃的做法，不大妥当。”

“我不是想到应春，我光是在想，哪里去寻一个靠得住的人。”七姑奶奶停了一下说，“小爷叔，你自己倒想一想，如果真的没有，我倒有个人。”

“那么，你说。”

“不！一定要小爷叔你自己先想。”

胡雪岩心想，做这件事少不了古应春的参与，而他又不能出面，如果七姑奶奶举荐一个人，就等于古应春下手一样，那才比较能令人放心。

这样一转念头，胡雪岩根本就不去考虑自己这方面的人。“七姐，”他说，“我没有人。如果你有人，我们再谈下去，不然就以后再说吧！”

这是逼着她荐贤。七姑奶奶明白，这是胡雪岩加重她的责任，因而重新又考虑了一下，确知不会出纰漏，方始说道：“由我五哥出面来做好了。”

尤五退隐已久，虽然上海商场上知道他的人不多，但他在漕帮中的势力仍在，由他出面，加以有古应春做帮手，这件事是可以做的。

“如果五哥肯出面，我就没话说了。”胡雪岩说，“等应春回来，好好商量。”

古应春专程到松江去了一趟，将尤五邀了来，当面商谈。但胡雪岩只有一句话：事情要做得隐秘，他完全退居幕后，避免不必要的纷扰。

“若要人不知，除非己莫为。”尤五的话很坦率，“不过，场面出来以后，生米煮成熟饭，就人家晓得了，也不要紧。”

“这也是实话，不过到时候，总让我有句话能推托才好。”

“小爷叔你不认账，人家有什么办法？”

七姑奶奶说道：“到时候，你到京里去一趟，索性连耳根都清净了。”

“对，对！”胡雪岩连连点头，“到时候我避开好了。”

这就表示胡雪岩在这桩大生意上是完全接受了古应春夫妇的劝告。买丝收茧子，在胡雪岩全部事业中，规模仅次于钱庄与典当而占第三位。但钱庄与典当都有联号，而且是经常性的营业，所以在制度上都有一个首脑在“抓总”，唯独丝茧的经营，是胡雪岩自己在指挥调度钱庄、典当两方面的人。只要是用得着时，他随时可以调用，譬如放款“买青”，要用到湖州等地阜康的档手；存丝、存茧子的堆栈不够用，他的典当便须协力；销洋庄跟洋人谈生意时，少不了要古应春出面。丝行、茧行的“档手”，只是管他自己的一部分业务，层次较低，地位根本不能跟宓本常这班“大伙”相比。

多年来，胡雪岩总想找一个能够笼罩全局的人，可以将这部分的生意全盘托付，但一直未能如愿。如今他认为古应春应该是顺理成章地成为适当的人选了。

“应春，现在我都照你们的话做了，以后这方面的做法也跟以前大不相同了。既然如此，丝跟茧子的事，我都交了给你。”胡雪岩又说，“做事最怕缚手缚脚，尤其是同洋人打交道，不管合作也好，竞争也好，贵乎消息灵通，当机立断。如果你没有完全作主的权柄，到要紧关头仍旧要同我商量，那就一定输人家一着了。”

胡雪岩的这番道理说得很透彻，态度之诚恳，更令人感动，但古应春觉得责任太重，不敢答应，七姑奶奶却沉默无语，显得跟他的感觉相同，便越发谨慎了。

但古应春不敢推托。因为坚持不允，便表示他对从事新式缫丝并无把握，那么极力劝人家去做，是何居心？光在这一点上就说不通了。

于是他说："小爷叔承你看得起我，我很感激，以我们多少年的交情来说，我亦决无推辞之理。不过，一年进出几百万的生意，牵涉的范围又很广，我没有彻底弄清楚，光是懂得一点皮毛，是不敢承担这样大的责任的。"

"这个自然是实话。"胡雪岩说，"不过，我是要你来掌舵，下面的事有人做。专门搞这一行的人，多是跟了我多年的，我叫他们会集拢来，跟你谈个一两天，其中的诀窍，你马上就都懂了。"

"如果我来接手，当然要这么做。"古应春很巧妙地宕开一笔，"凡事要按部就班来做，等我先帮五哥把收买两个新式缫丝厂的事办妥当了，再谈第二步，好不好？"

"应该这样子办。"七姑奶奶附和着说，"而且今年蚕忙时期也过了，除了新式缫丝厂以外，其余都不妨照年常旧规去办。目前最要紧的是，小爷叔手里的货色要赶紧脱手。"

七姑奶奶的话，要紧的是最后一句。她还是怕局势有变，市面越来越坏，脱货求现为上上之策。但胡雪岩的想法正好相反。他觉得自己办了新式缫丝厂，不愁茧子没有出路，则有恃无恐，何不与洋商放手一搏？

胡雪岩做生意，事先倒是周咨博询，不耻下问，但遇到真正要下决断时，是他自己在心里拿主意。他的本性本就是如此，加以这十年来受左宗棠的熏陶，领会到岳飞所说的"运用之妙，存乎一心"的道理，所以对七姑奶奶的话，他并未多想，也不表示意见，只点点头显示听到了而已。

"现在我们把话说近来。"胡雪岩说，"既然是请五哥出面，样子要做得像，我想我们要打两张合同。"

"是的，这应该。"尤五答说，"我本来也要看看，我要做多少事，负多少责任。只有合同上才看得清楚。"

"五哥，"胡雪岩立即接口，"你有点误会了，我不是要你负责任。

请你出来，又有应春在，用不着你负责任，但愿厂做发达了，你算交一步老运，我们也沾你的光。”

“小爷叔，你把话说倒了……”

“唷，唷，大家都不要说客气话了。”七姑奶奶性急，打断尤五的话说，“现在只请小爷叔说，打怎样两张合同？”

“一张是收买哪两个厂，银子要多少，开办要多少，将来开工、经常周转又要多少？把总数算出来，跟阜康打一张往来的合同，定一个额子，额子以内，随时凭折子取款。至于细节上，我会交代老宓，格外方便。”

“是的。”古应春说，“合同稿子请小爷叔交代老宓去拟，额子多少，等我谈妥当，算好了，再来告诉小爷叔。现在请问第二张。”

“第二张是厂里的原料，你要仔细算一算，要多少茧子，写个跟我赊茧子，啥辰光付款的合同。”胡雪岩特别指示，“这张合同要简单，更不可以写出新式缫丝厂的字样。我只当是个茧行，你跟我买了茧子去，作啥用途，你用不着告诉我，我也没有资格问你。你懂不懂我的意思？”

“怎么不懂？”古应春看着尤五说，“总而言之一句话，不要把小爷叔的名字牵连到新式缫丝厂。”

“这样行，我们先要领张部照，开一家茧行。”

“一点不错。”胡雪岩说，“这样子就都合规矩了。”

“好的，我来办。”古应春问，“小爷叔还有啥吩咐？”

“我没有事了。倒要问你，还有啥要跟我谈的？”

“一时也想不起了。等想起来再同小爷叔请示。”

“也不要光谈新式缫丝厂。”七姑奶奶插进来说，“小爷叔手里的那批丝，不能再摆了。”

“是啊！”古应春说，“有好价钱好脱手了。”

“当然！”

听得这一声，七姑奶奶心为之一宽。但古应春心里明白，“好价钱”之“好”，各人的解释不同，有人以为能够保本，就是好价钱；有人觉得赚得不够，价钱还不算好。胡雪岩的好价钱，绝不是七姑奶奶心目中的好价钱。

正在谈着，转运局派人来见胡雪岩，原来是左宗棠特派专差送来一封信。见信上标明“限两日到”，并钤着“两江总督部堂”的紫泥大印，未曾拆封，便知是极紧急的事。果然胡雪岩拆信一看，略作沉吟，起身说道：“应春，你陪我到集贤里去一趟。”

“集贤里”是指阜康钱庄。宓本常有事出去了，管总账的二伙周小棠一面多派学徒分头去找宓本常，一面将胡雪岩引入只有他来了才打开的一间布置得非常奢华的密室，亲自伺候，非常殷勤。

“小棠，”胡雪岩吩咐，“你去忙你的，我同古先生有话谈。”

等周小棠诺诺连声地退出，胡雪岩才将左宗棠的信，拿给古应春看。原来这年山东闹水灾，黄河支流所经的齐河、历城、齐东等地都决了好大的口子，黄流滚滚，灾情甚重。山东巡抚陈士杰，奏准“以工代赈”——用灾民来抢修堤工，发给工资，以代赈济。工料所费甚巨，除部库拨出一大笔款子外，许多富庶省份，都要分摊助赈。两江分摊四十万两，但江宁藩库只能凑出半数，左宗棠迫不得已，只好向胡雪岩乞援。信上说：“山东河患甚殷，廷命助赈，而当事图兴工以代，可否以二十万借我？”

“真是！”古应春大为感慨，“两江之富，举国皆知，哪知连四十万银子都凑不齐。国家之穷，可想而知了。”

“这二十万银子，不知道什么时候才能还，”胡雪岩说，“索性算我报效好了。”

“不！”古应春立即表示反对，“现在不是小爷叔踊跃输将的时候。”

“喔，有啥不妥当？”

“当然不妥当。第一，没有上谕劝大家捐款助赈，小爷叔何必自告奋勇？好像钱多得用不完了；其次，市面不好，小爷叔一捐就是二十万，大家看了眼红；第三，现在防务吃紧，军费支出浩繁，如果有人上奏，劝富商报效，头一个就会找到小爷叔，那时候报效的数目，只怕不是二十万能够过关的。小爷叔，这个风头千万出不得！”

最后一句话，措词直率，胡雪岩不能不听。“也好。”他说，“请你马上拟个电报稿子，问在哪里付款。”

于是古应春提笔写道：“江宁制台衙门，密。赐函奉悉，遵命办理。款在江宁抑济南付，乞示。职道胡光墉叩。”

胡雪岩看完，在“乞”字下加了个“即”字，随即交给周小棠，派人送到转运局去发。

其时宓本常已经找回来了，胡雪岩问道：“那五十万银子，由汇丰拨过来了？”

“是的。”

“没有动？”

“原封未动。”宓本常说，“不过先扣一季的息，不是整数了。”

“晓得。”胡雪岩说，“这笔款子的用途，我已经派好了。左大人同我借二十万，余数我要放给一个茧行。”

这两笔用途，都是宓本常再也想不到的，他原来的打算，是想用这笔款子来赚“银拆”，经过他表弟所开的一家小钱庄，以多报少，弄点“外快”。这一来如意算盘落空，不免失望，但心里还存着一个挽回的念头。

因为如此，他便要问了：“左大人为啥跟大先生借银子？”他说，“左大人有啥大用场，要二十万？”

“不是他借，是江宁藩库借。”

如果是左宗棠私人借，也许一时用不了这么多，短期之内犹可周转，但公家借就毫无想头了。

“茧行呢？”他又问，“是哪家茧行？字号叫啥？”

“还不晓得啥字号。”

“大先生，”宓本常越发诧异，“连人家字号都不晓得，怎么会借这样一笔大数目？”

“实在也不是借人家，是我们自己用，你还要起个合同稿子。”胡雪岩转脸又说，“应春，经过情形请你同老宓说一说，稿子弄妥当，打好了合同，我就好预备回杭州了。”

宓本常不作声，他听古应春细说了收买新式缫丝厂的计划，心里很不舒服。他自己觉得是胡雪岩的第一个“大伙”，地位在唐子韶之上，而且丝跟钱庄有密切关系，这样一件大事，他在事先竟未能与闻，自然妒恨交加。

“你看着好了！”他在心里说，“‘倒翻狗食盆，大家吃不成。’”

第二章　家有喜事

合同稿子是拟好了，但由于设立茧行需要呈请户部核准，方能开张，宓本常便以此为借口，主张等“部照”发下来，再签合同。胡雪岩与古应春哪里知道他心存叵测，只以为订合同只是一个形式，只要把收买新式缫丝厂这件事谈好了，款子随时可以动用，所以都同意了。

在上海该办的事都办了，胡雪岩冒着溽暑，赶回杭州。原来胡三小姐的红鸾星动，有人做媒，由胡老太太作主，许配了“王善人”的独养儿子。

王善人本名王财生，与胡雪岩是多年的朋友，二人年纪轻的时候，都是杭州人戏称为“柜台猢狲”的商店伙计，所不同的是行业——王财生是一家大酱园的“学徒”出身。

当胡雪岩重遇王有龄，青云直上时，王财生仍旧在酱园里当伙计，但到洪、杨平定以后，王财生摇身一变，以绅士姿态出现。有人说他之发财是由于“趁火打劫”，有人说他“掘藏”掘到了“长毛”所埋藏的一批金银珠宝。但不管他发财的原因是什么，他受胡雪岩的邀约，同办善后，扶伤救死，抚缉流亡，做了许多好事，博得个“善人”的美名，却是事实。杭州克复的第二年，王财生得了个儿子，都说这是他行善的报应。

那年是同治四年乙丑，所以王财生的这个独子，小名阿牛，这年十九岁。王财生早就想跟胡雪岩结亲家，而胡雪岩因为阿牛资质愚鲁，真有其笨如牛之概，一直不肯答应，不道这年居然进学成了秀才，因而旧事重提。做媒的人说，阿牛天性淳厚，胡三小姐嫁了他一定不会吃亏，而况又是独子，定受翁姑的宠爱。至于家世，富虽远不敌胡雪岩，但有“善人”的名声弥补，亦可说是门当户对，所欠缺的只不过阿牛是个白丁，如今中了秀才，俗语说“秀才乃宰相之根苗”，前程远大，实在是良缘匹配的好亲事。

这番说词，言之成理，加以胡老太太认为阿牛是独子，胡三小姐嫁了过去，既无妯娌，就不会受气，因而作主许婚，只写信告诉胡雪岩有这回事，催他快回杭州，因为择定七月初七“传红”。

回到杭州，胡雪岩才知道王家迎娶的吉期也定下了，是十一月初五。为的是王善人的老娘，风烛残年，朝不保夕，急于想见孙媳妇进门，倘或去世，要三年之后才能办喜事，耽误得太久了。这番理由，光明正大，胡老太太深以为是，好在嫁妆是早就备好了的，只要再办一批时新的洋货来添妆就是了。

但办喜事的规模，却要等胡雪岩来商量。这件事要四个人来决定，便是胡雪岩与他的母、妻、妾——螺蛳太太。而这四个人都有一正一反的两种想法，除了胡雪岩以外，其余三人都觉得场面不应该收束。胡老太太最喜欢这个小孙女儿，怕委屈了她；胡太太则认为应该一视同仁，她的两个姐姐是啥场面，她也应该一样地风光；螺蛳太太则是为自己的女儿设想，因为开了一个例子在那里，将来自己的女儿出阁，排场也就阔不起来了。至于胡雪岩当然愈阔愈好，但市面不景气，怕惹了批评。因此谈了两天没有结果，最后是胡雪岩自己下了个结论：“场面总也要过得去，是大是小，相差也有限，好在还有四个月的工夫，到时候再看吧。”

“场面是摆给人家看的。”螺蛳太太接口说道，“嫁妆是自己实惠。三小姐的陪嫁，一定要风光，这样子，到时候场面就小一点。对外，说起来是市面不好；对内，三小姐也不会觉得委屈，就是男家也不会有话说。”

这番见解，真是面面俱到，胡老太太与胡太太听了都很舒服，胡雪岩则认为唯有如此，就算排场不大，但嫁妆风光，也就不失面子了。

“罗四姐的话不错。嫁妆上不能委屈她。不过添妆也只有就现成的备办了。”

“那只有到上海去。”胡太太接着她婆婆的话说，同时看着罗四姐。

罗四姐很想自告奋勇，但一转念间，决定保持沉默。胡家人多嘴杂，即使尽力，必定也还有人在背后说闲话，甚至造谣言：三小姐不是她生的，她哪里舍得花钱替三小姐添妆。

胡雪岩原以为她会接口，看她不作声，便只好作决定了。“上海是你熟，你去一趟。”他说，“顺便也看看七姑奶奶。”

“为三小姐的喜事，我到上海去一趟，是千该万该的。不过，首饰这样东西，贵不一定好，我去当然挑贵的买，只怕买了来，花样款式不中三小姐的意。我看，”螺蛳太太笑一笑说，“我陪小姐到上海，请她自己到洋行、银楼里去挑。”

“不作兴的！”胡老太太用一口地道的杭州话说，“没有出门的姑娘儿，自己去挑嫁妆，传出去把人家笑都笑杀了。”

“就是你去吧！”胡雪岩重复一句。

螺蛳太太仍旧不作承诺。“不晓得三小姐有没有兴致去走一趟？”她自语似的说。

“不必了。”胡太太说，“三丫头喜欢怎么样的首饰，莫非你还不清楚？”

最后还是由胡老太太一言而决，由螺蛳太太一个人到上海去采办。当然，她要先问一问胡三小姐的爱好，还有胡太太的意见，同时最要紧的是问一个花费的总数。这是只有胡雪岩才能决定的。

“她这副嫁妆，已经用了十几万银子了。现在添妆，最多再用五万银子。”胡雪岩说，“上海银根很紧，银根紧，东西一定便宜，五万银子起码好当七万用。”

到了上海，螺蛳太太由古应春陪着，到德商别发洋行里一问，才知道胡雪岩的话适得其反。国内的出产，为了脱值求现，削价出售，固然不错，但舶来品却反而涨价了。

“古先生，”洋行的管事解释，“局势一天比一天紧，法国的宰相换过了，现在的这个叫茹斐理，手段很强硬，如果中国在越南那方面不肯让步，他决定跟中国开仗。自从外国报纸登了法国水师提督古拔到越南的消息以后，各洋行的货色，马上都上涨了一成到一成五，现在是有的东西连出价都买不到了。”

“这是为啥？”螺蛳太太发问。

“胡太太，战事一起，法国兵舰封住中国的海口，外国商船不能来，货色断档。那时候的价钱，老实说一句，要多少就是多少，只问有没有，不问贵不贵。所以现在卖一样少一样，大家拿好东西都收起来了。”

“怪不得！”螺蛳太太接着玻璃柜子中的首饰说，“这里的东西，没有一样是我看上眼的。”

“胡太太的眼光当然不同。”那管事说道，“我们对老主顾，不敢得罪的。胡太太想置办哪些东西，我开保险箱，请胡太太挑。”

螺蛳太太知道，在中国的洋人，不分国籍，都是很团结的，他们亦有“同行公议”的规矩，这家如此，另一家亦复如此，“货比三家不吃亏”这句话用不上，倒不如自己用“大主顾”的身份来跟他谈谈条件。

“我老实跟你说，我是替我们家三小姐来办嫁妆，谈得拢，几万银子的生意，我都作成了你。不然，说老实话，上海滩上的大洋行，不是你别发一家。”

听说是几万银子的大生意，那管事不敢怠慢。“办三小姐的嫁妆，马虎不得。胡太太，你请里面坐！”他说，“如果胡太太开了单子，先交给我，我照单配齐了，送进来请你看。”

螺蛳太太是开好了一张单子的，但不肯泄漏底细，只说："我没有单子。只要东西好，价钱克己，我就多买点。你先拿两副钻镯我看看。"

中外服饰好尚不同，对中国主顾来说，最珍贵的首饰，就是钻镯。那管事一听此话，心知嫁妆的话不假，这笔生意做下来，确有好几万银子，是难得的一笔大生意，便越发巴结了。他将螺蛳太太与古应春请到他们大班专用的小客厅，还特为找了个会说中国话的外籍女店员招待，名叫艾敦，螺蛳太太便叫她"艾小姐"。

"艾小姐，你是哪里人？"

"我出生在爱丁堡。"艾敦一面调着奶茶，一面答说。

螺蛳太太不知道这个地名，古应春便即解释："她是英国人。"

"喔！"螺蛳太太说道，"你们英国同我们中国一样的，都是老太后当权。"

艾敦虽会说中国话，也不过是日常用语，什么"老太后当权"，就跟螺蛳太太听到"爱丁堡"这个地名一样，瞠目不知所对。

这就少不得又要靠古应春来疏通了："她是指你们英国的维多利亚女皇，就跟我们中国的慈禧太后一样。"

"喔，"艾敦颇为惊异，因为她也接待过许多中国的女顾客，除了北里娇娃以外，间或也有贵妇与淑女，但从没有一个人在谈话时会提到英国女皇。

因为如此，她大起好感，招待螺蛳太太用午茶，非常殷勤。接着，管事的捧来了三个长方盒子，一律黑色真皮，上烫金字。打开第一个盒子，蓝色鹅绒上，嵌着一双光芒四射的白金钻镯，镶嵌得非常精致。

仔细看去，盒子虽新，白金的颜色却似有异。"这是旧的？"她问。

"是的。这是拿破仑皇后心爱的首饰。"

"我不管什么皇后。"螺蛳太太说，"嫁妆总是新的好。"

"这两副都是新的。"

另外两副，一副全钻，一副镶了红蓝宝石。论贵重是全钻的那副，每一只有四粒黄豆大的钻石，用碎钻连接，拿在手里不动都会闪耀，但谈到华丽，却要算镶宝石的那副。

“什么价钱？”

“这副三万五，镶宝的这副三万二。”管事的说，“胡太太，我劝你买全钻的这副，虽然贵三千银子，其实比镶宝的划算。”

螺蛳太太委决不下，便即说道：“艾小姐，请你戴起来我看看。”

艾敦便一只手腕戴一样，平伸出来让她仔细鉴赏，螺蛳太太看了半天转眼问道：“七姐夫，你看呢？”

“好，当然是全钻的这副好，可惜太素净了。”

这看法跟螺蛳太太完全一样。她顿时作了决定：“又是新娘子，又是老太太在，不宜太素净。”她向管事说道，“我东西是挑定了，现在要谈价钱，价钱谈不拢，挑也是白挑。我倒请问你，这副镯子是啥时候来的？”

“一年多了。”

“那么一年以前，你的标价是多少？”

“三万。”

“我不相信，你现在只涨了两千银子，一成都不到。”

“我说的是实话。”

管事的从天鹅绒衬底的夹层中，抽出来一张标签说：“古先生，请你看。”

标签上确是阿拉伯字的“三万”，螺蛳太太也识洋数码。她的心思很快，随即说道：“你刚才自己说过，买全钻的这副划算，可见得买这副不划算。必是当初就乱标的一个码子，大概自己都觉得良心上过不去，所以只涨了一成不到，是不是？”

“胡太太真厉害。”管事的苦笑道，“驳得我都没有话好说了。”

螺蛳太太一笑说：“大家驳来驳去，尽管是讲道理，到底也伤和气。这样，镯子我一定买你的，现在我们先看别的东西，镯子的价钱留到最后再谈，好不好？”

"是，是。"

于是看水晶盘碗、看香水、看各种奇巧摆饰，管事的为了想把那副镶宝钻镯卖个好价钱，在这些货色上的开价都格外公道。挑停当了，最后再谈镯价。

"这里一共是一万二。"螺蛳太太说道，"我们老爷交代，添妆不能超过四万银子，你看怎么样？"她紧接着又说，"不要讨价还价，成不成一句话。"

"胡太太，"管事的答说，"你这一记'翻天印'下来，教我怎么招架？"

"做生意不能勉强。镯子价钱谈不拢，我只好另外去物色，这一万二是谈好了的，我先打票子给你。"

管事的愣住了，只好示意艾敦招待螺蛳太太喝茶吃点心，将古应春悄悄拉到一边，苦笑着说："这胡太太的手段我真服了。为了迁就，后来看的那些东西，都是照本卖的，其中一盏水晶大吊灯，盛道台出过三千银子，我们没有卖，卖给胡太太只算两千五。如果胡太太不买镯子，我这笔生意做下来，饭碗都要敲破了。"

"她并不是不买，是你不卖。"

"哪里是我不卖？价钱不对。"

古应春说："做这笔生意，赚钱其次，不赚也就是赚了！这话怎么说呢？胡财神嫁女儿，漂亮的嫁妆是别发洋行承办的，你想想看，这句话值多少钱？"

"原就是贪图这个名声，才格外迁就，不过总价四万银子，这笔生意实在做不下来！"

"要亏本？"

"亏本虽不至于，不过以后的行情——"

"以后是以后，现在是现在。"古应春抢着说道，"说老实话，市面很坏，有钱的人都在逃难了，以后你们也未见得有这种大生意上门。"

管事的沉默了好一会儿才说了句："这笔生意我如果答应下来，我的花红就都要赔进去了。"

古应春知道洋行中的规矩，薪金颇为微薄，全靠售货的奖金，看他的神情不像说假话，足见螺蛳太太杀得太凶，也就是间接证明，确是买到了便宜货，因而觉得应该略作让步，免得错过了机会。

"你说这话，我要帮你的忙。"他将声音放得极轻，"我作主，请胡太太私下津贴你五百两银子，弥补你的损失。"

管事的未餍所欲，但人家话已说在前面，是帮他的忙，倘或拒绝，变成不识抬举，不但生意做不成，而且得罪了大主顾，真正不是"生意经"了。

这样一转念头，他别无选择："多谢古先生。"他说，"正好大班在这里，我跟他去说明白。古先生既然能替胡太太作主，那么，答应我的话，此刻就先不必告诉胡太太。"

古应春明白，他是怕螺蛳太太一不小心，露出口风来，照洋人的看法，这种私下收受顾客津贴的行为，等于舞弊，一旦发觉，不但敲破饭碗，而且有吃官司的可能。因而重重点头，表示充分领会。

于是，管事的向螺蛳太太告个罪，入内去见大班。不多片刻，带了一名洋人出来，碧眼方颐，留两撇往上翘的菱角须。古应春一看便知是德国人。

果然，是别发的经理威廉士，他不会说英语，而古应春不通德文，需要管事的翻译。二人经过介绍，很客气地见了礼。

威廉士表示，他亦久慕胡雪岩的名声，爱女出阁，能在别发洋行办嫁妆，在他深感荣幸。至于价格方面，是否损及成本，不足计较，除了照螺蛳太太的开价成交以外，他打算另外特制一只银盘，作为贺礼。

听到这里，螺蛳太太大为高兴，忍不住对古应春笑道："有这样的好事，倒没有想到。"

"四姐，你慢点高兴。"古应春答说，"看样子，另外还有话。"

"古先生看得真准。"管事的接口，"我们大班有个主意，想请胡太太允许，就是想把胡三小姐的这批嫁妆，在洋行里陈列一个月，陈列期满，由我们派专差护送到杭州交货。”

在他说到一半时，古应春已经向螺蛳太太递了个眼色，因此，她只静静地听着，不置可否，让古应春去应付。

“你们预备怎么样陈列？”

“我们辟半间店面，用红丝绳拦起来，作为陈列所。”

“要不要作说明？”

“当然要。”管事的说，“这是大家有面子的事。”

“不错，大家有面子。不过，这件事我们要商量商量。”古应春问道，“这是不是一个交易的条件？”

管事的似乎颇感意外——在他的想法，买主绝无不同意之理，因而问道：“古先生，莫非一陈列出来，有啥不方便的地方？”

“是的。或许有点不方便。原因现在不必说，能不能陈列，现在也还不能定规，只请你问一问你们大班，如果我们不愿意陈列，这笔交易是不是就不成功了？”

管事的点点头，与他们大班用德国话交谈了好一会儿，答复古应春说：“我们大班说，这是个额外的要求，不算交易的条件。不过，我们真的很希望古先生能赏我们一个面子。”

“这不是我的事。”古应春急忙分辩，“就像你所说的，这是大家有面子的事，我亦很希望能陈列出来。不过，胡大先生是朝廷的大员，他的官声也很要紧。万一不能如你们大班的愿，要请他原谅。”

一提到“官声”，管事的明白了，连连点头说道：“好的，好的。请问古先生，啥辰光可以听回音？”

古应春考虑了一会儿答说：“这样，你把今天所看的货色，开一张单子，注明价钱，明天上午到我那里来，谈付款的办法。至于能不能陈列，明天也许可以告诉你，倘或要写信到杭州，那就得要半个月以后，才有回音。”

“好的，我照吩咐办。”管事的答说，“明天我亲自到古先生府上去拜访。”

对于这天的“别发”之行，螺蛳太太十分得意，坐在七姑奶奶床前的安乐椅上，口讲指画，津津乐道。古应春谈到私下许了管事五百两银子的津贴，螺蛳太太不但认账，而且很夸奖他处理得法。见此光景，七姑奶奶当然亦很高兴。

“还有件事，”螺蛳太太说，“请七姐夫来讲。”

“不是讲，是要好好商量。”古应春谈了陈列一事，接着问道，“你们看怎么样？”

“我看没有啥不可以。”螺蛳太太问道，“七姐，你说呢？”

“恐怕太招摇。”

“尤其，”古应春接口，“现在山东在闹水灾，局势又不大好，恐怕会有人说闲话。”

听得这话，螺蛳太太不作声，看一看七姑奶奶，脸色阴下来了。

“应春，”七姑奶奶使个眼色，“你给我摇个‘德律风’给医生，说我的药水喝完了，再配两服来。”

古应春会意，点点头往外便走，好容她们说私话。

“七姐，”螺蛳太太毫不掩饰她内心的欲望，“我真想把我们三小姐添妆的这些东西陈列出来，让大家看看。”

七姑奶奶没有想到她对这件事如此重视，而且相当认真，不由得愣在那里说不出话。

螺蛳太太做事发议论，不发则已，一发就一定要透彻，所以接着她自己的话又说：“那个德国人，不说我再也想不到，一说，我马上就动心了。七姐，你想想，嫁女儿要花多少工夫，为来为去为点啥？为的是一个场面。办嫁妆要叫大家都来看，人越多，越有面子，花了多少心血，光看那一天，人人称赞、个个羡慕，心里头就会说：‘喏，这就叫人生在世。’七姐，拿你我当初做女儿的辰光，看大户人家嫁女儿，心里头的感想，来想想‘大先生’现在的心境，你说，那个德国人的做法，要不要动心？”

七姑奶奶的想法，开始为她引入同一条路子了。大贵大富之家，讲到喜庆的排场，最重视的是为父母做寿以及嫁女儿。但做寿在“花甲”以后，还有“古稀”，“古稀”以后还有八十、九十，讲排场的机会还有。只有嫁女儿，风光只得一次，父母能尽其爱心的，也只有这一次，所以踵事增华，多少阔都可以摆。七姑奶奶小时候曾看过一家巨室办嫁妆，殿后的是八名身穿深蓝新布袍的中年汉子，每人手里一个朱漆托盘，盘中是一本厚厚的毛蓝布面的簿子。这算什么陪嫁？问起来才知道那家的陪嫁中，有八家当铺，那八名中年汉子，便是八家当铺的朝奉，盘中所捧，自然是那当铺的总账。这种别开生面的“嫁妆”，真正是面子十足，令人历久难忘。

如今别发洋行要陈列胡三小姐的一部分嫁妆，在上海这个五方杂处的地方，有这样一件新闻，会震动云贵四川，再僻远的地方也会有“胡雪岩嫁女儿如何阔气”这么一个传说，这是花多少钱也买不来的一件事，难怪螺蛳太太要动心。

“大先生平生所好的是个面子，有这样一件有面子的事，我拿它放过了，自己觉得也太对不起大先生了。七姐，你说呢？”

“那，”七姑奶奶说，“何不问问他自己？”

“这不能问的。一问——”螺蛳太太停了一下说，“七姐，你倒替他设身处地想一想呢！”

稍为想一想就知道行不通。凡是一个人好虚面子，口中决不肯承认的，问到他，一定拿“算了，算了”这些不热衷但也不反对的语气来答复。不过，现在情势不同，似乎可以跟他切切实实谈一谈。

念头尚未转定，螺蛳太太却又开口了。“七姐，”她说，“这回我替我们三小姐来添妆，说实话，是件吃力不讨好的事，价钱高低，东西好坏，没有个‘准稿子’，便宜不会有人晓得，但只要买贵了一样，就尽有人在背后说闲话了。若现在别发把我买的东西陈列出来，足见这些东西的身价，就没有人敢说闲话了。这样我对我们老太太，还有三小姐的娘，胡家上上下下我也足足可以交代了。我要教大家晓得，我待我们三小姐，同比我自己生的还要关心。”

最后这句话，打动了七姑奶奶，这件事对螺蛳太太在胡家的声名地位很重要。由于别发洋行陈列了胡三小姐的嫁妆，足以证明螺蛳太太所采办的都是精品，同时也证明了螺蛳太太的贤惠，对胡三小姐爱如己出。

从另一方面看，有这样一个出风头的机会，而竟放弃了，大家都不会了解，原因是怕太招摇，于胡雪岩的官声不利，只说都因为是某些拿不出手的不值钱的东西，怕人笑话，所以不愿陈列。这一出一入之间关系的变化是太重要了。

七姑奶奶沉吟了好一会儿说：“别发的陈列，是陈列给洋人看的，中国人进洋行的很少，陈列不陈列，不生多大的关系。所以别发陈列的这些东西，我看纯然是拿给洋人看的。既然如此，我倒有个想法，你看行不行？”

“你说。”

“陈列让他陈列，说明都用英文，不准用中国字。这样子就不显得招摇了。”

螺蛳太太稍想一想，重重地答一声：“好。”显得对七姑奶奶百依百顺似的。

于是七姑奶奶喊一声：“妹妹！”

喊瑞香为“妹妹”，已经好几个月了，瑞香亦居之不疑，答应得很响亮，但此时有螺蛳太太在座，她却显得有些忸怩，连应声都不敢，只疾趋到床前，听候吩咐。

“你看老爷在哪里？请他来。”

瑞香答应着走了，螺蛳太太便即轻声说道：“七姐，我这趟来有三件事，一是我们三小姐添妆，二是探望你的病，还有件事就是瑞香的事。怎么不给他们圆房？”

“我催了他好几遍了——”

这个“他”是指古应春，此时已经出现在门外，七姑奶奶便住了口，却对螺蛳太太做个手势，递个眼色，意思是回头细谈。

“应春，我想到一个法子，四姐也赞成的。”七姑奶奶接着便说了她的办法。

古应春心想，这也不过是掩耳盗铃的办法，不过比用中文作说明，总要好些，当下点点头说：“等别发的管事来了，我告诉他。不过——”

他没有再说下去。七姑奶奶却明白。“只要不上报，招摇不到哪里去了。”她说，“你同‘长毛状元’不是吃花酒的好朋友？”

“对！你倒提醒我了，我来打他一个招呼。”古应春问道，“还有什么话？”

“就是这件事。”

“那，”古应春转脸说道，“四姐，对不起，今天晚上我不能陪你吃饭。我同宓本常有个约，很要紧的，我现在就要走了。喔，还有件事，他也晓得你来了，要请你吃饭，看你哪天有空？”

“不必，谢谢他啰。”螺蛳太太说，“他一个人在上海，没有家小，请我去了也不便。姐夫，你替我切切实实辞一辞。”

等他一走，螺蛳太太有个疑团急于要打开：不知道“长毛状元”是怎么回事？

“这个人姓王，叫王韬，你们杭州韬光的韬。长毛得势的时候开过科，状元就是这个王韬。上海人都叫他‘长毛状元’。”

“那么，上报不上报，关长毛状元啥事情？”

“长毛状元在申报馆做事，蛮有势力的，叫应春打他一个招呼，别发陈列三小姐的嫁妆那件事，不要上报，家里不晓得就不要紧了。”

“原来如此！”螺蛳太太瞄了瑞香一眼。

七姑奶奶立即会意，便叫瑞香去监厨，调开了她好谈她的事。

“我催了应春好几次，他只说，慢慢再谈。因为市面不好，他说他没心思来做这件事。你来了正好，请你劝劝他，如果他再不听，你同他办交涉。”

“办交涉？”螺蛳太太诧异，“我怎么好同姐夫办这种交涉？”

“咦！瑞香是你的人，你要替瑞香说话啊！”

“喔！”螺蛳太太笑了，“七姐，什么事到了你嘴里，没理也变有理了。”

“本来就有理嘛！”七姑奶奶低声说道，“他们倒也好，一个不急，一个只怕是急在心里，嘴里不说。苦的是我，倒像亏欠了瑞香似的。”

“好！”螺蛳太太立即接口，“有这个理由，我倒好同姐夫办交涉，不怕他不挑日子。”

“等他来挑，又要推三阻四了。不如我们来挑。”七姑奶奶又说，“总算也是一杯喜酒，你一定要吃了再走。”

“当然。”螺蛳太太沉吟着说，“今天八月二十八，这个月小建，后天就交九月了。三小姐的喜事只得两个月的工夫，我亦真正是所谓归心如箭。”

“我晓得，我晓得。”七姑奶奶说，“四姐，皇历挂在梳妆台镜子后面，请你拿给我。”

取皇历来一翻，九月初三是“大满棚”的日子。由于螺蛳太太急于要回杭州，不容别作选择，一下就决定了九月初三为古应春与瑞香圆房。

“总要替她做几件衣服，打两样首饰。七姐，这算是我的陪嫁，你就不必管了。”

“你陪嫁是你的。”七姑奶奶说，“我也预备了一点，好像还不大够，四姐，你不要同我客气。”说着，探手到枕下，取出一个阜康的存折，“请你明天带她去看看，她喜欢啥，我托你替她买。”

彼此有交情在，不容她客气，更不容她推辞，螺蛳太太将折子接了过来，看都不看，便放入口袋了。

“七姐，我们老太太牵记你得好厉害。十一月里，不晓得你能不能去吃喜酒？”

“我想去！就怕行动不便，替你们添麻烦。”

“麻烦点啥？不过多派两个丫头老妈子照应你。何况还有瑞香。”

七姑奶奶久病在床，本就一直想到哪里去走走，此时螺蛳太太一邀，心思便更加活动了，但最大的顾虑，还在人家办喜事已忙得不可开交，只怕没有足够的工夫来照料她。果然有此情形，人家心里自是不安，自己忖度，内心也未见得便能泰然。因此任凭螺蛳太太极力怂恿，她仍旧觉得有考虑的必要。

“太太，”瑞香走来说道，“你昨天讲的两样吃食，都办来了。饿不饿？饿了我就开饭。”

“哪两样？”螺蛳太太前一天晚上闲话旧事时谈到当年尝过的几种饮食，怀念不置，不知瑞香指的是哪两样，所以有此一问。

“太太不是说，顶想念的就是糟钵头，还有菜圆子？”

“对！”螺蛳太太立即答说，“顶想这两样，不过一定要三牌楼同陶阿大家的。”

“不错，我特为交代过，就是这两家买来的。”瑞香又说，“糟钵头怕嫌油腻，奶奶不相宜，菜圆子可以吃。要不，我就把饭开到这里来。”

“好！好！”七姑奶奶好热闹，连连说道，“我从小生长在上海，三牌楼的菜圆子，只闻其名，没有见过，今天倒真要尝尝。”

“三牌楼菜圆子有好几家，一定要徐寡妇家的才好。”

“喔，好在什么地方？”

原来上海称元宵的汤圆为圆子。三牌楼徐寡妇家的圆子，货真价实。有那省俭的顾客，一碗肉圆子四枚，仅食皮子，剩下馅子便是四个肉圆，带回家用白菜粉条同烩，便可佐膳。

但徐寡妇家最出名的却是菜圆子。“她说有秘诀，说穿了也不稀奇。”螺蛳太太说，“我去吃过几回，冷眼看看，也就懂了。秘诀就是工要细，拣顶好的菜叶子，黄的、老的都不要，嫩叶子还要抽筋，抽得极干净，滚水中捞一捞，斩得极细倒在夏布袋里把水分挤掉，加细盐、小磨麻油拌匀，就是馅子。皮子用上好水磨粉，当然不必说。”

“那么——”七姑奶奶恰好有些饿了，不由得咽了口唾沫，惹得螺蛳太太笑了。

“七姐，我老实告诉你，那种净素的菜圆子，除了老太太以外，大家都是偶尔吃一回还可以，一多，胃口就倒了。”螺蛳太太又说，“我自己也觉得完全不是三牌楼徐家的那种味道。”

糟钵头是上海地道的所谓“本帮菜”，通常只有秋天才有。是用猪肚、猪肝等内脏，加肥鸡同煮，到够火候了，倾陶钵加糟，所以称之为“糟钵头”。糟青鱼切块，与黄芽菜同煮作汤菜，即是“川糟”。

“那么，你觉得比陶阿大的是好，还是坏？”

“当然不及陶阿大的。”螺蛳太太说，“不然，我也不会这么想了。”

“只怕现在不会像你所想的那样子好。”

“喔，”螺蛳太太问道，“莫非换过老板？”

“菜圆子我没有吃过，县衙前陶阿大的糟钵头，我没有得病以前是吃过的。去年腊月里五哥从松江来了，还特为去吃过。人家做得兴兴旺旺的生意，为啥要换老板？”

“那么，”螺蛳太太也极机警，知道七姑奶奶刚才的话，别有言外之意，便即追问，“既然这样子，你的话总有啥道理在里头吧？”

七姑奶奶想了一下说：“我是直性子，我们又同亲姐妹一样。我或者说错了，你不要怪我。”

“哪里会！七姐，你这话多余。”

“我在想，做菜圆子，或者真的有啥诀窍，至于糟钵头，我在想，你家吃大俸禄的大司务，本事莫非就不及陶阿大？说到材料，别的不谈，光是从绍兴办来的酒糟，这一点就比陶阿大那里要高明了。所以府上的糟钵头，绝不会比陶阿大来得差。然而，你说不及陶阿大的糟钵头这是啥道理？”

“七姐！”螺蛳太太笑道，“我就是问你，你怎么反倒问我？”

“依我看，糟钵头还是当年的糟钵头，罗四姐不是当年的罗四姐了。”七姑奶奶紧接着说，“四姐，我这话不是说你忘本，是说此一时，彼一时。这番道理，也不是我悟出来的，是说书先生讲的一段故事，唐朝有个和尚叫懒残——”

讲了懒残和尚煨芋的故事，螺蛳太太当然决不会觉得七姑奶奶有何讽刺之意，但却久久无语，心里想得很深。

这时瑞香已带了小大姐来铺排餐桌，然后将七姑奶奶扶了起来，抬坐在一张特制的圈椅上。椅子很大，周围用锦垫塞紧，使得七姑奶奶不必费力便能坐直；前面是一块很大的活动木板，以便放置盘碗，木板四周镶嵌五分高的一道“围墙”以防汤汁倾出，不致流得到处都是。

那张圈椅跟“小儿车”的作用相同，七姑奶奶等瑞香替她系上“围嘴”以后，自嘲地笑道：“无锡人常说，‘老小、老小’，我真是越老越小了。”

“老倒不见得。”螺蛳太太笑道，“皮肤又白又嫩，我都想摸一把。”说着便握住她的手臂，轻轻捏了两下，肌肉到底松弛了。

“是先吃圆子，还是先吃酒？”瑞香问说。

菜圆子已经煮好了，自然先吃圆子。圆子很大，黄花细瓷饭碗中只放得下两枚，瑞香格外加上的几条火腿，同两三片芫荽红绿相映，动人食欲。

“我来尝一个。”七姑奶奶拿汤匙舀了一枚，嘘几口气，咬了一口，紧接着便咬第二口，欣赏之意显然。

螺蛳太太也舀了一枚送入口中，接着放回圆子舀口汤喝，“瑞香，”她疑惑地问，“是三牌楼徐寡妇家买的？”

“是啊！”瑞香微笑着回答。

看她的笑容，便知内有蹊跷。“你拿什么汤下的圆子？”螺蛳太太问。

“太太尝出来了。”瑞香笑道，“新开一家广东杏花楼，用它家的高汤下的。”

“高汤？”

在小馆子，“高汤”是白送的，肉骨头熬的汤，加一匙酱油，数粒葱花便是。这样的汤下菜圆子能有这样的鲜味，螺蛳太太自然要诧异了。

“杏花楼的高汤，不是同洗锅水差不多的高汤，它是鸡、火腿、精肉、鲫鱼，用文火熬出来的汤，论两卖的。”

“怪不得！”七姑奶奶笑道，“如说徐寡妇的菜圆子有这样的味道，除非她是仙人。”

“瑞香倒是特别巴结我，不过我反而吃不出当年的味道来了。”

“那么太太尝尝糟钵头，这是陶阿大那里买回来以后，原封没有动过。”

螺蛳太太点点头，挟了一块猪肚，细细嚼，同时极力回忆当年吃糟钵头的滋味——可是没有用，味道还不如她家厨子做的来得好。

“七姐，你的话不错。我罗四姐，不是当年的罗四姐了。”

七姑奶奶默不作声，心里还颇有悔意：刚才的话不应该说得那么率直，惹起她的伤感。

瑞香却不知她们打的什么哑谜，瞪圆了一双大眼睛发愣。罗四姐便又说道：“瑞香，你总要记牢，吃得苦中苦，方为人上人。”

瑞香仍旧不明她这话的用意，只好答应一声：“是。”

“话要说回来，人也不是生来就该吃苦的。”七姑奶奶说道，“有福能享，还是要享。不过——”她觉得有瑞香在旁，话说得太深了也不好，便改口说道，“就怕身在福中不知福。”

“七姐这句话，真正是一针见血。”螺蛳太太说，“瑞香，你去烫一壶花雕来，我今天想吃酒。”

螺蛳太太的酒量很不错，烫了来自斟自饮，喝得很猛，七姑奶奶便提了一句：“四姐，酒要吃得高兴，慢慢吃。”

“不要紧，这一壶酒醉不倒我。”

“醉虽醉不倒，会说醉话，你一说醉话，人家就更加不当真的了。”

这才真正是哑谜，只有她们两人会意。螺蛳太太想到要跟古应春谈瑞香的事，便听七姑奶奶的劝，浅斟低酌，闲谈着将一壶酒喝完，也不想再添。她要了一碗香粳米粥吃完，古应春也回来了。

先是在七姑奶奶卧室中闲话，听到钟打九下，螺蛳太太便即说道：“七姐，只怕要困了，我请姐夫替我写封信。”

“好！到我书房里去。”

等他们一进书房，瑞香随即将茶端了进来。胡家的规矩，凡是主人家找人写信，下人是不准在旁边的，瑞香还记着这个规矩，所以带上房门，管自己走了。

“姐夫，写信是假，跟你来办交涉是真。”

“什么事？”古应春说，“有什么话，四姐交代就是。”

“那么，我就直说。姐夫，你把我的瑞香搁在一边，是啥意思？”

看她咄咄逼人，确有点办交涉的意味，古应春倒有些窘了。本来就是件不容易表达清楚的事，在这样的情况之下，他自然更是讷讷然无法出口。

螺蛳太太原是故意作此姿态，说话比较省力，既占上风，急忙收敛。“姐夫，”她的声音放得柔和而恳切，“你心里到底是啥想法？尽管跟我说，是不是日子一长，看出来瑞香的人品不好——”

“不、不！”古应春急急打断，“我如果心里有这样的想法，那就算没良心到家了。”

“照你说，瑞香你是中意的？”

“不但中意——”古应春笑笑没有再说下去。

“意思是不但中意，而且交关中意？”

“这也是实话。”

“既然如此，七姐又巴不得你们早早圆房，你为啥一点都不起劲？姐夫，请你说个道理给我听。”螺蛳太太的调子又拉高了。

古应春微微皱眉，不即作答。他最近才有了吸烟的嗜好——不是鸦片是吕宋烟，打开银烟盒，取出一支“老美女”，用特制的剪刀剪去烟头，用根“红头火柴”在鞋底上划燃了慢慢点烟。

霎时间螺蛳太太只闻到浓郁的烟香，却看不见古应春的脸，因为让烟雾隔断了。

“四姐，”古应春在烟雾中发声，“讨小纳妾，说实话，是我们男人家人生一乐。既然这样子，就要看境况、看心情。境况不好做这种事，还可以说是苦中作乐；心情不好，就根本谈不到乐趣了。”

这个答复，多少是出人意外的。螺蛳太太想了一会儿说：“大先生也跟我谈过，说你做房地产受了姓徐的累，不过现在事情已经过去了，心情也应该不同了。”

“恰恰相反。事情是过去了，我的心情只有更坏。”

“为啥呢？”

“四姐，小爷叔待我，自然没有话说，十万银子，在他也不会计较。不过，这在我总是一桩心事，尤其现在市面上的银根极紧。小爷叔不在乎，但旁人跟他的想法不一样。”

最后这句话，弦外有音，螺蛳太太不但诧异，而且有些气愤。“这旁人是哪一个？”她问，“旁人的想法，同大先生啥相干？你为啥要去听？”

古应春不作声，深深地吸了口烟，管他自己又说：“小爷叔帮了我这么大一个忙，我想替小爷叔尽心尽力做点事，心里才比较好过。上次好不容易说动小爷叔，收买新式缫丝厂，自己做丝直接销洋庄，哪晓得处处碰钉子，到今朝一事无成。尤五哥心灰意冷，回松江去了。四姐，你说我哪里会有心思来想瑞香的事？”

这番话说得非常诚恳，螺蛳太太深为同情，话题亦就自然而然地由瑞香转到新式缫丝厂了。

“当初不是筹划得好好的？”她问，“处处碰钉子是啥缘故，碰的是啥个钉子？”

“一言难尽。”古应春摇摇头，不愿深谈。

螺蛳太太旁敲侧击，始终不能让古应春将他的难言之隐吐露出来。以至于螺蛳太太都有些动气了。但正当要说两句埋怨的话时，她灵机一动想到了一个激将法。

“姐夫，你尽管跟我说，我回去决不会搬弄是非，只会在大先生面前替你说话。”

一听这话，古应春大为不安。如果自己仍旧不肯说，无异表示真的怕她回去“搬弄是非”。同时听她的语气，似乎疑心他处置不善，甚至怀有私心，以致“一事无成”。这份无端而起的误会，他亦不甘默然承受。

于是，古应春抑制激动的心情，考虑了一会儿答说：“四姐，我本来是‘打落牙齿和血吞’，有委屈自己受。现在看样子是非说不可了！不过，四姐，有句话，我先要声明，我决没有疑心四姐会在小爷叔面前搬弄是非的意思。”

“我晓得，我晓得。”螺蛳太太得意地笑道，“我不是这样子逼一逼，哪里会把你的话逼出来？”

听得这话，古应春才知道上当了。“我说是说。不过，”他说，“现在好像是我在搬弄是非了。”

“姐夫，”螺蛳太太正色说道，“我不是不识轻重的人。你告诉我的话，哪些能说，哪些不能说，我当然也会想一想。为了避嫌疑不肯说实话，就不是自己人了。”

最后这句话，隐然有着责备的意思，使得古应春更觉得该据实倾诉：“说起来也不能怪老宓，他有他的难处——”

“是他！”螺蛳太太插进去说，“我刚就有点疑心，说闲话的旁人，只怕是他，果不其然。他在阜康怎么样？”

“他在阜康的情形我不清楚，我只谈我自己。我也弄不懂是什么地方得罪了老宓，有点处处跟我为难的味道——”

原来，收买缫丝厂一事，所以未成，即由于宓本常明处掣肘、暗处破坏之故。他放了风声出去，说胡雪岩并无意办新式缫丝厂，是古应春在做房地产的生意上扯了一个大窟窿，所以买空卖空，希图无中生有，来弥补他的亏空。如果有缫丝厂想出让，最好另找主顾，否则到头来一场空，自误时机。

这话使人将信将疑。信的是古应春在上海商场上不是无名小卒，信用也很好。只看他跟徐愚斋合作失败，而居然能安然无事，便见得他不是等闲之辈了。

疑的是，古应春的境况确实不佳，而更使人觉得不可思议的是，胡雪岩一向反对新式缫丝，何以忽然改弦易辙？大家都知道，胡雪岩看重的一件事是：说话算话。大家都想不起来，他做过什么出尔反尔的事。

因为如此，古应春跟人家谈判，便很吃力了，因为对方是抱着虚与委蛇的态度。当然只要没有明显的决裂的理由，尽管谈判吃力，总还要谈下去，而且迟早会谈出一个初步的结果。

其时古应春谈判的目标是公和永的东主黄佐卿。公和永跟怡和、公平两洋行同时建厂，规模大小相仿，都有上百部的丝车，买的是意大利跟法国的丝车。公平洋行的买办叫刘和甫，提议三厂共同延请一名工程师，黄佐卿同意了，由刘和甫经手，聘请了一个意大利人麦登斯来指导厂务、训练工人。此人技术不错，可是人品甚坏，最大的毛病是好色。

原来那时的工人，以女工居多，称之为“湖丝阿姐”。小家碧玉为了帮助家计，大致以帮佣为主，做工是领了材料到家来做，旧式的如绣花、糊锡箔，新式的如糊火柴匣子、缝军服。但做“湖丝阿姐”，汽笛一声，成群结队，招摇而过，却是前所未有，因而看湖丝阿姐上工、放工，成了一景。这些年轻妇女，抛头露面惯了，行动言语之间，自然开通得多，而放荡与开通不过上下床之别，久而久之便常有荡检逾闲的情事出现。至于男工，“近水楼台先得月”，尤其是“小寡妇”，搭上手的很多。当然这是“互惠”的，女工有个男工作靠山，就不会受人欺侮。倘或靠山是个工头，好处更多，起码可以调到工作轻松的部门。相对地，工头倘或所欲不遂，便可假公济私来作报复，调到最苦的缫丝间，沸水热汽，终年如盛暑。盛暑偶尔还有风，缫丝间又热又闷，一进去要不了一顿饭的工夫，浑身就会湿透。男工可以打赤膊，着短裤，女工就只好着一件“湿布衫”，机器一开就是十二个钟头，这件火热的“湿布衫”就得穿一整天。夏天还好，冬天散工，冷风一吹，“湿布衫”变成“铁衣”，因而致病，不足为奇，所以有个洋记者参观过缫丝间以后，称之为“名副其实的活地狱”。

工头如此，工程师自然更可作威作福，麦登斯便视蹂躏湖丝阿姐为他应享的权利，利用不肖工头，予取予求。黄佐卿时常接到申诉，要求刘和甫警告麦登斯，稍微好几天，很快地故态复萌。如是几次以后，黄佐卿忍无可忍，打算解雇麦登斯，哪知刘和甫跟人家订了一张非常吃亏的合约，倘或解雇需付出巨额的赔偿。为此，黄佐卿大为沮丧，加以生意又不好做，才决定将公和永盘让给古应春。

条件都谈好了，厂房、生财、存货八万银子“一脚踢”。古应春便通知宓本常，照数开出银票，哪知所得的回答是：“不便照拨。”

“怎么？”古应春诧异，“不是有‘的款’存在那里的吗？”

当初汇丰借出来的五十万银子，除了左宗棠所借的二十万以外，余数由胡雪岩指明，借给尤五出面所办的茧行，作为收买新式缫丝厂之用。这一点宓本常并不否认，但他有他的说法。

“应春兄，‘死店活人开’，大先生是有那样子一句话，不过我做档手的，如果只会听他的话，像算盘珠一样，他拨一拨，我动一动，我就不是活人，只不过比死人多口气。你说是不是呢？”

古应春倒抽一口冷气，结结巴巴说：“你的话不错，大先生的话也要算数。”

“我不是说不算数，是现在没有。有，钱又不是我的，我为啥不给你？”

“这钱怎么会没有？指明了做这个用途的。”

“不错，指明了作这个用途的。不过，应春兄，你要替我想一想，更要替大先生想一想。几次谈到缫丝厂的事，你总说‘难，难，不晓得啥辰光才会成功。’如果你说，快谈成功了，十天半个月就要付款，我自然会把你这笔款子留下来。你自己都没有把握，怎么能怪我？”

“你不必管我有没有把握，指明了给我的，你就要留下来。”

这话很不客气，宓本常冷笑一声说道：“如果那时候你请大先生马上交代，照数拨给你，另外立个折子，算是你的存款，我就没有资格用你这笔钱。没有归到你名下以前，钱是阜康的。阜康的钱是大先生所有，不过阜康的钱归我宓某所管。受人之禄、忠人之事，银根这么紧，我不把这笔钱拿来活用，只为远在杭州的大先生的一句话，把这笔钱死死守住，等你不知道哪天来用，你说有没有这个道理？”

这几句话真是将古应春驳得体无完肤，他不能跟他辩，也不想跟他辩了。

可是宓本常却还有话：“你晓得的，大先生的生意越做越大，就是因为一个钱要做八个钱、十个钱的生意。大先生常常说，‘八个坛子七个盖，盖来盖去不穿帮，就是会做生意。’以现在市面上的现款来说，岂止八个坛子七个盖？顶多只有一半，我要把他搞得不穿帮，哪里是件容易的事？老兄，我请问你，今天有人来提款，库房里只有那二十几万银子，我不拿来应付，莫非跟客户说，那笔银子不能动，是为古先生留在那里收买缫丝厂用的？古先生啊古先生，我老宓跟你，到那时候，不要说本来就是阜康的钱，哪怕是两江总督衙门的官款，明天要提了去给兄弟们关饷，我都要动用。客户这一关过不去，马上就有挤兑的风潮，大先生就完完大吉了。”

“四姐，老宓的说法，只要是真的，就算不肯帮忙，我亦没话说。因为虽然都是为小爷叔办事，各有各的权限，各有各的难处，我不能怪他。”

“那么，”螺蛳太太立即钉一句，“你现在是怪他啰？”

古应春老实答道：“是的。有一点。”

“这样说起来，是老宓没有说真话！不然你就不会怪他。”螺蛳太太问道，“他哪几句话不真？”

“还不是头寸？”话到此处，古应春如箭在弦，不发不可，“他头寸是调得过来的，而且指定了收买缫丝厂的那笔款子，根本没有动，仍旧在汇丰银行。”

一听这话，螺蛳太太动容了。“姐夫，”她问，“你怎么知道他没有动过？”

“我听人说的。”

“是哪个？”

“这——”古应春答说，“四姐，你不必问了。我的消息很靠得住。”

螺蛳太太有些明白了，阜康管总账的周小棠，跟宓本常不甚和睦，也许是他透露的消息。

“姐夫要我不问，我就不问。不过我倒要问姐夫，这件事现在怎么办？”

“收买缫丝厂的事，已经不必再谈了。现在就有八万银子，也买不成功，人家黄佐卿看我拿不出现银，另外寻了个户头，卖了九万五千银子。”古应春说到这里，摇一摇头，脸色非常难看，“四姐，我顶难过的是，在上海滩上混了几十年，听了一句叫人要吐血的话。”

“噢！”螺蛳太太大为同情，“你说出来，我来替你出气。”

“出气？”古应春连连摇头，“那一来变成‘窝里反’了，不好，不好。”

“就算我不响，你也要说出来，心里有委屈，说出来就舒服。”

古应春沉吟了说：“好，我说。那天——”

那天——螺蛳太太到上海的前两天，黄佐卿发了个帖子请古应春吃花酒。买卖不成，朋友还是朋友，古应春准时赴约，场所很热闹，黄佐卿请了有近二十位的客，两桌麻将，一桌牌九，打了上千大洋的头。接下来吃花酒，摆的是“双双台”，客人连叫来的局，不下五十人之多，须将整楼三个大房间打通，才摆得下四桌酒。

主客便是收买公和永的潮州帮“鸦片大王”陈和森，古应春也被邀在这一桌坐。笙歌嗷嘈之余，黄佐卿举杯向古应春说道：“应春兄，我特为要敬你一杯酒，如果十天之前不是你头寸不便，我就不会跟‘陈大王’谈公和永，也就少卖一万五千银子了。说起来这一万五千两，是你老哥挑我赚的，我是不是应该敬杯酒？”说完哈哈大笑，管自己干了酒。

讲完了这一段，古应春又说：“四姐，你想，这不是他存心给我难堪？当时，我真正是眼泪往肚子里流。”

螺蛳太太亦为他难过，更为他不平。“这件事，大先生晓不晓得？”她问。

“这件事，我怎么好告诉大先生？不过收买公和永不成这一节，我已经写信给大先生了。”

“我在杭州没有听说。”

古应春想了一下说：“算起来你从杭州动身的时候，我的信还没有到。”

“好！这一节就不去谈它了。至于老宓勒住银子不放，有意跟你作对，这件事我一定要问问他。”

“不！”古应春说，“请四姐一定要顾大局，现在局势不大好，全靠大家同心协力，你一问他，必生是非，无论如何请你摆在心里。”

“你晓得的，我也同七姐一样，有不平的事，摆在心里，饭都吃不下的。”螺蛳太太说，“我只要不‘卖原告’，他哪里知道我的消息是哪里来的。”

看她态度非常坚决，古应春知道无法打消她的意向，考虑了一会儿说：“四姐，你以为不提我的名字，他就不会疑心到我，那是自己骗自己。你总要有个合情理的说法，才可以瞒得过他。”

“你讲，应该怎么个说法？”

“在汇丰银行，你有没有认识的人？”

螺蛳太太想了一下说道：“有个张纪通，好像是汇丰银行的。”

“不错，张纪通是汇丰银行的‘二写’。”古应春问，“四姐跟他熟？”

“他太太，我们从前是小姐妹。去年还特为到杭州来看过我。”

“好！那就有说法了。四姐，你如果一定问这件事，见了老宓就这样子说，你说，古应春告诉我，阜康的头寸紧得不得了，可是，我听张纪通的太太说，阜康有二十几万银子，一直存在汇丰没有动过。看他怎么说。”

“我懂了，我会说得一点不露马脚，明天早晨我先去看张太太，做得像真的一样。我看他一定没话可说，那时候我再埋怨他几句，替你出气。”

“出气这两个字，不必谈它。”

“好，不谈出气，谈你圆房。”螺蛳太太急转直下地说，“这件事就算不为你，也不为瑞香，为了七姐，你也要趁我在这里，请我吃这杯喜酒。”

古应春终于答应了。于是螺蛳太太便将与七姑奶奶商量好的计划，一一说知。事到如今，古应春除了唯唯称是以外，别无话说。

第二天早饭既毕，螺蛳太太便催瑞香出门。这是前一天晚上就说好的，但瑞香因为一出门便得一整天，有好些琐屑家务要安排好，因而耽误了工夫。七姑奶奶帮着一催再催，快到不耐烦时，方始相偕登车，看表上已经十一点了。

“刚刚当着七姑奶奶，我不好说，我催你是有道理的，先要到张太太家去一趟，稍微坐一坐到阜康去开银票。现在辰光不对了，吃中饭的时候去了，一定留住，下半天等去了阜康，就办不成事了。看首饰不能心急，不然十之八九要后悔。现在，没法子，张家只好不去了。”

“都是我不好。”瑞香赔笑说道，“太太何不早跟我说一句？”

“我也不晓得你这么会磨！摸东摸西，忘记掉辰光。喔！”螺蛳太太特为关照，“回头我同宓先生说，我们是从张家来，你不要多说什么，免得拆穿西洋镜。”

瑞香答应着，随同螺蛳太太坐轿子到了阜康。宓本常自然奉如上宾，他的礼貌很周到，从胡老太太起，胡家全家，一一问到。接下来他又敷衍瑞香，笑嘻嘻地问道：“瑞姑娘，哪天请我们吃喜酒？”

瑞香红着脸不答，螺蛳太太接口：“快了，快了！”她说，“今天就是为此到钱庄来的，我想支两千银子。七姑奶奶也有个折子在这。”

取出七姑奶奶的折子来一看，存银四千五百余两，螺蛳太太作主，也提二千，一共是四千银子，关照宓本常开出数目大小不等的十来张银票，点收清楚，要谈古应春的事了。

“宓先生，”她闲闲问说，“这一晌，上海市面怎么样？”

“不好，不好！银根越来越紧了。”

“我们阜康呢？”

“当然也紧。”

“既然紧，”螺蛳太太摆出一脸困惑的神情，“为啥我们有二十几万银子摆在汇丰银行，动都不动？”

一听这话，宓本常心里一跳，正在难于作答时，不道螺蛳太太又添了一句话，让他松了口气。

“这笔款子是不是汇丰借出来的？”

“是的。”

“汇丰借出来的款子，当然要出利息，存在汇丰虽也有利息，不过一定放款利息高，存款利息低，是不是？”

“是的。”

“借他的钱又存在他那里，白贴利息的差额，宓先生，这把算盘是怎么打的，我倒不太懂了。”

这时宓本常已经想好了一个很巧的理由，可以搪塞，因而好整以暇地答说：“罗四太太，这里头学问很大，不是我吹，其中的诀窍是我跟了大先生十几年才摸出来的。我们先吃饭，等我慢慢讲给罗四太太你听。”

已是午饭辰光，而且宓本常已有预备，螺蛳太太也就不客气了。不过既无堂客相陪，而瑞香的身份不同，不肯与螺蛳太太同桌，却颇费安排。最后是分了两样菜让瑞香在另一处吃，宓本常陪螺蛳太太一面吃一面谈。

“罗四太太，阜康有款子存在汇丰，想来是应春告诉你的？”

“不是。”螺蛳太太从从容容地答说，“今天去看一个张太太，他们老爷也在汇丰，是她告诉我的。”

“呃，是弓长张，还是立早章？”

“弓长张。”

“那么是张纪通？”

“对的，他们老爷叫张纪通。”

宓本常心想，螺蛳太太明明是撒谎。张纪通跟他也是朋友，前一天还在一起打牌，打到深夜一点钟，张纪通大输家，“扳轿杠”一定要再打四圈。

当时就有人说：“老张，你向来一到十二点，一定要回去的。今天夜不归营，不怕张大嫂罚你跪算盘珠，顶马桶盖？”

原来张纪通惧内，所以这样打趣他，哪知他拍一拍胸脯说：“放心，放心，雌老虎前天回常熟娘家，去吃她侄儿的喜酒去了。”

这是所谓“欲盖弥彰”，越发可以证实，汇丰存款的消息，是古应春所泄漏。不过他绝不说破，相反地，在脸上表现了对古应春抱歉的神态。

“螺蛳太太，阜康的存款、放款都有账可查的，存在汇丰的这笔款子当然也有账，不过每个月倒贴的利息，在账上看不出是亏损。啥道理呢？这笔利息的差额是一厘半，算起来每个月大概要贴四百两银子，我是打开销里面，算正当支出。”说到这里他停了下来，看螺蛳太太的表情。

她当然是面现讶异之色。“是正当开支？”她问，仿佛自己听错了似的。

如果她声色不动，宓本常便不能确定，她是不是把他的话听了进去，而惊讶却是正常的，他就更有把握能将她的疑团消除了。

“不错，是正当开支，好比逢年过节要应酬官场一样，是必不可少的正当开支。”他说，“螺蛳太太，你晓得的，阜康全靠公家同大户的存款，阜康的利息比人家低，为啥愿意存阜康，就因为可靠。如果有人存点疑惑怕靠不住，来提存款，一个两个不要紧，人一多，消息一传，那个风潮一闹开来，螺蛳太太我就只有一条路好走。”

“喔！哪一条路？”

“死路。不是一条绳子，就是三钱鸦片烟。”宓本常说，“我只有来生报答大先生了。”

螺蛳太太再精明，也不能不为宓本常蓄意表示尽忠负责的神态所感动。“宓先生，你不要这么说！只要你实心实力，一定不会没有好结果。”她说，“你的忠心，大先生晓得的。”

“就为了大先生得罪了人也值得。”宓本常马上又将话拉回来，“螺蛳太太，有阜康这块金字招牌，存款不必我去兜揽，自会送上门来。我的做法，就是要把我们的这块金字招牌擦得晶光锃亮，不好有一点点不干净的地方。款子存在汇丰，倒贴利息，就是我保护金字招牌的办法。”

“嗯！嗯！”螺蛳太太想了一会儿说，“你的意思是阜康有二十几万银子存在汇丰，不去动它，显得阜康的头寸很宽裕，人家就放心不来提存了。”

“一点不错。螺蛳太太，你真是内行。”宓本常举一举杯，自己喝了一大口，得意之情，溢于言表。

“原来有这样一招在里面。说起来也是迫不得已。”

“先是迫不得已，后来我才悟出诀窍，实在是正当的做法，就银根不紧，也应该这么办。有一回法大马路周道台的五姨太来提款，我说，你是不是要转存汇丰？如果要存汇丰，我打汇丰的票子给你，转账不但方便，而且进出不必‘贴水’，比较划算。螺蛳太太，你道她听了我的话怎么说？”

“我猜不着，她怎么说？”

“她说，算了，算了。我们老爷说，现在市面上银根紧，阜康只怕要紧要慢的时候没有现银，不如存到外国银行。现在听你这样子说，我倒不大好意思了。还是存在你们这里好了。螺蛳太太，我当时悟出一个诀窍，我们这块金字招牌，要用外国货的擦铜油来擦。啥叫外国货的擦铜油，就是跟外国银行往来，我要到所有外国银行去开户头，像遇到周家五姨太那种来提存的户头，我问她要哪家外国银行的票子，说哪家就是哪家，这一下阜康的招牌不是更响了？”

螺蛳太太因为他的话中听，所以能够深入，这时听出来一个疑问：“法子是蛮好，不过这一来不是有大笔头寸搁在那里了？”

“哪里，哪里！”宓本常乱摇着双手，“那样做法不是太笨了？”

“不笨怎么办？”

“这里头又有诀窍了。每家银行开个户头，存个三两千银子，等开出票子，我先一步把头寸调足送进去，就不会穿帮了。”

"来得及吗？"

"来得及，来得及。喏，这就是德律风的好处，拿起话筒摇过去，说有这么一回事，那里的行员，自会替我们应付。"

螺蛳太太听他的谈论，学到很多东西。中国钱庄经营的要诀，她听胡雪岩谈过几回，并不外行，但外国银行的情形，却不知其详，这时听宓本常说得头头是道，遇事留心的她，自然不肯放弃机会，所以接上来便问，是如何应付，人家又为什么会替阜康应付。

"应付的法子多得很，不过万变不离其宗，就是拖一拖辰光，等我们把头寸调齐补足。"

"万一调不齐呢？"

"不错，不怕一万，只怕万一。这种情形，从来没有过，不过不能不防。说到这上头，就靠平常的交际，外国银行的'康白度'，我都有交情的，那班'洋行小鬼'，平时也要常常应酬，所以万一遇到头寸调不齐，只要我通知一声，他们会替我代垫。这是事先说好了的，代垫照算拆息，日子最多三天。"宓本常特为又重复一句，"不过，这种情形从来没有过。"

"喔，"螺蛳太太又问，"我们跟哪几家外国银行有往来？"

"统统有。"

接下来，宓本常便屈指细数。上海的外国银行，最有名的是英文名称叫作"香港上海银行有限公司"的汇丰银行，但最老的却是有利银行，咸丰四年便已开办，不过后来居上的却是麦加利银行。这家银行的英文名称叫作"Chartered Bank of India, Australia and China"。但香港分行与上海分行的译名不同，香港照音译，称为渣打银行；上海的银钱业嫌它叫起来不响，而且顾名不能思义，所以用他总经理麦加利的名字，称之为麦加利银行。

"麦加利是英国女皇下圣旨设立的，不过这家洋行是专门为了英国人在印度、澳洲，同我们中国经商所开的，重在存放款跟汇兑，纯然是商业银行，跟汇丰银行带点官派的味道不大一样。"宓本常又说，"自从左大人到两江，大先生亦不经手偿洋债了，我们阜康跟汇丰的关系就淡了。所以我现在是向麦加利下功夫。这一点顺便拜托螺蛳太太告诉大先生。”

“好的，我晓得了。”

螺蛳太太对宓本常的长袖善舞，印象颇为深刻，观感当然也改变了，觉得他是为了本身的职司，要对得起老板，就免不了得罪朋友。不过，自己是在古应春面前夸下海口，要来替他出气。如今搞成个虎头蛇尾，似乎愧对古应春。

这样转着念头，脸上自不免流露出为难的神气。善于察言观色的宓本常便即问道：“螺蛳太太，你是不是有啥话，但又不大肯说？不要紧的，我跟大先生多年，就同晚辈一样，螺蛳太太，你是长辈，如果我有啥不对，请你尽管说！我是，我是——掉句书袋，叫作‘有则改之，无则加勉。’”

螺蛳太太听他的话很诚恳，觉得稍微透露也不妨，于是很含蓄地说：“你没有啥不对，大先生把阜康交给你，你当然顾牢阜康，这是天经地义。不过，有时候朋友的事，也要顾一顾，到底大家都是在一条船上的人。”

这一下等于是泄了底，螺蛳太太是为了他勒住该付古应春的款子来兴师问罪，宓本常当即认错，表示歉意：“是！是！我对应春，是想到阜康是大先生事业的命脉，处理得稍微过分了一点，其实公是公、私是私！我同他的交情是不会变的。如今请螺蛳太太说一句我应该怎么样同他赔不是，我一定遵命。”

“赔不是的话是严重了。”螺蛳太太忽然灵机一动，“眼前倒有个能顾全你们交情的机会。”她朝外看了一下，没有再说下去。

宓本常稍微想一想，便能领悟，是指古应春纳宠而言。她刚才看一看，是防着瑞香会听见。

“我懂了。我来办，好好替他热闹热闹。”

说送一份重礼，不足为奇，如果是宓本常自告奋勇来为古应春办这场喜事，费心费力，才显得出朋友的交情。螺蛳太太非常满意，但怕他是敷衍面子，不能不敲钉转脚加一句：“宓先生，这是你自己说的噢！”

“螺蛳太太请放心，完全交给我，一定办得很风光。”宓本常接着很郑重地表示，“不过，公是公，私是私。我刚才同螺蛳太太谈的各样情形，千万不必同应春去讲。”

“我晓得。”

宓本常一面应酬螺蛳太太，一面心里在转念头。原来宓本常也有一番雄心壮志，看胡雪岩这么一片“鲜花着锦”的事业，不免兴起“大丈夫当如是耶”的想法。他觉得自己虽蒙重用，但毕竟是做伙计，自己也应该创一番事业。此念起于五年以前，但直到前年年底，方成事实。

原来他有个嫡亲的表弟叫陈义生，一向跟沙船帮做南北货生意，那年押货到北方，船上出事，一根桅杆忽然折断，砸伤了他的腿，得了残疾，东家送他两千银子，请他回宁波原籍休养。宓本常回家过年，经常和他在一起盘桓，大年三十夜里谈了一个通宵，谈出结果来了。

宓本常是盘算过多少遍的，如果跟胡雪岩明言，自己想创业，胡雪岩也会帮他的忙，但一定是小规模重头做起，而又必须辞掉阜康的职务。不做大寺庙的知客，去做一个小茅庵的住持，不是聪明的办法——他认为最聪明的办法是，利用在阜康的地位，调度他人的资本，去做自己的生意，但决不能做钱庄，也不能做丝茧，因为这跟“老板”的事业是犯冲突的。他有两个难题。第一，他不知道哪种生意回收得快。因为要调集三五十万，他力量是够得到，只是临时周转，周而复始，看不出他在挪用公款，期限一长，少不得要露马脚。其次，他不能出面，一出面人家就会打听，他的资本来自何处，更怕胡雪岩说一句“创业维艰，一定要专心，你不能再替我做档手了。不然‘驼子跌跟斗，两头落空’，耽误了你自己，也耽误了我’”。那一来，什么都无从谈起了。

这两个难题，遇到陈义生迎刃而解。陈义生说：“要讲回收得快，莫如南北货。货色都是须先定好的，先收定洋，货到照算。南货销北，北货销南，一趟船做两笔生意，只要两三个来回，本常哥，你马上就是大老板了。”

“看你讲得这么好，为啥我的朋友当中，做这行生意的，简直找不出来？”

“不是找不出来，是你不晓得而已。”陈义生说，“做这行生意，吃本很重，不是一般人能做的。至于真正有钱想做这行生意的，又吃不起辛苦。做南北货生意，如果不是内行，不懂行情，也不会看货，哪怕亲自下手押船，也一定让人家吃掉。所以有钱的人，都是放账叫人家去做，只要不出险，永远都是赚的。”

“对了，汪洋大海出了事，船沉了，货色也送了海龙王了，那时候怎么办？”

“就是这个风险。不过现在有保险公司也很稳当。”

“从前没有保险呢？”

“没有保险，一样也要做。十趟里面不见得出一趟事，就算出一趟事，有那几趟的赚头，也抵得过这一趟的亏蚀。”

听得这一说，宓本常大为动心。“义生，”他说，“可惜你的脚跛了。”

“我的脚是跛了。”陈义生敲敲自己的头，“我的脑子没有坏。而且伤养好了，至多行动不大方便，又不是病倒在床起不来。”

宓本常心想，如果让陈义生出面，由于他本来就干这一行，背后原有好些有钱的人撑腰，资本的来源绝没有人会知道。但宓本常就怕他起黑心，因而沉默不语。

陈义生当然也看出宓本常的心意，很想乘此机会跟他合作，一个发大财、一个发小财，见此光景，不免失望。但他有他的办法。他将他的老娘搬请了出来。

陈义生的娘是宓本常的姑母，年初四那天，她将宓本常请了去说：“阿常，你同义生是一起长大的，你两岁死娘，还吃过我的奶。这样子像同胞手足的表兄弟，你为啥有话不肯同义生说？”

宓本常当然不能承认，否则不但伤感情，而且以后合作的路子也断了，所以假托了一个理由：“我不是不肯同义生说，钱不是我的，我总要好好儿想一想，等想妥当了再来谈。”

“我懂你的意思，你是怕风险。风险无非第一，路上不顺利，第二，怕义生对不起你。如果是怕路上出事，那就不必谈，至于说义生对不起你，那就是对不起我。今天晚上烧‘财神纸’，我叫义生在财神菩萨面前赌个咒，明明心迹。”

这天晚上到一交子时，便算正月初五，财神菩萨赵玄坛的生日，家家烧财神纸，陈义生奉母之命，在烧纸时立下重誓，然后与宓本常计议，议定一个出钱，一个出力，所得利润，宓本常得两份，陈义生得一份，但相约一年之内，彼此都不动用盈余，这样才能积累起一笔自己的本钱。

于是陈义生又到了上海，在十六铺租了房子住下来。等宓本常拨付的五万银子本钱到手，开始招兵买马，运了一船南货到辽东湾的营口，回程由营口到天津塘沽，装载北货南下。一去一来恰好两个月，结算下来，五万银子的本钱，除去开销，净赚三千，是六分的利息，而宓本常借客户的名义，动支这笔资金，月息只得二厘五，两个月亦不过五厘。

宓本常之敌视古应春，就因为自己做了亏心事，怕古应春知道了会告诉胡雪岩，所以不愿他跟阜康过于接近。但现在他的想法却大大地一变。主要的是他有了信心，觉得以自己的手腕，可以表现得大方些。他再往深处去想，胡雪岩最信任的就是螺蛳太太与古应春，将这两个人笼络好了，更是立于不败之地，局面越发得以开展。

就这一顿饭之间，宓本常打定了主意，而且立刻开始实行。他自告奋勇带个伶俐的小徒弟，陪着螺蛳太太与瑞香，先到他们宁波同乡开的方九霞银楼去看首饰，然后到抛球场一带绸缎庄去看衣料。宓本常在十里洋场上也是响当当的人物，奉命唯谨地侍奉在两个堂客左右，不但螺蛳太太觉得面子十足，瑞香的观感亦为之一变——平时听古应春与七姑奶奶谈起宓本常，总说他“面无四两肉”，是个难缠的人物，如今才知道并非如此。

到得夕阳西下，该置办的东西都办齐了，账款都归宓本常结算，首饰随身携带，其余物品，送到阜康钱庄，凭货取款，自有随行的小徒弟去料理。

"螺蛳太太，辰光不早了，我想请你同瑞姑娘到虹口去吃一顿大菜。"宓本常又说，"今天月底，九月初三好日子，喜事要连夜筹备才来得及，我们一面吃，一面商量。"

"多谢、多谢。吃大菜是心领了。不过商量办喜事倒是要紧的。我把你这番好意，先同应春说一说。你晚上请到古家来，一切当面谈，好不好？"

"好，好！这样也好。"

宓本常还是将螺蛳太太与瑞香送回家，只是过门不入而已。

螺蛳太太见了古应春，自然另有一套说法。她先将宓本常是为了"做信用""叫客户好放心"，才在汇丰存了一笔款子的解释说明白，然后说道："他这样做，固然不能算错，不过他对朋友应该讲清楚。这一点，他承认他不对，我也好好说了他一顿。"

"这又何必？"

"当然要说他。世界上原有一种人，你不说，他不晓得自己错，一说了，他才晓得不但错了，而且大错特错，心里很难过。宓本常就是这样一个人，为了补情认错，他说九月初三的喜事，归他来办，回头他来商量。"螺蛳太太紧接着说，"姐夫，你亦不必同他客气。我再老实说一句：他是大先生的伙计，你是大先生的好朋友，要他来当差，也是应该的。"

听得这一说，古应春唯有拱手称谢。也就是刚刚谈完，宓本常已经带着人将为瑞香置办的衣物等等送到，见了古应春，笑容满面地连连拱手。

"应春兄，恭喜、恭喜。九月初三，我来效劳。日子太紧，我不敢耽误工夫，今天晚上在府上叨扰。喜事该怎么办，我们一路吃、一路谈，都谈妥当了它，明天一早就动手，尽两天办齐，后天热热闹闹吃喜酒。"

见他如此热心，古应春既感动又困惑——困惑的是，宓本常平时做人，不是这个样子的，莫非真的是内疚于心，刻意补过？

古应春心里是这样想，但表面上当然也很客气。"老宓，你是个大忙人，为我的事，如此费心，真正不安、不敢当。"他说，"说实在的，我现在也没有这种闲心思，只为内人催促、螺蛳太太的盛意，不得不然，只要像个样子，万万不敢铺张。”

“不错，总要像个样子。应春兄，你也是上海滩上鼎鼎大名的人物，喜事的场面不可以太俭朴，不然人家背后会批评。原是一桩喜事，落了些不中听的闲话，就犯不着了。”

这话倒提醒古应春了。七姑奶奶是最讨厌闲言闲语的，场面过于俭朴，就可能会有人说：“古应春不敢铺张，因为讨小老婆的场面太热闹了，大老婆会吃醋。”倘若有这样的一种说法，传到七姑奶奶耳朵里，她会气得发病。

这是非同小可的一件事，古应春很感谢宓本常能适时提醒，让他有此警惕。因而拱着手说：“老宓，你完全是爱护我的意思，我不敢不听。不过到底只有两天的工夫预备，也只好适可而止。”

“当然、当然，一定要来得及。现在第一件要紧的是，把请客的单子拟出来。你的交游一向很广，起码也要请个十桌八桌，我看要另外借地方。”

“不，不！那一来就没有止境了。请客多少只能看舍间地方大小而定。”

于是他细细估量，将内外客厅、书房、起坐间都算上，大概只能摆七桌，初步决定五桌男客，两桌女客。

“本来天井里搭篷，还可以摆四桌，那一来‘堂会’就没地方了。”宓本常说，“好，准定七桌，名单你开，帖子我叫我那里的人来写，至晚明天下午一定要发出。菜呢，你看用哪里的菜？”

“请你斟酌，只要好就好。”

“不但要好，还要便宜。”宓本常又问，“客人是下半天四五点钟前后就来了，堂会准定四点钟开场，到晚上九点钟歇锣，总要三档节目。应春兄，你看，用哪三档？”

“此道我亦是外行，请你费心提调。”

“我看？”宓本常一面想，一面说，“先来档苏州光裕社的小书，接下来弄一档魔术。日本的女魔术师天胜娘又来了，我今天就去定好了，压轴戏是‘东乡调大戏’，蛮热闹的。”

古应春称是，都由宓本常作主。等他告辞而去，古应春将所作的决定告诉七姑奶奶，她却颇有意见。

“我看堂客不要请了。”她说，“请了，人家也未见得肯来。”

本来纳宠请女客，除非是儿孙满堂的老封翁，晚辈内眷为了一尽孝心，不能不来贺喜见礼，否则便很少有请女客的。上海虽比较开通，但吃醋毕竟是妇人天性，而嫡庶之分，又看得极重，如果是与七姑奶奶交好的，一定会作抵制。古应春觉得自己同意请女客，确是有欠思量。

“再说，我行动不便，没法子做主人，更不便劳动四姐代我应酬。”七姑奶奶又说，“如果有几位堂客觉得无所谓的，尽管请过来，我们亦就像平常来往一样不拘礼数，主客双方都心安，这跟特为下帖子是不同的。你说是不是呢？”

“完全不错。”古应春从善如流地答说，“不请堂客。”

“至于堂会热闹热闹，顺便也算请四姐玩一天，我赞成。不过，东乡调可以免了。”

原来东乡调是“花鼓戏”的一种，发源于浦东，所以称为“东乡调”，又名“本滩”，是“本地滩簧”的简称，曲词卑俚，但连唱带做，淫冶异常，所以颇具号召力。浦东乡下点起火油灯唱东乡调的夜台戏，真有倾村来观之盛，但却难登大雅之堂。

“‘两只奶奶抖勒抖’，”七姑奶奶学唱了一句东乡调说，“这种戏，怎么好请四姐来看？”

看她学唱东乡调的样子，不但古应春忍俊不禁，连下人都掩着嘴笑了。

“不唱东乡调，唱啥呢？”

“杭州滩簧，文文气气，又弹又唱，说是宋朝传下来，当时连宫里都准去唱的。为了请四姐，杭州滩簧最好，明天倒去打听打听，如果上海有，叫一班来听听。”

“好！”古应春想了一下说，“堂客虽不请，不过你行动不便，四姐可是作客，总要请一两个来帮忙吧！”

“请小王师母好了。”

小王师母的丈夫王仲文是古应春的学生，在教堂里当司事，也收学生教英文，所以称他的妻子为“师母”，七姑奶奶也是这样叫她。但七姑奶奶却不折不扣地是小王师母的“师母”，因此，初次听她们彼此的称呼，往往大惑不解。

螺蛳太太即是如此，那天小王师母来了，七姑奶奶为她引见以后，又听小王师母恭恭敬敬地说：“师母这两天的气色，比前一晌又好得多了。”螺蛳太太便忍不住要问：“你们两位到底哪个是哪个的师母？”

“自然是师母是我的师母，我请师母不要叫我小王师母，师母不听，有一回我特为不理师母，师母生气了，只好仍旧听师母叫我小王师母。”

一片叽叽喳喳的师母声，倒像在说绕口令，螺蛳太太看她二十五六岁年纪，生就一张圆圆脸，觉得亲切可喜，自然而然地便熟悉得不像初见了。

尤其是看到小王师母与瑞香相处融洽的情形，螺蛳太太更觉欣慰。原来瑞香虽喜终身有托，但在好日子的这一天，她跟一般新嫁娘一样，总不免有凄惶恐惧之感。虽然螺蛳太太与七姑奶奶虽都待她不坏，但一个是从前的主母，一个是现在的大妇，她平时本就拘谨，这一天更不敢吐露内心的感觉，怕她们在心里会骂她“轻狂、不识抬举”。幸而有热心而相熟的小王师母，殷勤照料，不时嘘寒问暖，竟如同亲姐妹一般，瑞香一直悬着的一颗心才能踏实，脸上也开始有笑容了。

这在螺蛳太太，心情非常复杂。对瑞香，她多少有着嫁女儿的那种心情，但更重要的是古家的交情。因此，她虽了解瑞香心里的感觉，却苦于没有适当的话来宽慰她。如今有了小王师母能鼓舞起瑞香的一团喜气，等于自己分身有术，可以不必顾虑瑞香，而全力去周旋行动不便的七姑奶奶，将这场喜事办得十分圆满。

当然，这场喜事能办得圆满，另一个“功臣”是宓本常。因为他的尽心尽力、殷勤周到，不但螺蛳太太大为嘉许，连古应春夫妇都对他另眼相看了。

果如七姑奶奶的估计，堂客到得极少，连一桌都凑不满，但男客却非常踊跃。当堂会开始时，估计已经可以坐满五桌了。

由于是纳妾，铺陈比较简单，虽也张灯结彩，但客堂正中却只挂了一幅大红缎子彩绣的南极寿星图，不明就里的，只当古家做寿。这是七姑奶奶与螺蛳太太商量定规的，因为纳妾向来没有什么仪节，只是一乘小轿到门，向主人主母磕了头，便算成礼。如今对瑞香是格外优遇，张灯结彩，已非寻常，如果再挂一幅和合二仙图，便像正式结缡，礼数稍嫌过分，所以改用一幅寿星图。

瑞香的服饰，也是七姑奶奶与螺蛳太太商量过的。妇人最看重的是一条红裙，以瑞香的身份，是没有资格着的，为了弥补起见，许她着紫红夹袄。但时日迫促，找裁缝连夜做亦来不及，仍旧是宓本常有办法，到跟阜康钱庄有往来的当铺中去借了一件全新的来，略微显得小了些，但却更衬托出她的身材苗条。

到得五点钟吉时，一档《白蛇传》的小书结束，宾客纷纷从席棚下进入堂屋观礼。七姑奶奶由仆妇背下楼来，纳入一张太师椅中，抬到堂前。她的左首，另有一张同样的椅子，是古应春的座位。

于是便有人起哄地喊道："新郎倌呢？新郎倌！"

"新郎倌"古应春为人从人丛中推了出来，宝蓝贡缎夹袍，玄色西洋华丝葛马褂，脚踏粉底皂靴，头上一顶硬胎缎帽，帽檐正中镶一块碧玉。他新剃的头，是洋派不留胡子，越显得年轻了。

等他一坐下来，视线集中，众人自然而然地看到了七姑奶奶。她下身百褶红裙，上身墨绿夹袄，头上戴着珠花，面如满月，脸有喜气，真正福相。

再看到旁边，扶着七姑奶奶的椅背的一个中年妇人，一张瓜子脸，脂粉不施，天然丰韵，一双眼睛，既黑且亮，恍如阳光直射寒潭，只觉得深不可测，令人不敢逼视。她穿的是玄色缎袄，下面也是红裙，头上没有什么首饰，但扶着椅背的那双手上戴着一枚钻戒，不时闪出耀眼的光芒——可以想见戒指上镶的钻，至少也有蚕豆瓣那么大。

“那是谁？”有人悄悄在问。

“听说是胡大先生的妾。”

“是妾，怎么着红裙？”

“又不是在她自己家里，哪个来管她？”

“不！”另有一个人说，“她就是胡家的螺蛳太太，着红裙是胡老太太特许的。”

那两个人还想谈下去，但视线为瑞香所吸引了。只见她低着头，但见满头珠翠，却看不清脸，不过长身玉立，皮肤雪白，已可想见是个美人。

她是由小王师母扶着出来的，袅袅婷婷地走到红毡条前立定。古家的老王妈赞礼：“新姑娘见老爷、太太磕头：一叩首、二叩首、三叩首、兴！”

小王师母便将瑞香扶了起来，七姑奶奶抬抬手喊一声：“你过来！”

老王妈便又高唱：“太太赏新姑娘见面礼。”

这时螺蛳太太便将一个小丝绒匣子悄悄递了给七姑奶奶，她打开匣子——也是一枚钻戒，拉起瑞香的手，将戒指套在她右手无名指上。

“谢谢奶奶！”瑞香低声道谢，还要跪下去，却让螺蛳太太拉住了。

这就算礼成了，不道奇峰突起，古应春站起身来，看着螺蛳太太说道：“四姐，你请过来，应该让瑞香给你磕头。”

“没有这个规矩，这算啥一出？”

说着，螺蛳太太便待避开，哪知七姑奶奶早就拉住了她的衣服。适时瑞香竟也走上前来，扶着她说：“太太请坐。”

小王师母与老王妈亦都上前来劝驾，螺蛳太太身不由主，只好受了瑞香的大礼。乱轰轰一阵过去，正要散开，奇峰又起。这回是宓本常，他站到一张凳子上，举双手喊道：“还要照照相，照照相。”

这一下大家都静下来，听从他的指挥，照了两张相。一张是古应春、七姑奶奶并坐，瑞香侍立在七姑奶奶身后；一张是全体合照，螺蛳太太觉得自己无可站位置，悄悄地溜掉了。

照相很费事，第二张镁光不亮，重新来过，到开席时，已经天黑了。

女客只有一桌，开在楼上，螺蛳太太首座，七姑奶奶因为不耐久坐，行动也不便，特意命瑞香代做主人，这自然是抬举她的意思。螺蛳太太也觉得很有面子，不由得又想到了宓本常，都亏他安排，才能风风光光嫁了瑞香，了却了一桩心事，成全了主婢之情。

第三章　甲申之变

上海的市面更坏了，是受了法国在越南的战事的影响。

法国觊觎越南，由来已久。同治元年，法皇拿破仑第二，以海军大举侵入越南。其时中国正因平洪、杨自顾不暇，所以越南虽是中国的属国，却无力出兵保护，越南被迫订了城下之盟，割让庆和、嘉定、定祥三省。嘉定省便是西贡，法国人在那里竭力经营，作为进一步侵略越南、进窥中国云南的根据地。

同治十一年，越南内乱，头目叫作黄崇英，拥众数万，用黄旗，号称“黄旗军”。法国人勾通了黄崇英，攻取“东京”，渡汉江，攻取广西镇南关外的谅山。广西巡抚是湘军宿将刘长佑，派兵助越平乱，同时邀请刘永福助剿。刘永福是广西上思州人，本是个私枭，咸丰年间，洪、杨乱起，刘永福却另有心胸，率领部下健儿三百人，出镇南关进入越南保胜。此地本为一个广东人何均昌所占领，为刘永福起而代之，所部用黑旗，号称“黑旗军”，既受刘长佑的邀请，复又受越南王的招抚，与广西官兵夹击法军，威震一时。但越南内部意见分歧，最后决定议和，所派遣的大臣三名，为法军所拘禁，被迫订了二十二条的《西贡条约》，割地通商以外，承认受法国的保护。为了安抚刘永福，授职为三宣副提督，刘永福便在边境深山中，屯垦练兵，部下聚集至二十万之多，其中劲旅两万人，年龄在十七以上，二十四以下，一个个面黑身高，孔武有力，越林超涧，轻捷如猿，士气极其高昂，因而为法军视如眼中钉，曾经悬重金买他的首级。

自从《西贡条约》订立以后，越南举国上下，无不既悔且愤，越南王阮福时，决意重用黑旗兵。不道法国先下手为强，以重兵陷河内，于是在顺化的阮福时遂授予黑旗军驱逐法军的任务。

越南若失，广西、云南便受威胁，而且法国已正式向中国提出通商的要求。朝中议论，分为主战、主和两派。主战派以李鸿藻为首，除了支持云贵总督岑毓英支持刘永福以外，且特起曾国荃为两广总督，部署海防。此外左宗棠亦力主作战，清议更为激昂，但主和派的势力亦不小。当然，李鸿章是主和的，驻法公使曾纪泽亦不主张决裂，但对其中的利害得失，看得最清楚的是曾经使法的郭嵩焘。这年光绪九年正月，李鸿章与法国公使宝海，本已达成“中国撤兵、法不侵越”的协议，不意法国发生政潮，内阁改组，新任外务部长拉克尔是个野心家，一面将宝海撤任、推翻成议，一面促使法国增兵越南。于是朝旨命丁忧守制之中的李鸿章迅往广东督办越南事宜，节制两广云南防军。就表面看，是派李鸿章去主持战局，而实际并非如此，此中消息为郭嵩焘所参透，特意从他的家乡湖南湘阴派专差送了一封长信给李鸿章，以为“处置西洋，始终无战法”。郭嵩焘说，洋人意在通商，就跟他谈通商好了。只要一答应谈判通商，越南的局势自然就会缓和。如今派李鸿章出而督师，大张旗鼓，摆出一决雌雄的阵势，是逼迫法国作战。法国本无意于战，逼之应战，是兵法上的“不知彼”。

如果真的要战，又是“不知己”。郭嵩焘的话说得很沉痛：“用兵三十余年，聚而为兵，散而为盗，蔓延天下，隐患方深。重以水旱频仍，吏治凋敝，盗贼满野，民不聊生，而于是时急开边衅，募兵以资防御，旷日逾时，而耗敝不可支矣。”这是就军费者言，说中国不能战。

就算战胜了，又怎么办？战胜当然要裁兵，将刚招募的新兵遣散，结果是“游荡无所归”，聚集“饥困之民图逞”，是自己制造乱源。

接下来，郭嵩焘转述京中的议论：“枢府以滇督擐甲厉兵，而粤督处之泰然，数有訾议，是以属中堂以专征之任。”看起来是因为岑毓英想打，而曾国荃袖手旁观，前方将帅意见不一，需要一个位高权重的李鸿章去笼罩全面，主持一切。事实上呢，“京师议论，所以属之中堂，仍以议和，非求战也”。

李鸿章虽然在守制之中，但朝中情形，毫不隔膜。他在京师有好几个“坐探”，朝中一举一动，无不以最快的方法，报到合肥。他知道恭王于和战之际，犹疑不决，而主战最力的是“北派”领袖李鸿藻及一班清流，尤其是左副都御史张佩纶。

因此，李鸿章纵有议和之意，却不敢公然表示，因为清议的力量很大，而且刘永福的黑旗军打得很好，更助长了主战派的声势，此时主和是冒天下之大不韪。所以他迟迟其行，到上海以后，与接替宝海的新任法国公使德理固，谈了几次，态度不软亦不硬，掌握了一个“拖”字诀。

“拖”下去会有什么结果呢？这是连李鸿章自己都不知道的事，不过他在暗中大下功夫，想消除几个议和的障碍。第一个是左副都御史张佩纶，他是清流的中坚，能把他疏通好，主战的高调不是唱得那么响，议和便较易措手。

另一个是驻法公使曾纪泽，他不主张交涉决裂，但并不表示他主张对法让步，尤其是在从俄国回到巴黎以后，眼看法国的政策亦在摇摆之中，主战的只是少数。因此特地密电李鸿章及总理衙门，建议军事援越，对德理固的交涉不妨强硬。李鸿章对曾纪泽的意见，不置可否，但却致书郭嵩焘，暗示希望他能影响曾纪泽。郭嵩焘与曾纪泽的关系很深，而且驻法是前后任，他的言论一定能为曾纪泽所尊重。

就在这“拖”的一两个月中，法国与越南的情势，都起了变化。法国的政策已趋一致，内阁总理茹斐理向国会声称，决心加强在越南的军事行动，同时派出九千人援越，另遣军舰十二艘东来，水师提督古拔代陆军提督布意为法军统帅。

越南则国王阮福时去世，由王弟阮福升继位，称号为“合和王”。由这称号，便知他是愿意屈服于法国的。他即位只有一个月，便与法国订立了二十七条的《顺化和约》，正式承认越南为法国的保护国，而又尊重中国为宗主国，原来每年进贡，取道镇南关循陆路进京，今后改由海道入贡。

这一法越《顺化和约》，促成了法国政策的一致，同时也赋予了法军名正言顺得以驱逐黑旗军的地位。因此越南政府中的主战派大为不满，弑合和王而另立阮福昊，称号是“建福王”。

尽管已到天津回任的李鸿章仍与法国公使在谈判越南的主权，而事实上中法双方剑拔弩张，开仗几不可免，尤其是特命彭玉麟办理广东军务，消息一传，上海的人心越发恐慌。其时在九月中旬，正当螺蛳太太由上海回到杭州时。

就在她回到杭州的第二天，江宁派了个专差来。专差身穿红装，风尘满面，但头上一顶披满红丝穗的纬帽，高耸一粒红顶子，后面还拖一条花翎，身后跟着四名从人，亦都有顶戴。他们是由陆路来的，五匹高头大马，一路沙尘滚滚、辔铃当当、威风凛凛，路人侧目。一进了武林门，那专差将手一扬，都勒了马，其中一个戴暗蓝顶子的武官，走马趋前，听候吩咐。

“问问路！”

“喳！”那人滚鞍下马，一手执缰，一手抓住一个中年汉子问道，“来、来，老兄，打听一个地名。元宝街在哪里？”

“啊！你说啥？”

原来那武官是曾国藩的小同乡，湖南话中湘乡话最难懂，加以武夫性急，说得很快，便越发不知他说些什么了。

还好，那武官倒有自知之明，一字一句地答道：“元宝街。”说着双手上捧，做手势示意元宝。

“喔、喔、喔，你老人家是说元宝街！”那人姓卜，是钱塘县“礼房”的书办，不作回答，却反问，“请问，你们是从哪里来的？江宁？”

“不错。”

“这样说，到元宝街是去看胡大先生？”

“胡大先生？”那人一愣，旋即想到，“不错，不错，胡大先生就是胡雪岩胡大人。”

卜书办点头，趋前一步，手指着低声问道：“马上那位红顶子的人，是什么人？”

那武官有些不耐烦了。天下人走天下路，问路应是常事，知道而热心的，详细指点，知道而懒得回答的，说一声“不清楚”，真的不知道而又热心的，会表示歉意，请对方另行打听，不知道而又懒得回答的，只字不答，掉头而去。像这样问路而反为别人所问，类似盘查，他却还是第一次遇见。

卜书办看那武官的脸色，急忙提出解释：“你老人家不要嫌我啰唆，实在是马上那位大人一品武官，我不敢怠慢，晓得了身份，好禀报本县大老爷，有啥差遣，不会误事。”

原来是这样一番好意！那武官倒觉得过意不去，但却不知如何回答。那专差本名高老三，投效湘军时，招募委员替他改名“乐山”来谐音；“仁者乐山”而又行三，因而又送他一个别号叫“仁叔”。

这高乐山原隶刘松山帐下，左宗棠西征，曾国藩特拨刘松山一营隶属于左，时人称为“赠嫁”。刘松山在西征时，战功彪炳，左宗棠大为得力。左、曾不和，在才气纵横的左宗棠眼中，曾国藩无一事可使他佩服，唯独对“赠嫁”刘松山，心悦诚服，感激不已。因为如此，左宗棠对刘松山，亦总是另眼看待。这高乐山原是刘松山的马弁，为人诚朴，有一次左宗棠去视察，宿于刘营，刘松山派高乐山去伺候，彻夜巡更，至晓不眠，为左宗棠所赏识，跟刘松山要了去，置诸左右。每有“保案”，在“密保”中总有高乐山的名字，现在的职衔是“记名总兵加提督衔”，在“绿营”中已是“官居极品”，但实际的职司，仍是所谓“材官”，供奔走之役。在左宗棠的部属中，他的身份犹如宫中的“御前侍卫”。

但一品武官不过是个“高等马弁”，这话说出去，贬损了高乐山的红顶子，所以那蓝顶子的武官含含糊糊地答说：“是左大人特为派来看胡大先生的。”

“我就猜到，”卜书办又拍手又跷拇指，“一定是左大人派来的。好、好、好，元宝街远得很，一南一北，等我来领路。你请等一等，等我去租一匹马来。”

武林门是杭州往北进出的要道，运河起点的拱宸桥就在武林门外，所以城门口有车有轿有骡马，雇用租赁，均无不可。卜书办租赁了一匹“菊花青”，洋洋得意地在前领路。

那匹“菊花青”是旗营中淘汰下来的老马，驯顺倒很驯顺，但脚程极慢——马通灵性，为人雇乘太久，出发时知道负重任远，一步懒似一步，因为走得越快越吃亏，及至回程，纵不说如渴骥奔泉，但远非去路可比，昂首扬鬃，急于回槽。那匹菊花青，正是这样一个马中的“老油条”。

当书办的，十之八九是“老油条”，这一下“老油条”遇着“老油条”，彼此得其所哉。卜书办款款徐行，后随五名武官，亦步亦趋，倒像是他的跟马。杭州的文武官员，品级最高的是“将军”，其次是巡抚，本身虽都是红顶子，但出行的随从，从无戴红顶子的。因此，卜书办满脸飞金，得意之状，难描难画，尤其是一路上遇着熟人，在马上一会儿抱拳扬臂，一会儿弯腰点头，同时一定要高声加一句：“我带他们去看胡大先生。”有几次他得意忘形，几乎掉下马来，急急扳住马鞍上的“判官头”，才能转危为安。他这样丑态百出，惹得路人笑逐颜开，而高乐山的脸色却越来越难看了。

快到元宝街时，卜书办在转角之时，向前扬一扬手，示意暂停，自己却双腿夹一夹马腹，催快往前，直到胡府大门前勒住了马。

“老卜，”胡家门前的下人中，有一个认得他，“你来做啥？”

“我来报信，两江总督左大人，派了红顶子的武官来看胡大先生，一进城门，是我领路来的。”

“在哪里？”

“在后面。”

那人抬眼一看，果然有五匹马在后面，红蓝顶子在明亮的秋阳中看得很清楚。这一来，胡家门前的十几个人都紧张了。

原来左宗棠派红顶子的戈什哈传令是常事，但当初是陕甘总督，公私事务派专差只到上海转运局，直接派到胡家却是头一回。少见自然多怪，顿时便有机灵的，不看热闹，抢先报到上房。

螺蛳太太一听吓一跳。原来胡家为了红顶子，花了好大的气力，胡雪岩本身是道员加按察使衔，三品顶戴蓝顶子，倘或胡雪岩肯做官，放一任实缺的道员，左宗棠保他加布政使的衔，是一定办得到的事，无奈胡雪岩只能做一个“官商”。如果真的“商而优则官”，必须“弃商从官”，胡雪岩不但受不了“做此官，行此礼”的那种拘束，而且也绝不会是一个出色的官。这一点不但他本人有自知之明，凡是爱护他的，亦莫不认为胡雪岩要是真的去做官，便是舍长就短，最为不智。

因为如此，要摆官派，只有拿钱来做官。本身捐官有限制，到三品便是“官居极品”，但父母的荣衔，却是花钱可以买体面的。十余年来每逢水旱灾荒，胡雪岩总是用胡老太太的名义，捐银、捐米、捐棉衣、捐药材，好不容易才得了个“一品夫人”的封典，胡雪岩“子以母贵”也能戴红顶子了。

红顶子是如此珍贵，在螺蛳太太的记忆中，红顶子的文武大员登门拜访，没有几次，每一次都是事先得到信息，如何迎接、如何款待、如何打发从人，都要好几天筹划，临时郑重将事。像这样突然来了个红顶子的武官，她自然要吓一跳，紧张得有些不知所措了。

但胡雪岩却是司空见惯的，高乐山又是熟人，不妨从容以礼款接，当下先交代了螺蛳太太一番，换了官服到花厅相见。

一个称“雪翁”，一个称“高军门”，二人平礼相见，胡雪岩又到走廊上向高乐山的从人，请教了姓氏，寒暄了一阵，另外派人接待，然后说道：“请换便衣吧！”

话刚说完，已有一名听差，捧着衣包，进屋伺候——官场酬酢，公服相见是礼，便衣欢叙是情，但总是客人忖度与主人的交情，预料有此需要，自己命跟班随带衣包。像这样由主人供应便衣的情形，高乐山不但是第一次经验，而且也是闻所未闻。

不过，想到胡雪岩以豪阔出名，那么类此举动，自亦无足为奇。高乐山当下说道："雪翁亦请进去换衣服吧！"

"是，是，换了衣服细谈。"

等胡雪岩换了衣服出来，只见高乐山已穿上簇新的一身铁灰的绉夹袍，上套珊瑚扣的贡缎马褂，头上一顶红结子的青缎小帽，而且刚洗了脸，显得容光焕发，神采奕奕。

"衣服倒还合身？"

"多谢，多谢。比我自己叫裁缝来现制还要好。我也不客气了，雪翁，多谢，多谢！"说着高乐山又连连拱手。

"左大人精神还好吧？"

听这一说，高乐山的笑容慢慢收敛。"差得多了。"他说，"眼力大不如前，毛病不轻。"

"请医生看了没有呢？"

"请了。"高乐山答说，"看也白看！医生要他不看公事，不看书，闭上眼睛静养。雪翁，你想他老人家办得到吗？"

"那么，到底是什么病呢？"

"医生也说不上来。左眼上了翳，右面的一只迎风流泪。"

"会不会失明？"

"难说。"

"我荐一个医生。"胡雪岩说，"跟了高军门一起去。"

"是。"高乐山这时才将左宗棠的信拿了出来。

信上很简单，只说越南军情紧急，奉旨南北洋的防务均须上紧筹划，并须派兵援越，因而请胡雪岩抽工夫到江宁一晤，至于其他细节，可以面问高乐山。

胡雪岩心想，这少不得又是筹械筹饷。不在其位，不谋其政，自己并未受两江总督衙门的任何委任，倘须效劳，纯粹是私人关系，这一层不妨先向高乐山说明白。

“高军门晓得的，左大人说啥就是啥，我只有‘遵办’二字。不过，江宁不是陕甘，恐怕有吃力不讨好的地方。”

“是的。”高乐山答道，“左大人亦说了，江宁有江宁的人，胡某替我办事，完全是交情，论到公事，转运局是西征的转运局，我只有跟他商量，不能下札子。这就是要请雪翁当面去谈的缘故。”

“喔，不晓得要谈点啥？”胡雪岩问，“是钱，是械？”

“是枪械。”

“嗯，嗯。”胡雪岩稍稍放了些心，“不谈钱，事情总还好办。”

“雪翁预备哪天动身？”

“这还要跟内人商量起来看。”胡雪岩率直回答。他所说的“内人”，自然是指螺蛳太太。接下来他又问：“左大人预备派哪位到广西？”

“是王大人。”

“王大人？”胡雪岩一时想不起来，左宗棠手下有哪个姓王的大将。

“是，王阆帅。”

“喔，是他。”

原来高乐山指的是王德榜。他跟高乐山一样，有个很雅致的别号叫阆青，是湖南永州府江华县人。这个偏僻小县，从古以来也没有出过什么出色的人物，但王德榜在湘军中却是别具一格，颇可称道的宿将。

此人在咸丰初年，毁家练乡团、保卫家乡颇有劳绩，后来援江西有功。早在咸丰七年，他便叙文职“州同”，改隶左宗棠部下后，数建奇功，是有名的悍将，赐号“锐勇巴图鲁”，赏穿黄马褂，同治四年积功升至藩司。从左宗棠征新疆，功劳不在刘松山叔侄之下，但始终不得意，藩司虚衔领了七八年，始终不能补实缺。

原来王德榜是个老粗，当他升藩司奉召入觐时，语言粗鄙，加以满口乡音，两宫太后根本不知道他说些什么，因而名为藩司，当的却是总兵的职司。光绪元年他丁忧回籍，六年再赴新疆，不久左宗棠晋京入军机，以大学士管兵部，受醇王之托，整顿旗营，特地保荐王德榜教练火器、健锐两营。他的部下兴修畿辅水利，挑泥浚河，做的是苦工而毫无怨言，因而亦颇得醇王赏识。

左宗棠当然深知他的长处，但他的短处实在也不少，只能为将，不能做官。这回彭玉麟向左宗棠求援，他想起王德榜，认为可以尽其所长，因而奏请赴援两广，归彭玉麟节制，并答应接济军械。他找胡雪岩去，便是商量这件事。

了解了经过情形，胡雪岩心里有数了。“高军门，”他说，“你在这里玩两天，我跟内人商量好了，或许可以一起走。”

“如果雪翁一起走，我当然要等，不然，我就先回去复命了。左大人的性子，你知道的。”

“你想先回去复命亦好。哪天动身？”

“明天。”

当下以盛筵款待，当然不用胡雪岩亲自相陪，宴罢连从人送到客房歇宿，招呼得非常周到。第二天他要动身了，自然先要请胡雪岩见一面，问问有什么话交代。

传话进去，所得到的答复是，胡雪岩中午请他吃饭，有带给左宗棠的书信面交。到了午间，请他到花园里，又是一桌盛筵，连他的从人一起都请。厅上已摆好五份礼物，一身袍褂、两匹机纺、一大盒胡庆余堂所产的家用良药，另外是五十两银子一个的“官宝”两个。胡雪岩额外送高乐山一块打簧金表、一支牙柄的转轮手枪。

“本来想备船送你们回去，只怕脚程太慢，说不得只好辛苦各位老哥，仍旧骑马回去了。”

“雪翁这样犒赏，实在太过意不去了。”高乐山连连搓手，真有却之不恭，受之有愧之慨。

“小意思、小意思！请宽饮一杯。”

高乐山不肯多喝，他那四个部下，从未经过这种场面，更觉局促不安，每人闷倒头扒了三碗饭，站起身来向胡雪岩打千道谢兼辞行。

由于红顶子的关系，胡雪岩自然开中门送客。大门照墙一并排五匹马，仍是原来的坐骑，不过鞍辔全新，连马鞭子都是新的。胡雪岩自己有一副“导子”，两匹跟马将高乐山一行，送出武林门外，一路上惹得路人指指点点，都知道是“胡大先生家的客人”。

高乐山走后，胡雪岩与螺蛳太太商量行止。

“第二批洋款也到期了，我想先到上海料理好了，再到江宁。”胡雪岩说，“好在王阆青也不过刚从京里动身，我晚一点到江宁也不至于误事。”

“不好，既然左大人特为派差官来请，你就应该先到江宁，才是敬重的道理。至于上海这方面，有宓本常在那里，要付的洋款，叫他先到上海道那里去催一催，等你一到上海，款子齐了，当面交清，岂不是顺理成章的事？”

“上海的市面，我也不大放心，想先去看看。”

“那更用不着了，宓本常本事很大，一定调度得好好的。”螺蛳太太说，“你听我的话没有错，一定要先到江宁，后到上海，回来办喜事，日子算起来正好，如果先到上海，后到江宁，万一左大人有差使交派，误了喜期，就不好了。”

在天津的李鸿章，经过深思熟虑，认为张佩纶才高志大，资格又好，决心要收他做个帮手。张佩纶的父亲在李鸿章的家乡安徽做过官，叙起来也算世交，李鸿章便遣人专程将他接了来，在北洋衙门长谈了几次。原来李鸿章也有一番抱负，跟醇王秘密计议过，准备创办新式海军。他自己一手创立了淮军，深知陆军是无法整顿的了。外国的陆军，小兵亦读过书看得懂书面的命令，中国的陆军，连营官都是目不识丁，怎么比得过人家？再说，陆军练好了，亦必须等到外敌踏上中华国土，才能发生保国卫民的作用，不如海军得以拒敌于境外。因此，李鸿章已悄悄着手修建旅顺港，在北洋办海军学堂。这番雄图壮志，非十年不足以见功，而且得在平定的局势之下，方能按部就班，寸寸积功。

这就是李鸿章力主对法妥协的原因，忍一时之愤图百年之计，张佩纶觉得谋国远虑，正应如此，因而也作了不少献议，彼此谈得非常投机。

“老夫耄矣！足下才气纵横，前程远大，将来此席非老弟莫属。”

这已隐然有传授衣钵之意。张佩纶想到曾国藩说过，“办大事以找替手为第一”，他当年遣散湘军，扶植淮军，便是找到了李鸿章作替手。想来，李鸿章以湘乡“门生长”自居，顾念遗训，找到他来作替手。这番盛意，关乎国家气运，当仁不让，倒不可辜负。

由于有了这样的默契，张佩纶在暗中亦已转为主和派。同时有人为李鸿章设计，用借刀杀人的手法，拆清流的台——将清流中响当当的人物，调出京去，赋以军务重任。书生都是纸上谈兵，一亲营伍，每每偾事，便可借此收拾清流，而平时好发议论的人，见此光景，必生戒心，亦是钳制舆论的妙计。

李鸿章认为是借刀杀人，还是登坛拜将，应视人而异。像张佩纶便属于后者。李鸿章决定设法保他督办由左宗棠所创办、沈葆桢所扩大的福建船政局，作为他将来帮办北洋海军的张本。此外就不妨借刀杀人了。

但这是需要逐步布置，循图实现的事，而眼前除了由张佩纶去压低主战的高调以外，最要紧的是，要让主战的实力派，知难而退。这实力派中，第一个便是左宗棠，得想法子多方掣肘，叫他支持彭玉麟的计划，步步荆棘，怎么样也走不通。这就是李鸿章特召邵友濂北上要商量的事。

“左湘阴无非靠胡雪岩替他出力。上次赈灾派各省协济，两江派二十万银子，江宁藩库，一空如洗，他到江海关来借，我说要跟赫德商量。湘阴知难而退，结果是问胡雪岩借了二十万银子。湘阴如果没有胡雪岩，可说一筹莫展。”

“胡雪岩这个人，确是很讨厌。”李鸿章说，“洋人还是很相信他，以至于我这里好些跟洋人的交涉，亦受他的影响。”

"既然如此，有一个办法，叫洋人不再相信他。"邵友濂说，"至少不如过去那样相信他。"

"不错，这个想法是对的。不过做起来不大容易，要好好筹划一下。"

"眼前就有一个机会——"

这个机会便是胡雪岩为左宗棠经手的最后一笔借款，到了第二期还本的时候了！

当邵友濂谒见李鸿章，谈妥了以打击胡雪岩作为对左宗棠掣肘的主要手段时，胡雪岩不过刚刚到了江宁。

原来胡雪岩与螺蛳太太商量行程，螺蛳太太力主先到江宁，后到上海。胡雪岩觉得她的打算很妥当，因为由于螺蛳太太的夸奖，他才知道宓本常应变的本事很到家，这样就方便了。他在南京动静要伺候左宗棠，身不由主；到了上海，是宓本常伺候自己，即令有未了之事，可以交给宓本常去料理，欲去欲留，随心所欲，绝不会耽误了为女儿主持嘉礼这一件大事。

于是，他一面写信通知宓本常与古应春，一面打点到江宁的行李——行李中大部分是送人的土仪。江宁候补道最多，有句戏言叫作"群'道'如毛"。这些候补道终年派不到一个差使，但三品大员的排场，不能不摆，所以一个个苦不堪言，只盼当肥缺阔差使的朋友到江宁公干，才有稍资沾润的机会。胡雪岩在江宁的熟人很多，又是"财神"，这趟去自然东西是东西、银子是银子，个个要应酬到。银子还可在江宁阜康支用，土仪却必须从杭州带去，整整装满一船，连同胡雪岩专用的坐船，由长江水师特为派来的小火轮拖带，经嘉兴、苏州直驶江宁。

当此时也，李鸿章亦以密电致上海道邵友濂，要他赴津一行，有要事面谈。上海道是地方官，不能擅离职守，所以在密电中说明，总理衙门另有电报，关照他先作准备，等总理衙门的公事一到，立即航海北上。

公事是胡雪岩从杭州动身以后，才到上海的。但因上海到天津的海道，费时只得两天一夜，所以邵友濂见到李鸿章时，胡雪岩还在路上。

这南北洋两大臣各召亲信，目的恰好相反。左宗棠主战，积极筹划南洋防务以外，全力支持督办广东军务的钦差大臣彭玉麟；李鸿章则表面虽不敢违犯清议，但暗中却用尽了釜底抽薪的手段，削弱主战派的力量及声势。第一个目标是左副都御史张佩纶，因为他是主战派领袖大学士李鸿藻的谋主，制服他亦就是擒贼擒王之意。

就压制主战派这个目的来说，收服张佩纶是治本，打击胡雪岩是治标。可是首当其冲的胡雪岩，却还蒙在鼓里，到了江宁，先到他自己所置的公馆休息。

胡雪岩在通都大邑，都置有公馆，但一年难得一到，江宁因为左宗棠的关系，这年是第二次来住。这个公馆的“女主人”姓王，原是秦淮“旧院”钓鱼巷的老鸨。她运气不佳，两个养女，连着出事，一个殉情，一个私奔。私奔的可以不追究，殉情的却连累老鸨吃了人命官司，好不容易才得无罪被释，心灰意懒再不愿意吃这碗“把势饭”了。

既然如此，只有从良之一途。这个王鸨，就像《板桥杂记》中所写的李香君的假母那样，虽鸨不老，三十出头年纪，风韵犹存，要从良亦着实有人愿量珠来聘。

但秦淮的勾栏中人，承袭了明末清初“旧院”的遗风，讲究饮食起居，看重骚人墨客。而看中她的，腰有万金之缠，身无一骨之雅；她看中的，温文尔雅，不免寒酸。因而她空有从良之志，难得终身之托。

这是三年前的事，江宁阜康新换一个档手，名叫江德源，此人是由阜康调过来的，深通风月，得知有王鸨这么一个人，延聘她来当“胡公馆”的管家，平时作为应酬特等客户的处所，等“东家”到江宁，她便是“主持中馈”的“主妇”。当然，这“主妇”的责任，也包括房帏之事在内。

王鸨为胡公馆的饮食起居舒服，且又不受拘束，欣然同意。那年秋天，胡雪岩到江宁，首先就看中了她的裙下双钩，纤如新月，一夕缱绻，真如袁子才所说的“徐娘风味胜雏年”，厚赠以外，送了她一个外号叫作“王九妈”。南宋发生在西湖上的，有名的“卖油郎独占花魁女”的故事，其中的老鸨就叫王九妈。

这王九妈已得到江德源的通知，早就迎合胡雪岩的喜好，除饮食方面有预备以外，另外还打听了许多新闻，作为陪伴闲谈的资料。

这些新闻中，胡雪岩最关切的，自然是有关左宗棠的情形。据说他衰病侵寻，意气更甚，接见僚属宾客，不能谈西征，一谈便开了他的“话匣子”，铺陈西征的勋业，御将如何恩威并用，用兵如何神奇莫测。再接下来便要骂人。第一个被骂的是曾国藩，其次是李鸿章，有时兼骂沈葆桢。这三个人都是左宗棠的前任，有好些旧部在江宁，尤其是曾国藩，故旧更多，而且就人品来说，左宗棠骂李鸿章犹可，骂曾国藩则不免令人不服。因此，曾国藩的旧部，每每大庭广众之间批评他说：“大帅对老帅有意见，他们之间的恩怨，亦难说得很。就算老帅不对，人都过去了，也听不见他的骂，何必在我们面前啰唆？而且道理不直，话亦不圆，说来说去，无非老帅把持饷源，处处回护九帅，耳朵里都听得生茧了。”

胡雪岩心想，也不过半年未见左宗棠，何以老境颓唐至此？便有些不大相信，及至一问江德源，果然如此。江德源说：“江宁现在许多事办不通。为什么呢？左大人先开讲，后开骂，一个人滔滔不绝，说到时候差不多了，戈什哈把茶碗交到他手里，外面伺候的人马上喊一声‘送客’。根本就没法子谈公事。”

“这是难得一次吧？”

“哪里？可说天天如此。”江德源说，“左大人有点‘人来疯’，人越多他越起劲，大先生亦不必讲究礼节，‘上院’去见，不如就此刻在花厅或者签押房里见，倒可以谈点正经。”

原来督抚接见“两司”——藩司、臬司以及道员以下的僚属，大致五天一次，“衙参”之期定在逢三、逢八的日子居多，接见之处，称为“官厅”，而衙参称之为“上院”。胡雪岩到的这天是十月十七，原想第二天“上院”，如今听江德源这一说，决定接受他的建议，当即换了官服，坐轿直闯两江总督的辕门。

辕门上一看“胡财神”到了，格外巴结，擅作主张开正门，让轿子抬到官厅檐前下轿，随即通报到上房，传出话来：“请胡大人换了便服，在签押房见面。”

于是跟班打开衣包，就在官厅上换了便服，引入签押房。左宗棠已经在等了，胡雪岩自然是行大礼请安，左宗棠亲手相扶，延入客座，少不得有一番寒暄。

胡雪岩一面说话，一面细看左宗棠的眼睛。他的左眼已长了一层白翳，右眼见风流泪，非常厉害，不时拿一块绸绢擦拭。于是胡雪岩找一个空隙说道：“听说大人的眼睛不好，我特为配了一副眼药来，清凉明目，很有效验。”说着，将随手携带的一个小锦袱解开来又说，“还替大人配了一服膏滋药，如果服得好，让大人交代书启师爷写信来，我再送来。”

“多谢，多谢！”左宗棠说，“我现在多靠几个朋友帮忙，不但私务，连公事都要累你。上次山东闹水灾，两江派助赈四十万，藩库只拿得出一半，多亏你慷慨援手。不过，这笔款子，两江还无法奉还。”

“大人不必挂齿。”胡雪岩原想再说一句，“有官款在我那里，我是应该效劳的。”但话到口边，又缩了回去。

“这一回越南吃紧，朝命彭雪琴督办广东军务，我跟他三十年的交情，不能不助他一臂之力，而况我奉旨筹办南洋防务，粤闽洋务，亦在我管辖之下，其势更不能兼筹并顾。可恨的是，两江官场，从曾湘乡以来，越搞越坏，推托敷衍，不顾大局，以至于我又要靠老朋友帮忙了。”

“是。”胡雪岩很沉重地答应着。

“王阆青已经出京回湖南去招兵了，打算招六千人，总要有四千支枪才够用，江宁的军械局，为李少荃的大舅子搞得一塌糊涂，交上海制造局赶办，第一是经费尚无着落，其次是时间上缓不济急，所以我想由转运局来想法子。雪岩，你说呢？”

“转运局库存洋枪，细数我还不知道。不过大人既然交代要四千支，我无论如何要想法子办齐。”

“好！”左宗棠说，“我就知道，跟你商量不过是一句话的事，最痛快不过。”

“光墉，”胡雪岩称名谦谢，“承大人栽培，不敢不尽心尽力伺候。”

“好说，好说。还有件事，王阆青招来的兵，粮饷自然由户部去筹划，一笔开拔费，数目可观，两江不能不量力相助。雪岩，你能不能再帮两江一个忙？”如果是过去，胡雪岩一定会问：“要多少？”但目前情形不同，他想了一下说：“回大人的话，现在市面上银根紧得不得了，就是不紧，大人要顾到老部下。如今我遵大人的吩咐，要多少筹多少，到了陕甘接济不上时，就变成从井救人了。”

所谓“老部下”是指刘锦棠，而胡雪岩又是西征转运局的委员，在他的职司有主有从，如两江筹饷是额外的差使，行有余力，不妨效劳，否则他当然要顾全西征军为主。左宗棠了解到这一点，便不能不有所顾虑，想了一下说道：“这样吧，明天我再找藩司来想法子，如果真有难处，那就不能不仰赖老兄拔刀相助了。”

“大人言重。”胡雪岩问道，“不知道什么时候再来请示？”

“请示”便是听回音，左宗棠答说：“很快、很快，三两天之内，就有信息。”

于是胡雪岩起身说道：“我听大人的指挥办理，今天就告辞了。”

“嗯，嗯。”左宗棠问，“今天晚上没事吧？”

胡雪岩知道要留他吃饭，急说道：“今天晚上有个不能不去的饭局。”

“既然如此，我不留你了。我知道你事情多，不必来看我，等有了信息，我自然会派人来请你。”

于是胡雪岩请安辞出，接着便转往秦淮河河房去赴宴会。在座的都是江宁官场上提得起来的人物，消息特别灵通，胡雪岩倒是听了许多内幕。据说李鸿章已向总理衙门正式表明他的看法：中国实力不足，对越南之事应早结束，舍此别无良法。

但总理衙门主张将法国对中国种种挟制及无理的要求，照会世界各国，以明其曲在彼。如果法军来犯，即与开战。李鸿章虽不以为然，无奈他想谈和，连对手都没有，法国的特使德理固已转往日本去了。

“中国的苦恼是，欲和不敢和，欲战不能战。”督署的洋务委员候补道张凤池说，“现在是彼此‘耗’的局面，就不知道谁耗得过谁了。”

“那么，照凤翁看，是哪个耗得过哪个？”

“这一层很难说。不过，在法国，原来只有他们的外务部长最强硬，现在意见已经融洽了，他们的内阁总理在国会演说，决心在越南打到底。而我们呢，朝廷两大柱石，纵不说势如水火，可是南辕北辙，说不到一起，大为可虑。”

所谓“朝廷两大柱石”，自是指李鸿章与左宗棠。在座的虽以两江的官员居多，但其中跟李鸿章渊源甚深的也不少，谈到李、左不和，是个犯忌讳的话题，如果出言不慎，会惹麻烦上身，所以都保持着沉默。

只有一个人是例外。此人是山东的一个候补道，名叫玉桂，蒙古旗人，原来在两江候补，署道实缺，也当过好些差使，资格甚老，年纪最长，大家都叫他“玉大哥”。此人理路很明白，勇于任事，本来是应该红起来的一个能员，只以心直口快，妨了他的官运。这回是奉山东巡抚所派，到江宁来谒见左宗棠，商议疏浚运河，哪知来了半个月，始终不得要领，以致牢骚满腹，一提到李左不和，忍不住要开口了。

“左、李两公，勋业彪炳，天下仰望，朝廷酬庸有功，封侯拜相。过去的战功是过去了，可以不谈了，好汉不提当年勇，何必呢？”

这明明是在说左宗棠，八座咫尺，忌讳益甚，更没有人敢置一词。

有了三分酒意的玉桂，只当大家默许他的议论，因而就更起劲了：“如说打仗，兵贵神速，倘或一天到晚说空话，正事不办，到得兵临城下，还在大谈春风已度玉门关，各位倒想，那会弄成怎么一个局面？”

听得这番话，座客相顾失色。有跟玉桂交情比较深的，便很替他担心，因为这话一传到左宗棠耳朵里，就一定会找了他去。如果只是痛斥一顿倒还罢了，就怕找了他去质问：你说“兵临城下”是什么兵？是法国军队吗？一怒之下，指名严劾，安上他一个危言惑众、动摇民心士气的罪名，起码也是一个革职的处分。

于是有人便乱以他语："玉大哥、玉大哥，今宵只可谈风月，喝酒，喝酒。"

玉桂还想再说，做主人的张凤池见机，大声说道："玉大哥的黑头、黄钟仲吕，可以醒酒，来，来，来一段让我们饱饱耳福。"

"对！"有人附和，"听玉大哥唱黑头，真是痛快淋漓。快！快！'场面'呢？"

文场、武场都现成，很快地摆设好了，"乌师"请示唱什么，张凤池便说："玉大哥最拿手的是'探阴山'跟'上天台'。我看先上天台，后探阴山吧！"

"不！"玉桂答说，"今天我反串，唱'胡子'，来段'斩谡'。"

等打鼓佬下鼓槌领起胡琴，过门一到，玉桂变了主意。"我还是唱上天台吧。"他说。

原来玉桂编了一段辙儿，想骂左宗棠如失街亭的那个蜀中大将"言过其实，终无大用"，但想想自己身居客地，而左宗棠到底是年高位尊，过于嚣张，实在也不很相宜，所以不为己甚。

这些情形看在胡雪岩眼中颇有感触。回想当年左宗棠意气风发，连曾国藩都不能不让他几分，哪知如今老境颓唐，为人如此轻视。他这样转着念头，一面为左宗棠悲哀，一面也不免兴起急流勇退的念头。

在江宁已经十天了，左宗棠始终没有派人来请他去见面。由于他事先有话，胡雪岩不便再去求见，只有托熟人去打听，但始终不得要领。

好不容易左宗棠来请了，一见面倒没有废话，开门见山地说："雪岩，陕甘那面我另有部署，你把转运局的官款，拨二十五万出来。"

这笔款子自然是拨给王德榜的。不加商量，直接交代，胡雪岩除了唯唯称是以外，别无话说。

“这笔钱能不能在这里拨？”左宗棠问。

“大人要在哪里拨就哪里拨。”

“好，就在这里拨好了。你替王阆青立个折子。”

“是。”

“你什么时候回去？”

“我一直在候大人的命，既然有了交代，我想明天就走。”

“对了，你要回去办喜事。”左宗棠问，“令嫒出阁，我已经告诉他们备贺礼了。你我是患难之交，我不能去喝喜酒，心中未免歉然。”

“大人言重了。”

“我想再送点什么别致的贺礼。雪岩，你倒替我想想，不必客气。”

“是。”胡雪岩想了一下说，“如果有大人亲笔的一副喜联，那就真的是蓬荜生辉了。”

“这是小事。”左宗棠答说，“不过今天可来不及了，反正喜期以前，一定会送到。”

“大人公务太忙，我这个实在算是非分之求。既蒙大人许了，我把喜堂最上面的位置留下来了。”

这是变相的坚约，左宗棠不可言而无信，否则喜堂正面，空着两块不好看。左宗棠理会得这层意思，便喊一声：“来啊！”

“喳！”

厅上一呼，廊上百诺，进来一名亮蓝顶子的材官，站在他身旁待命。

“胡大人的小姐出阁，我许了一副喜联，你只要看我稍为闲一点儿，就提醒我这件事，免得失礼。”左宗棠又说，“你要不断提醒我。”

“是。”

“好！就这么说了。”左宗棠又问，“你先到上海？”

“是的。”

“有什么事要我替你招呼？”

胡雪岩心里不放心的是，那笔到期还本的洋债，为限已近，但看宓本常并无信来，谅想已经办妥，就不必再请左宗棠费事了。

“等有事再来求大人。”

“好！”左宗棠说，“这回你来，我连请你吃顿饭的工夫都抽不出来，实在有点说不过去。”

“大人太客气了。”胡雪岩问，“不知道大人在上海、在杭州，有什么委办的事没有？”

左宗棠想了一下说：“就是王阆青的那四千支枪。”

“这件事，我一定办妥当。”

“别的就没有了。”左宗棠说，“就要你那句话，想起来再托你。”

胡雪岩告辞而出，又重重地托了那些材官，务必提醒喜联那件事。当然，少不得还有一个上写“别敬”的红包奉送。

一到上海，胡雪岩才失悔在江宁荒废的日子太多了。上海也仿佛变了一个样子，真所谓市面萧条，熟人一见了面，不是打听战事，就是相询何处避难最好。这些情形在江宁是见不到的。

做钱庄最怕遇到这样局势，谣言满天，人心惶惶。而且遇到这种时候，有钱的人都相信手握现款是最妥当的事，因此，钱庄由于存款只提不存，周转不灵而倒闭的，已经有好几家。阜康是块金字招牌，所受的影响比较小，但暗中另有危机，只是宓本常守口如瓶，不让胡雪岩知道而已。

但即令如此，已使得胡雪岩大为头痛。首先是供应王德榜的四千支洋枪，转运局的库存仅得两千五，尚少一千五百支，需要现购，每支纹银十八两，连水脚约合三万两银子。这倒还是小事，伤脑筋的是，他在左宗棠面前，已经大包大揽地答应下来，如果交不足数，信用有关。

“小爷叔亦不必过分重视这件事，将来拿定单给左湘阴看就是了。”

“应春，”胡雪岩说，“我在左湘阴面前，说话从来没有打过折扣，而且，这回也只怕是最后一两回替他办差了，为人最要紧收缘结果，一直说话算话，到临了失一回信用，且不说左湘阴保不定会起疑心，以为我没有什么事要仰仗他，对他就不像从前那样子忠心，就是自己，也实在不大甘心，多年做出来的牌子，为这件小事砸掉。应春你倒替我想想，无论如何要帮我一个忙。”

办军火一向是古应春的事，从来也没有说过一句客气话，忽然冒出来这么一句“无论如何要帮忙”的话，古应春心里当然也很不是味道。

他盘算了好一会儿说：“看看日本那方面有没有办法好想，如果有现成的货色，日子上还来得及，不过枪价就不能谈了。”

“枪价是小事，只要快。应春，你今天就去办。”

古应春依他的要求，奔走了两天，总算有了头绪，急于想要报告胡雪岩，哪知寻来寻去，到处扑空，但到得深夜，古应春正要归寝时，胡雪岩却又不速而至，气色显得有点不大正常。

“老爷只怕累坏了。”瑞香亲自来照料，一面端来一杯参汤，一面问道，“饿不饿？”

“饿是饿，吃不下。”

“你去想想看，”古应春交代，“弄点开胃的东西来消夜。”

等瑞香一走，胡雪岩问：“七姐呢？睡了？”

“是的。她睡得早。”

“那就不惊动她了。”胡雪岩又问，“听说你寻了我一天。”

“是啊！”古应春很起劲地说，“我有好消息要告诉小爷叔，枪有着落了。”

“这好！”胡雪岩也很高兴，“是哪里弄来的？”

“日本。说起来很有意思，这批枪原来是要卖给法国人的。”

“那就更妙了，怎么个来龙去脉？”

原来法国仓促出兵增援，要就地在东方补充一批枪支，找到日本一个军火商，有两千支枪可以出售。古应春多方探查，得到这么一个消息，托人打电报去问，愿出高价买一千五百支。回电讨价二十五两银子一支，另加水脚。

“那么，敲定了没有呢？”

“敲定了，照他的价钱，水脚归我们自理，已经电汇了一万银子去了。”古应春又说，“半个月去上海交货。”

“二十五两就二十五两，总算了掉一桩心事。”

胡雪岩忽然问道：“应春，你有没有听说，老宓瞒住我私底下在做南北货？”

古应春稍一沉吟后说：“听是听说了，不晓得详细情形。”

“据说有一条船碰到法国人的水雷沉掉了，损失不轻。”

“损失不会大。”古应春答说，“总买了保险的。”

胡雪岩点点头，脸上是安慰的神情。“应春，”他问，“你看我要不要当面跟老宓说破？”

这一点关系很大，古应春不敢造次，过了好一会儿却反问一句：“小爷叔看呢？”

“只要风险不大，我觉得不说破比说破了好。俗话说的‘横竖横、拆牛棚’。一说破了，他索性放手大做，那一来，我就非换他不可！苦的是，找不到合适替手。”

接下来，胡雪岩谈他的另一个烦恼，应还洋商借款的第二期本金，期限即在十月底，宓本常是十月初就不断到上海道衙门去催问，所得的答复是：各省尚未汇到。及至胡雪岩一到上海，去拜访上海道邵友濂，答复如旧，不过邵友濂多了一句话：“老兄请放心，我尽力去催，期限前后，总可以催齐。”

“只能期前，不能期后。邵兄，你晓得的，洋人最讲信用。”

“我晓得。不过钱不在我手里，无可奈何。”邵友濂又说，“雪翁，五十万银子，在你算不了一回事，万一期前催不齐，你先垫一垫，不过吃亏几天利息。”

一句话将胡雪岩堵得开不出口。“他的话没有说错，我垫一垫当然无所谓，哪晓得偏偏就垫不出。”胡雪岩说，“不巧是巧，有苦难言。”

何谓“不巧是巧”？古应春要多想一想才明白，不巧的事凑在一起，成为巧合，便是“不巧是巧”。细细想去，不巧的事实在很多，第一是市面不景气，银根极紧；第二是，囤丝囤茧这件事，明知早成困局，力求摆脱，但阴错阳差，他的收买新式缫丝厂、为存货找出路的计划，始终未能成功——目前天津、上海都有存丝，但削价求售，亦无买主；第三是左宗棠先为协赈借了二十万银子，如今又要拨付王德榜二十五万两，虽说是转运局的官款，但总是少了一笔可调度的头寸；第四是十一月初五的吉期在即，场面大，开销多，至少还要预备二十万银子；最后就是宓本常私下借客户的名义，提取存款去做南北货生意，照古应春的估计，大概是十万银子左右。

“今天十月二十五了。这个月小建，到十一月初五，十天都不到。”胡雪岩说，“这笔头寸摆不平，怎能放心去办喜事。”

“小爷叔亦不必着急，到底只有五十万银子，再说，这又不是小爷叔私人的债务，总有办法可想的。”

“要想就要早想。”

古应春沉吟了一下说：“如今只有按部就班来，一面催上海道，一面自己来想法子调头寸，如果这两方面都不如意，还有最后一着，请汇丰展期，大不了贴利息。”

“这一层我也想到过，就怕人家也同邵小村一样，来一句‘你先垫一垫好了’。我就没有话好说了。”

“不会的。洋人公私分明，公家欠的债，他们不会叫私人来垫的。如果他们真的说这样话，小爷叔回他一句：‘我垫不如你垫，以前汇丰要放款给阜康，阜康不想用，还是用了，如今仍旧算阜康跟汇丰借好了。’看他怎么说。”

“这话倒也是。”胡雪岩深深点头。

“小爷叔愿意这样做，我就先同汇丰去说好了它。小爷叔不就可以放心了？”

“慢慢，慢慢！”胡雪岩连连摇手。

原来他有他的顾虑，因为请求展期，无异表示他连五十万银子都无法垫付。这话传出去，砍他的金字招牌，不但左宗棠对他的实力与手腕，会生怀疑，十一月初五那一天，盈门的贺客少不得会谈论这件事，喜事风光，亦将大为减色。

“我们先走第一步同第二步。”胡雪岩说，“第一步我来，第二步托你。”

第一步就是到上海道衙门去催问，第二步“自己想法子来调度”。这一步无非督促宓本常去办，古应春因为有过去的芥蒂，不肯做此吃力不讨好，而且可能徒劳无功的事，因而面有难色。

“怎么样？”

“我想跟小爷叔调一调，头一步归我，第二步小爷叔自己来。”古应春说，“小爷叔催老宓，名正言顺，我来催老宓，他心里不舒服，不会买账的。”

“也好。”胡雪岩说，“事情要快了。”

“我明天一早就去，上海道衙门我有熟人。”古应春说，“小爷叔明天中午来吃饭，听消息。”

“好。”胡雪岩说，“这几天我们早晚都要碰头。”

第二天中午，古应春带来一个极好的消息，各省协助的“西饷”已快收齐了，最早的一笔，在十月初便已汇到。

“有这样的事！”胡雪岩大为困惑，“为啥邵小村同我说，一文钱都没有收到？你的消息哪里来的？”

“我有个同乡晚辈，早年我照应过他，他现在是上海道衙门电报房的领班。”

“那就不错了！”胡雪岩既喜且怒，“邵小村不晓得在打什么鬼主意，我要好好问他一问。”

“小爷叔不必如此。我想最好的办法是请左大人打个电报给邵小村。”

原来古应春从他同乡晚辈中，另获有很机密的消息，说是李鸿章正在设法打击左宗棠。因而他想到，邵友濂对胡雪岩有意留难，是别有用心。但这个消息，未经证实，若告诉了胡雪岩，反而会生出是非，只有用左宗棠出面，措词严厉些，带着警告的意味，让邵友濂心生顾忌，在期限之前拨出这笔代收的款子，了却胡雪岩的责任，最为上策。

但胡雪岩又何从去了解古应春的用心？他仍旧是抱着在左宗棠面前要保持面子的用心。在江宁时，左宗棠原曾问过胡雪岩，有什么事要他出面，意思就是指上海道代收“西饷”这件事。当时如说请他写封信催一催邵友濂，是很正常的回答，左宗棠不会想到别的地方去。但自己已经回答没有什么事要他费心，而结果仍旧要他出面，这等于作了垫不出五十万银子的表示是一样的。

因此，胡雪岩这样答说：“不必劳动他老人家了，既然各省都快到齐了，我去催他。”

胡雪岩一向沉得住气，这一次因为事多心烦，竟失去了耐性。他气匆匆地去看邵友濂，门上回答：“邵大人视察制造局去了。”吃了个闭门羹，心中越发不快，回到转运局命文案师爷写信给邵友濂，措词很不客气，有点打官腔的味道，而且暗示，邵友濂如果不能如期付款，只好请左宗棠自己来料理了。

这封信送到江海关，立即转送邵友濂公馆，邵友濂看了自然有些紧张，因为“不怕官、只怕管”。自洪、杨平定后，督抚权柄之重，为清朝开国以来所未有，左宗棠是现任两江总督，如果指名严参，再有理也无法申诉，而况实际上确也收到了好几省的“西饷”，靳而不予，也是件说不过去的事。

因此，他很不情愿地作了个决定，将已收到的“西饷”开单送交转运局，为数约四十万两，胡雪岩只须垫十万银子，便可保住他对洋人的信用。

但就在写好复信，正发出之际，来了一个人，使得他的决定整个儿被推翻。

这个人便是盛宣怀，由于筹办电报局大功告成，他不但成了李鸿章面前有数的红人，而且亦巴结上了醇亲王的关系。此番他是衔李鸿章之命，到上海跟邵友濂来商量，如何“救火”。

“救火”是盛宣怀形容挽救眼前局势的一个譬喻，这也是李鸿章的说法，他认为由越南危局引起的中法冲突，他有转危为安的办法，但主战派的行动，却如“纵火”，清流的高调，则是火上浇油。但如火势已灭，虽有助燃的油料，终无所用。意思就是打消了主战的行动，清流便不足畏。

那么，谁是“纵火”者呢？在李鸿章看，第一个就是左宗棠，第二个是彭玉麟。至于西南方面如云贵总督岑毓英等，自有办法可以控制，即使是彭玉麟，倘无左宗棠的支持，亦可设法让他知难而退。换句话说，擒贼擒王，只要将左宗棠压制住，李鸿章就能掌握到整个局势，与法国交涉化干戈为玉帛。

“小村兄，你不要看什么‘主战自强’‘大奋天威’‘同仇敌忾’，这些慷慨激昂的论调，高唱入云，这不过是听得见的声音。其实，听不见的声音，才是真正有力量的声音，中堂如果不是有这些听不见的声音撑腰，他也犯不着跟湘阴作对——湘阴老境颓唐，至多还有三五年的富贵而已，何必容不得他？反过来说，如果容不得他，就一定有非去他不可的缘故在内。小村兄，中堂的心事，你先要明白。”中堂是指李鸿章。

盛宣怀的词令最妙，他将李鸿章对左宗棠的态度，说得忠厚平和，一片恕词，但在邵友濂听来，是非常明白的，李、左之间已成势不两立，非拼个你死我活不可了。

“是的。”邵友濂矍然警觉，“我明白。不过，我倒要请问，是哪些听不见的声音？”

“第一是当今大权独揽的慈禧皇太后，她辛苦了大半辈子，前两年又生了一场死去活来的大病，你想，五十岁的老太太，哪个不盼望过几年清闲日子的，她哪里要打什么仗？”

“既然大权独揽，她说个‘和’字，哪个敢不奉懿旨？”

“苦就苦在她什么话都好说，就是这个字说不出口。为啥呢？洪、杨戡定大乱，从古以来，垂帘的太后，没有她这样的武功，哪里好向廷臣示弱？再说，清流的论调，又是如此嚣张，只好表面上也唱唱高调，实际上全不是这么回事。”

“我懂了，这是说不出的苦。”邵友濂又问，“第二个呢？”

“第二个是当政的恭王，他一向主张跟洋人打交道，以和为贵，如今上了年纪，更谈不上什么雄心壮志了。”

“英法联军内犯，恭王主和，让亲贵骂他是‘汉奸’，难怪他不敢开口。可是，醇王一向主战，怎么也不作声呢？”

“这就是关键所在。如今的醇王，不是当年的醇王了，这几年洋人的坚甲利兵，”盛宣怀停下来笑一笑说，“说起来倒是受了湘阴的教，西征军事顺手，全靠枪炮厉害，这一点湘阴在京时候，跟醇王谈得很详细。醇王现在完全赞成中堂的主张，‘师夷之长以制夷’，正在筹划一个辟旅顺为军港，大办海军的办法，醇王对这件事，热衷得不得了，自然不愿‘小不忍则乱大谋’。”

“嗯！嗯！有这三位，中堂足足可以择善固执。”

“提到择善固执，还有个人不能忽略。小村，你是出过洋的，你倒说说看，当今之世，论洋务人才，哪个是此中翘楚？”

“那当然是玉池老人。连曾侯办洋务都得向他请教。”

“玉池老人”是郭嵩焘自署的别号，“曾侯”指驻法钦差大臣曾纪泽。事实上不仅曾纪泽，连李鸿章办洋务亦得向他请教，因为李鸿章虽看得多，却不如郭嵩焘来得透彻，同时亦因为李鸿章虽然亦是翰林，而学问毕竟不如郭嵩焘，发一议，立一论，能够贯通古今中外而无扞格，以李鸿章的口才，来解说郭嵩焘的理论，便越觉得动听了。

“现在彭雪琴要请款招兵，王阆青已经在河南招足了四千人，这就是湘阴派出去‘纵火’的人，一旦祸发，立刻就成燎原之势。中堂为此，着急得很，不说别的，只说法国军舰就在吴淞口外好了，人家已经亲口告诉中堂了，随时可以攻制造局，这是北洋的命脉之一，你想，中堂着急不着急？”

听得这话，邵友濂大吃一惊。他总以为中法如有冲突，不在广西，便在云南，如果进攻高昌庙的制造局，便是在上海作战，他是上海道，守土有责，岂不是要亲自上阵跟法国军队对垒？

转念到此心胆俱裂，他结结巴巴地说：“上海也有这样的话，我总以为是谣言，哪知道人家亲口告诉了中堂，是真有这回事！”

“你也不要着急。”盛宣怀安慰他说，“人家也不是乱来的，只要你不动手，就不会乱挑衅，你要动手了，人家就会先发制人。”

这话说得再明白不过，邵友濂立即答说：“无论如何不可让湘阴把火烧起来。放火要有放火的材料，没有美孚牌煤油，没有一划就来的火柴，火就放不起来。杏荪兄，你说是不是？”

“一点不错，这就叫釜底抽薪。”

“要釜底抽薪，只有一个办法。”邵友濂说，“煤油、火柴都在胡雪岩手里，没有胡雪岩，湘阴想放火也放不成。江宁官场都不大买湘阴的账，他说出话去，多多少少要打折扣，只有一个人，他说一是一，说二是二，就是胡雪岩，譬如——”

譬如山东水灾助赈，江宁藩台无法支应，左宗棠向胡雪岩借银二十万，如响斯应，这一回王德榜募兵援越，不但四千杆洋枪由胡雪岩筹划供给，补助路费亦由雪岩负责等，邵友濂举了好些实例。

结论是要使得左宗棠“纵火”不成，非除去胡雪岩不可。

“本常，”胡雪岩指着邵友濂复他的信说，“你看了这封信就晓得了，人家说得很明白，各省的款子收齐了，马上送过来，限期以前，一定办妥当，误了限期，一切责任由他来负。他到底是上海道，说话算话，不要紧的。”

宓本常看完了信问：“洋人的限期是哪一天？”

“放宽十天，只要十一月初十以前付款，就不算违限。”

“呃，”宓本常说，“大先生预备啥辰光回杭州？”

这句话问得胡雪岩大为不悦。“十一月初五的好日子。”他说，“今天是十月二十九，你说我应该啥辰光动身回杭州？”

由水路回杭州，用小火轮拖带，至少也要三天。喜期以前，有许多繁文缛节，即便不必由他来料理主持，但必须由他出面来摆个样子，所以无论如何，第二天——十月底一定要动身。

宓本常碰了个钉子，不敢再多说一句，心里却七上八下，意乱如麻，但胡雪岩不知道他的心事，只着重在洋债的限期上。

“这件事我当然要预备好。”胡雪岩说，“限期是十一月初十，我们现在亦不必催邵小村，到了初五六，你去一趟，看有多少银子先领了回来，照我估计，没有九成，也有八成，自己最多垫个十万两银子，事情就可以摆平了。”

“是的。”

“现在现款还有多少？”

问到这话，宓本常心里又是一跳。胡雪岩已经查过账了，现款还有多少，他心里应该有数，如今提出来，不是明知故问？

这样想着，宓本常便忘了回答，胡雪岩便再催问一句：“多少？”

“呃！”宓本常说，“大先生不是看过账了？总有四十万上下。”

全上海的存银不过一百万两，阜康独家就有四十万，岂能算少？不过胡雪岩也知道他挪用了一部分，心想，四十万虽不足，三十万应该是有的，垫上十万两银子还不足为忧。

话虽如此，也不妨再问一句：“如果调度不过来，你有什么打算？”

这话就问得怪了！宓本常心想，现银不足，自然是向“联号”调动，无所谓“打算”。他问这话，是否有言外之意？

宓本常一时不暇细想，只有先大包大揽敷衍了眼前再说。“不会调度不过来的。上海、汉口、杭州三十三处的收支情形，我都很清楚，垫十万银子，不算回事。”他又加了一句，“宁波两个号子，经常有十几万银子在那里。”

这是为了掩饰他利用客户的名义，挪用存款。“光棍一点就透”，胡雪岩认为他是在暗示，承认他挪用了十几万银子，必要时他会想法子补足。这样就更放心了。

但胡雪岩不知道，市面上的谣言已很盛了，说胡雪岩摇摇欲坠。一说他跟洋人在丝茧上斗法，已经落了下风，上海虽无动静，但存在天津堆栈里的丝，贱价出售，尚无买主。

又一说便是应付洋债，到期无法清偿。这个传说，又分两种，一种是说，胡雪岩虽好面子，但周转不灵，无法如期交付，已请求洋人展限，尚在交涉之中；又一种说法是，上海道衙门已陆陆续续将各省协饷交付阜康，却为阜康的档手宓本常私下弥补了自己的亏空。

谣言必须有佐证才能取信于人，这佐证是个疑问：胡雪岩十一月初五嫁女儿，而他本人却一直逗留在上海，为什么？

为的是他的“头寸”摆不平。否则以胡雪岩的作风，老早就该回杭州去办喜事了。

这个说法非常有力，因为人人都能看出这是件大出情理之外的事。但胡雪岩是“财神”，远近皆知，所以大家疑忧虽深，总还有一种想法，既名“财神”，自有他莫测的高深，且等着看一看再说。

看到什么时候呢？十月底，看胡雪岩过得了关过不了关。

这些一半假、一半真，似谣言非谣言的传言，大半是盛宣怀与邵友濂透过汇丰银行传出来的。因此众所瞩目的十月三十那天，有许多人到汇丰银行去打听消息，但更多的人是到阜康钱庄去看动静。

“胡大先生在不在？”有个衣冠楚楚的中年人跟阜康的伙计说，“我来看胡大先生。”

“胡大先生回杭州了。”

“回杭州了？”

“是啊！胡府上十一月初办喜事，胡大先生当然要赶回去。”

“喔，既然如此，应该早就动身了啊！为啥？”

为啥？这一问谁也无法回答。那衣冠楚楚的中年人，便是盛宣怀所遣派的散播谣言的使者，他向别人说，胡雪岩看看事情不妙，遁回杭州了。

于是当天下午就有人持着阜康的银票来兑现，第一个来的“凭票付银”五百两，说是要行聘礼，不但要现银，而且最好是刚出炉的“官宝”。阜康的伙计，一向对顾客很巴结，特为到库房里去要了十个簇新的大元宝，其中有几个还贴着红纸剪成的双喜，正就是喜事人家的存款。

第二个来兑现八百两，没有说理由，伙计也不能问理由，这也是常有的事，无足为奇，但第三个就不对了。

这个人是带了一辆板车两个脚夫来的，交到柜上一共七张银票，总数两万一千四百两。像这样大笔兑现银，除非军营发饷，但都是事先有关照的。伙计看苗头不对，赔着笑脸说：“请里面坐，吃杯茶、歇一歇。”

“好、好，费你的心。”说完，那人徐步走到客座，接受款待。

这时宓本常已接到报告，觉得事有蹊跷，便赶出来亲自接待，很客气地请教：“贵姓？”

“敝姓朱。请教！”

“我姓宓，宝盖下面一个必字。”宓本常说，“听说朱先生要兑现银？”

“是的。”

“两万多现银，就是一千两百多斤，大元宝四百多个，搬起来很不方便。”宓本常又说，“阜康做生意，一向要为主顾打算妥当，不晓得朱先生要这笔现银啥用场，看看能不能汇到哪里？或者照朱先生指定的数目，分开来换票，岂不是省事得多？”

“多谢关照。”姓朱的说，“这笔款子，有个无可奈何的用场，我不便奉告。总而言之，人家指定要现银，我就不能不照办。我也知道搬起来很笨重，所以带了车子带了人来的。”

话说到这样，至矣尽矣，宓本常如果再饶一句舌，就等于自己在金字招牌砍了一刀，所以喏喏连声，马上关照开库付银。

银子的式样很多，二万多两不是个小数目，也无法全付五十两一个的大元宝，大小拼凑，还要算成色，颇为费事。

银子是装了木箱的，开一箱、验一箱、算一箱、搬一箱，于是聚集了许多看热闹的人，议论纷纷，到最后自然而然地形成一个疑问：莫非阜康的票子都靠不住，所以人家才要提现？

等姓朱的一走，阜康则到了打烊的时候。上了排门吃夜饭，宓本常神情沮丧，食不下咽，勉强吃了半碗饭，站起身来，向几个重要的伙计招招手，到后面楼上他卧室中去密谈。

“我看要出鬼！”他问，“现银还有多少？”

“一万八千多。”管库的说。

“只有一万八千多？”宓本常又问，“应收应解的一共多少？”

于是拿总账跟流水账来看，应收的是外国银行的存款及各钱庄的票据，总共十五万六千多两，应付的只能算各联号通知的汇款，一共七万两左右，开出的银票，就无法计算了。

“这样子，今天要连夜去接头。都是大先生的事业，急难相扶，他们有多少现银，开个数目给我，要紧要慢的时候，请他们撑一撑腰。”

所谓“他们”是指胡雪岩在上海所设的典当、丝行、茧行。阜康四个重要伙计，奔走半夜情况大致都清楚了，能够集中的现银，不过十二万两。宓本常将应收应付的账目，重新仔细核算了一下，能够动用的现银，总数是二十三万两左右。

“应该是够了。”宓本常说，“只要不出鬼，就不要紧。”他突然想起大声喊道，“阿章！阿章！”

阿章是学徒中的首脑，快要出师了，一向经管阜康的杂务，已经上床了，复又被喊了起来说话。

“你‘大仙’供了没有？”

“供大仙是初二、十六，今天是月底。”

“提前供、提前供！现在就供。”

所谓“大仙”就是狐仙，初二、十六上供，一碗烧酒，十个白灼蛋。酒是现成，蛋要上街去买。时已午夜，敲排门买了蛋来，煮好上供，阿章上床已经两点钟了。

第二天阿章在床上被人叫醒，来叫他的是他的师兄弟小毛。“阿章、阿章！”他气急败坏地说，“真的出鬼了！”

“你说啥？”

“你听！”

阿章侧耳静听了一下，除了市声以外，别无他异，不由得诧异地问：“你叫我听啥？”

“你听人声！”

说破了，果然，人声似乎比往日要嘈杂，但“人声”与“鬼”又何干？

“你们去看看，排门还没有卸，主顾已经在排长龙了。”

阿章一听，残余的睡意都吓得无影无踪了，急忙起来，匆匆洗把脸赶到店堂里，只见宓本常仰脸看着高悬在壁的自鸣钟。

钟上指着八点五十分，再有十分钟就要卸排门了，就这时只听宓本常顿一顿足说：“迟开不如早开。开！”

于是刚刚起床的阿章，即时参加工作，排门刚卸下一扇，人群如潮水般涌来，将他挤倒在地。阿章大叫：“要出人命了！要出人命了！”

幸而巡捕已经赶到。头裹红布的“印度阿三”，上海人虽说司空见惯，但警棍一扬，还是有相当的弹压作用，数百顾客，总算仍旧排好长龙。巡捕中的小头目，上海人称之为“三道头”，进入阜康，操着山东腔的中国话问道：“谁是掌柜？”

“是我！”宓本常挺身而出。

“你开钱庄？”

“钱庄不是阿拉开的，不过归阿拉管。”

“只要是你管就好。快把银子搬出来，打发人家走路，免得把市面弄坏。”

“银子有的是。三道头，拜托你维持维持秩序，一个一个来。”

三道头点点头，朝柜台外面大声说道：“银子有的是，统通有，一个一个来！”

这一声喊，顾客又安静了些。伙计们都是预先受过叮嘱的，动作尽量放慢，有的拿存折来提存，需要结算利息，那一来就更慢了。站柜台的六个人，一个钟头只料理了四五十个客户，被提走的银子，不到一万。看样子局面可以稳住了。

到了近午时分，来了一个瘦小老者，他打开手巾包，将一扣存折递进柜台，口中说道：“提十万。”

声音虽不高，但宓本常听来，恰如焦雷轰顶，急忙亲自赶上来应付，先看折子户名，上写“馥记”二字，暗暗叫一声：“不妙！”

“请问贵姓？”

“敝姓毛。”

“毛先生跟兆馥先生怎么称呼？”

“朋友。”

“喔，毛先生请里面坐。”

“也好。”

姓毛的徐步踏入客座，小徒弟茶烟伺候，等坐定了，宓本常问道：“毛先生是代兆馥先生来提十万银子？”

“是的。”

“不晓得在什么地方用，请朱先生吩咐下来，好打票子。”

“在本地用。”

“票子打几张？”

姓毛的抬眼看了一下，慢吞吞地问道：“你是打哪里的票子？”

宓本常一愣，心想自然是打阜康的银票，他这样明知故问，必有缘故在内，因而便探问地说：“毛先生要打哪里的票子？”

“汇丰。”

宓本常心里又是一跳，汇丰的存款只有六万多，开十万的支票，要用别家的庄票去补足，按规定当天不能抵用，虽可情商通融，但苦于无法抽空，而且当此要紧关头，去向汇丰讨情面，风声一传，有损信用。

转念到此，心想与其向汇丰情商，何不舍远就近向姓毛的情商。“毛先生，”他说，“可不可以分开来开？”

“怎么分法？”

“一半汇丰、一半开本号的票子？”

姓毛的微微一笑。“不必了。”他说，“请你把存折还给我。”

宓本常心想，果不其然，是张兆馥要花样。原来“馥记”便是张兆馥，此人做纱花生意，跟胡雪岩是朋友，宓本常也认识，有一回吃花酒，彼此都有了酒意，为了一个姑娘转局，席面上闹得不大愉快。第二天宓本常酒醒以后，想起来大为不安，特意登门去赔不是，哪知张兆馥淡淡地答了一句：“我是你们东家的朋友，不必如此。”意思是不认他作朋友，如今派人上门来提存，自是不怀好意，不过何以要提又不提了，其中是何蹊跷，费人猜疑。

等将存折接到手，姓毛的说道：“你害我输了东道！”

“输了东道？”宓本常问道，“毛先生你同哪位赌东道？赌点啥？”

“自然是同张兆馥——”

姓毛的说，这天上午他与张兆馥在城隍庙西园吃茶，听说阜康挤兑，张兆馥说情势可危，姓毛的认为阜康是金字招牌，可保无虞。张兆馥便说阜康在汇丰银行的存款，只怕不足十万，不信的话，可以去试一试，如果阜康能开出汇丰银行十万两的支票，他在长三堂子输一桌花酒，否则便是姓毛的作东。

糟糕到极点了！宓本常心想，晚上这一桌花酒吃下来，明天十里夷场上就不知道有多少人会传说，阜康在汇丰银行的存款，只得五万银子。

果然出现这样的情况，后果不堪设想，非力挽狂澜不可。宓本常左思右想，反复盘算，终于想到了一条路子，将上海道衙门应缴的协饷先去提了来，存在汇丰，作为阜康的头寸，明天有人来兑现提存，一律开汇丰的支票。

宓本常每回到上海道衙门去催款或打听消息，都找他的一个姓朱的同乡，一见面便问："你怎么有工夫到这里来？"

宓本常愕然。"为什么我没有工夫？"他反问一句。

"听说阜康挤兑。"姓朱的说，"你不应该在店里照料吗？"

宓本常一惊，挤兑的消息已传到上海道衙门，催款的话就难说，但他的机变很快，心想正好用这件事来作借口："挤兑是说得过分了，不过提存的人比平常多，是真的。这都是十月二十一日的一道上谕，沿江戒严，大家要逃难的缘故。阜康的头寸充足，尽管来提，不要紧。"他紧接着又说，"不过，胡大先生临走交代，要预备一笔款子，垫还洋款，如今这笔款子没有办法如数预备了，要请你老兄同邵大人说一说，收到多少先拨过来，看差多少，我好筹划。"

"好！"姓朱的毫不迟疑地说，"你来得巧，我们东家刚到，我先替你去说。"

宓本常满心欢喜，而且不免得意，自觉想出来的这一招很高明，哪知姓朱的很快地就回来了，脸上却有狐疑的神气。

"你请放心回去好了。这笔洋款初十到期，由这里直接拨付，阜康一文钱都不必垫。"

宓本常一听变色，虽只是一瞬间的事，姓朱的已看在眼里，越加重了他的疑心。"老宓，我倒问你句话，我们东家怪我，怎么不想一想，阜康现在挤兑，官款拨了过去，替你们填馅子，将来怎么交公账？"他问，"你是不是有这样的打算？"

宓本常哪里肯承认，连连摇手："没有这话，没有这话！"

"真的？"

"当然真的，我怎么会骗你。"

“我想想你也不会骗我，不然，你等于叫我来‘掮木梢’，就不像朋友了。”

这话在宓本常是刺心的，唯有赔笑道谢，告辞出来，脚步都软了，仿佛阜康是油锅火山等着他去跳似的。

回到阜康，他是从“灶披间”的后面进去的，大门外人声鼎沸，闻之心惊。进门未几，有个姓杜的伙计拦住他说：“宓先生，你不要到前面去！”

“为啥？”

“刚才来了两个大户，一个要提二十五万、一个要提十八万，我说上海的头寸这年把没有松过，我们档手调头寸去了，他说明天再来。你一露面，我这话就不灵了。”

山穷水尽的宓本常真有柳暗花明之乐，心想：说老实话也是个搪塞法子，这姓杜的人很能干，站柜台的伙计，以他为首，千斤重担他挑得动，不如就让他来挑一挑。

于是他想了一下说：“不错！你就用这话来应付，你说请他们放心，我们光是丝就值几百万银子，大家犯不着来挤兑。”

“我懂。”杜伙计说，“不过今天过去了，明天要有交代。”

“那两个大户明天再来，你说我亲自到宁波去提现款，要五天工夫。”宓本常又说，“我真的要到宁波去一趟，现在就动身。”

“要吃中饭了，吃了饭再走。”

“哪里还吃得下饭。”宓本常拍拍他的肩，“这里重重托你。等这个风潮过去了，我要在大先生面前好好保荐你。”

哪知道午后上门的客户更多了，大户也不比上午的两个好说话，人潮汹涌、群情愤慨，眼看要出事故，巡捕房派来的那个“三道头”追问宓本常何在，姓杜的只好说实话：“到宁波去了。”

“这里怎么办？”

谁也不知道怎么办，只有阿章说了句：“只好上排门。”

第四章　变起不测

螺蛳太太已经上床了，丫头红儿来报，中门上传话进来，说阜康的档手谢云青求见。

“这时候——”螺蛳太太的心蓦地里往下一落，莫非胡雪岩得了急病？她不敢再想下去了。

“太太！”红儿催问，“是不是叫他明天早上来？”

“不，”螺蛳太太说，“问问他，有什么事？”

“只说上海有电报来。”

“到底什么事呢？去问他。”螺蛳太太转念，不是急事，不会此刻求见，既是急事，就不能耽误工夫，当即改口，“开中门，请谢先生进来。”她又加了一句，“不要惊动了老太太。”

红儿一走，别的丫头服侍螺蛳太太起床，她穿着整齐，由丫头簇拥着下了楼。

她也学会了矫情镇物的工夫，心里着急，脚步却依旧稳重，走路时裙幅几乎不动——会看相的都说她的“走相”主贵，她本人亦颇矜持，所以怎么样也不肯乱了脚步。

那谢云青礼数一向周到，望见螺蛳太太的影子，老远就垂手肃立，眼观鼻、鼻观心地等候着，直到一阵香风飘来，闻出是螺蛳太太所用的外国香水，方始抬头作揖，口中说道："这样子夜深来打扰，实在过意不去。"

"请坐。"螺蛳太太左右看了一下，向站在门口的丫头发话，"你们越来越没有规矩了，客人来了，也不倒茶。"

"不必客气，不必客气。我接得一个消息，很有关系，不敢不来告诉四太太。"

"喔，请坐了谈。"说着，她摆一摆手，自己先在上首坐了下来。

"是这样的。"谢云青斜欠着身子落座，声音却有些发抖了，"刚刚接到电报，上海挤兑，下半天三点钟上排门了。"

螺蛳太太心头一震，"没有弄错吧！"她问。

"不会弄错的。"谢云青又说，"电报上又说，宓本常人面不见，据说是到宁波去了。"

"那么，电报是哪个打来的呢？"

"古先生。"

古应春打来的电报，绝不会错，螺蛳太太表面镇静，心里乱得头绪都握不住，好一会儿才问："大先生呢？"

"大先生想来是在路上。"

"怎么会有这种事？"螺蛳太太自语似的说，"宓本常这样子能干的人，怎么会撑不住，弄成这种局面？"

谢云青无以为答，只搓着手说："事情很麻烦，想都想不到的。"

螺蛳太太蓦地打了个寒噤，力持平静地问："北京不晓得怎么样？"

"天津当然也有消息了，北京要晚一天才晓得。"谢云青说，"牵一发而动全身，明天这个关，只怕很难过。"

螺蛳太太陡觉双肩有股无可比拟的巨大压力，何止千斤之重？她想摆脱这股压力，但却不敢，因为这副无形中的千斤重担，如果她挑不起来，会伤及全家。而要想挑起来，且不说她力有未逮，只一动念，便已气馁。可是若是不挑起来，紧接着便是伤及全家，特别是伤及胡雪岩的信誉，因而她只有咬紧牙关，全力撑持着。

“大先生在路上。”她说，“老太太不敢惊动，另外一位太太是拿不出主意的，谢先生，你有什么好主意？”

谢云青原是来讨主意的，听得这话，只有苦笑。他倒是有个主意，却不敢说出来，沉默了一会儿，依旧是螺蛳太太开口。

“谢先生，照你看，明天一定会挤兑？”

“是的。”

“大概要多少银子才能应付？”

“这很难说。”谢云青说，“阜康开出去的票子，光是我这里就有一百四十多万，存款就更加多了。”

“那么钱庄里现银有多少呢？”

“四十万上下。”

螺蛳太太考虑又考虑之后说：“有四十万现银，我想撑一两天总撑得住，那时候大先生已经回来了。”

谢云青心想，照此光景，就胡雪岩回来了，也不见得有办法，否则上海的阜康何至于“上排门”，不过这话不便直说，他只问道：“万一撑不住呢？”

这话如能答得圆满，根本就不必谢云青夤夜求见女东家。“谢先生，”螺蛳太太反问道，“你说，万一撑不住会怎么样？”

“会出事，会伤人。”谢云青说，“譬如说，早来的、手长的，先把现银提走了，后来的一落空，四太太你倒设身处地想一想，心里火不火？”

这是个不必回答的疑问，螺蛳太太只说：“请你说下去。”

“做事情最怕犯众怒，一犯众怒，官府都弹压不住，钱庄打得粉碎不说，只怕还会到府上来吵，吵成什么样子，就难说了。”

螺蛳太太悚然而惊，勉强定一定心，从头细想了一遍说：“犯众怒是因为有的人有，有的人没有，不公平了！索性大家都没有，倒也是一种公平。

谢先生，你想呢？”

“四太太，”谢云青平静地说，“你想通了。”

“好！”螺蛳太太觉得这副千斤重担，眼前算是挑得起来了，“明天不开门，不过要对客户有个交代。”

“当然，只说暂时歇业，请客户不必惊慌。”

“意思是这个意思，话总要说得婉转。”

“我明白。”谢云青又说，“听说四太太同德藩台的内眷常有往来的？”

德藩台是指浙江藩司德馨，字晓峰，此人在旗，与胡雪岩的交情很深，所以两家内眷常有往还。螺蛳太太跟德馨的一个宠妾且是“拜把子”的姐妹。

“不错。”螺蛳太太问，“怎么样？”

“明天一早，请四太太到藩台衙门去一趟，最好能见着德藩台，当面托一托他，有官府出面来维持，就比较容易过关了。”

“好的，我去。”螺蛳太太问，“还有什么应该想到，马上要做的？”

一直萦绕在螺蛳太太心头的一个难题是：这样一个从来没有想到过的大变化，要不要跟大太太说？

胡家中门以内是“一国三公”的局面，凡事名义上是老太太主持，好比慈禧太后的“垂帘听政”，大太太仿佛恭亲王，螺蛳太太就像前两年去世的沈桂芬。曾经有个姓吴的翰林，写过一首诗，题目叫作《小姑叹》，将由山西巡抚内调入军机的沈桂芬，比作归宁的小姑，深得母欢，以致当家的媳妇，大权旁落，一切家务都由小姑秉承母命而行。如果说天下是满洲人的天下，作为满洲人的沈桂芬，确似归宁或者居孀的姑奶奶，越俎代庖在娘家主持家务。胡家的情形最相像的一点是，老太太喜欢螺蛳太太，就像慈禧太后宠信沈桂芬那样，每天“上朝”——一早在胡老太太那里商量这天有什么要紧的事要办，通常都是螺蛳太太先提出来，胡老太太认可，或者胡老太太问到，螺蛳太太提出意见来商量，往往言听计从，决定之后才由胡老太太看着大太太问一句："你看呢？"有时甚至连这句话都不问。

但是，真正为难的事是不问胡老太太的，尤其是坏消息，更要瞒住。螺蛳太太的做法是，能作主就作主了，不能作主问胡雪岩。倘或胡雪岩不在而必要作主，这件事又多少有责任，或许会受埋怨时，螺蛳太太就会跟大太太去商量，这样做并不是希望大太太会有什么好办法拿出来，而是要她分担责任。

不过这晚上谢云青来谈的这件事是太大了，情形也太坏了，胡老太太如果知道了，会受惊吓，即令是大太太，只怕也会急出病来。但如不告诉她，自己单独作了决定，这个责任实在担不起，告诉她呢，不能不考虑后果——谢云青说得不错，如今要把局势稳住，自己先不能乱，外面谣言满天飞都还不要紧，倘由胡家的人说一句撑不下去的话，那就一败涂地，无药可救了。

"太太！"

螺蛳太太微微一惊，抬眼看去，是大丫头阿云站在门口，她如今代替了瑞香的地位，成为螺蛳太太最信任的心腹。阿云此时穿一件玫瑰紫软缎小套夹，揉一揉惺忪的倦眼，顿时面露惊讶之色。

"太太没有睡过？"

"嗯！"螺蛳太太说，"倒杯茶我喝。"

阿云去倒了茶，一面递，一面说："红儿告诉我，谢先生半夜里来见太太——"

"不要多问。"螺蛳太太略有些不耐烦地挥着手。

就这时更锣又响，晨钟亦动，阿云回头望了一眼，失惊地说："五点钟了，太太再不睡，天就要亮了。今天'大冰太太'来吃第十三只鸡，老太太特为关照，要太太也陪。再不睡一会儿，精神怎么够？"

杭州的官宦人家称媒人为"大冰老爷"，女媒便是"大冰太太"，做媒叫作"吃十三只半鸡"，因为按照六礼的程序，自议婚到嫁娶，媒人往还于乾坤两宅，须十三趟之多，每来应以盛馔相飨，至少也要杀鸡款待，而笑媒人贪嘴，花轿出发以前，还要来扰一顿，不过匆匆忙忙只来得及吃半只鸡，因而谓之为“吃十三只半鸡”。这天是胡三小姐的媒人，来谈最后的细节，下一趟来便是十一月初五花轿到门之前吃半只鸡的时候了。

螺蛳太太没有接她的话，只叹口气说：“三小姐也命苦。”紧接着又说，“你到梦香楼去看看，那边太太醒了没有？如果醒了，说我要去看她。”

“此刻？”

“当然是此刻。”螺蛳太太有些发怒，“你今天早上怎么了？话都听不清楚！”

阿云不敢作声，悄悄地走了。大太太住的梦香楼很有一段路，所以直到螺蛳太太喝完一杯热茶，阿云方始回来，后面跟着大太太的心腹丫头阿兰。

“梦香楼太太正好醒了，叫我到床前问：‘啥事情？’我说：‘不清楚。’她问：‘是不是急事？’我说：‘这时候要谈，想来是急事。’她就叫阿兰跟了我来问太太。”

螺蛳太太虽知大太太的性情一向迟缓，但又何至于到此还分不出轻重，只好叹口气将阿兰唤了进来说：“你回去跟太太说，一定要当面谈，我马上去看她。”

一起到了梦香楼，大太太已经起床，正在吸一天五次第一次水烟。“你倒真早！”她说，“而且打扮好了。”

“我一夜没有睡。”

大太太将已燃着的纸煤吹熄，抬眼问道：“为啥？”

螺蛳太太不即回答，回头看了看说：“阿兰，你们都下楼去，不叫不要上来。”

阿兰愣了一下，将在屋子里收拾床铺里衣服的三个丫头都带了出去，顺手关上房门。

螺蛳太太却直到楼梯上没有声响了，方始开口：“谢云青半夜里上门要看我。他收到上海的电报，阜康‘上排门了’。”

大太太一时没有听懂，心想上排门打烊，不见得要打电报来，念头尚未转完，蓦地省悟，“你说阜康倒了？”她问。

“下半天的事，现在宓本常人面不见。”

“老爷呢？”

“在路上。”

“那一定是没有倒以前走的。有他在，不会倒。”大太太说了这一句，重又吹燃纸煤，“呼噜噜、呼噜噜”地，水烟吸个不停。

螺蛳太太心里奇怪，想不到她真沉得住气，看起来倒是应该跟她讨主意了。“太太，”她问，“谢云青来问，明天要不要卸排门？”说到这里，她停下来等候大太太的反应。

有“上排门”这句话在先，“卸排门”当然就是开门做生意的意思，大太太反问一句：“是不是怕一卸排门就上不上了？”

“当然。”

“那么你看呢？”

“我看与其让人家逼倒，还不如自己倒。不是，不是！”螺蛳太太急忙更正，“暂停营业，等老爷回来再说。”

“也只好这样子。老爷不晓得啥辰光到？”

“算起来明天下半天总可以到了。”

“到底是明天，还是今天？”

“喔，我说错了，应该是今天。”

“今天！”大太太惋惜地说，“就差今天这一天。”

她的意思是，胡雪岩如能早到一天，必可安渡难关，而螺蛳太太却没有这样的信心。到底是结发夫妻，对丈夫这样信任得过，可是没有用！她心里在说，要应付难关，只怕你还差得远。

这样转着念头，不由得又起了争强好胜之心，也恢复了她平时处事有决断的样子。“太太，”她首先声明，“这副担子现在是我们两个人来挑，有啥事情，我们商量好了办，做好做坏，是两个人的责任。”

“我明白。你有啥主意，尽管拿出来，照平常一样。”

照平常一样，就是螺蛳太太不妨独断独行。

当然此刻应该尊重她的地位，所以仍是商量的语气。

“我想，这个消息第一个要瞒紧老太太，等一下找内外男女总管来交代，是你说，还是我说？”

“你说好了。”

“说是我说，太太也要在场。”

“我会到。”

“今天中上午请大冰太太。”螺蛳太太又说，“老太太的意思，要我也要陪，我看只好太太一个人做主人了，我要到藩台衙门去一趟。”

“是去看他们二姨太？”

“不光是她，我想还要当面同德藩台说一说，要在那里等，中午只怕赶不回来。”螺蛳太太提醒她说，“老太太或者会问。”

“问起来怎么说？”

“德藩台的大小姐，不是‘选秀女’要进京了。就说德太太为这件事邀我去商量。”

“噢！我晓得了。”

螺蛳太太站起身来说：“太太请换衣服吧！我去把她们叫拢来。”

“叫拢来”的是胡家的七个管家四男三女。要紧的是三个女管家，因为男管家除非特别情形，不入中门，不怕他们会泄漏消息。

见面的地方是在靠近中门的一座厅上，胡家下人称之为“公所”，男女总管有事商量都在此处。逢年过节，或者有什么重要话要交代，螺蛳太太也常用到这个地方，但像这天要点了蜡烛来说话，却还是头一遭。

因此，每一个人都有一种没来由的恐惧，而且十一月的天气，冷汛初临，那些男女总管的狐裘，竟挡不住彻骨的晓寒，一个个牙齿都在抖战。

两行宫灯，引导着正副两太太冉冉而至。进了厅堂，两人在一张大圆桌后面坐了下来，卸下玄狐袖筒，阿兰与阿云将两具金手炉送到她们手里，随即又由小丫头手里接过金水烟袋开始装烟。

“不要！”螺蛳太太向阿云摇一摇手，又转脸看一看大太太。

“你说吧！”

于是螺蛳太太咳嗽一声，用比平时略为低沉的声音说：“今天初二，大后天就是三小姐的好日子，大家多辛苦，一切照常。”

“多辛苦”是应该的，“一切照常”的话由何而来？一想到此，素来有咳嗽毛病的老何妈，顿觉喉头发痒，大咳特咳。

大家都憎厌地望着她，以至于老何妈越发紧张，咳得越凶，但螺蛳太太却是涵养功深，毫无愠色。“阿云，”她说，“你倒杯热茶给老何妈。”

不用她吩咐，早有别的小丫头倒了茶来，并轻声问道：“要不要搀你老人家到别处去息一息？”

“马上就会好的。”螺蛳太太听见了，这样阻止，又问咳已止住的老何妈，“你的膏滋药吃了没有？”

“还没有。”老何妈赔笑说道，“三小姐的喜事，大家都忙，今年的膏滋药，我还没有去配呢！”

“你不是忙，是懒，”螺蛳太太喊一声，“阿高！”

“在。”

“你叫人替老何妈去配四服膏滋药，出我的账好了。”

阿高是专管“外场”形同采办的一个主管，当下答一声：“是。”

等老何妈道过谢，螺蛳太太又说：“你们都是胡家的老人，都上了年纪了，应该进进补，有空就到庆余堂去看看蔡先生，请他开个方子，该配几服，都算公账。”

这种“恩典”是常有的，照例由年纪最大、在胡家最久的福生领头称谢，但却不免困惑，这样冷的黎明时分把大家“叫拢来”，只为了说这几句话？

当然不是！不过看螺蛳太太好整以暇的神情，大家原有的那种大祸临头的感觉，倒是减轻了好些。

再度宣示的螺蛳太太，首先就是解答存在大家心头的疑惑。“为啥说一切照常，莫非本来不应该照常的？话也可以这样子说，因为昨天上海打来一个电报，市面不好，阜康要停两天——”

说到这里，她特为停下来，留意大家的反应——反应不一，有的无动于衷，不知道是没有听懂，还是根本不了解这件事是如何不得了；有的却脸色如死，显然认为败落已经开始了；有的比较沉着，脸色肃穆地等待着下文；只有一个人，就是跑“外场”管采办的阿高，形神闪烁，眼珠滴溜溜地转个不定，螺蛳太太记在心里了。

“昨天晚上谢先生告诉我，问我讨办法，我同太太商量过了，毛病出在青黄不接的当口，正好老爷在路上。老爷一回来就不要紧了。你们大家都是跟老爷多年的人，总晓得老爷有老爷的法子。是不是？”

“是。”福生代表大家回答，“老爷一生不晓得经过多少大风大浪，这一回也难不倒他的。”

“就是当口赶得不好！”螺蛳太太接口道，“如今好比一只大船，船老大正好在对岸，我们要把这只船撑过去，把他接到船上，由他来掌舵，这只船一定可以稳下来，照样往前走。现在算是我同太太在掌舵，撑到对岸这一点把握还有，不过大家要帮同太太的忙。”

“请两位太太吩咐。”仍然是由福生接话。

“有句老古话，叫作‘同舟共济’，一条船上不管多少人，性命只有一条，要死大家死，要活大家活，这一层大家要明白。”

“是。”有几个人同声答应。

“遇到风浪，最怕自己人先乱，一个要往东、一个要往西，一个要回头、一个要照样向前，意见一多会乱，一乱就要翻船。所以大家一定要稳下来。”螺蛳太太略停一停问说，“哪个如果觉得船撑不到对岸，想游水回来，上岸逃生的尽管说。”

当然不会有人，沉默了一会儿，福生说道：“请螺蛳太太说下去。”

“既然大家愿意同船合命，就一定要想到，害人就是害己。我有几句话，大家听好，第一，不准在各楼各厅，尤其是老太太那里去谈这件事。”

“是！”

“第二，俗语说的‘来说是非者，便是是非人’，你们自己先不要到处去乱说，如果有人来打听这件事，要看对方的情形，不相干的人，回答他一句：‘不晓得。’倘或情分深，也是关心我们胡家的，不妨诚诚恳恳安慰他们几句，市面上一时风潮，不要紧的。”

看大家纷纷点头或者颇能领悟的表情，螺蛳太太比较放心了，接着宣布第三件事。

第三件事仍旧是用一句俗语开头：“俗语说‘树大招风’，大家平时难免有得罪了人的地方，所以阜康不下排门，一定会有人高兴，或者乘此机会出点什么花样。‘见怪不怪，其怪自败’，听见有人在说闲话，不必理他们，倘或发现有人出花样，悄悄儿来告诉我，只要查实了确有其事，来通风报信的人，我私下有重赏。”说到这里，螺蛳太太回头叫一声，“阿云！”

“在这里。”阿云从她身后转到她身旁。

“不管是哪一个，如果到中门上说要见我，都由你去接头，有啥话你直接来告诉我，如果泄漏了，唯你是问，你听明白了没有？”

不但阿云听明白了，所有的人亦都心里有数，只要告密就有重赏，不过一定要跟螺蛳太太的心腹阿云接头，不但不会泄漏机密，而且话亦一定能够不折不扣地转达。

“太太有没有什么话交代？”螺蛳太太转脸问说。

大太太点点头，吸完一袋水烟，拿手绢抹一抹口说：“这里就数福生经的事多，长毛造反以前，福生就在老爷身边了，三起三落的情形都在他眼里。福生，你倒说说看，老爷是怎样子起来的？”

“老爷——”福生咳嗽一声，清一清喉咙说，“老爷顶厉害的是，从不肯认输，有两回大家看他输定了，哪晓得老爷像下棋，早就有人马埋伏在那里，‘死棋肚子里出仙着’。这一回，老爷一定也有棋在那里，不过我们不晓得，等老爷一回来就好了。”

“你们都听见了。”大太太说，“三小姐的好日子马上到了，大家仍旧高高兴兴办喜事，‘天塌下来有长人顶’，你们只当没有这桩事情好了。”

未到中午，好像杭州城里都已知道阜康钱庄“出毛病了”，“卖朝报”的人也很不少——奔走相告，杭州人谓之“卖朝报”。固然有的是因为这是从洪、杨平定以来，从未有过的大新闻，但更多的人是由于利害相关。

胡雪岩的事业太多了，跟他直接间接发生关系的人，不知道多少。最着急的是公济典总管唐子韶的姨太太月如，她原来先是有胡家周围的人，以胡家为目标在做生意。螺蛳太太很不赞成，但胡雪岩认为“肥水不落外人田”，而且做生意是各人自由，无可厚非。这样久而久之，便成了一种风气。

月如见猎心喜，也做过一回生意，那是胡老太太做生日，大排筵席，杭州厨子这一行中有名的几乎一网打尽，月如跟一个孙厨合作，包了一天，赚了四百多两银子，非常得意。这回胡三小姐出阁，喜筵分五处来开，除了头等客人，由胡家的厨子自行备办以外，其余四处都找人承办，阿高跟唐子韶走得很近，月如当然相熟，托他设法包了一处，午晚两场，一共要开一百二十桌，仍旧跟孙厨合作，一个出力，一个垫本，如今阜康一出毛病，胡三小姐的喜事，不会再有那么大的排场了。

月如家住公济典后面，公济典跟阜康只隔几间门面，所以阜康不卸排门，挤兑的人陆续而来，高声叫骂的喧嚣情形，月如听得很清楚，正在心惊肉跳，想打发人去找孙厨来商量时，哪知孙厨亦已得到消息，赶了来了。

“你的海货发了没有？”

“昨天就泡在水里去发了。”孙厨答说，“不然怎么来得及。”

“好！这一来鱼翅、海参都只好自己吃了。”

“怎么三小姐的喜事改日子了？”

“就不改，排场也不会怎么大了！”月如又说，“就算排场照常，钱还不知道收得到收不到呢。”

孙厨一听愣住了。“那一来，我请了二十个司务，怎么交代？”他哭丧着脸说。

月如一听有气，但不能不忍，因为原是讲好了，垫本归她，二十名司务的工钱，原要她来负责，不能怪孙厨着急。

“唐姨太，”孙厨问说，“你的消息总比我们灵吧，有没有听说胡大先生这回是为啥出毛病？”

“我哪里晓得？我还在梳头，听见外面人声，先像苍蝇‘嗡嗡嗡’地飞，后来像潮水‘哗哗哗’流，叫丫头出去一打听，才晓得阜康开门以来，第一回不卸排门做生意。到后来连公济典都有人去闹了。”月如又问，“你在外头听见啥？”

“外头都说，这回胡大先生倒掉，恐怕爬不起来了！爬得高，掉得重，财神跌跤，元宝满地滚，还不是小鬼来捡个干净？等爬起来已经两手空空，变成‘赤脚财神’。”

光是谓之“赤脚”，财神连双鞋都没有了，凄凉可知，月如叹口气说：“真不晓得是啥道理，会弄成这个样子。”

“从前是靠左大人，现在左大人不吃香，直隶总督李中堂当道。有人说，胡大先生同李中堂不和，他要跌倒了，李中堂只会踹一脚，不会拉一把。”

“这些我也不大懂。”月如把话拉回来，“谈我们自己的事，我是怕出了这桩没兴的事，胡家的喜事，马马虎虎，退了我们的酒席。”

“真的退了我们的酒席，倒好了，就怕喜事照办，酒席照开，钱收不到。”

“这，”月如不以为然，“你也太小看胡大先生了，就算财神跌倒，难道还会少了我们的酒席钱！”

“不错！他不会少，就怕你不好意思去要。”孙厨说道，“唐姨太你想，那时候乱成什么样子，你就是好意思去要，也不晓得同哪个接头。”

一听这话，月如好半晌作声不得，最后问说："那么，你说，我们现在怎么办？"

"现在，"孙厨咽了口唾沫，很吃力地说，"第一要弄清楚，喜事是不是照常？"

"我想一定照常。胡大先生的脾气我晓得的。"

"喜事照常，酒席是不是照开？"

"那还用得着说。"

"不！还是要说一句，哪个说，跟哪个算账，唐姨太，我看你要赶紧去寻高二爷，说个清楚。"

"高二爷"是指阿高。这提醒了月如，阿高虽未见得找得到，但不妨到"府里"去打听打听消息。

月如近年来难得进府。原因很多，最主要的是怕见旧日伙伴。她原是烧火丫头，不道"飞上枝头作凤凰"，难免遭人妒嫉，有的叫她"唐姨太"，有的叫她"唐师母"，总不如听人叫月如来得顺耳。尤其是从她出了新闻以后，她最怕听的一句话就是"老爷这两天有没有到你那里吃饭？"。

这天情势所逼，她只好硬着头皮去走一趟。由大厨房后门进府，旁边一间敞厅，是各房仆妇丫头到大厨房来提开水、聚会之地，这天长条桌上摆着两个大箩筐，十几个丫头用裁好的红纸在包"桂花糖"——杭州大小人家嫁娶都要讨"桂花糖"吃，白糖加上桂花，另用玫瑰、薄荷的浆汁染色，用小模子制成各种花样，每粒拇指大小，玲珑精致，又好吃、又好玩，是孩子们的恩物。

胡三小姐出阁，在方裕和定制了四百公斤加料的桂花糖，这天早晨刚刚送到，找了各房丫头来帮忙。进门之处恰好有个在胡老太太那里管烛火香蜡的丫头阿菊，与月如一向交好，便往里缩了一下，拍拍长条桌说："正好来帮忙。"

月如便挨着她坐了下来，先抬眼看一看，熟识的几个都用眼色默然地打了招呼，平时顶爱讲话的，这天亦不开口，各人脸上，当然亦不会有什么笑容。

见此光景，月如亦就不敢高声说话了。“三小姐的喜事，会不会改日子？”她先问她最关心的一件事。

“你不看仍旧在包桂花糖。”阿菊低声答说，“今朝天蒙蒙亮，大太太、螺蛳太太在‘公所’交代，一切照常。”

“怎么会出这种事？”月如问说，“三小姐怎么样？有没有哭？”

“哭？为啥？跟三小姐啥相干？”

“大喜日子，遇到这种事，心里总难过的。”

“难过归难过，要做新娘子，哪里有哭的道理？不过，”阿菊说道，“笑是笑不出来的。”

“你看，阿菊，”月如将声音压得极低，“要紧不要紧？”

“什么要紧不要紧？”

“我是说会不会——”

“会不会倒下来是不是？”阿菊摇摇头，“恐怕难说。”

“会倒？”月如吃惊地问，“真的？”

“你不要这样子！”阿菊白了她一眼，“螺蛳太太最恨人家大惊小怪。”

月如也自知失态，改用平静的声音说：“你从哪里看出来的，说不定会倒？”

“人心太坏！”

话中大有文章，值得打听，但是来不及开口，月如家的一个老妈子赶了来通知，唐子韶要她赶紧回家。

“那几张当票呢？”唐子韶问。

月如开了首饰箱，取出一叠票，唐子韶一张一张细看。月如虽也认得几个字，但当票上那笔“鬼画符”的草书，只字不识，看他捡出三张摆在一边，便即问道："是些啥东西？"

原来唐子韶在公济典舞弊的手法，无所不用其极，除了在满当货上动手脚以外，另外一种是看满当的日期已到，原主未赎，而当头珍贵，开单子送进府里，"十二楼"中的姨太太，或许看中了要留下来，便以"挂失"为名，另开一张当票；此外还有原主出卖，或者来路不明，譬如"扒儿手"扒来，甚至小偷偷来的当票，以极低的价钱收了下来，都交给月如保管，看情形取赎。

这捡出来的三张，便是预备赎取的，一张是一枚帽花，极大极纯的一块波斯祖母绿，时价值两千银子，只当了五百两。一张是一副银台面，重六百两，却当不得六百银子，因为回炉要去掉"火耗"，又说它成色不足，再扣去利息，七折八扣下来，六百两银子减掉一半，只当三百两，可是照样打这么一副，起码要一千银子。

第三张就更贵重了，是一副钻镯，大钻十二、小钻六十四，不算镶工，光是金刚钻就值八千两银子，只当得二千两。这是从一个小毛贼那里花八千两银子买来的，第二天，原主的听差气急败坏来挂失，唐子韶亲自接待，说一声："实在很对不起，已经有人来赎走了。"拿出当票来看，原主都说"不错"，但问到是什么人来赎的，又是一声："实在对不起，不晓得。"天下十八省的当铺，规矩是一样的，认票不认人，来人只好垂头丧气去回复主人。

"这三张票子赶紧料理。"唐子韶说，"阜康存了许多公款，从钱塘、仁和两县到抚台衙门，都有权来封典当，不赎出来，白白葬送在里面。"

"阜康倒了，跟公济典有啥关系？"

"亏你问得出这种话！只要是胡大先生的产业都可以封。"说完，唐子韶匆匆忙忙地去了。

月如送他到门口，顺便看看热闹。她家住在后街，来往的人不多，但前面大街上人声嘈杂，却听得很清楚，其中隐隐有鸣锣喝道之声，凝神静听，果然不错。月如想起刚才唐子韶说过的话，不由得一惊，莫非官府真的来封阜康钱庄与公济典了？

她的猜测恰好相反，由杭州府知府吴云陪着来的藩司德馨，不是来封阜康的门，而是劝阜康开门营业。

原来这天上午，螺蛳太太照谢云青的建议，特地坐轿到藩司衙门去看德藩台的宠妾。相传这座衙门是南宋权相秦桧的住宅，又说门前两座石栏围绕的大池，隐藏着藩库的水门，池中所养的大鼋，杭州人称之为“癞头鼋”，便是用来看守藩库水门的。这些传说，虽难查证，但“藩司前看癞头鼋”，是杭州城里市井中的一景，却是亘百数十年不改。螺蛳太太每次轿子经过，看池边石栏上或坐或倚的人群，从未有何感觉，这天却似乎觉得那些闲人指指点点，都在说她：“喏，那轿子里坐的就是胡大先生的螺蛳太太，财神跌倒，变成赤脚，螺蛳太太也要抛头露面来求人家了。”

这样胡思乱想着，她心里酸酸的，突然眼眶发热，赶紧拭去眼泪，强自把心定下来，自己对自己说：“不要紧的！”无论如何自己不可先摆出着急的样子。

于是她将平日来了以后的情形回忆了一下，警惕着要摆出一切如常、不能有甚异样的态度。

由于她那乘轿子格外华丽，更由于她平时出手大方，所以未进侧门以前，不待执帖家人上前通报，便有德藩台的听差迎了出来，敞开双扉，容她的轿子沿着正厅西面的甬道，在花园入口处下轿。

德藩台的宠妾，名叫莲珠，在家行二。她们是换帖姐妹，莲珠比螺蛳太太大一岁，所以螺蛳太太称之为二姐，莲珠唤她四妹。莲珠出来迎接时，二人像平时一样，彼此叫应了略作寒暄，但一进屋尚未坐定，莲珠的神情就不一样了。

“四妹，”她执着螺蛳太太的手，满腹疑惑地问，“是怎么回事？一早听人说，阜康不开门，我说没有的事，刚刚我们老爷进来，我问起来才知道上海的阜康倒了，这里挤满了人，怕要出事。我们老爷只是叹气，我也着急，到底要紧不要紧？”

这一番话说得螺蛳太太心里七上八下，觉得脸上有点发烧。虽然她力持镇静，但要像平常那样有说有笑，却怎么样也办不到了。

“怎么不要紧？一块金字招牌，擦亮来不容易，要弄脏它很方便。”螺蛳太太慢条斯理地说，“怪只怪我们老爷在路上，上海、杭州两不接头，我一个女人家，就抛头露面，哪个来理我？说不得只好来求藩台了。”

“以我们两家的交情，说不上一个求字。”莲珠唤来一个丫头说，“你到中门上传话给阿福，看老爷会客完了，马上请他进来。”

阿福是德馨的贴身跟班，接到中门上传来的消息，便借装水烟袋之便，悄悄在德馨耳际说了一句：“姨太太请。”

德馨有好几个妾，但不加区别仅称“姨太太”便是指莲珠。心想她有什么要紧事，等不及他回上房吃午饭时谈？一定是胡家的事。这样想着，便对正在会见的一个候补道说：“你老哥谈的这件案子，兄弟还不十分清楚，等我查过了再商量吧！”

接着不由分说，他端一端茶碗，花厅廊上的听差，便高唱一声：“送客！”将那候补道硬生生地撵走了。

看“手本”，还有四客要接见，三个是候补知县，一个是现任海宁州知州，他踌躇了一会儿，先剔出两个手本，自语似的说：“这两位，今天没工夫了。”

阿福取手本来一看，其中一个姓刘送过很大的一个门包，便即说道：“这位刘大老爷是姨太太交代过的。”

“交代什么？”

“刘大老爷想讨个押运明年漕米的差使，姨太太交代，老爷一定要派。”

“既然一定要派，就不必见了。”

“那么，怎么样回他？”

“叫他在家听信好了。”

“是。”

“这一位，”德馨拿起另一份手本，沉吟了一下，用快刀斩乱麻的手法，连海宁州知州的手本，一起往外一推，“说我人不舒服，都请他们明天再来。”

说完，他起身由花厅角门回到上房，径自到了莲珠那里。螺蛳太太一见他便急忙起身，裣衽为礼。德馨跟胡雪岩的交情很厚，私底下他管胡雪岩叫“胡大哥”，对螺蛳太太便叫“罗四姐”，所以一开口便问：“罗四姐，雪岩什么时候回来？”

“今天下半天。”

“唉！”他顿一顿足说，“就差这么一天工夫。”

意思是胡雪岩只要昨天到，今天的局面就不会发生。螺蛳太太不知道他能用什么办法来解消危机，但愿倾全力相助的心意是很明显的。

患难之际，格外容易感受他人的好意，于是螺蛳太太再一次裣衽行礼，噙着泪光说道：“藩台这样照应我们胡家，上上下下都感激的。”

“罗四姐，你别这么说，如今事情出来了，我还不知道使得上力使不上力呢。”

“有什么使得上使不上？”莲珠接口说道，“只要你拿出力量来，总归有用的。”

“我当然要拿力量出来。胡大哥的事，能尽一分力，尽一分力。罗四姐，你先请回去，我过了瘾，马上请吴知府来商量。”德馨又说，“饭后我亲自去看看，我想不开门总不是一回事。不过，事也难说。总而言之，一定要想个妥当办法出来。”

有最后一句话，螺蛳太太放心了，莲珠便说：“四妹，今天你事情多，我不留你了。”说着，送客出来，到了廊上悄悄说道，“我会盯住老头子，只要他肯到阜康，到底是藩台，总能压得下去的。”

“是的。二姐，我现在像‘没脚蟹’一样，全靠你替我作主。”螺蛳太太又放低了声音说，“上次你说我戴的珠花样子好，我叫人另外穿了一副，明后天送过来。”

“不必，不必，你现在何必还为这种事操心？喔！”莲珠突然想起，“喜事呢？”

“只好照常，不然外头的谣言更多了。”螺蛳太太又说，“人，势利的多，只怕有的客人不会来了。”

“我当然要来的。”

“当然！当然！”螺蛳太太怕她误会，急忙说道，“我们是自己人。且不说还没有倒下来，就穷得没饭吃了，二姐还是一样会来的。”

“正是这话。”莲珠叮嘱，“胡大先生一回来，你们就送个信来。”

“他一回来，一定首先来看藩台。”

“对！哪怕晚上也不要紧。”

“我晓得。”螺蛳太太又说，“我看珠花穿好了没有，穿好了叫他带来，二姐好戴。”

回到家，螺蛳太太第一件要办的，就是这件事。说“叫人另外穿一副”是故意这样说的，螺蛳太太的珠花有好几副，挑一副最莹白的，另外配一只金镶玉的翠镯，立即叫人送了给莲珠。

这份礼真是送在刀口上。原来德馨在旗员中虽有能吏之称，但出身纨绔，最好声色，听说胡家办喜事，来了两个“水路班子”——通都大邑的戏班，都是男角，坤角另成一班，称为“髦儿戏”，唯有“水路班子”男女合演，其中有一班叫“福和”，当家的小旦叫灵芝草，色艺双全，德馨听幕友谈过这个坤伶，久思一见，如今到了杭州，岂肯错过机会，已派亲信家人去找班主，看哪一天能把灵芝草接了来，听她清唱。

也就是螺蛳太太辞去不久，德馨正在抽鸦片过瘾时，亲信家人来回复，福和班主听说藩台“传差”，不敢怠慢，这天下午就会把灵芝草送来。德馨非常高兴，变更计划，对于处理阜康挤兑这件事，另外作了安排。

就这时莲珠到了签押房，她是收到了螺蛳太太一份重礼，对阜康的事格外关切，特意来探问究竟。德馨答说：“我已经派人去请吴知府了，等他来了，我会切切实实关照他。”

“关照他什么？”

“关照他亲自去弹压。”

“那么，”莲珠问道，“你呢？你不去了？”

“有吴知府一个人就行。”

“你有把握，一定能料理得下来？”

“这种事谁有把握？”德馨答说，“就是我也没有。”

“你是因为没有把握才不去的？”

“不是。”

“是为什么？”

“我懒得动。”

“老头子，你叫人寒心！胡雪岩是你的朋友，人家有了急难，弄得不好会倾家荡产，你竟说懒得动，连去看一看都不肯。这叫什么朋友？莫非你忘记了，放藩台之前，皇太后召见，如果不是胡雪岩借你一万银子，你两手空空，到了京里，人家会敷衍你，买你的账？”莲珠停了一下，直截了当地说，“你如果觉得阜康的事不要紧，有吴知府去了就能料理得下来，你可以躲懒，不然，你就得亲自去一趟，那样，就阜康倒了，你做朋友的力量尽到了，胡雪岩也不会怪你。你想呢？”

德馨正待答话，只听门帘作响，回头看时，阿福兴匆匆地奔了进来，脸上挂着兴奋的笑容，但一见莲珠在，立即缩住脚，脸上的笑容也消失了。

“什么事？”莲珠骂道，“冒冒失失，鬼头鬼脑，一点规矩都不懂！”

阿福不作声，只不住偷看着德馨，德馨却又不住向他使眼色。这种鬼鬼祟祟的模样，落在莲珠眼中，她不由得疑云大起。“阿福！”她大声喝道，“什么事？快说！”

“是，”阿福赔笑说道，“没有什么事。”

“你还不说实话！”莲珠向打烟的丫头说道，“找张总管来！看我叫人打断他的两条狗腿。”

藩台衙门的下人，背后都管莲珠叫“泼辣货”。阿福识得厉害，不觉双膝一软，跪倒在地：“姨太太饶了我吧。”他说，“下回不敢了。”

“什么下回不敢，这回还没有了呢！说！说了实话我饶你。”

阿福踌躇了一会儿，心想连老爷都怕姨太太，就说了实话，也不算出卖老爷，便即答说：“我来回老爷一件事。”

“什么事！”

此时德馨连连假咳示意，莲珠冷笑着坐了下来，向阿福说道：“说了实话没你事，有一个字的假话，看我不打你，你以后就别叫我姨太太。”

说到这样重的话，阿福把脸都吓黄了，哭丧着脸说：“我是来回老爷，福和班掌班来通知，马上把灵芝草送来。”

“喔，灵芝草，男的还是女的？”

“女的。”

“好。我知道了。你走吧！”

阿福磕一个头站起身来，德馨把他叫住了。“别走！”他说，“你通知福和班，说我公事忙，没有工夫听灵芝草清唱，过几天再说。”

“是！”阿福吐一吐舌头，悄悄退了出去。

“老头子……”

“你别啰唆了！”德馨打断她的话说，“我过足了瘾就走，还不行吗？”

“我另外还有话。”莲珠命打烟的丫头退出去，“我替老爷打烟。”

这是德馨的享受，因为莲珠打的烟，“黄、高、松”三字俱全，抽一筒长一回精神，但自她将这一手绝技传授了丫头，便不再伺候这个差使，而他人打的烟总不如莲珠来得妙，因此她现在自告奋勇，多少已弥补了不能一聆灵芝草清唱之憾。

莲珠暂时不作声，全神贯注打好了一筒烟，装上烟枪，抽腋下手绢，抹一抹烟枪上的象牙嘴，送到德馨口中，对准了火，拿烟签子替他拨火。

德馨吞云吐雾，一口气抽完，拿起小茶壶便喝。药烫得常人不能上口，但他已经烫惯了，舌头乱卷了一阵，喝了几口，然后拈一粒松子糖放入口中，悠闲地说道：“你有话说吧！”

“我是在想，”莲珠一面打烟一面说，“胡雪岩倒下来，你也不得了！你倒想，公款有多少存在那里？”

“这我不怕，可以封他的典。”

“私人的款子呢？”莲珠问说，“莫非你也封他的典？就算能封，人家问起来，你怎么说？”

“是啊！”德馨吸着气说，“这话倒很难说。”

“就算不难说，你还要想想托你的人，愿意不愿意你说破。像崇侍郎大少爷的那五万银子，当初托你转存阜康的时候，千叮万嘱，不能让人知道。你这一说，崇侍郎不要恨你？”

“这——这，”德馨皱着眉说，“当初我原不想管的，崇侍郎是假道学，做事不近人情，替他办事吃力不讨好，只为彼此同旗世交，他家老大，对我一向很孝敬，我才管了这桩事。我要一说破，坏了崇侍郎那块清廉的招牌，他恨我一辈子。”

“也不光是崇侍郎，还有孙都老爷的太太，她那两万银子是私房钱。孙都老爷也是额角头上刻了‘清廉’两个字的，如果大家晓得孙太太有这笔存款，不明白是她娘家带来，压箱底的私房钱，只说是孙都老爷‘卖参’的肮脏钱。那一来孙都老爷拿他太太休回娘家。老头子啊老头子，你常说‘宁拆八座庙，不破一门婚’，那一来，你的孽可作得大了！”

叽哩呱啦一大篇话，说得德馨汗流浃背，连烟都顾不得抽了，坐起身来，要脱丝棉袄。

“脱不得，要伤风。”莲珠说道，“你也别急，等我慢慢儿说给你听。”

“好、好！我真的要请教你这位女诸葛了！”

“你先抽了这筒烟再谈。”

等德馨将这筒烟抽完，莲珠已经盘算好了，但开出口来，却是谈不相干的事。

“老头子，你听了一辈子的戏，我倒请问，戏班子的规矩，你懂不懂？”

“你问这个干什么？”

“你甭管，你只告诉我懂不懂？”

“当然懂。”

“好，那么我再请问：一个戏班子是邀来的，不管它是出堂会也好，上园子也好，本主儿那里还没有唱过，角儿就不能在别处漏一漏他的玩艺儿。有这个规矩没有？”

“有。”德馨答说，“不过这个规矩用不上。如今我是不想再听灵芝草，如果想听，叫她来是‘当差’，戏班子的规矩，难道还能够拘束官府吗？”

“不错，拘束不着。可是，老头子，你得想想，俗语说的‘打狗看主人面’，人家三小姐出阁，找福和班来唱戏，贺客还没有尝鲜，你倒先叫人家来唱过了，你不是动用官府力量，扫了胡家的面子？”

莲珠虽是天津侯家浚的青楼出身，但剖析事理，着实精到，德馨不能不服，当下说道：“好在事情已经过去了，不必再提。”

“不必再提的事，我何必提。我这段话不是废话，你还听不明白，足见得我说对了。”

“咦！怪了，什么地方我没有听明白？”

“其中有个道理，你还不明白。我说这段话的意思是，你不但要顾胡雪岩的交情，眼前你还不能让胡雪岩不痛快。你得知道，他真的要倒了，就得酌量酌量为人的情分。他要害人，害那不顾交情，得罪了他的人，如是平常交情厚的人，他反正是个不了之局，何苦‘放着河水不洗船’？你要懂这个道理，就不枉了我那篇废话了。”

话中有话，意味很深，德馨沉吟了好一会儿说：“我真的没有想到。想想你的话是不错，我犯不上得罪他，否则‘临死拉上一个垫背的’，我吃不了，兜着走，太划不来了。来、来，你躺下来，我烧一筒烟请你抽。”

“得了！我是抽着玩儿的，根本没有瘾，你别害我了。”莲珠躺下来，隔着烟盘说道，“阜康你得尽力维持住了，等胡雪岩回来，你跟他好好谈一谈，我想他也不会太瞒你。等摸清了他的底，再看情形，能救则救，不能救，你把你经手的款子抽出来，胡雪岩一定照办。那一来，你不是干干净净，什么关系都没有了？”

“妙啊妙！这一着太高了。”

于是两人并头密语，只见莲珠拿着烟签子不断比画，德馨不断点头，偶尔也开一两句口，想来是有不明白之处，要请教“女诸葛”。

阿福又来了，这回是按规矩先咳嗽一声，方始揭帘入内，远远地说道：“回老爷的话，杭州府吴大人来了。”

“喔，请在花厅坐，我马上出来。”

“不！”莲珠立即纠正，“你说老爷在换衣服，请吴大人稍等一等。”

“是。”

阿福心想换衣服当然是要出门，但不知是便衣还是官服，便衣只须“传轿”，官服就还要预备“导子”，当即问道：“老爷出门，要不要传导子？”

“要。”

阿福答应着，自去安排。莲珠便在签押房内亲手伺候德馨换官服，穿上灰鼠出风的袍子，外罩补褂。其中一串奇南香的朝珠是胡雪岩送的，价值三千银子，德馨颇为爱惜，当即说道：“这串朝珠就不必挂出去了。”

他不知道这是莲珠特意安排的，为了让他记得胡雪岩的好处。这层用意当然不宜说破，她只说：“香喷喷，到处受欢迎倒不好？而且人堆里，哪怕交冬了，也有汗气，正用得着奇南香。”

“言之有理。”

“来，升冠！”莲珠捧着一顶貂檐暖帽，等德馨将头低了下来，她替他将暖帽戴了上去，在帽檐上弹了一下，说道，“弹冠之庆。”

接着，莲珠从丫头手里接过一柄腰圆形的手镜，退后两步，将镜子举了起来。德馨照着将帽子扶正，口中说道：“不知道什么时候才能换顶戴？”

藩司三品蓝顶子，换顶戴当然是换红顶子，德馨的意思是想升巡抚。莲珠便即答说：“只要左大人赏识你，换顶戴也快得很。”

第五章　仗义执言

杭州府知府吴云，一名吴世荣，到任才一个多月，对于杭州的情形还不十分熟悉。德馨邀他一起去为阜康纾困，觉得有几句话，必须先要交代。

“世荣兄，”他说，“杭州人名为‘杭铁头’，吃软不吃硬，硬碰的话，会搞得下不了台。以前巡抚、学政常有在杭州吃了亏的事，你总听说过？”

“听说过‘万马无声听号令，一牛独坐看文章’。”

吴世荣是听说有一个浙江学政，赋性刻薄，戏侮士子，考试时怕彼此交头接耳，形同作弊，下令每人额上贴一张长纸条，一端黏在桌上，出了个试帖诗题是：“万马无声听号令，得瘏字”。这明明是骂人，哪知正当他高坐堂室，顾盼自喜时，有人突然拍案说道：“‘万马无声听号令’是上联，下联叫作‘一牛独坐看文章’。”顿时哄堂大笑，纸条当然都裂断。那学政才知道自取其辱，只好隐忍不言。

“老兄知道这个故事就好。今天请老兄一起去弹压，话是这么说，可不要把弹压二字，看得太认真了。”

这话便不易明白了，吴世荣哈着腰说：“请大人指点。”

“胡雪岩其人在杭州光复之初，对地方上有过大功德。洪、杨之役，杭州受灾最重，可是复原得最快，这都是胡雪岩之功。”

“喔，大人的意思是杭州人对胡雪岩是有感情的。”

“不错。嫉妒他的人，只是少数，还有靠胡雪岩养家活口的人也很多。”

既是靠胡雪岩养家活口，当然站在他这一边，而更要紧的一种关系是，决不愿见胡雪岩的事业倒闭。吴世荣恍然有悟，连连点头。

“照此看来，风潮应该不会大。”

德馨认为吴世荣很开窍，便用嘉许的语气说：“世荣兄目光如炬，明察秋毫，兄弟不胜佩服之至。”

话中的成语，用得不甚恰当，不过类此情形吴世荣经过不是第一次，也听人说过，德馨虽有能员之称，书却读得不多，对属下好卖弄他腹中那“半瓶醋”的墨水，所以有时候不免酸气，偶尔还加上些戏词，那就是更酸且腐的一股怪味了。

这样转变念头，便觉得无足为奇了，“大人谬奖了。”他接着问道，“府里跟大人一起去弹压，虽以安抚为主，但如真有不识轻重、意图鼓动风潮的，请大人明示，究以如何处置为恰当？”

“总以逆来顺受为主。”

“逆”到如何犹可“顺受”，此中应该有个分寸，“请大人明示！”他问，“倘有人胆敢冲撞，如之奈何？”

“这冲撞么，”德馨沉吟了一会儿说，“谅他们也不敢！”

吴世荣可以忍受他的言语不当，比拟不伦，但对这种滑头话觉得非打破沙锅问到底不可。

“如果真有这样的情形呢？”吴世荣也降低了措词雅饰的层次，“俗语说不怕一万，只怕万一，不能不防。”

“万一冲撞，自然是言语上头的事。你我何必跟小民一般见识？有道是忍得一时气，保得百年身，又道是不痴不聋，不作阿家翁。贵府是首府，就好像我们浙江的一个当家人一样。”

能做到这样，需要有极大涵养，吴世荣自恐不易办到，但看德馨的意思，非常清楚，一切以平息风潮为主。至于手段，实在不必听他的，能迁就则迁就，不能迁就，还是得动用权威，只要大事化小，又不失体统，便算圆满。

他考虑了一下，觉得有一点不能不先说清楚。“回大人的话，为政之道，宽猛相济，不过何人可宽，何人可猛，何时该宽，何时该猛，一点都乱不得。照府里来想，今天的局面，大人作主，该猛应猛，交代严办，府里好比当家的冢妇，少不得代下人求情，请从轻发落。这样一个红脸、一个白脸，这出戏才唱得下来。”他接着往下说，“倘或有那泼妇刁民，非临之以威不足以让他们就范，那时候府里派人锁拿，大人倒说要把他们放了，这样子府里就不知道该怎么办了。”

“不会、不会！”德馨连连说道，“我做红脸、你做白脸，你如果做红脸，我决不做白脸。总而言之，你当主角我‘扫边’，我一定捧着你把这出戏唱下来。”

话很客气，但这一回去平息阜康风潮的主要责任，已轻轻套在他头上了。吴世荣心想，德馨真是个装傻卖乖的老狐狸！

有此承诺吴世荣才比较放心，于是起身告辞，同时约好，他先回杭州府，摆齐“导子”先到清和坊阜康钱庄前面“伺候”，德馨随后动身。

两人拟好辰光，先后来到阜康，人群恰如潮汐之有“子午潮”，日中甫过，上午来的未见分晓，坚持不去，得到信息的，在家吃罢午饭，纷纷赶到，杭州府与仁和、钱塘两县的差役，看看无从措手，都找相熟的店家吃茶歇脚，及至听得鸣锣喝道之声，听说吴知府到了，随后德藩台也要来，自然不能躲懒，好在经过休息，精神养足，一个个挺胸凸肚，迎风乱挥皮鞭，一阵阵呼呼作响，即时在人潮中开出一条路来。

清和坊是一条大街，逼退人潮，阜康门前空出来一片空地，足容两乘大轿停放。谢云青是已经得到螺蛳太太的通知，官府会出面来料理，所以尽管门外人声如沸，又叫又骂，让人心惊肉跳，他却如老僧入定般，闭目养神，心里在一层深一层地盘算，官府出面时，会如何安排，阜康应该如何应付。等盘算得差不多了，吴世荣也快到了。

这要先迎了出去。如果知府上门，卸排门迎接，主顾一拥而入，就会搞得不可收拾，因此，他关照多派伙计，防守边门，然后悄悄溜了出去，一顶毡帽压到眉际，同时装作怕冷，手捂着嘴跟鼻子，幸喜没有人识破，到得导子近前，他拔脚便冲到轿前，轿子当然停住了。

这叫“冲道”，差役照例先举鞭子护轿，然后另有人上前，看身份处理，倘或是老百姓，可以请准了当街拖翻打屁股，谢云青衣冠楚楚，自然要客气些，喝问一声：“你是干什么的？”

谢云青在轿前屈膝打千，口中说道：“阜康钱庄档手谢云青，向大人请安。”

“喔，”吴世荣在轿中吩咐，“停轿。”

“停轿”不是将轿子放下地，轿杠仍在轿夫肩上，不过有根带桠槎的枣木棍，撑住了轿杠，其名叫作“打杆子”。

这时轿帘自然亦已揭起来了，吴世荣问道：“你就是谢云青？”

“是。”

“你们东家什么时候回来？”

“今天晚上，一定可到。”

吴世荣点点头说：“藩台马上也要来，我跟他在你店家坐一坐，好商量办法。”

接着，德馨亦已驾到，仍旧是由谢云青引领着，由边门进入阜康钱庄的客座。这里的陈设非常讲究，广东酸枝木嵌螺甸的家具，四壁是名人书画，上款差不多都是“雪岩观察大人雅属”，最触目的是正中高悬一幅淡彩贡宣的中堂，行书一首唐诗，字有碗口那么大，下款是“恭亲王书”，下钤一方朱文大印，印文“皇六子”三字，左右陪衬的一副对联是左宗棠的亲笔。

客座很大，也很高，正中开着玻璃天窗。时方过午，阳光直射，照出中间一张极大的大理石面的八仙桌，桌上摆了八个大号的高脚盘，尽是精巧的茶食，但只有两碗细瓷银托的盖碗茶。这自然是为德馨与吴世荣预备的。

“赶紧收掉！”德馨一进来便指着桌上说，“让人见了不好。”

“德大人说得是。”吴世荣深以为然，向谢云青说道，“德大人跟我今天不是来作客的。”

“是，是。”谢云青指挥伙计，收去了高脚盘，请贵客落座，他自己站在两人之间，等候问话。

“不开门，总不是一回事。”德馨问吴世荣，“我看应该照常营业。”

此言一出，吴世荣无以为答，谢云青更是一脸的苦恼。能够“照常营业”，为何不下排门？这话是真正的废话。

德馨也发觉自己的话不通，便又补了一句：“不过，应该有个限制。”

这才像话，吴世荣接口说道：“我看怎么限制，阜康总不至于库空如洗吧？”

“不错，限制要看阜康的库存而定。”德馨问道，“你们库里有多少现银？”

库存有四十余万，但谢云青不敢说实话，打一个对折答道：“二十万出头。”

“有二十万现银，很可以挡一阵子。”德馨又问，“胡观察的事业很多，他处总还可以接济吧？”

“回大人的话，我们东家的事业虽多，我只管钱庄，别处的情形不大清楚。”

“别处银钱的收解，当然是跟阜康往来，你怎么会不清楚？”吴世荣说，语气微有斥责的意味。

“回大人的话，”谢云青急忙解释，“我之不清楚是不清楚别处有多少现银，不过就有也有限的，像间壁公济典，存银至多万把两，有大笔用途，都是临时到阜康来支。”

“那么，”德馨问道，“你们开出去多少票子，总有账吧？”

“当然，当然！哪里会没有账？”

“好！我问你，你们开出去的票子，一万两以下的有多少？”

“这要看账。”谢云青告个罪，在旁边的椅子上坐下，叫伙计取账簿来，一把算盘打得飞快，算好了来回报，“一共三十三万挂零。”

“并不多嘛！”

“大人，”谢云青说，“本号开出去的票子不多，可是别处地方就不知道了。譬如上海阜康开出去的票子，我们一样也要照兑的。”

“啊，啊！”德馨恍然大悟，“难就难在这里。”

这一来只好将限制提高。尽管德馨与吴世荣都希望五千两以下的银票，能够照兑，但谢云青却认为没有把握，如果限额放宽，以致存银兑罄，第二次宣布停兑，那一来后果更为严重。

这是硬碰硬毫无假借的事，最后还是照谢云青的要求，限额放低到一千两。接下来便要研究一千两以上银票的处理办法。

“我们东家一定有办法的。”谢云青说，“阜康钱庄并没有倒，只为受市面影响，一时周转不灵而已。”

德馨想了一下说：“也不能说胡观察一回来，一切都会恢复正常，总也给他一个期限来筹划。这个期限不宜太长，但也不宜太短，三天如何？”

吴世荣认为适宜，谢云青亦无意见，就算决定了。但这个决定如何传达给客户，却颇费斟酌，因为持有一千两以上银票的，都是大客户，倘或鼓噪不服，该怎么办？必得预先想好应付之计，否则风潮马上就会爆发。

“这要先疏通。”吴世荣说，“今天聚集在前面的，其中总有体面绅士，把他们邀进来，请大人当面开导，托他们带头劝导。同时出一张红告示，说明办法，这样双管齐下，比较妥当。”

“此计甚好！”德馨点点头说，“不过体面绅士要借重，遇事失风的小人也不可不安抚，你我分头进行。”

于是，谢云青派了两个能干的伙计，悄悄到左右邻居，借他们的楼窗，细看人潮中，有哪些人需要请进来谈的。

要请进来的人，一共分三类，第一类是“体面绅士”，第二类是惯于起哄的“歪秀才”，第三类是素不安分的“撩鬼儿”——凡是不务正业，游手好闲，唯恐天下不乱，好从中浑水摸鱼，迹近地痞无赖的人，杭州人称之为“撩鬼儿”。

当这两名伙计分头出发时，德馨与吴世荣已经商定，由杭州府出面贴红告示，这种告示，照例用六言体，吴世荣是带了户房当办来的，就在阜康账房拟稿呈阅。

告示上写的是：“照得阜康钱庄，信誉素来卓著，联号遍设南北，调度绰绰有余，只为时世不靖，银根难得宽裕，周转一时不灵，无须张皇失措，兹奉宪台德谕：市面必求平静，小民升斗应顾，阜康照常开门，银票亦可兑付，千两以下十足，逾千另作区处，阜康主人回杭，自能应付裕如，为期不过三日，难关即可度过。切望共体时艰，和衷共济应变，倘有不法小人，希冀浑水摸鱼，或者危言惑众，或者暗中煽动，一经拿获审实，国法不贷尔汝。本府苦口婆心，莫谓言之不须！切切此谕。”

德馨与吴世荣对这通六言告示的评价不同，德馨认为写得极好，但有两点要改，一是提存与兑银相同，皆以一千两为限，二是银根太紧，到处都一样，不独沪杭为然。

但吴世荣一开头就有意见，说阜康信誉卓著，说胡雪岩一回来，必能应付裕如之类的话，不无过甚其词，有意袒护之嫌，倘或阜康真的倒闭了，出告示的人难免扶同欺骗之咎，因而主张重拟，要拟得切实，有什么说什么，才是负责的态度。

“世荣兄！此言差矣！”德馨答说，“如今最要紧的是稳定民心。不说阜康信誉卓著，难道说它摇摇欲坠？那一来不等于明告杭州百姓，赶紧来提存兑现？而且正好授人以柄，如果阜康真的挤倒了，胡观察会说，本来不过一时运转不灵，只为杭州府出了一张告示，才起的风潮。那时候，请问你我有何话说？”

吴世荣无以为答，只勉强答说：“府里总觉得满话难说，将来替人受过犯不着。”

“现在还谈不到个人犯得着犯不着这一层。如今最要紧的是把局面稳下来，胡雪岩号称‘财神’，‘财神’落难，不是好事，会搞成一路哭的凄惨景象。世荣兄，你要想想后果。”

“是。”吴世荣越发没话说了，而德馨却更振振有词。

“就事论事，说阜康‘信誉素来卓著’，并没有错，他的信用不好，会大半个天下都有他的联号？所以要救阜康，一定要说胡雪岩有办法。老实说，阜康不怕银票兑现，只怕大户提存，如果把大户稳住了，心里就会想，款子存在阜康，白天生利息，晚上睡觉也在生利息，何必提了现银，摆在家里？不但大钱不会生小钱，而且惹得小偷强盗眼红，还有慢藏诲盗之忧。世荣兄，你说我这话是不是？”

“是——是！”吴世荣完全是为他说服了，尤其是想到“慢藏诲盗”这一点，出了盗案，巡抚、按察使以下至地方官，都有责任，唯有藩司不管刑名，可以置身事外。照此看来，德馨的警告，实在是忠告。

于是传言告示定稿，谢云青叫人买来上等梅行纸，找了一个好书手，用碗口大的字，正楷书写，告示本应用印，但大印未曾携来，送回衙门去钤盖，又嫌费时，只好变通办法，由吴世荣在他自己的衔名之下，画了个花押，证明确是杭州府的告示。

其时奉命去邀客的两个伙计，相继回店复命，却是无功而返，只为没有适当的人可邀，倒是有自告奋勇，愿意来见藩台及知府的，但争先恐后，请这个不请那个，反而要得罪人，只好推托去请示了再说。

从他们的话中听得出来，挤兑的人群中，并没有什么有地位的绅士，足以号召大众，而争先恐后想来见官府的，都是无名小卒。既然如此，无足为虑，德馨想了一下，看着吴世荣跟谢云青问道：“有没有口才好的人？声音要洪亮，口齿要清楚，见过大场面，能沉得住气的。”

吴世荣尚未开口，谢云青却一迭连声地说：“有、有，就是大人衙门里的周书办。”

“周书办。”德馨问道，“是周少棠不是？”

“是、是！就是他。”

“不错，此人很行。他怎么会在这里？”

“他跟我们东家是早年的朋友，今天听说阜康有事，特为来帮忙的。”

其实，此人是谢云青特为请来的。原来各省藩司衙门，都有包办上下忙钱粮的书办，俗称“粮书”，公文上往往称此辈为“蠹吏”，所谓“钱粮”就是田赋，为国家主要的收入，其中弊端百出，最清廉能干的地方大吏，亦无法彻底整顿，所以称之为“粮糊涂”。但是这些“蠹吏”另有一本极清楚的底册，这本底册，便是极大的财源，亦只有在藩司衙门注册有案的粮书，才能获得这种底册。粮书是世袭的职务，父死子继，兄终弟及以外，亦可以顶名转让。买这样一个书办底缺，看他所管的县分而定，像杭州府的仁和、钱塘两县的粮书，顶费要十几万银子，就是苦瘠山城，亦非两三万两莫办。这周少棠原是胡雪岩的贫贱之交，后来靠胡雪岩的资助，花了五万银子买了个专管嘉兴府嘉善县的粮书，只有上下忙开征钱粮的时候，才到嘉善，平时只在省城里专事结交。他生得一表人才能言善道，谢云青跟他很熟，这天因为阜康挤兑，怕应付不下来，特为请了他来帮忙，这时候正好派上用场了。

当时将周少棠找了来，周少棠向德藩台及吴世荣分别行了礼，然后满面赔笑地肃立一旁，听候发落。

“周书办，我同吴知府为了维持市面，不能不出头来管阜康的事，现在有张告示在这里，你看了就知道我们的苦心了。”

“是，是！两位大人为我们杭州百姓尽心尽力，真正感激不尽。胡大先生跟两位大人，论公是同事，论私是朋友，他不在杭州，就全靠两位大人替他作主了。”

“我们虽可以替他作主，也要靠大家顾全大局才好。说老实话，胡观察是倒不下来的，万一真的倒下来了，杭州的市面大受影响，亦非杭州人之福。我请你把这番意思，切切实实跟大家说一说。”

周少棠答应着，往后退了几步，向站在客座进口处的谢云青使了个眼色，相偕到了柜房，阜康几个重要的伙计，以及拟六言告示的户房书办都在。周少棠一进门就说：“老卜，你这支笔真呱呱叫！”说着，大拇指举得老高。

“老卜”是叫户房书办，他们身份相同，走得极近，平时玩笑开惯的。当下老卜答说：“我的一支笔不及你的一张嘴，现在要看你了。”

“你不要看我的笑话！倒替我想想看，这桩事情，要从哪里下手？”

“要一上来就有噱头，一噱把大家吸住了，才会静下来听你吹。”老卜说道，“我教你个法子，你不是会唱‘徽调儿’？搬一张八仙桌出去，你在上面一站，像‘徐策跑城’一样，捞起衣袍子下摆，唱它一段‘垛板’，包你一个满堂彩。这一来，什么都好说了。”

明明是开玩笑，周少棠却不当它笑话，双眼望着空中，眼珠乱转乱眨了一阵，开口说道：“我有办法了，要做它一篇偏锋文章。来，老谢，你叫人搭张八仙桌出去。”

“怎么？”老卜笑道，“真的要唱‘徐策跑城’？一张桌子跑圆场跑不转，要不要多搭张桌子？”

“你懂个屁！”周少棠转脸对谢云青说，“这开门去贴告示，就有学问，没有预备，门一开，人一挤，马上天下大乱。现在这样，你叫他们从边门搭一张桌子出去，贴紧排门，再把桌子后面的一扇排门卸下来。这一来前面有桌子挡住，人就进不来了。”

“你呢？”老卜接口，“你从桌子后面爬出去？”

“什么爬出去？我是从桌子后面爬上去。”

“好、好！”谢云青原就在为一开门，人潮汹涌，秩序难以维持发愁，所以一听这话，大为高兴，立即派人照办。

等桌子一抬出去，外面鼓噪之声稍微安静了些，及至里面排门一卸，先出去两名差役，接着递出红告示去，大家争先恐后往前挤，大呼小叫，鼓噪之声变本加厉了。

“不要挤，不要挤！”周少棠急忙跳上桌子，高举双手，大声说道，

“杭州府吴大人的告示，我来念。”

接着他指挥那两名差役，将红告示高高举了起来，他就用唱“徽调”念韵白似的，“照得”云云，有板有眼地念了起来。

念完又大声喝道：“大家不要乱动！”

他这蓦地里一喝，由于量大声宏，气势惊人，别有一股慑人的力量，居然有不少探手入怀的人，手在中途停了下来。

“为啥叫大家不要乱动？扒儿手就在你旁边！你来不及想摸银票来兑现，哪晓得银票摆在那里，已经告诉扒儿手了。铜钱是你的总归是你的，阜康的银票，就是现银，今天不兑，明天兑，明天不兑后天兑，分文不少，哪天都一样。不过人家阜康认票不认人，你的银票叫扒儿手摸了去，朝我哭都没有用。”

夹枪带棒一顿排杠，反而将人声压了下去，但人丛中却有人放开嗓子说道：“周少棠，你是唱‘徽调儿’，还是卖梨膏糖？”

此言一出，人丛中颇有笑声。原来周少棠早年卖过梨膏糖，这一行照例以唱小调来招揽顾客，触景生情，即兴编词，开开无伤大雅的玩笑，不但要一副极好的嗓子，而且要有一点捷才。周少棠随机应变的本事，便是在卖梨膏糖那两年练出来的。

尽管有人讪笑，他却神态自若，游目四顾，趁此机会动动脑筋。等笑声停住，他大声说道：“黄八麻子，你不要挖我的痛疮疤！我周少棠，今天一不唱徽调儿，二不卖梨膏糖，是来为大家打抱不平的。”

最后这句话，又引起窃窃私议，但很快地复归于平静，那黄八麻子又开口了：“周少棠，你为哪个打抱不平？”

“我为大家打！”周少棠应声而答。

“打哪个？”

“打洋鬼子！”他说，“洋鬼子看我们中国好欺侮，娘卖×的法国人，在安南打不过刘永福，弄两只灯笼壳的铁甲火轮船，在吴淞口外晃啊晃。上海人都是不中用的‘铲头’，自己吓自己，弄得市面大乱，连带金字招牌的阜康都罩不住。说来说去，是法国人害人！不过，法国人总算还是真小人，另外杀人不见血，还有比法国更加毒的洋鬼子。”

说到这里，他故意停下来，看看反应，只听一片“哪一国，哪一国”发问的声音。

“要问哪一国，喏，青竹蛇儿口，黄蜂尾上针，两样都不毒，最毒英国人。”

对这两句话，大家报以沉默，此一反应不大好，因为广济医院的梅藤更，颇获杭州人的好感，而此人是英国人。

“你们只看见梅藤更，”周少棠把大家心里的疙瘩抓了出来，“梅藤更是医生，医家有割股之心，自然是好的，另外呢？第一个是赫德，我们中国的海关，归他一把抓，好比我们的咽喉给他卡住了！”说着他伸手张开虎口，比在自己脖子上作个扼喉的姿势，“他手松一松，中国人就多吃两口饭，紧一紧就要饿肚皮！这个娘卖×的赫德，他只要中国人吃‘黑饭’，不要中国人吃白饭。”

说到这里，恰好有个涕泗横流的后生，极力往外挤，引起小小的骚动，给了他一个借题发挥的机会。

“你看你，你看你！”他指着那后生说，“年纪轻轻不学好，吃乌烟！瘾头一来，就是这鬼相。不过，”他提高了声音，“也不要怪他，要怪杀人不见血的英国人！没有英国人，今天阜康没有事。”

“周少棠，你不要乱开黄腔，阜康显现形，跟英国人啥相干？屙不出屎怪茅坑，真正气数。”

责问的是黄八麻子，词锋犀利，周少棠不慌不忙地答道：“你说我开黄腔，我又不姓黄。”

话一出口，立刻引起一阵爆笑，还有拍手顿足，乐不可支的。这又给周少棠一个机会，等笑声略停，大声向黄八麻子挑战。

“黄八麻子，你说屙不出屎怪茅坑，是要怪茅坑不好，你敢不敢同我辩一辩？”

“别人怕你的歪理十八条，我姓黄的石骨铁硬的杭铁头，偏要戳穿你的西洋镜。”

“你是杭铁头，莫非我是苏空头？放马过来！”

大家一看有好戏看了，自动让出一条路来，容黄八麻子挤到前面，便有人大喊：“上去，上去！”更有人将他抬了起来，周少棠很有风度，伸手拉了他一把，自己偏到一边，腾出地位来让他对立。

经此鼓舞的黄八麻子，信心更足了，“周少棠，我辩不过你输一桌酒席。”他问，“你输了呢?”

“我输了，一桌酒席以外，当场给大家磕头赔不是。”

“好！你问我答，我问你答，答不出来算输。你先问。”

周少棠本就想先发问，如下围棋的取得“先手”，所以一听黄八麻子话，正中下怀，当即拱拱手说：“承让、承让！”

“不必客气，放马过来。”黄八麻子人高马大，又站在东面，偏西的阳光，照得他麻子粒粒发亮，只见他插手仰脸，颇有睥睨一世的气概。

“请问，现在有一种新式缫丝的机器，你晓得不晓得？”

“晓得。”黄八麻子看都不看地回答。

“这种机器，一部好当一百部纺车用，你晓得不晓得？”

“晓得。”

“既然一部机器，好当一百部纺车用，那么，算他每家有五部纺车，二五得十，加十倍变一百，就有二十家人家的纺车没用处了，这一点你晓得不晓得？”

“晓得。”

“二十家的纺车没有用处，就是二十家人家没饭吃。这一点，你当然也晓得。”周少棠加了一句，“是不是?黄八麻子请你说。”

“这有啥好说的？”黄八麻子手指着周少棠说，“这件事同阜康要上排门，有啥关系？你把脑筋放清楚来，不要乱扯。”

“你说我乱扯就乱扯，扯到后来，你才晓得来龙去脉，原来在此！那时候已经晚了，一桌酒席输掉了。”

“哼，哼！”黄八麻子冷笑着说，“倒要看看是我输酒席，还是你朝大家磕头。”

“好！言归正传。”周少棠问，“虽然是机器，也要有茧子才做得出丝，是不是？”

“这还用你说？”

“那么没有茧子，他的机器就没有用了，这也是用不着说的。现在，我再要问你一件事，他们的机器是哪里来的？”

“当然是外洋来的。”

“是哪个从外洋运的？”

“我不晓得，只有请教你‘万宝全书缺只角’的周少棠了。”

“这一点，倒不在我‘缺’的那只‘角’里面，我告诉你，怡和洋行，大班是英国人。”周少棠这时变了方式，面朝大众演说，“英国人的机器好，就是嘴巴大，一部机器要吃掉我们中国人二十家做给人家的饭。大家倒想，有啥办法对付？只有一个办法，根本叫他的机器饿肚皮。怎么饿法，不卖茧子给他。”

这时台底下有些骚动了，“嗡、嗡”的声音出现在好几处地方，显然是被周少棠点醒，有些摸到胡雪岩的苦衷了。

这样的情况不能继续下去，否则凝聚起来的注意力一分散，他的话就说不下去了，因此找到一个熟人，指名发问。

“喂，小阿毛，你是做机坊的，你娘是‘湖丝阿姐’，你倒说说！”

小阿毛父子都是织造衙门的织工，一家人的生计都与丝有关，对于新式缫丝厂的情况相当清楚，当即答说：“我娘先没有‘生活’做，现在又有了。”

“是啥辰光没有‘生活’做？”

“上海洋机厂一开工，就没有了。”

“现在为啥又有了呢？”

“因为洋机厂停工。”

“洋机厂为啥停工？”

“我不晓得。”

“你晓不晓得？”周少棠转脸问黄八麻子，但不等他回答，自己说了出来，“是因为不卖茧子给它。”然后又问，“养蚕人家不卖茧子，吃什么？茧子一定要卖，不卖给洋鬼子，总要有人来买。你说，这是哪一个？”

黄八麻子知道而不肯说，一说就要输，所以硬着头皮答道：“哪个晓得？”

“你不晓得我告诉你！喏！”周少棠半转回身子，指着“阜康钱庄”闪闪生光的金字招牌说，“就是这里的胡大先生。”

“周少棠，你又捧‘财神’的卵泡了！”黄八麻子展开反击，“胡大先生囤的是丝，茧子没有多少，事情没有弄清楚，牛皮吹得哗打打，这里又没有人买你的梨膏糖。”

“我的梨膏糖消痰化气。你倒想想看，那时节，只要你晚上出去赌铜钱到天亮不回来，你娘就要来买我的梨膏糖吃了。”

这是周少棠无中生有，编出来的一套话，气得黄八麻子顿足戟指地骂：“姓周的，你真不要脸，乱说八道，哪个不晓得我姓黄的从来不赌铜钱的？”

这时人丛中已有笑声了，周少棠却故意开玩笑说：“你晚上出去，一夜不回家，不是去赌铜钱，那就一定去逛‘私门头’。这一来，你老婆都要来买我的梨膏糖了。”

台下哄然。黄八麻子咬牙切齿却无可奈何，周少棠仍是一副惫懒的神情，相形之下，越发惹笑。

“你不要生气！”周少棠笑道，“大家笑一笑就是消痰化气。老弟兄寻寻开心，不犯着认真，等一息，我请你吃‘皇饭儿’。现在，”他正一正脸色，“我们话说回头。”

接下来，周少棠又诉诸群众了，他将胡雪岩囤丝，说成是为了维护养蚕做丝人家的利益，与洋商斗法。他说，洋商本来打算设新式缫丝厂，低价收买茧子，产丝直接运销西洋，“中国人只有辛辛苦苦养蚕，等‘蚕宝宝上山’结成茧子以后，所有的好处，都归洋鬼子独吞了！”他转脸问黄八麻子，“你们说，洋鬼子的心肠狠不狠？你有啥话好帮他们说？”

这句话惹火了他的对手。“周少棠，你不要含血喷人，我哪里帮洋鬼子说过好话？只有你，捧‘财神’的卵泡！”黄八麻子指着他说，“你有本事，说出阜康收了人家的存款，可以赖掉不付的道理来，我佩服你。”

“黄八麻子，你又乱开黄腔了！你睁开眼睛看看红告示，我们杭州府的父母官说点啥，藩台大人又说点啥？胡大先生手里有五万包丝，一包四百两，一共两千万，你听清楚，两千万两银子，五十两一个的大元宝，要四十万个，为啥要赖客户的存款？”

“不赖，那么照付啊！”黄八麻子从怀中取出一沓银票在空中扬一扬说，“你们看，阜康的银票，马上要‘擦屁股，嫌罪过’了。”

他这一着，变成无理取闹，有些泼妇的行径了，周少棠不慌不忙地将手一伸：“你的银票借我看看！你放心，当了这么多人，我不会骗你，抢你的。”

这一下，黄八麻子知道要落下风了，想了一下硬着头皮将银票交了过去。“一共五张，两千六百多两银子，看你付不付。”他心里在想，周少棠绷在情面上，一定会如数照付，虽然嘴上吃了亏，但得了实惠，还是划算的。

周少棠不理他的话，接过银票来计算了一下，朝后面喊道：“兑一千四百四十两银子出来!听到没有？”

谢云青精神抖擞地高声答应：“听到。”

“对不起！现在兑不兑不是阜康的事情了，藩台同杭州府两位大人在阜康坐镇，出告示一千两以下照付，一千两以上等阜康老板回来，自会理清楚，大人先生的话，我们只有照听不误。”他检出一张银票递了回去，“这张一千二百两的，请你暂时收回，等胡大先生回来再兑，其余四张，一共一千四百四十两，喏，来了！”阜康的伙计抬上来一个箩筐，将银子堆了起来，二十八个大元宝，堆成三列，另外四个十两头的元丝。都是刚出炉的“足纹”，白光闪闪、耀眼生花。

“先生，”谢云青在方桌后面，探身出来，很客气地说，“请你点点数。”

“数是不要点了，一目了然。不过，”黄八麻子大感为难，“我怎么拿呢？”

“照规矩，应该送到府上。不过，今天兑银票的人多，实在抽不出人。真正对不住，真正对不住！”说着，谢云青连连拱手。

“好了，好了！”人丛中有人大喊，“兑了银子的好走了，前客让后客！大家都有份。”

这一催促提醒了好些原有急用、要提现银的人。热闹看够了，希望阜康赶紧卸排门开始兑银，所以亦都不耐烦地鼓噪，黄八麻子无可奈何，愤愤地向周少棠说：“算你这张卖梨膏糖的嘴厉害！银子我也不兑了，银票还我！”

“对不起，对不起！”谢云青赔笑说道，“等明天稍为闲一闲，要用多少现银，我派‘出店’送到府上。喏，这里是原票，请收好了。”

“八哥、八哥！”周少棠跳下桌，来扶黄八麻子，“多亏你捧场。等下‘皇饭儿’你一定要赏我个面子。”

周少棠要了一套把戏，黄八麻子展示了一个实例，即便是提一千两银子，亦须有所准备，一千两银子五十五斤多，要个麻袋，起码还要两个人来挑，银子分量重，一个人是提不动的。

这一来，极大部分的人都散去了，也没有人对只准提一千两这个限额表示异议，但却有人要求保证以后如数照兑。既不必立笔据，无非一句空话，谢云青乐得满口答应。不过要兑现银的小户，比平常是要多得多，谢云青认为应该做得大方些，当场宣布，延时营业，直到主顾散光为止，又去租来两盏煤气灯，预备破天荒地做个夜市。

偌大一场风波，如此轻易应付过去，德馨非常满意。周少棠自然成了“英雄”，上上下下无不夸奖。不过大家也都知道，风潮只是暂时平息，“重头戏”在后面，只待“主角”胡雪岩一回来便要登场了。

第六章　夜访藩司

胡雪岩船到望仙桥，恰正是周少棠舌战黄八麻子，在大开玩笑的时候。螺蛳太太午前便派了亲信，沿运河往北迎了上去，在一处关卡上静候胡雪岩船到，遇船报告消息。

这个亲信便是乌先生。他在胡家的身份很特殊，既非“师爷”，更非“管事”，但受胡雪岩或螺蛳太太的委托，常有临时的差使，由他当螺蛳太太与胡雪岩之间的“密使”自然是最适当的人选。

“大先生，”他说，“起暴风了。”

不说起风波，却说“起暴风”，胡雪岩的心一沉，但表面不露声色，只说：“你特为赶了来，当然出事了。什么事？慢慢说。”

“你在路上，莫非没有听到上海的消息？”

等乌先生将由谢云青转到螺蛳太太手里的电报拿了出来，胡雪岩一看色变，不过他矫情镇物的功夫过人，立即恢复常态，只问：“杭州城里都晓得了？”

“当然。”

“这样说，杭州亦会挤兑？”

“罗四姐特为要我来，就是谈这件事——”

乌先生把谢云青深夜报信，决定阜康暂停营业，以及螺蛳太太亲访德馨求援，德馨已答应设法维持的经过，细说了一遍。

胡雪岩静静听完，第一句话便问：“老太太晓得不晓得？”

“当然是瞒牢的。”

“好！”胡雪岩放心了，“事情已经出来了，着急也没有用。顶要紧的是，自己不要乱。乌先生，喜事照常办，不过，我恐怕没有工夫来多管，请你多帮一帮罗四姐。”

“我晓得，”乌先生突然想起，“罗四姐说，大先生最好不要在望仙桥上岸。”

胡雪岩上船下船，一向在介乎元宝街与清河坊之间的望仙桥，螺蛳太太怕惹人注目，所以有此劝告。但胡雪岩的想法不同。

“既然一切照常，我当然还是在望仙桥上岸。”胡雪岩又问，“罗四姐原来要我在啥地方上岸？”

“万安桥。轿子等在那里。”乌先生答说，“这样子，我在万安桥上岸，关照轿子仍旧到望仙桥去接。”

胡雪岩的一乘绿呢大轿，华丽是出了名的，抬到望仙桥，虽然已经暮色四合，但一停下来，自有人注目。加以乌先生了解胡雪岩的用意，关照来接轿的家人，照旧摆出排场，身穿簇新棉“号挂子”的护勇，码头上一站，点起官衔灯笼，顿时吸引了一大批看热闹的行人。

见此光景，胡雪岩改了主意。

往时一回杭州，都是先回家看娘，这一次怕老娘万一得知沪杭两处钱庄挤兑，急出病来，更加不放心。但看到这么多人在注视他的行踪，心里不免设身处地想一想，如果自己是阜康的客户，又会作何想法？

只要一抛开自己，胡雪岩第一个念头便是：不能先回家！多少人的血汗钱托付给阜康，如今有不保之势，而阜康的老板居然好整以暇地光顾自己家里，不顾别人死活，这口气是咽不下的。

因此船一靠岸，他先就询问："云青来了没有？"谢云青何能不来？不过他是故意躲在暗处，此时闪出来疾趋上前，口中叫一声："大先生！"

"好、好！云青，你来了！不要紧，不要紧，阜康仍旧是金字招牌。"他特意提高了声音说，"我先到店里。"

店里便是阜康。轿子一到，正好店里开饭，胡雪岩特为去看一看饭桌，这种情形平时亦曾有过，但在这种时候，他竟有这种闲情逸致，就不能不令人惊异了。

"天气冷了！"胡雪岩问谢云青说，"该用火锅了。"

"年常旧规，要冬至才用火锅。"谢云青说，"今年冬至迟。"

"以后规矩改一改。照外国人的办法，冬天到寒暑表多少度，吃火锅；夏天，则多少度吃西瓜。云青，你记牢。"

这是稳定"军心"的办法，表示阜康倒不下来，还会一年一年开下去。谢云青当然懂得这个奥妙，一迭连声地答应着，交代"饭司务"从第二天起多领一份预备火锅的菜钱。

"阜康的饭碗敲不破的！"有人这样在说。

在听谢云青细说经过时，胡雪岩一阵阵胃冷，越觉得侥幸，越感到惭愧。

事业不是他一个能创得起来的，所以出现这天这种局面，当然也不是他一个人的过失。胡雪岩虽一想起宓本常，就恨不得一口唾沫当面吐在他脸上，但是，这种念头一起即消，他告诉自己，不必怨任何人，连自己都不必怨，最好忘记掉自己是阜康的东家，当自己是胡雪岩的"总管"，胡雪岩已经"不能问事"，委托他全权来处理这一场灾难。

他只有尽力将得失之心丢开，心思才能比较集中。当时他紧皱双眉，闭上眼睛，通前彻后细想了以后说："面子就是招牌，面子保得住，招牌就可以不倒，这是一句总诀。云青，你记牢！"

"是，我懂。"

"你跟螺蛳太太商量定规，今天早晨不开门，这一点对不对，我们不必再谈。不过，你要晓得，拆烂污的事情做不得。”

“我不是想拆烂污——”

“我晓得。”胡雪岩摇摇手阻止他说，“你不必分辩，因为我不是说你。不过，你同螺蛳太太有个想法大错特错，你刚才同我说，万一撑不住，手里还有几十万款子，做将来翻身的本钱，不对，抱了这种想法，就输定了，永远翻不得身。云青，你要晓得，我好像推牌九，一直推得是‘长庄’，注码不管多少都要，你输得起，我赢得进，现在手风不顺，忽然说是改推‘铲庄’，尽多少铜钱赌，自己留起多少，当下次的赌本。云青，没有下次了，赌场里从此进不去了！”

谢云青吸了口冷气，然后紧闭着嘴，无从赞一词。

“我是一双空手起来的，到头来仍旧一双空手，不输啥！不但不输，吃过、用过、阔过、都是赚头。只要我不死，你看我照样一双空手再翻起来。”

“大先生这样气概，从古到今也没有几个人有。不过，”谢云青迟疑了一下，终于说了出来，“做生意到底不是推牌九。”

“做生意虽不是推牌九，道理是一样的，‘赌奸赌诈不赌赖’，不卸排门做生意，不讲信用就是赖！”

“大先生这么说，明天照常。”

“当然照常！”胡雪岩说，“你今天要做一件事，拿存户的账，好好看一看，有几个户头要连夜去打招呼。”

“好。我马上动手。”

“对。不过招呼有个打法，第一，一向初五结息，现在提早先把利息结出来，送银票上门。第二，你要告诉人家年关到了，如果要提款，要多少，请人家交代下来好预备。”

“嗯、嗯、嗯。”谢云青心领神会地答应着。

能将大户稳定下来，零星散户，力能应付，无足为忧。胡雪岩交代清楚了，方始转回元宝街。虽已入夜，一条街上依旧停满轿马，门灯高悬，家人排班，雁行而立，仿佛一切如常，但平时那种喧哗热闹的气氛，却突然消失了。

轿子直接抬到花园门口，胡雪岩下轿一看，胡太太与螺蛳太太在那里迎接，相见黯然，但只转瞬之间，螺蛳太太便浮起了笑容，“想来还没有吃饭？”她问，“饭开在哪里？”

这是没话找话，胡雪岩根本没有听进去，只说：“到你楼上谈谈。”他又问，“老太太晓得不晓得我回来了？”

“还没有禀告她老人家。”

“好！关照中门上，先不要说。”

“我晓得，不会的。”胡家的中门，仿佛大内的乾清门一般，禁制特严，真个外言不入，螺蛳太太早已关照过了，大可放心。

到得螺蛳太太那里，阿云捧来一碗燕窝汤，一笼现蒸的鸡蛋糕，另外是现沏的龙井茶，预备齐全，随即下楼，这是螺蛳太太早就关照好了的，阿云就守在楼梯口，不准任何人上楼。

“事情要紧不要紧？”胡太太首先开口。

“说要紧就要紧，说不要紧就不要紧。”胡雪岩说，“如今是顶石臼做戏，能把戏做完，大不了落个吃力不讨好，没有啥要紧。但若这出做不下去，石臼砸下来，非死即伤。”

“那么这出戏要怎样做呢？”螺蛳太太问说。

“要做得台底下看不出我们头上顶了一个石臼，那就不要紧了。”

“我也是这样关照大家，一切照常，喜事该怎么办就怎么办。不过，场面是可以拿铜钱摆出来的，只怕笑脸摆不出来。”

“难就难在这里。不过，”胡雪岩加重了语气说，“再难也要做到，场面无论如何要好好儿把它吊绷起来，不管你们用啥法子。”

胡太太与螺蛳太太相互看了一眼，都将这句话好好地想了一下，各有会心，不断点头。

“外头的事情有我。”胡雪岩问说，“德晓峰怎么样？”

“总算不错。”螺蛳太太说，“莲珠一下午都在我这里，她说，你最好今天晚上就去看看德藩台。”

“晚上，恐怕不方便。”

“晚上才好细谈。”

“好，我等一下就去。”

胡雪岩有些踌躇，因为这时候最要紧的事，并不是去看德馨，第一件是要发电报到各处，第二件是要召集几个重要的助手，商量应变之计。这两件事非但耽误不得，而且颇费功夫，实在抽不出空去看德馨。

“有应春在这里就好了。”胡雪岩叹口气，颓然倒在一张安乐椅，头软软地垂了下来。

螺蛳太太吃一惊，“老爷、老爷!”她走上前去，半跪着摇撼着他双肩说，“你要撑起来！不管怎么样要撑牢！”

胡雪岩没有作声，一把抱住她，将头埋在她肩项之间，“罗四姐，”他说，“怕要害你受苦了，你肯不肯同我共患难？”

“怎么不肯？我同你共过富贵，当然要同你共患难。”说着，螺蛳太太眼泪掉了下来，落在胡雪岩手背上。

“你不要哭！你刚才劝我，现在我也要劝你。外面我撑，里面你撑。”

“好！”螺蛳太太抹抹眼泪，很快地答应。

“你比我难。”胡雪岩说，“第一，老太太那里要瞒住；第二，亲亲眷眷，还有底下人，都要照应到；第三，这桩喜事仍旧要办得风风光光。”

螺蛳太太心想第一桩还好办，到底只有一个人，但第二桩就很吃力了，第三桩更难。不管怎么风光，贺客要谈煞风景的事，莫非去掩住他们的嘴？

正这样转着念头，胡雪岩又开口了，“罗四姐，”他说，“你答应得落，答应不落？如果答应不落，我——”

等了一会儿不听他说下去，螺蛳太太不由得要问：“你怎么样？”

“你撑不落，我就撑牢了，也没有意思。”

“那么，怎么样呢？”

“索性倒下来算了。”

“瞎说八道！”螺蛳太太跳了起来，大声说道，“胡大先生，你不要让我看不起你！”

胡雪岩原是激励她的意思，想不到同时也受了她的激励，顿时精神百倍地站起身来说：“好！我马上去看德晓峰。”

“这才是。”螺蛳太太关照，“千万不要忘记谢谢莲珠。”

“我晓得。”

“还有，你每一趟外路回来去看德藩台，从来没有空手的，这回最好也不要破例。”

这下提醒了胡雪岩。“我的行李在哪里？”他说，“其中有一只外国货的皮箱，里头新鲜花样很多。”

“等我来问阿云。”

原来胡雪岩每次远行，都是螺蛳太太为他收拾行李，同样的，胡雪岩一回来，行李箱亦照例卸在她这里，所以要问阿云。

“有的。等我去提了来。”

那只皮箱甚重，是两个丫头抬上来的。箱子上装了暗锁，要对准号码，才能打开。急切间，胡雪岩想不起什么号码，怎么转也转不开，又烦又急，弄得满头大汗。

“等我来！”螺蛳太太顺手捡起一把大剪刀，朝锁具的缝隙中插了下去，然后交代阿云，“你用力往后扳。”

阿云是大脚，用脚抵住了皮箱，双手用足了劲往后一扳，锁是被撬开了，却以用力过度，仰天摔了一跤。

“对！”胡雪岩若有所悟地自语，“快刀斩乱麻！”

他一面说，一面将皮纸包着的大包小包取了出来，堆在桌上。皮箱下面铺平了的，是舶来品的衣料。

“这个是预备送德晓峰的。”胡雪岩将一个小纸包递给螺蛳太太，又加了一句，“小心打碎。”

打开来一看，是个乾隆年间烧料的鼻烟壶，配上祖母绿的盖子。螺蛳太太这几年见识得多，知道名贵。“不过，”她说，“一样好像太少了。”

“那就再配一只表。”

这只表用极讲究的皮箱子盛着，打开来一看，上面是一张写着洋文的羊皮纸，揭开来，是块毫不起眼的银表。

“这只表……”

“这只表，你不要看不起它，来头很大，是法国皇帝拿破仑用过的，我是当古董买回来的。这张羊皮纸是‘保单’，只要还得出‘报门’，不是拿破仑用过，包退还洋，另加罚金。”

“好！送莲珠的呢？”

“只有一个金黄蔻盒子。如果嫌轻，再加两件衣料。”

从箱子下面取出几块平铺着的衣料出来，螺蛳太太忽生感慨。从嫁到胡家，什么绫罗绸缎，在她跟毛蓝布等量齐观，但一摸到西洋的衣料，感觉大不相同。

这种感觉形容不出。她见过的最好的衣料是“贡缎”，这种缎子又分“御用”与“上用”两种。“御用”的贡缎，后妃所用，亦用来赏赐王公大臣。皇帝所用，才专称为“上用”。但民间讲究的人，当然亦是世家巨族，用的亦是“上用”的缎子，只是颜色避免用“明黄”以及较“明黄”为暗的“香色”——“明黄”只有皇帝、太上皇帝能用，“香色”则是皇子专用的颜色，除此以外，百无禁忌。但缎袍的争奇斗妍，可以比“上用”的缎子更讲究，譬如上午所着与晚间所着，看似同样花样的缎袍，而暗花已有区分——上午的花含苞待放，下午的花已盛开。这些讲究，已是“不是三世做官，不知道穿衣吃饭”的人家所矜重，但是，比起舶来品的好衣料来，不免令人兴起绚烂不如平淡之感。

螺蛳太太所捡出来的两件衣料，都是单色，一件藏青、一件玄色。这种衣料名叫“哔叽”，刚刚行销到中国，虽名贵异常，但她就有四套哔叽袄，穿过了才知道它的好处。

这种衣料在洋行发售，内地官宦人家少见，就是上海商场中，也只有讲时髦的阔客才用来做袍料的“哔叽”，但在胡家无足为奇。胡雪岩爱纤足，姬妾在平时不着裙子，春秋佳日用“哔叽”裁制夹袄夹裤，稳重挺括，颜色素雅，自然高贵。螺蛳太太常说：“做人就要像哔叽一样，禁得起折磨，到哪里都显得有分量。”此时此地此人，她想到自己常说的话，不由得凄然泪下。

幸好胡雪岩没有注意，她背着灯取手绢擤鼻子，顺便擦一擦眼睛，将捡齐了的礼物，关照阿云用锦袱包了起来，然后亲自送胡雪岩到花园的西侧门。

这道门平时关闭，只有胡雪岩入夜“微行”时才开。坐的当然也不是绿呢大轿，更没有前呼后拥的“亲兵”，只由两个贴身小跟班，前后各擎一盏灯笼，照着小轿直到藩司衙门。由于预先已有通知，德馨派了人在那里等候，胡雪岩下了轿，一直就到签押房。

“深夜过来打搅晓翁，实在不安。”胡雪岩话是这么说，态度还是跟平时一样，潇洒自如，毫不显得窘迫。

“来！来！躺下来。”刚起身来迎的德馨，自己先躺了下去，接过丫头递过来的烟枪，一口气抽完，但却用手势指挥，如何招待客人。

他指挥丫头，先替胡雪岩卸去马褂，等胡雪岩侧身躺下来，丫头便将他的双腿抬到拦脚凳上，脱去双梁鞋，然后取一床俄国毯子盖在腿上，掖得严严的，温暖无比。

“雪岩，”德馨说道，“我到今天才真佩服你！”

没头没脑的这一句话，说得胡雪岩唯有苦笑，“晓翁，”他说，“你不要挖苦我了。”

“不是我挖苦你。”德馨说道，“从前听人说，孟尝君门下食客三千，鸡鸣狗盗，到了紧要关头，都会大显神通。你手下有个周少棠，你就跟孟尝君一样了。”

周少棠大出风头这件事，胡雪岩只听谢云青略为提到，不知其详，如今听德馨如此夸奖，不由得大感兴趣，便问一句：“何以见得？”好让德馨讲下去。

“我当时在场，亲眼目睹，实在佩服。”德馨说道，“京里有个丑儿叫刘赶三，随机应变、临时抓哏是有名的，可是以我看来，不及周少棠。”

接着德馨眉飞色舞地将周少棠玩弄黄八麻子于股掌之上的情形，细细形容了一遍，胡雪岩默默地听着，心里在想，这周少棠以后有什么地方用得着他。

“雪岩，”德馨又说，“周少棠给你帮的忙，实在不小。把挤兑的那班人哄得各自回家，犹在其次，要紧的是，把你帮了乡下养蚕人家的大忙，大大吹嘘了一番。这一点很有用，而且功效已显出来了，今儿下午刘仲帅约我去谈你的事，他就提到你为了跟英国人斗法，以至于被挤，说应该想法子维持。”

刘仲帅是指浙江巡抚刘秉璋，他跟李鸿章虽非如何融洽，但总是淮军一系，能有此表示，自然值得珍视，所以胡雪岩不免有兴奋的语气。

“刘仲帅亦能体谅，盛情实在可感。”

“你先别高兴，他还有话：能维持才维持，不能维持趁早处置，总以确保官款为第一要义。雪岩，”德馨在枕上转脸看着胡雪岩说，“雪岩，你得给我一句话。”

这句话自然是要胡雪岩提供保证，决不至于让他无法交代，胡雪岩想了一下说：“晓翁，我们相交不是一天，你看我是对不起人的人吗？”

“这一层，你用不着表白。不过，雪岩，你的事业太大了，或许有些地方你自己都不甚了了。譬如，你如果对你自己的虚实一清二楚的话，上海的阜康何至于等你一走，马上就撑不住了？”

这番话说得胡雪岩哑口无言，以他的口才，可以辩解，但他不想那样做，因为他觉得那样就是不诚。

“雪岩，你亦不必难过。事已如此，只有挺直腰杆来对付。”德馨紧接着说，“我此刻只要你一句话。”

“请吩咐。”

“你心里的想法，先要告诉我。不必多，只要一句话好了。”

这话别具意味，胡雪岩揣摩了半天，方始敢于确定，“晓翁，”他说，“如果我真的撑不下去了，我一定先同晓翁讨主意。”这话的意思是一定会维护德馨的利益，不管是公是私。

“好！咱们一言为定。现在，雪岩，你说吧，我能替你帮什么忙？”

“不止于帮忙，”胡雪岩说，“我现在要请晓翁拿我的事，当自己的事办。”

这话分量也很重，德馨想了一下说：“这不在话下。不过，自己的事，不能不知道吧？”

“是。我跟晓翁说一句：只要不出意外，一定可以过关。”

“雪岩，你的所谓意外是什么？”

“凡是我抓不住的，都会出意外。”胡雪岩说，“第一个是李合肥。”说到这里，他不由得叹了一口气，“唉！原以为左大人到了两江是件好事，哪晓得反而坏了。”

“喔，这一层，你倒不妨谈谈。”

谈起来很复杂，也很简单，左宗棠一到两江，便与李鸿章在上海的势力发生冲突。如果左宗棠仍有当年一往无前、笼罩各方的魄力，加上胡雪岩的精打细算，则两江总督管两江，名正言顺，李鸿章一定会落下风。无奈左宗棠老境颓唐，加以在两江素无基础，更糟糕的是对法交涉，态度软硬，大相径庭，而李鸿章为了贯彻他的政策，视左宗棠为遇事掣肘、非拔除不可的眼中钉，而又以翦除左宗棠的羽党为主要手段，这一来便将胡雪岩看作保护左宗棠的盾牌，集矢其上了。

“我明白了。”德馨说道，“冤家宜解不宜结，李合肥那方面要设法去打个照呼。这一层，我可以托刘仲帅。”

“这就重重拜托了。”胡雪岩问，“刘仲帅那里，我是不是应该去见一见？”

“等我明天‘上院’见了他再说。”德馨又说，“你倒想一想，李合肥如果要跟你过不去，会用什么手段？”

“别的我都不在乎，”胡雪岩说，“最怕他来提北洋属下各衙门的官款，提不到可以封我的典当，那一来就要逼倒我了。”

“封典当，影响平民生计，果然如此，我可以说话。”

“正要晓翁仗义执言。不过后说不如先说，尤其要早说。”

“好！我明天就跟刘仲帅去谈。”

“能不能请刘仲帅出面，打几个电报出去，就说阜康根基稳固，请各处勿为谣言所惑，官款暂且不提，免得逼倒了阜康。”

“说当然可以说。不过，刘仲帅一定会问，是不是能保证将来各处的官款，分文不少。”德馨又加一句，“如果没有这一层保证，刘仲帅不肯发这样子的电报。”

胡雪岩默然半晌，方始答说：“如果我有这样的把握，也就根本不必请刘仲帅发电报了。”

这下是德馨默然。一直等将烟瘾过足，方又开口：“雪岩，至少本省大小衙门存在阜康的官款，我有把握，在一个月之内不会提。”

“只要一个月之内，官款不动，就不要紧了。”胡雪岩说，“我在天津的丝，可以找到户头，一脱手，头寸马上就松了。”

“上海呢？”德馨问道，“你在上海不也有许多丝囤在那里吗？”

“上海的不能动！洋人本来就在杀我的价钱，现在看我急须周转，更看得我的丝不值钱。晓翁，钱财身外之物，我不肯输这口气，尤其是输给洋人，更加不服。”

“唉！”德馨叹口气，“大家都要像你这样子争气，中国就好了。”

正在谈着，闪出一个梳长辫子的丫头，带着老妈子来摆桌子，预备吃消夜。胡雪岩本想告辞，转念又想，应该不改常度，有几次夜间来访，到了时候总是吃消夜，这天也应该照常才是。

“姨太太呢？”德馨问道，“说我请她。”

“马上出来。”

原来莲珠是不避胡雪岩的，这天原要出来周旋，一则慰问，再则道谢。

及至胡雪岩刚刚落座，听得帘钩微响，扭头看时，莲珠出现在房门，她穿的是件旗袍，不过自己改良过了，袖子并不太宽，腰身亦比较小，由于她身材颀长，而且生长北方，穿惯了旗装，所以在她手握一方绣花手帕，一摇三摆地走了来，一点都看不出她是汉人。

“二太太！”胡雪岩赶紧站起来招呼。

“请坐，请坐！”莲珠摆一摆手说，“胡大先生，多谢你送的东西，太破费了。”

“小意思，小意思。”胡雪岩说，“初五那天，二太太你要早点来。”

“胡大先生，你不用关照，我扰府上的喜酒，不止一顿，四姐请我去陪客，一前一后，起码扰你三顿。”

原来杭州是南宋故都，婚丧喜庆，有许多繁文缛节，富家大族办喜事，请亲友执事，前期宴请，名为“请将”，事后款待，名为“谢将”。莲珠是螺蛳太太特为邀来陪官眷的“支宾”。

“雪岩！”德馨问道，“喜事一切照常？”

胡雪岩尚未答话，莲珠先开口了，“自然照常。”她说，“这还用得着问？”

“你看！”德馨为姨太太所抢白，脸上有点挂不住，指着莲珠，自嘲似的向胡雪岩说，“管得越严了，连多说句话都不行。”

“只怕没有人管。”胡雪岩答说，“有人管是好事。”

“我就是爱管闲事，也不光是管你。”莲珠紧接着又说，“胡大先生的事，我们怎么好不管？有件事要提醒你，到了好日子那天，要约了刘抚台去道喜！”

这正是胡雪岩想说不便说，关切在心里的一句话，所以格外注意德馨的反应，只听他答了一句：“当然非拉他去不可。”顿觉胸怀一宽。

“胡大先生，我特为穿旗袍给你看，你送我的哔叽衣料，我照这样子做了来穿，你说好不好看？”

通家之好到了这样的程度，似乎稍嫌过分，胡雪岩只好这样答说：“你说好就好。”

“好是好，太素了一点儿。胡大先生，我还要托你，有没有西洋花边，下次得便请你从上海给我带一点来。”

“有！有！”胡雪岩一迭连声地答说，“不必下一次。明天我就叫人送了来。”他接着又说，“西洋花边宽细都有，花式很多，我多送点来，请二太太自己挑。”

“那就更好了。”

“别老站着。”德馨亲自移开一张凳子，“你也陪我们吃一点儿。”

于是莲珠坐了下来，为主客二人酌酒布菜，静静地听他们谈话。

“雪岩，我听说你用的人，也不完全靠得住。你自己总知道吧？”

“过了这个风潮，我要好好整顿了。”胡雪岩答说，“晓翁说周少棠值得重用，我一定要重用。”

“你看了人再用。”莲珠忍不住插嘴，“不要光看人家的面子，人用得不好，受害的是自己。”

“是，是！二太太是金玉良言。”胡雪岩深为感慨，“这回的风潮，也是我不听一两个好友的话之故。”

“其实你不必听外头人的话，多听听罗四姐的话就好了。”

“她对外面的情形不大明白。这一点，比二太太你差多了。”

听得这话，莲珠颇有知己之感，“胡大先生，你是明白的。不比我们老爷，提到外面的事，总说：‘你别管。’一个人再聪明，也有当局者迷的时候，刚才你同我们老爷谈话的情形，我也听到了一点儿。”说到这里，她突然问道，“胡大先生，上海跟杭州两处的风潮，左大人知道不知道？”

“恐怕还不晓得。”

“你怎么不告诉他？”

“告诉他？”胡雪岩有些茫然，多少年来，凡是失面子的事，他从不告诉左宗棠，所以阜康的风潮一起，他根本就没有想到过左宗棠。

“为什么不告诉他？”莲珠说道，“你瞒也瞒不住的。”

“说得不错。”德馨也说，“如果左大人肯出面，到底是两江总督部堂！”

这个衔头在东南半壁，至高无上，但到底能发生什么作用，却很难说。哪知道莲珠别有深心，“胡大先生这会心很乱，恐怕不知道该跟左大人说什么好。”她随即提出一个建议，“是不是请杨师爷来拟个稿子看看？”

那杨师爷是苏州人，年纪很轻，但笔下很来得，而且能说善道，善体人意，莲珠对他很欣赏，德馨只要是莲珠说好就好，所以对杨师爷亦颇另眼相看，此时便问胡雪岩：“你的意思怎么样？”

“好是好！不过只怕太缓了。”

“怎么缓得了？发电报出去，明天一早就到了。”

“我的密码本不在这里。”

“用我们的好了。”莲珠接口。

“对啊！”德馨说道，“请杨师爷拟好了稿子，就请他翻密码好了。小妾也可以帮忙。”

“这，怎么好麻烦二太太？”

“怕什么？我们两家什么交情。”

真是盛情难却，胡雪岩只有感激的份儿，在请杨师爷的这段时间中，离座踱着方步，将要说的话都想好了。

“杨师爷，拜托你起个稿子，要说这样子几点：第一，请左大人为了维持人心，打电报给上海道，尽力维持阜康；第二，请两江各衙门，暂时不要提存款；第三，浙江刘抚台、德藩台很帮忙，请左大人来个电报，客气一番。”

“客气倒不必。”德馨说道，“要重重托一托刘抚台。”

“是！是！”杨师爷鞠躬如也地问，“还有什么话？”

“想到了，再告诉你。”莲珠接口说道，“杨师爷，你请到外面来写，清静一点儿。”

莲珠很热心地引领着杨师爷到了外屋，悄悄嘱咐了一番。他下笔很快，不到半个钟头，便将稿子送了上来，除了照胡雪岩所要求的三点陈述以外，前面特为加一段，盛称德馨如何帮忙，得以暂渡难关，实在令人感激，同时也说了些德馨在浙江的政绩。着墨不多，但措词很有力量，这当然是莲珠悄悄嘱咐的结果。

胡雪岩心里雪亮，德馨曾透露过口风，希望更上层楼，由藩司升为巡抚，做一个真正的方面大员，而目标是江西。

这就需要两江总督的支持了。原来所谓两江是明朝的说法，安徽是上江，江苏是下江，两江总督只管江苏、安徽两省，但江西与苏皖密迩，两江总督亦管得着，犹之乎直隶总督，必要时能管山东。将来江西巡抚出缺，如果左宗棠肯保德馨，便有一言九鼎之力，所以电报中由胡雪岩出面，力赞德馨如何帮忙，实际上即是示好于左宗棠，为他自己的前程“烧冷灶”。

当然胡雪岩是乐于帮这个惠而不费的忙，而且电报稿既出于杨师爷之手，便等于德馨作了愿全力维持的承诺，更是何乐不为？

因此，他看完稿子，口中连声说道：“好极，好极！杨师爷的一支笔实在佩服。”

“哪里，哪里！”杨师爷递过一支毛笔来，“有不妥的地方，请胡大先生改正。

“只字不改！都是我心里的话，为啥要改？”说着，接过毛笔来，写了个“雪”字，表示同意。

正谈到这里，只见阿福掀帘入内，悄悄地走到德馨身边，送上一个卷宗，口中轻声说道：“刚到的。”

“喔！”德馨将卷宗掀开，内中只有一张纸，胡雪岩遥遥望去，看出是一通电报，字迹却看不清楚。

“我的眼镜呢？”德馨一面说，一面起身找眼镜，藉此走到间壁，杨师爷即跟了过去。

胡雪岩有点心神不定。深夜来了电报，是不是有关阜康的消息？如果是阜康的消息，德馨应该告诉他才是。他这样想着，双眼不由得一直注视里间。

“胡大先生——”莲珠说道，“你不要着急，有什么为难的事，你不便出面，让罗四姐来跟我说，我来告诉我们老爷。”

“是，是，多谢二太太。”

莲珠还有话要说，但德馨已经出来了，她跟胡雪岩都盯着他看，希望他宣布深夜来电报是何事故。但德馨却不作声，坐了下来，举杯徐饮。

“哪里来的电报？”莲珠问说。

“不相干的事。”只说了这句又没话了。

原来这个电报是宁波海关监督候补道瑞庆打来的，说他得到密报，上海阜康钱庄的档手宓本常潜回宁波来筹现银。阜康在宁波的联号，共有两家，一家叫通泉钱庄，一家叫通裕银号。但因宁波市面亦以越南战事的影响，颇为萧条，通泉、通裕都无从接济阜康。而且通泉的档手不知避匿何处，通裕银号的档手则自行请求封闭。因此，瑞庆即命鄞县知县查封通裕，请德馨转知通泉、通裕的东主，即速清理。

德馨对通泉、通裕的情况还不清楚，一时不知如何处置，因而就不便公开这通电报。直到胡雪岩告辞以后，德馨才跟莲珠商量，首先问她，这个消息暂且瞒着胡雪岩，是不是做错了。

“当然错了！”莲珠问道，“你为什么当时不说？”

“我一说，雪岩当时就会要我复电请老瑞维持，通泉启封，那两家庄号的情形，我一点都不知道，现在一启封，一定挤兑，撑不住出了事，还是要封，那又何苦？”

“你把他看错了，他决不会这么冒昧，让你做为难的事。”莲珠又说，“你说那两家庄号的情形一点都不知道，可是人家原主知道啊！听他说了，看要不要紧，再想办法。你现在瞒着他不说，又不知道该怎么办，请问怎么回复人家？公事哪有这样子办的？”一顿排揎，将德馨说得哑口无言，“看起来我是没有做对。”他问，“如今该怎么弥补？”

“只有我去一趟，去看罗四姐，就说你当时怕胡大先生心境不好，没有敢说，特为要我通知罗四姐，看是要怎么办才妥当。”

“好！”德馨答说，“不过也不必今天晚上，明儿一大早好了。”

“不！这跟救火一样，耽误不得。”

“好吧！那就辛苦你了。”

“辛苦小事，你得给我一个底，我才好跟人家去谈。”莲珠又说，“我的意思是你能给他担多少风险？”

“这要看他们的情形，譬如说一二十万银子可以维持住的，我就打电报请宁波关代垫，归藩库归还。窟窿太大，可就为难了。”

“那么，到底是十万呢？还是二十万？”

“二十万吧！”

于是先遣阿福去通知，随后一乘小轿，悄悄将莲珠抬到元宝街。其时三更已过，胡雪岩在百狮楼上与螺蛳太太围炉低语，谈的却不是阜康，也不是丝茧，而是年轻时候的往事。

这是由扶乩谈起来的。“乌先生接了你回来，你到阜康，他回家，顺路经过一处乩坛，进去看了看，也替我们求了一求，看前途如何。哪晓得降坛的是一位大忠臣，叫什么史可法。乌先生知道这个人，说是当初清兵到扬州殉难的。”螺蛳太太问道，“老爷，你晓得不晓得这个人？”

“听说过。”胡雪岩问，“史可法降坛以后怎么说？”

“做了一首诗。喏，”螺蛳太太从梳妆台抽斗中取出一张黄纸，递给胡雪岩说，“你看。”

黄纸上写的是一首七绝：“江黑云寒闭水城，饥兵守堞夜频惊。此时自在茅檐下，风雨萧萧听柝声。”胡雪岩将这首诗吟哦数过，方始开口。

“乌先生看了这首诗，有没有给你破解？”

“有的。乌先生说，这首诗一定是史可法守扬州的时候做的，情形是很危险，不过为人要学史可法，稳得住！管他兵荒马乱，自自在在睡在茅檐下，听风听雨，听城头上打更。”

“他人是很稳，不过大明的江山没有稳住。我看这首诗不是这个意思。”

“那么，老爷你说，是啥意思？”

“那时候史可法手里有几十万人马，可惜史可法不是曾文正、左大人，兵多没有用，真正叫一筹莫展。早知如此，不如不要当元帅、带兵马，做个一品老百姓，肩上没有千斤重担，就困在茅檐下面，自自在在一颗心是安逸的。”胡雪岩声音凄凉地说，“罗四姐，如果当年你嫁了我，我没有同王抚台的那番遭遇，凭我们两个人同心协力，安安稳稳吃一口饱饭，哪里会有今天的苦恼。”

由此开始，细数往事，二人又兴奋、又悲伤，但不管兴奋悲伤都是一种安慰。正在谈得入神时忽然得报，说莲珠马上要来，二人不由得都愣住了。

莲珠此来，目的何在，虽不可知，但可断定的是，一定出于好意，而且一定有极紧要的事谈。因此，要考虑的是在什么地方接见，胡雪岩应该不应该在场。

在这时候，当然不容他们从容商议，螺蛳太太本想在那间专为接待贵客，装饰得金碧辉煌的“藏翠轩”接见，但时已隆冬，即令现搬几个大火盆过去，屋子也一时暖和不起来，所以稍想一想，当机立断地对胡雪岩说：“你先从后楼下去，等一下从前楼上来。”

胡雪岩点一点头，匆匆而去，螺蛳太太便亲自下楼接了莲珠上来。一大群丫头围绕着，捧凤凰似的将莲珠安置在靠近火盆的一张安乐椅上，手炉、脚炉、清茶、水果一一送到面前。螺蛳太太顾不得跟她说话，只是指挥着丫头招待客人，直待告一段落，丫头都退了出去，她才开口。

“有啥事情，打发人来通知我一声，我去看你就是。这么冷的天，万一冻出病来，叫我们心里怎么过意得去？”

“你我不分彼此，与其请你来，多费一层周折，我也仍旧是耽误工夫，倒不如我亲自来一趟。”莲珠四面看了一下问，“胡大先生不在这里？”

“去通知他了，马上就会来的。”

“趁胡大先生不在这里，我先跟你说了吧！胡大先生在我们那里，不是来了电报？是宁波打来的，通泉、通裕都出毛病了！我们老爷怕他刚回杭州，心境不好，没有敢告诉他，特为让我来一趟，跟你来谈。”

螺蛳太太心里一跳，但不能不强自镇静。“多谢、多谢！”她还要再说下去时，只听楼梯上有脚步声，便停了下来。

“老爷来了！”有个丫头掀开门帘说。

“罗四姐！”莲珠问说，“要不要当着他的面谈？”

“瞒也瞒不住的。”

“好！”

其时胡雪岩已经衣冠整齐地一路拱手、一路走进来说道：“失迎、失迎！二太太这么晚还来，当然是为我的事，这份情分，真正不知道怎么说了！”

“自己人不必说这些话。”莲珠说道，“刚刚宁波来的电报，没有拿给你看的缘故，我跟罗四姐说过了，她说不必瞒你，那就请你先看电报。”

宁波的情形，在胡雪岩真所谓变起不测。因为宓本常在那里，他维持不住上海的阜康，莫非连宁波的“两通”都会撑不起来？

但也因此胡雪岩想到，这或许是宓本常的运用，亦未可知。虽不知他葫芦里卖的什么药，不过有一点很明显的是，宓本常本来就已有“拆烂污”的迹象，如果自己再出头去管宁波的事，越发会助长他“天塌下来有长人顶”的想法。因此，胡雪岩觉得如今首要之着，是借重宁波官场的势力，逼一逼宓本常，让他把所有的力量拿出来。

于是胡雪岩说：“不瞒二太太说，这回的事情，总怪我有眼无珠，用错了人。上海阜康的档手叫宓本常，他是宁波人，瞒着我私下同他的亲戚做南北货生意，听说有两条沙船在海里，叫法国兵船打沉了，亏空的是阜康的款子，数目虽然不大，而在目前银根极紧的当口，就显得有关系了。此刻他人在宁波，通泉、通裕的情形，是不是他弄出来的，我不敢说。不过，以他的手面，要维持通泉、通裕是办得到的。藩台肯替我垫二十万银子，实在感激不尽。不过，倒像头痛医头，脚痛医脚。说实话，徒然连累好朋友，并不是好办法，做事要做得干净、彻底。我胡某人最好面子，如今面子撕了一条缝，补起来容易，就怕这里弥补了，那面又裂开。所以我现在的想法是，先要保住没有裂开的地方。二太太，请你先替我谢谢藩台，同时请你把我的意思，同藩台说一说。”

听他长篇大套地在谈，莲珠不断点头，表示完全能领会他的意思，等他说完，随即答道：“胡大先生的做法是对的，我一定把你的话，同我们老爷说到，帮你的忙，要从大处去落墨。不过，宁波的事，你还没有说出一个办法来！”

“是。”胡雪岩答说，“宓本常在宁波，找到宓本常，就可以责成他来维持。请藩台就照意思拟复电好了。”

“如果宓本常不听呢？”莲珠问说，“是不是什么手段都可以用？”

这便是说，是否可以拘禁到讯？螺蛳太太对宓本常犹有好感，深恐他吃亏便即说道：“打狗看主人面，他虽做错了事，到底是我们的人。这一点——”她顿住了，不知道该怎么说。

“这一点，我们都很明白，不过，人家不知道，电报当中也很难说得清楚。”莲珠想了一下说，“是不是胡大先生请你的师爷拟个稿子，我带回去，请我们老爷照发？”

胡雪岩答应着，下楼而去。莲珠目送他走远了，执着螺蛳太太的手，欲言又止，脸上是万般无奈的神情，让螺蛳太太反过来不能不安慰她了。

“我晓得你替我们难过，不过，你请放心，不要紧的，船到桥头自会直。”

“罗四姐，”莲珠叹口气说，“我同我们老爷，真是恨不得能凭空发一笔大财！”

“你不要这样子说。”螺蛳太太极其感动地，也紧握着她的双手，“我同胡大先生最难过的，也就是连累藩台同你替我们担心。这份人情债，只怕要欠到来生了。”

听得这话，莲珠悚然动容，紧盯着她看了好一会儿，方始问道：“罗四姐，你到底有什么打算？”

螺蛳太太愕然，好一会儿才明白她的意思，“你倒说说看，”她反问一句，“应该怎么个打算？”

“我不知道。我总觉得到了这个时候，总应该仔细想一想。罗四姐，”莲珠是极冷静的语气，“我们是自己人，旁观者清，我见到了不能不提醒你。”

这话就大有文章了，螺蛳太太急急问说：“是不是藩台有什么消息？”

“不是他有什么消息，如果他有了什么消息，事情只怕就来不及了。”

螺蛳太太心一沉，怔怔地思索了好一会儿问说：“藩台是不是有什么话？”

“话是没有。不过他着急是看得出来的。”

迂回吞吐，说了好一会儿，螺蛳太太方始明白莲珠的意思，是暗示她如果觉得有将财物寄顿他处的必要，她可以效劳。

莲珠一向言辞爽脆深刻，隐微难达之情，在她往往三五句话，便能直透深处。唯独这件事如此难于出口，其中的道理，在同样善体人情的螺蛳太太，不难明白——正因为交情厚了，才不易措词。

因为，要谈这件事，便有一个不忍出口的前提，就是阜康的风潮，会牵连到许多衙门来提公款，倘或无以应付，即可查封财产备抵，而犹不足，不可避免地就会抄家。

莲珠一面说，一面心里就有一种顾忌，是设想螺蛳太太听了她的话以后的想法：“什么！已经看得我们胡家要抄家了？照此看来是黄鼠狼给鸡拜年，没有存着好心。”

如果再谈到寄顿财物，似乎坐实了她没有存着好心。胡家抄家于她有什么好处？不就可以吞没了寄存的财物了吗？不但抄家，最好充军、杀头，才能永绝后患。

在这样的顾虑之下，稍微聪明些的人都知道，这不是谈这件事的时候。但像这种寄顿家财，以防籍没的事，时机最要紧，愈早部署愈好。莲珠必是想到了这一点，正见得是为好朋友深谋远虑的打算。

转念到此，螺蛳太太异常感动。“莲姐，不枉我们同烧过一炉香。真正是急难何以倚靠，比同胞还亲的姐妹。”她声音急促地说，“不过，莲姐，我现在只能作我自己的主，我有点首饰，初五那天还要戴，过了这场喜事，我理好了送到你那里来。”

这一说莲珠反倒推辞了，她主要的是要提醒螺蛳太太，应该有最坏的打算。如今看她显然已领会到了，那就不必亟亟。“罗四姐，你懂我的意思就好。”她说，“现在也还不到那步田地，不过人无远虑，必有近忧，但愿你们逢凶化吉，遇难呈祥，我今天的这番心里的话，完全是多余的。”

“莲姐，算命的都说我命中有‘贵人’，你今天就是。但愿如你金口，等这场风潮过了，莲姐，我们到普陀去烧香，保佑藩台高升抚台，你老来得子，生个白胖儿子。”

“不要说笑话了。”莲珠的脸一红，嗫嚅了好一会儿说，“不知道你们胡庆余堂，有没有好的调经种子丸？”

“有，有！我明天叫人送来。”

“不要、不要！”莲珠连连摇手，“传出去笑死人了。”

“那么，改天我亲自带来。”

于是促膝低语谈了许多房帏间的心得，一直到胡雪岩重新上楼，方始结束。此时此地居然有这样的闲情逸致，且不说螺蛳太太，连莲珠亦觉得是件不可思议之事。

“稿子是拟好了，请二太太看看，有不妥当的地方，再改。”

“唷！胡大先生我哪里看得懂。你说给我听听好了。”

“大意是——”

大意是告诉宁波关监督瑞庆，说胡雪岩的态度光明磊落，通泉、通裕的倒闭，虽非始料所及，但一定会负责到底，而且以胡雪岩的实力，亦必能转危为安。但阜康受时潮的影响，事出无奈，为了维持市面，只可尽力协助，不宜逼迫过急，反生事端。接着提到宓本常在宁波，希望瑞庆即刻传他到案，责成他料理“两通”，但所用手段，宜以劝导为主。语气婉转周至，而且暗示瑞庆，若能费心尽力，料理妥当，德馨会面陈巡抚，今年的年终考绩，必有优异的“考语”。

“好！好！”莲珠满口答应，“我请我们老爷，马上发出去。”

“是！多谢二太太。”

“我要走了。”莲珠起身说道，“你们也早点休息，初五办喜事，一定要把精神打起来。”

第七章　回光返照

从第二天起，阜康照常开门，典当、药店、丝行，凡是胡雪岩的事业，无不风平浪静。大家都兴致勃勃地注视着初五那一天胡家的喜事，阜康的风潮为一片喜气所冲淡了。

迎亲是在黄昏，但东平巷从中午开始，便挤满了看热闹的人，各式各样的灯牌、彩亭，排出去两三里路，执事人等，一律蓝袍黑褂，抬杠的夫子是簇新的蓝绸滚红边的棉袄，气派非凡。

其时元宝街胡家，从表面来看，依旧是一片兴旺气象，里里外外，张灯结彩，轿马纷纷，笑语盈盈。只是仔细看去，到处都有三五人聚集在一起，窃窃私议，一见有生人经过，不约而同都缩口不语，茫然地望着远处，令人无端起不安之感。

这种情形，同样地也发生在花园中接待堂客之处。而最令人不安的是，看不见“新娘子”，也就是三小姐，不知道躲在何处。据老妈子、丫头们悄悄透露的消息，说是三小姐从这天一早就哭，眼泪一直没有停过。“新娘子”上花轿以前舍不得父母姐妹，哭一场原是不足为奇的事，但一哭一整天，就不能不说是罕见之事了。

不过，熟知胡家情形的客人，便觉得无足为奇。原来这三小姐的生母早逝，她跟胡雪岩在杭州二次陷于“长毛”时，曾共过患难，因此贤惠的胡太太将三小姐视如己出，在比较陌生的堂客面前，都说她是亲生女儿。三小姐从小娇生惯养，加以从她出生不久，胡雪岩便为左宗棠所赏识，家业日兴，都说她的命好，格外宠爱，要什么有什么，没有不如意的时候——但偏偏终身大事不如意。在定亲以后，她才慢慢知道，“新郎倌”阿牛，脾气同他的小名一样，粗鲁不解温柔，看唱本，听说书，离“后花园私订终身”的“落难公子”的才貌，差得十万八千里都不止。

原本她就一直委屈在心，不道喜期前夕，会出阜康钱庄挤兑的风潮，可想而知的，一定会有人说她命苦。她也听说，王善人想结这门亲，完全是巴结她家的财势，如果娘家败落，将来在夫家的日子就难过了。

她的这种隐痛，大家都猜想得到，但没有话去安慰她，她也无法向人诉苦，除了哭以外，没有其他的办法可以使她心里稍为好过些。当然，胡太太与螺蛳太太都明白她的心境，但找不出一句扎扎实实的话来安慰她。事实上三小姐的嫡母与庶母，也是强打精神在应酬贺客，心里有着说不出的苦，自己都希望怎么能有一个好消息稍资安慰，哪里还能挖空心思来安慰别人？“不要再哭了！眼睛已经红肿了，怎么见人？”胡太太只有这样子一遍一遍地说，双眼确是有点肿了，只有靠丫头们一遍一遍地打了新手巾来替她热敷消肿。

及至爆竹喧天，人声鼎沸，花轿已经到门，三小姐犹自垂泪不止，三催四请，只是不动身。胡太太与螺蛳太太还有些亲近的女眷，都急得不知如何是好。

还是螺蛳太太有主意。她请大家退后几步，将凳子拉一拉近，在梳妆台前紧挨着三小姐坐下，轻声说道：“你老子养到你十九岁好吃好穿好嫁妆，送你出门，你如果有点良心，也要报答报答你老子。”

这一说很有效验，三小姐顿时止住了哭声，虽未开口而看着螺蛳太太的眼睛却在发问：要如何报答？

“你老子一生争强好胜，尤其是现在这个当口，更加要咬紧牙关撑守。不想‘爷要争气，儿要撒屁’，你这样子，把你老子的锐气都哭掉了！”

“哪个说的？”三小姐胸一挺，一副不服气的神情。

“这才是，快拿热手巾来！”螺蛳太太回头吩咐。

“马上来！”丫头答得好响亮。

“三小姐！有一扣上海汇丰银行的存折，一万两银子，你私下藏起来，不到要紧时候不要用。”螺蛳太太又说，“我想也不会有啥要紧的时候，不过‘人是英雄钱是胆’，有这扣折子，你的胆就壮了。”说着，塞过来一个纸包，并又关照，“图章是一个金戒指的戒面，上面一个‘罗’字。等等到了花轿里，你顶好把戒指戴在手上。”

她说一句，三小姐点一点头，心里虽觉酸楚，但居然能忍住了眼泪。

胡家的喜事，到新郎倌、新娘子“三朝回门”，才算告一段落。但这三天之中，局势又起了变化，而且激起了不小的风潮。

风潮起在首善之地的京城。十一月初六，上海的消息传到天津，天津再传到北京，阜康顿时被挤，汪惟贤无以应付，只好上起排门，溜之大吉。地痞起哄，半夜里打开排门放抢，等巡城御史赶到，已经不成样子了。

第二天一早来挤兑的人更多。顺天府府尹只好会同巡城御史出安民布告，因为京城的老牌钱庄，一共四家，都开在东四牌楼，字号是恒兴、恒和、恒利、恒源，是所谓有名的“四大恒”，向来信用卓著，这时受了阜康的影响，亦是挤满了要兑现银的客户。“四大恒”如果一倒，市面不堪设想，所以地方官不能不出面维持，规定银票一百两以下照付，一百两至一千两暂付五十两，一千两以上暂付一百两。

不过“四大恒”是勉强维持住了，资本规模较小的钱庄，一挤即倒，市面大受影响。同时银票跌价，钱价上涨。本来银贱钱贵，有益于小民生计，但由于银票跌价、货物波动，家无隔宿之粮的平民，未蒙其利，先受其害。这种情形惊动了朝廷，胡雪岩知道大事要不妙了。

其时古应春已经由上海专程赶到杭州，与胡雪岩来共患难。他们虽相交三十年，但古应春为人极守分际，对于胡雪岩的事业，有的了解极深，有的便很隔膜，平时为了避嫌疑，不愿多打听，但到此地步便顾不得嫌疑不嫌疑了。

“小爷叔，且不说纸包不住火，一张纸戳个洞都不可以，因为大家都要从这个洞中来看内幕，那个洞就会越扯越大。”他很吃力地说，“小爷叔，我看你索性自己把这张纸掀开，先让大家看个明白，事情反倒容易下手。”

“你是说，我应该倒下来清理？”

“莫非小爷叔没有转过这个念头？”

“转过。”胡雪岩的声音有气无力，“转过不止一次，就是下不了决心。因为牵连太多。”

“哪些牵连？”

“太多了。”胡雪岩略停一下说，“譬如有些人当初看得起我，把钱存在我这里，如今一倒下来，打折扣还人家，怎么说得过去？”

“那么，我倒请问小爷叔，你是不是有起死回生的把握？拖一拖能够渡过难关，存款可以不折不扣照付？”

胡雪岩无以为答。到极其难堪的僵硬空气，快使得人要窒息了，他才开口。

“市面太坏，洋人太厉害，我不晓得怎么才能翻身。”他说，“从前到处是机会，钱庄不赚典当赚，典当不赚丝上赚，还有借洋债、买军火，八个坛子七个盖，盖来盖去不会穿帮，现在八个坛子只有四个盖，两只手再灵活也照顾不到，而况旁边还有人盯在那里，专挑你盖不拢的坛子下手。难，难！”

“小爷叔，你现在至少还有四个盖，盖来盖去，一失手，甚至于旁边的人来抢你的盖子，那时候——”古应春迸足了劲说出一句话，“那时候，你上吊都没有人可怜你！”

这话说得胡雪岩毛骨悚然。越拖越坏，拖到拖不下去时，原形毕露，让人说一句死不足惜，其所谓“一世英名，付之流水”，那是胡雪岩怎么样也不能甘心的事。

“来人！”

走来一个丫头，胡雪岩吩咐她将阿云唤了来，交代她告诉螺蛳太太晚上在百狮楼吃饭，宾主一共四个人，客人除了古应春以外，还有一个是乌先生，立刻派人去通知。

“我们晚上来好好商量，看到底应该怎么办。”胡雪岩说，“此刻我要去找几个人。”

明耀璀璨，炉火熊熊，佳肴美酒，百狮楼上，富丽精致，一如往昔。宾主四人在表面上亦看不出有何异样，倘或一定要找出与平日不同之处，只是胡雪岩的豪迈气概消失了。他是如此，其余的人的声音也都放低了。

“今天就我们四个人，大家要说心里的话。”胡雪岩的声音有些嘶哑，“这两天，什么事也不能做，闲工夫反而多了，昨天一个人独坐无聊，抓了一本《三国演义》看，诸葛亮在茅庐做诗：‘大梦谁先觉？’我看应春是头一个从梦里醒过来的人。应春，你说给乌先生听听。”

古应春这时候的语气，倒反不如最初那么激动了，同时，他也有了新的想法，可以作为越拖越坏，亟宜早作了断的补充理由。

“阜康一出事，四大恒受挤，京城市面大受影响，只怕有言官出来说话。一惊动了养心殿，要想像今天这样子坐下来慢慢商量，恐怕——”他没有再说下去。

大家都沉默着，不是不说话，而是倒闭清算这件事，关系太重了，必须多想一想。

“四姐，”胡雪岩指名发问，“你的意思呢？”

“拖下去是坏是好，总要拖得下去。”螺蛳太太说，“不说外面，光是老太太那里，我就觉得拖不下去了。每天装得没事似的，实在吃力，老太太到底也是有眼睛的，有点看出来了，一再在问：是不是出了什么事？到有一天瞒不住了，这一个晴天霹雳打下来，老太太会不会吓坏？真正叫人担心。”

这正也是胡雪岩下不得决心的原因之一，不过这时候他的态度有些改变了，心里在想的是，如何能使胡老太太不受太大的惊吓。

“我赞成应春先生的办法，长痛不如短痛。”乌先生说，“大先生既然要我们说心里的话，有件事我不敢再摆在心里了，有人说‘雪岩’两个字就是‘冰山’，前天我叫我孙子抽了一个字来拆——”

“是为我的事？”

“是的。”乌先生拿手指蘸着茶汁，在紫檀桌面上一面写，一面说：“抽出来的是个‘五嶽归来不看山’的‘嶽’字。这个字不好，冰‘山’一倒，就有牢‘狱’之灾。”

一听这话，螺蛳太太吓得脸色大变，胡雪岩便伸出手去扶住她的肩膀，安慰着说，“你不要怕。冰山没有倒，就不要紧。乌先生一定有说法。”

“是的。测字是触机，刚刚听了应春先生的话，我觉得似乎更有道理了。‘狱’字中间的‘言’就是言官，现在是有座山压在那里，不要紧，靠山一倒，言官出头，那时候左面是犬，右面也是犬，一犬吠日，众犬吠声，群起而攻，怎么吃得消。”

说得合情合理，胡雪岩、古应春都认为不可不信，螺蛳太太更不用说，急急问道：“乌先生，靠山不倒莫非一点事都没有了？”

“事情不会一点没有，你看左面这只犬已经立了起来，张牙舞爪要扑过来咬人，不过只要言官不出头就不要紧，肉包子打狗让它乖乖儿不叫就没事。”

“不错，一点不错！”胡雪岩说，“现在我们就要做两件事，一件是我马上去看左大人，一件是赶紧写信给徐小云，请他务必在京里去看几个喜欢讲话的都老爷，好好儿敷衍一下。”

这就是“肉包子打狗”的策略，不过，乌先生认为写信缓不济急，要打电报。

“是的。”胡雪岩皱着眉说，“这种事，不能用明码，一用明码，盛杏苏马上就知道了。”

“德藩台同军机章京联络，总有密码吧？”

“那是军机处公用的密码本，为私事万不得已也只好说个三两句话，譬如某人病危，某人去世之类，我的事三两句话说不清楚。”

“只要能说三两句话，就有办法。”古应春对电报往来的情形很熟悉，“请德藩台打个密电给徐小云，告诉他加减多少码，我们就可以用密码了。”

“啊，啊！这个法子好。应春，你替我拟个稿子。”胡雪岩对螺蛳太太说，“你去一趟，请德藩台马上替我用密码发。”

于是螺蛳太太亲自去端来笔砚，古应春取张纸，一挥而就：“密。徐章京小云兄：另有电，前五十字加廿，以后减廿。晓峰。”

这是临时设计的一种密码，前面五十字，照明码加二十，后面照明码减二十。这是很简单的办法，仓促之间瞒人耳目之计，要破还是很容易，但到得破了这个密码，已经事过境迁，秘密传递信息的功用已经达到了。倒是“另有电”三字，很有学问，电报生只以为德馨“另有电”，就不会注意胡雪岩的电报，这样导人入歧途，是瞒天过海的一计。

于是胡雪岩关照螺蛳太太，立刻去看莲珠，转请德馨代发密电，同时将他打算第二天专程到江宁去看左宗棠的消息，顺便一提，托他向驻在拱宸桥的水师统带，借一条小火轮拖带坐船。

“你去了就回来。”胡雪岩特地叮嘱，“我等你来收拾行李。”

接下来，胡雪岩请了专办笔墨的杨师爷来，口述大意，请他即刻草拟致徐用仪的电报稿，又找总管去预备次日动身的坐船。交代了这些杂务，他开始跟古应春及乌先生商议，如何来倚仗左宗棠这座靠山，来化险为夷。

“光是左大人帮忙还不够，要请左大人出面邀出一个人来，一起帮忙，事情就不要紧了。不过，”古应春皱着眉说，“只怕左大人不肯向这个人低头。”

听到这一句，胡雪岩与乌先生都明白了，这个人指的是李鸿章。如果两江、直隶，南北洋两大臣肯联手来支持胡雪岩，公家存款可以不动，私人存款的大户，都是当朝显宦，看他们两人的面子，亦不好意思逼提，那在胡雪岩就没有什么好为难的了。

“这是死中求活的一着。”乌先生说，“无论如何要请左大人委屈一回。大先生，这步棋实在要早走。”

“说实话！”胡雪岩懊丧地敲自己的额头，“前几天脑子里一团乱丝，除了想绷住场面以外，什么念头都不转，到了绷不住的时候，已经筋疲力竭，索性赖倒了，听天由命，啥都不想。说起来，总怪我自己不好。”

“亡羊补牢，尚未为晚。”乌先生说，“如果决定照这条路子去走，场面还是要绷住，应该切切实实打电报通知各处，无论如何要想法子维持。好比打仗一样，哪怕只剩一兵一卒，也要守到底。”

“说得不错。”胡雪岩深深点头，“乌先生就请你来拟个电报稿子。”

乌先生义不容辞，桌上现成的文房四宝，铺纸伸毫，一面想一面写。写到一半，杨师爷来交卷了。

杨师爷的这个稿子，措词简洁含蓄，但说得不够透彻，胡雪岩表面上自然连声道好，然后说道：“请你放在这里，等我想一想还有什么话应该说的。”

也就是杨师爷刚刚退了出去，螺蛳太太就回来了，带来一个颇令人意外的信息：“德藩台说，他要来看你。有好些话当面跟你谈……”

“你为啥不说，我去看他？”胡雪岩打断她的话问。

“我怎么没有说？我说了。德藩台硬说他自己来的好。后来莲珠私下告诉我，你半夜里到藩台衙门，耳目众多，会有人说闲话。”

听这一说，胡雪岩暗暗心惊，同时也很难过，看样子自己是被监视了，从今以后，一举一动都要留神。

“德藩台此刻在抽烟，等过足了瘾就来。”螺蛳太太又说，“密码没有发。不过他说他另有办法，等一下当面谈。”

“喔。”胡雪岩又问，“我要到南京去的话，你同他说了？”

“自然说了。只怕他就是为此，要赶了来看你。”

“好！先跟他谈一谈，做事就更加妥当了。”胡雪岩不避宾客，握着她的冰冷的手，怜惜地说，“这么多袖笼，你就不肯带一个。”

螺蛳太太的袖笼总有十几个，紫貂、灰鼠、玄狐，叫得出名堂的珍贵皮裘她都有，搭配着皮袄的种类花式来用，可是在眼前这种情形之下，她哪里还有心思花在服饰上？此时听胡雪岩一说，想起这十来天眠食不安的日子，眼泪几乎夺眶而出，赶紧转身避了开去。

“罗四姐，你慢走。”胡雪岩问道，“等德藩台来了，请他在哪里坐？”

“在洋客厅好了。那里比较舒服、方便。”

“对！叫人把洋炉子生起来。”

“晓得了。”螺蛳太太答应着，下楼去预备接待宾客。

洋客厅中是壁炉，壁炉前面两张红丝绒的安乐椅，每张椅子旁边一张椅子，主位这面只有一壶龙井，客位这面有酒、有果碟，还有一碟松子糖、一碟猪油枣泥麻酥。因为抽鸦片的人都爱甜食，这是特为德馨所预备的。

“这麻酥不坏！”德馨拈了一块放在口中，咀嚼未终，伸手又去拈第二块了。

在外面接应待命的螺蛳太太，便悄悄问阿云：“麻酥还有多少？”

“要多少有多少。”

“我是说湖州送来的猪油枣泥麻酥。”

“喔，”阿云说道，“我去看看。”

“对，你看有多少，都包好了，等下交给德藩台的跟班。”

阿云奉命而去，螺蛳太太便手捧一把细瓷金炼的小茶壶，贴近板壁去听宾主谈话。

“你要我打密电给徐小云，不大妥当，军机处的电报，盛杏荪的手下没有不照翻的，这种加减码子的密码，他们一看就明白了。”德馨又说，“我是打给我在京的一个朋友，让他去告诉徐小云，你有事托他，电报随后就发。”

“那么，我是用什么密码呢？”

“用我的那本。”德馨说道，“我那个朋友心思很灵，编的密码他们破不了的。”

胡雪岩心想，照此一说，密码也就不密了，因为德馨不会把密码本借给他用，拟了稿子交出去，重重周折，经手的人一多，难免秘密泄漏，反为不妙。

与其如此，不如干脆跟他说明白。“晓翁，我想托徐小云替我在那些都老爷面前烧烧香，快过年了，节敬从丰从速，请他们在家纳福，不必管闲事，就是帮了我的忙。这些话，如果由晓翁来说，倒显得比我自己说，来得冠冕些。”胡雪岩问，“不晓得晓翁肯不肯帮我这个忙？”

“有何不可？”

“谢谢！谢谢！”胡雪岩问，“稿子是晓翁那里拟，还是我来预备？”

德馨此来是想定了一个宗旨的，胡雪岩的利益，到底不比自己的利益来得重要，但要顾到自己眼前利益，至少要顾到胡雪岩将来的利益。换句话说，他可以为胡雪岩的将来做任何事，借以换取胡雪岩保全他眼前的利益。所以对于致电徐小云的要求，不但一口答应，而且觉得正是他向胡雪岩表现义气的一个机会。

因此，他略一沉吟后问：“你请一位笔下来得的朋友来，我告诉他这个稿子怎么拟。”

笔下当然是杨师爷来得，但胡雪岩认为古应春比较合适，因为德馨口述的大意，可能会有不甚妥当的话，杨师爷自然照录不误，古应春就一定会提出意见，请德馨重新斟酌。

“我有个朋友古应春在这里，晓翁不也见过的吗？”

“啊，他在这里！”德馨很高兴地说，“此君岂止见过？那回我到上海很得他的力！快请他来。”

于是叫人将古应春请了来与德馨相见。前年德馨到上海公干，古应春受胡雪岩之托，招待得非常周到，公事完了以后，带他微服冶游，消息一点不露，德馨大为满意，而且一直认为古应春很能干，有机会要收为己用。因此，一见之下，欢然道故，情意显得十分殷勤。

"我们办正事吧！"胡雪岩找个空隙插进去说，"应春，刚才我同德藩台商量，徐小云那里，由德藩台出面托他，第三者的措词，比较不受拘束。德藩台答应我了，现在要拟个稿子，请德藩台说了意思，请你大笔一挥。有啥没有弄明白的地方，你提出来请教德藩台。"

古应春对这一暗示，当然默喻，点一点头说："等我来找张纸。"

"那里不是笔砚？"

"不！"古应春从身上掏出一支铅笔来，"我要找一张厚一点的纸。最好是高丽笺。"

"有、有！"螺蛳太太在门口答应。

话虽如此，高丽笺却一时无处去觅，不过找到一张很厚的洋纸，等古应春持笔在手，看着德馨时，他站起来背着手踱了几步，开始口述。

"这个电报要说得透彻，第一段叙时局艰难，市面极坏，上海商号倒闭，不知凡几，这是非常之变，非一人一家之咎。"

古应春振笔如飞，将第一段的要点记下来以后，抬头说道："德公，请示第二段。"

"第二段要讲雪岩的实力，跟洋商为了收丝买茧这件事，合力相谋，此外，还有一层说法，你们两位看，要不要提？"德馨紧接着说，"朝廷命沿省疆臣备战，备战等于打仗，打仗要钱，两江藩库空虚，左爵相向雪岩作将伯之呼，不能不勉力相助，以至于头寸更紧，亦是被挤的原因之一。"

"不必，不必！"胡雪岩表示异议，"这一来，一定得罪好些人，尤其是李合肥，更不高兴。"

"我亦觉得不提为妙。"古应春附和着说，"如果徐小云把这话透露给都老爷，一定节外生枝，把左大人牵涉进去，反而害他为难。"

"对，对！就不提。"德馨停了下来，等古应春笔停下来时，才讲第三段。

第三段是说胡雪岩非常负责，但信用已受影响，维持格外吃力，如今是在安危成败关头，是能安度难关，还是一败涂地，要看各方面的态度而定。如果体谅他情非得已，相信他负责到底，他就一定能无负公私存户；倘或目光短视，且急于提存兑现，甚至唯恐天下不乱，出以落井下石之举，只怕损人不利己，胡雪岩固然倒了下来，存户只怕亦是所得无几。

这一段话，胡雪岩与古应春都认为需要推敲，不过意见是古应春提出来的，说“落井下石”似乎暗指李鸿章，而损人不利己，只怕所得无几，更足以引起存户的恐慌，尤其是公款，可以用查封的手段保全债权，而私人存户，势力不及公家，唯一的自保之计是，抢在前面，先下手为强。那一来不是自陷于危地？

“说得也是。”德馨趁机表明诚意，“我完全是说公道话，如果你们觉得不妥，怎么说都行。”

“我看，只说正面，不提反面。”

这就是说，要大家对胡雪岩，体谅情非得已，相信负责到底。德馨自然同意，接下来讲第四段。

这一段说到最紧要的地方，但却要言不烦地只要说出自己这方面的希望，在京处于要津的徐用仪，自会有透彻的了解，但接下来需要胡雪岩作一个安排，应该先商量好。

“马上过年了，”他看着胡雪岩说，“今年的炭敬、节敬，你还送不送？”

“当然照送。”胡雪岩毫不迟疑地回答，还加了一句，“恐怕还要多送。”

“你是怎么送法？”德馨问说，“阜康今年不能来办这件事了，你托谁去办？款子从哪里拨？”

这一问，胡雪岩才觉得事情很麻烦，一时意乱如麻，怔怔地看着德馨，无以为答。

这时古应春忍不住开口了：“事到如今，既然托了徐小云，索性一客不烦二主，都托他吧。”

“是的。我也是这么想。”德馨说道，“雪岩如果同意，咱们再商量步骤。”

“我同意。”

“好！现在再谈款子从哪里拨。这方面我是外行，只有你们自己琢磨。”

于是胡雪岩与古应春稍作研究，便决定了办法，由汇丰银行汇一笔款子给徐用仪，请他支配，为了遮人耳目，这笔款子要由古应春出面来汇。当然，这一点先要在密电中交代明白。

要斟酌的是不知道应该汇多少，胡雪岩想了一会儿说：“我记得去年一共花了三万有余、四万不到。”胡雪岩说，“今年要多送，就应该汇六万银子。”

“至于哪个该送多少，汪惟贤那里有单子，请小云找他去拿就是。”胡雪岩说。

德馨点点头说：“电报上应该这么说，雪岩虽在难中，对言路诸公及本省京官卒岁之年，仍极关怀，现由某某人出面自汇丰汇银六万两至京，请他从汪惟贤处取来上年送炭敬、节敬名单，斟是加送，并为雪岩致意，只要对这一次阜康风潮，视若无事，不闻不问，则加以时日，难关定可安度。即此便是成全雪岩了。至于对雪岩有成见或者素好哗众取宠者，尤望加意安抚。”

这段话，意思非常明白，措词也还妥当，古应春几乎一字不更地照录，然后又将全稿细细修正，再用毛笔誊出清稿，请德馨与胡雪岩过目。

“很好！”德馨将稿子交给胡雪岩，“请你再细看一遍。”

“不必看了。拜托、拜托。”胡雪岩拱拱手说。

于是等德馨收起电报稿，古应春道声“失陪”，悄悄退下来以后，宾主复又开始密谈。

“雪岩，咱们的交情，跟弟兄没有什么分别，所以我说话没有什么忌讳，否则反倒容易误事。你说是不是？”

一听这段话，胡雪岩心里就有数了，他是早就抱定了宗旨的，不论怎么样，要出以光明磊落。

生意失败，还可以重新来过，做人失败不但再无复起的机会，而且几十年的声名，付之东流，这是他宁死不愿见的事。

于是，他略想一想，慨然答说：“晓翁，路遥知马力，日久见人心，你今天晚上肯这样来，就是同我共患难。尤其是你刚才同我说的一番话，不枉我们相交一场。晓翁，我完全是自作孽，开头把事情看轻了，偏偏又夹了小女的喜事，把顶宝贵的几天光阴耽误了。从现在起，我不能再走错一步，其实，恐怕也都嫌晚了，尽人事听天命而已。趁现在我还能作主的时候，晓翁，你有话尽管说，我一定遵办。”

德馨巴不得他有这句话，当即说道：“雪岩，咱们往好处想，可是不能不作最坏的打算。我有张单子在这里，你斟酌，只要你说一句‘不要紧’，这张单子上的人，都归我替你去挺。”

这张单子三寸高，六七寸宽，写满了密密麻麻的蝇头小楷，胡雪岩一拿到手，先就烦了。他欲待细看，却又以老花眼镜不在手边，将那张单子拉远移近，总是看不清楚，头都有些发晕了。这一阵的胡雪岩，食不甘味，寝不安枕，只以虚火上炎，看来依旧红光满面，其实是硬撑着的一个空架子。此时他又急又气，突然双眼发黑，往后一倒。幸亏舶来的安乐椅，底座结实，纹风不动，但旁边茶几上的一碗茶，却让他带翻了。细瓷茶碗落地，碎成好几片，声音虽不大，但已足以使得在隔室的螺蛳太太吃惊了。

“啊呀呀！”她一奔进来便情不自禁地大嚷，而且将杭州的土话都挤出来了，“甲格地、甲格地？”

这是有音无字的一句乡谈，犹之乎北方人口中的惊诧。“怎么啦？”她一面说，一面上前来掐胡雪岩的“人中”。

鼻底唇上这道沟名谓“人中”，据说一个人昏厥需要急救时，掐人中是最有效的办法。不过胡雪岩只是虚弱，并未昏厥，人虽倒在安乐椅上，仿佛呼吸都停了似的，但其实心里清楚得很。此刻他让螺蛳太太养了多年的长指甲死命一掐，疼得眼泪直流，像“炸尸”似的蹦了起来，将德馨吓了一大跳。

吓过以后，倒是欣喜。“好了！好了！”德馨说，“大概是心境的缘故。”

螺蛳太太已领悟到其中的原因。“也不光是心境不好，睡不熟、吃不好，人太虚了。”接着她便喊，“阿云，阿云！”

将阿云唤了进来，是吩咐“开点心”。燕窝粥加鸽蛋，但另有一碗参汤，原是早就为胡雪岩预备着的，只以有贵客在，她觉得主人不便独享，所以没有拿出来，这时候说不得了，只好做个虚伪人情。

“那碗参汤，你另外拿个碗分作两半，一碗敬藩台。”

这碗参汤，是慈禧太后赐胡老太太的吉林老山人参所熬成的，补中益气，确具功效。胡雪岩的精神很快地恢复了，拿起单子来只看最后，总数是三十二万多银子。

“晓翁，”他说，“现款怕凑不出这许多，我拿容易变钱的细软抵给你。”

“细”是珠宝，“软”指皮货字画，以此作抵，估价很难，但德馨相信他只会低估，不会高算，心里很放心，不过口头上却只有一番说词。

“雪岩，我拿这个单子给你看，也不过是提醒你，有这些款子是我跟小妾的来头，并没有打算马上要。事到如今，我想你总账总算过吧，人欠欠人，到底有多少，能不能抵得过来？”

问到这话，胡雪岩心里又乱又烦，但德馨深夜见访，至少在表面上是跟朋友共患难，他不能不定下心来，好好想一想，作个比较恳切的答复。

当然，“算总账”这件事，是一直萦绕在他心头的，不过想想就想不下去了，所以只是断断续续、支离破碎的思绪。此时他耐着性子，理了一下，才大致可以说出一个完整的想法。

“要说人欠欠人，两相比较，照我的算法，足足有余。天津、上海两处的存货——丝跟茧子，照市价值到八百万；二十九家典当，有的是同人家合伙的，通扯来算，独资有二十家，每家架本算它十万两，就是两百万；胡庆余堂起码要值五十万。至于住的房子，就很难说。”

“现住的房子不必算。”德馨问说，“古董字画呢？”

提到古董字画，胡雪岩唯有苦笑，因为赝鼎的居多，而且胡雪岩买古董字画，只是挥霍，绝少还价。有一回一个“古董鬼”说了一句：“胡大先生，我是实实惠惠照本钱卖，没有赚你的钱。”胡雪岩大为不悦，挥挥手说道：“你不赚我的钱，赚哪个的钱？”

有这段故事一传，“古董鬼”都是漫天讨价，若胡雪岩说一句“太贵了”，人家就会老实承认，笑嘻嘻地说：“遇到财神，该我的运气来了。”在这种情况之下，除非真的要价要得太离谱，通常都是写个条子到账房支款，当然账房要回扣是必然的。

他的这种作风，德馨也知道，便不再提古董字画，屈着手指计算：“九百加两百一千一，再加五十，一共是一千一百五十万。欠人呢？”

“连官款在内，大概八百万。”

“那还多下三百五十万，依旧可算豪富。”

“这是我的一把如意算盘。”胡雪岩哀伤地说，“如果能够相抵，留下住身房子，还有几百亩田，日子能过得像个样子，我就心满意足了。”

“怎么呢？”

“毛病就在丝上——”

原来胡雪岩近年来做丝生意，已经超出在商言商的范围，而是为了维护江浙养蚕人家几百万人的生计，跟洋商斗法，就跟打仗一样。论虚实，讲攻守，洋商联合在一起，实力充足，千方百计进攻，胡雪岩孤军应战，唯有苦撑待变。这情形就跟围城一样，洋商大军压境，吃亏的是劳师远征，利于速战；被围的胡雪岩，利于以逸待劳，只要内部安定，能够坚守，等围城的敌军劳师无功，军心涣散而撤退时，开城追击，可以大获全胜。

但自上海阜康的风潮一起，就好比城内生变。兵不厌诈，如果出之以镇静，对方摸不透他的虚实，仍有化险为夷的希望。这就是胡雪岩照样维持场面，而且亦决不松口打算抛售存货的道理。

“一松口就是投降，一投降就听人摆布了。九百万的货色，说不定只能打个倒八折——”

“雪岩，我没有听懂。”德馨插嘴问道，“什么叫‘倒八折’？”

“倒八折就是只剩两成。九百万的货色，只值一百八十万。洋商等的就是这一天。晓翁，且不说生意盈亏，光是这口气我就咽不下。不过，”胡雪岩的眼角润湿了，“看样子怕非走到这一步不可了！”

德馨不但从未见胡雪岩掉过眼泪，听都未曾听说过，因此心里亦觉凄凄恻恻地，非常难过，只是无言相慰。

“像我这种情形，在外国，譬如美国、英国，甚至于日本，公家一定会出面来维持。”胡雪岩又说，“我心里在想，我吃亏无所谓，只要便宜不落外方，假如朝廷能出四百五十万银子，我全部货色打对折卖掉，或者朝廷有句话，胡某人的公私亏欠，一概归公家来料理，我把我的生意全部交出来，亦都认了。无奈——唉！”他摇摇头不想再说下去了。

“这倒不失为一个光明磊落，快刀斩乱麻的办法！”德馨很兴奋地说，“何不请左爵相出面代奏？”

“没有用！”胡雪岩摇摇头，“朝廷现在筹兵费要紧，而况阎大人管户部，他这把算盘精得很，一定不赞成。”“阎大人”指协办大学士阎敬铭，以善于理财闻名，而他的理财之道是“量入为出、省吃俭用”八个字，对胡雪岩富埒王侯的生活起居，一向持有极深的成见，决不肯在此时加以援手的。

“那么，”德馨有些困惑了，“你不想请左爵相出面帮你的忙，你去看他干吗？”

“也不是我不想请他出面，不过，我觉得没有用，当然，我要看他的意思。晓翁，你晓得的，左大人是我的靠山，这座靠山不能倒。”接着胡雪岩谈起乌先生拆那个“嶽”字的说法。

不道德馨亦深好此道，立即问说：“乌先生在不在？”

“不知道走了没有。”

胡雪岩起身想找螺蛳太太去问，她已听见他们的话，自己走了进来说：“乌先生今天住在这里，就不知道睡了没有。”

“你叫人去看看。”

“如果睡了，就算了。”德馨接口，“深夜惊动，于心不安。”

其实这是暗示，即便睡了，也要惊动他起身。官做大了，说话都是这样子的，螺蛳太太识得这个窍门，口中答应着，出来以后却悄悄嘱咐阿云，传话到客房，不论乌先生睡了没有，请他马上来一趟。

第八章　探骊得珠

乌先生却还未睡，所以一请就到。他是第一次见德馨，在胡雪岩引见以后，少不得有一番客套，德馨又恭维他测字测得妙，接下来便要向他“请教”了。

“不敢当、不敢当！雕虫小技，不登大雅。”乌先生问，“不知道德大人想问什么？”

“我在谋一件事，不知道有成功的希望没有，想请乌先生费心替我卜一下。”

“是！请报一个字。”

德馨略想一想说：“就是‘謀’字吧。”

一旁有现成的笔砚，乌先生坐下来取张纸，提笔将“謀”字拆写成“言、某”两字，然后搁笔思考。

这时德馨与胡雪岩亦都走了过来，手捧水烟袋，静静地站在桌旁观看。

“德大人所谋的这件事，要托人进‘言’，这个人心目中已经有了，没有说出来，那就是个‘某’。”乌先生笑道，“不瞒德大人说，我拆字是‘三脚猫’，也不会江湖诀，不过就字论字，如果说对了，一路拆下去，或许谈言微中，亦未可知。”

“是、是！”德馨很客气地，“高明之至。”

“那么，请问德大人，我刚才一开头说对了没有？不对，重新来。请德大人不要客气，一定要说实话。”

“是的，我一定说实话：你老兄一开头就探骊得珠了。”

乌先生定睛细看一看他的脸色，直待确定了他说是的实话，方始欣慰地又说：“侥幸、侥幸。”然后拈起笔来说道，“人言为信，这个人立在言字旁边，意思是进言的人要盯在旁边，才会有作用。”

“嗯、嗯！”德馨不断点头，而且不断眨眼，似乎一面听，一面在体味。

“现在看这个某字，加女为媒，中间牵线的要个女人——”

“请教乌先生，这个牵线的女人，牵到哪一面？”

“问得好！”乌先生指着“信”字说，“这里有两个人，一个进言，一个纳言，牵线是牵到进言的人身上。”

“意思是，这个为媒的女子，不是立在言字旁边的那个人？”

“不错。”

“我明白了。”德馨又问，“再要请教，我谋的这件事，什么时候着手？会不会成功？能够成功，是在什么时候？”

“这就要看某字下面的这个木字了。”

乌先生将“某”下之“木”涂掉，成了“甘言”二字，这就不必解释了，德馨便知道他所托的“某”人，满口答应，其实只是饴人的“甘言”。

因此，他问：“要怎么样才会失掉这个木字？”

“金克木。”乌先生答说，“如果这件事是在七八月里着手，已经不行了。”

“为什么呢？”

“七月申月、八月酉月，都是金。”

“现在十一月，”胡雪岩插嘴，“十一月是不是子月？”

“是的。”

胡雪岩略通五行生克之理，便向德馨说道："子是水，水生木，晓翁，你赶快进行。"

"万来不及。"德馨说道，"今天十一月十六日，只半个月不到，哪来得及？"

"而且水固生木，到下个月是丑月，丑为土，木克土不利。"乌先生接下来说，"最好开年正月里着手，正月寅、二月卯，都是木，三月里有个顿挫，不过到四五月里就好了，四月巳、五月午都是火——"

"木生火，"胡雪岩接口，"大功告成。"

"正是这话。"乌先生同意。

"高明、高明，真是心悦诚服。"德馨满面笑容将水烟袋放下，"这得送润笔，不送就不灵了。"

一面说，一面掀开"卧龙袋"，里面束着一条蓝绸汗巾作腰带。旗人在这条带子的小零碎很多，他俯首看了一下，解下一个玉钱，双手递了过去。

"不成敬意，留着玩。"

乌先生接过来一看，倒是纯净无瑕的一块羊脂白玉，上镌"乾隆通宝"四字，制得颇为精致，虽不甚值钱，但确是很好的一样玩物，便连连拱手，口说"谢谢、谢谢！"

"这个不算，等明年夏天我谋的事成功了，再好好表一表谢意。"

等乌先生告辞退出，胡雪岩虽然自己心事重重，但为了表示关怀好朋友，仍旧兴致盎然地动问，德馨所谋何事？

"还不是想独当一面。我走的是宝中堂的路子，托他令弟进言。"德馨又说，"前年你不是邀他到南边来玩，我顺便请他逛富春江，约你作陪，但你有事不能去。你还记得这回事不？"

"嗯嗯。我记得。"胡雪岩问说，"逛富春江的时候，你就跟他谈过了？"

"不！那时候我刚升藩司不久，不能作此非分之想。"德馨说道，"我们这位宝二爷看中了一个江山船上的船娘，向我示意，想藏诸金屋，而且言外之意，自备身价银了，不必我花费分文。不过，我刚刚到任，怎么能拉这种马？所以装糊涂没有搭腔。最近，他跟我通信，还没有忘记这段旧情，而那个船娘，只想择人而事，我已经派人跟她娘老子谈过，只要两千银子，宝二爷即可如愿。我一直还在犹豫，今晚上听乌先生这一谈，吾志已决。”

这样去谋方面大员，胡雪岩心里不免菲薄，而且他觉得德馨的路子亦没有走对。既然是朋友，不能不提出忠告。

“晓翁，”他问，“宝中堂跟他老弟的情形，你清楚不清楚？”

“弟兄不甚和睦是不是？”

“是的。”胡雪岩又说，“宝中堂见了他很头痛，进言只怕不见得有效。”

“不然。”德馨答说，“我跟他们昆仲是世交，他家的情形我知道。宝中堂对他这位令弟一筹莫展，唯有安抚，宝二爷只要天天在他老兄面前啰唆，宝中堂为了躲麻烦，只有听他老弟的话。”

听得这一说，胡雪岩只好付之一笑，不过想起一件事，带笑警告着说：“晓翁，这件事你要做得秘密，让都老爷晓得了，参上一本，又出江山船的新闻，划不来。”

所谓“又出江山船的新闻”，是因为一年以前在江山船上出过一件新闻：“翰林四谏”之一的宝廷，放了福建的主考，来去经由杭州，坐江山船溯富春江而上入闽，归途中纳江山船的一个船娘为妾，言官打算抨击，宝廷见机，上奏自劾，因而落职。在京的大名士李慈铭，做了一首诗咏其事，其中有一联极其工整：“宗室八旗名士草，江山九姓美人麻。”宝廷是宗室，也是名士，但加一“草”字，自是讥刺。下句则别有典故，据说江山船上的船户，共有九姓，皆为元末陈友谅的部将之后，朱元璋得了天下，为惩罚此辈，不准他们上岸居住，只能讨水上生涯。而宝廷所眷的船娘，是个俗语所说的“白麻子”，只以宝廷近视，咫尺之外，不辨人物，竟未发觉，所以李慈铭有“美人麻”的谐谑，这两句诗，亦就因此脍炙人口，传为笑柄。

德馨当然也知道这个故事，想起言官的气焰，不免心惊肉跳，所以口中所说“不要紧”，暗地里却接受了胡雪岩的警告，颇持戒心。

一夜之隔，情势大变，浙江巡抚刘秉璋接到直隶总督北洋大臣李鸿章的密电，说有直隶水灾赈款六十万两银子，存在阜康，被倒无着，电请刘秉璋查封胡雪岩所设的典当，备抵公款。于是刘秉璋即时将德馨请了去，以电报相示，问他有何意见。

德馨已估量到会有这种恶劣的情况出现，老早亦想好了最后的办法。“司里的愚见，总以不影响市面为主。”他说，“如果雷厉风行，丝毫不留情面，刺激民心，总非地方之福。至于胡雪岩本人，气概倒还光明磊落，我看不如我去劝一劝他，要他自作处置。”

“何以谓之自作处置？”

“让他自己把财产目录、公私亏欠账目开出来，捧交大人，请大人替他作主。”

刘秉璋原以为德馨的所谓“自作处置”，是劝胡雪岩自裁，听了德馨的话，才知道自己误会了，也放心了。

“好！你老哥多费心。”刘秉璋问，“什么时候可以听回音？”

“总得明儿上午。”

当夜德馨又去看胡雪岩，一见哽咽，居然挤出一副急泪，这就尽在不言中了。胡雪岩却很坦然，说一声：“晓翁，说我看不破，不对，说我方寸不乱，也不对。一切都请晓翁指点。”

于是德馨道明来意，胡雪岩一诺无辞，但提出一个要求，要给他两天的时间，理由是他要处分家务。

德馨沉吟了好一会儿说：“我跟刘中丞去力争，大不了赔上一顶纱帽，也要把你这两天争了来。但望两天以后，能把所有账目都交了给他。”

“一言为定。”

等德馨一走，胡雪岩与螺蛳太太关紧了房门，整整谈了一夜。第二天分头采取了几项行动，首先是发密电给汉口、镇江、福州、长沙、武昌各地的阜康，即日闭歇清理；其次是托古应春赶紧回上海，觅洋商议价出售存丝；第三是集中一把现银，将少数至亲好友的存款付讫，再是检点一批首饰、古玩，约略估价，抵偿德馨经手的一批存款。当然，还有最要紧的一件事是，开列财产目录。

密密地忙到半夜，方始告一段落，胡雪岩累不可当，喝一杯人参浸泡的葡萄酒，正待上床时，德馨派专人送来一封信，信中写的是："给事中邓承修奏请责令贪吏罚捐巨款，以济要需，另附一片，抄请察觉。"所附的抄件是："另片奏：闻阜康银号关闭，协办大学士刑部尚书文煜，所存该号银数至七十余万之多，请旨查明确数，究所从来，等语，着顺天府确查具奏。"

这封信及抄件，不是个好消息，但胡雪岩亦想不出对他还有什么更不利之处，因而丢开了睡觉。一觉醒来，头脑清醒，自然而然地想到德馨传来的消息，同时也想到了文煜——他是满洲正蓝旗人，与恭王是姻亲，早在咸丰十一年就署理过直隶总督，但发财却是同治七年任福州将军以后的事。

原来清兵入关，虽代明而得天下，但南明亡后，浙东有鲁王，西南有永历帝，海外有郑成功，此外还有异姓封王的"三藩"，手握重兵，亦可能成为心腹之患，因而在各省冲要枢纽之地，派遣旗营驻防，藉以防备汉人反清复明。统率驻防旗营的长官，名为"将军"，上加地名，驻西安即名之为西安将军，驻杭州即名之为杭州将军。

各地将军的权责不一，因地因时制宜，福建因为先有郑成功父子的海上舟师，后有耿精忠响应吴三桂造反，是用兵的要地，所以福州权柄特重，他处将军，只管旗营，只有福州将军兼管"绿营"。此外还有一项差使，兼管闽海关，起初只是为了盘查海船，以防偷渡或私运军械，到后来却成一个专门收税的利薮，尤其是鸦片战争以后，海禁大开，英、法、美、日各国商人都在福州设有洋行，闽海关的税收大增，兼管海关亦成了有名的美差。

文煜从同治七年当福州将军，十年兼署闽浙总督，直至光绪三年内调，前后在福州九年，宦囊丰盈，都存在阜康银号。及至进京以后，先后充任崇文门正监督、内务府总管大臣，亦都是可以搞钱的差使，所以存在阜康的款子，总数不下百万之多，是胡雪岩最大的一个主顾。

这个主顾的存款，要查他的来源如何，虽与胡雪岩无关，但因此使得阜康的倒闭更成了大新闻，对他大为不利。但这亦是无可奈何之事，胡雪岩只有丢开它，细想全盘账目交出以后的情形。

账都交了，清理亦无从清理起。不是吗？胡雪岩这样转着念头，突然精神一振，不可思议地，竟有一种无债一身轻之感。

这道理是很明白的，交出全部账目，等于交出全部财务，当然也就交出了全部债务，清理是公家的责任。当然，这在良心上还是有亏欠的，但事到如今也顾不得那许多了。

不过，胡雪岩还存着万一之想，那就是存在上海、天津的大批丝货，能够找到一条出路，来偿还全部债务。这件事虽托了古应春，但他的号召力不够，必得自己到上海，在古应春协助之下，才有希望。照这个想法来说，他交出全部账目，债务由公家来替他抵挡一阵，等于获得一段喘息的时间，得以全力在丝货上作一番挣扎。

这样一想，他多日来的忧烦与委靡，消失了一半，趿着鞋，悄悄到房里去找螺蛳太太。

她也忙到半夜，入睡不过一个多时辰。胡雪岩揭开皮帐子，一股暖香直扑鼻观。螺蛳太太鼻息微微，睡得正酣，胡雪岩不忍惊醒她，轻轻揭开丝棉被，侧身睡下，不道惊醒了螺蛳太太，一翻身朝里，口中说道："你真是不晓得死活，这时候还有心思来缠我。"

胡雪岩知道她误会了，忍不住好笑，而且心境不同，也比较有兴来开玩笑了，便扳着螺蛳太太依旧圆润温软的肩头说："这就叫黄连树底下弹琴，苦中作乐。"

"去！去！哪个同你作乐？"话虽如此，身子却回过来了，而且握住了胡雪岩的手。

"我刚刚想了一想。"胡雪岩开始谈正事，"我见了刘中丞，请他替我一肩担待。我正好脱空身体到上海去想办法。你看我这个盘算怎么样？”

听得这话螺蛳太太睁开双眼，坐起身来，顺手将里床的一件皮袄披在身上，抱着双膝，细细思量。

“他肯不肯替你担待呢？”

“不肯也要肯。”胡雪岩说，“交账就是交产，原封不动捧出去，请他看了办。”

“你说交产？”螺蛳太太问，“我们连安身之处都没有了。”

“那当然不是。”胡雪岩说，“我跟你来商量的，就是要弄个界限出来。”

“这个界限在哪里？”

“在——”胡雪岩说，“在看这样东西，是不是居家过日子少不了的，如果是，可以留下来，不然就是财产，要开账，要交出去。”

“这哪里有一定的界限，有的人清茶淡饭，吃得蛮好；有的没有肉呢不下饭。你说，怎么来分？”

“当然这里伸缩性也蛮大的。”

螺蛳太太沉吟不语。她原来总以为只是胡雪岩的事业要交出去，私财除了金块、金条、金叶子以及现银以外，其他都能不动。照现在看，跟抄家也差不多了。

一想到“抄家”，心里发酸，不过她也是刚强明达一路人，仍能强忍住眼泪想正经。只是她想来想去，想不出一个头绪来，因为细软摆饰、动用家具、一切日常什物，诚如胡雪岩所说的伸缩性很大，似乎每一样东西都必须评估一番，才能区分。

“这样一片家业，哪里是即时之刻，开得出账目来的？”螺蛳太太说，“我看只有两个办法，一个是同刘抚台声明，私财的账目太琐碎，一时没法子开得周全，一个是只开大数，自己估个价，譬如说红木家具几堂，大毛皮统子多少件，每一项下面估个总数。”

“我看照第二个办法比较好。”

“不过，估价也很难，譬如说我们的住身房子，你倒估估看？”

“这只有把造价开上去。数目也好看些。”

为了求账面好看，不但房子照造价开，其他一切亦都照买进的价钱开列。第二天又忙了大半天，诸事齐备，胡雪岩去看德馨，约期晋见巡抚刘秉璋。

“最好是在今天晚上。”他说，“这不是啥有面子的事，最好少见人。而且，晚上可以穿便衣。”

“我看不必，这是很光明磊落的事，没有什么见不得人。而且，刘中丞是翰林出身，很讲究这些过节，晚上谈这件事，倒仿佛私相授受似的，他一定不愿意。准定明天上午上院吧。”

“是。好！”胡雪岩只得答应。

“穿便衣也不必。倒像有了什么罪过，青衣小帽负罪辕门似的。不过，雪岩，你的服饰也不必太华丽。”

这是暗示，红顶花翎都不必戴。胡雪岩当然会意，第二天循规蹈矩，只按道员三品服色穿戴整齐，带着从人上轿到佑圣观巷巡抚衙门。

其时德馨已先派了人在接应，手本一递进去，刘秉璋即时在西花厅延见，胡雪岩照官场规矩行了礼，刘秉璋很客气地请他“升炕”。平时他来看刘秉璋，本是在炕床上并坐的，但这天却再三谦辞，因为回头德馨要来，如果他升了炕，德馨只能坐在东面椅子上，未免委屈，所以他只坐在西面椅子上，留着上首的位子给德馨。

此时此地，当然不必寒暄，胡雪岩开门见山地说：“职道没有想到今天。公私债务，无从料理，要请大人成全。”

“言重、言重！”刘秉璋说，“如今时局艰难，一切总以维持市面，安定人心为主，在这个宗旨之下，如果有可为雪翁略效绵薄之处，亦是我分内之事。”

谈到这里，花厅外面有人高唱：“德大人到。”

于是刘秉璋站了起来，而胡雪岩则到门口相迎，听差打开门帘，德馨入内，先向刘秉璋行了礼，然后转身道："雪翁，你请这面坐！"说着，他占了胡雪岩原来的位置，将上首留给胡雪岩。

"不、不！晓翁请上坐。"

两人辞让了好一会儿，刘秉璋忍不住发话："细节上不必争了。雪翁就坐在这面，说话比较方便。"

听得这话，胡雪岩方始在靠近刘秉璋的东首椅子上坐了，向对面的德馨问道："我账目已经带来了，是不是现在就呈上刘大人？"

"是、是，我看现在就上呈吧！"

胡雪岩便起身将置在一旁的一厚摞账簿，双手捧起，送上炕床，德馨也站起来帮着点交。账簿一共六本，第一本是阜康钱庄连各地分号的总账；第二本是二十九家当铺的档手及架本数目清账；第三本是所有田地一万一千亩，坐落的地点及田地等则的细账；第四本是丝茧存货数量地点的清册；第五本是杂项财产，包括胡庆余堂药店在内的目录；另一本便是存户名册，但各钱庄所开出的银票，列在第一本之内。

刘秉璋只略翻一翻，便即搁下，等胡雪岩与德馨归座以后，他才问道："雪翁这六本账的收支总数如何？"

"照账面上来说，收支相抵，绰绰有余，不过欠人是实数，人欠就很难说了。"

"所谓'人欠'，包括货色在内。"德馨补充着说，"雪翁的丝茧，因为跟洋人斗法的缘故，将来只怕必须出之以'拍卖'一途，能收回多少成本就很难说了。"

"何谓'拍卖'？"

"这是外国人的规矩。"胡雪岩说，"有意者彼此竞价。由底价叫起，只要有两个人出价，就一路往上叫，叫到没有人竞价，主持人拍一拍'惊堂木'，就敲定了。"

"这样说，洋人可以勾通好，故意不竞价。"

"不但故意不竞价，甚至不出价，那一来就只好把底价再往下压。"

“照此而言，雪翁的丝茧值多少银子，根本无从估计？”

“是！”

“难。”刘秉璋转脸问道，“晓翁看，应该如何处理？”

“只有先公后私，一步一步清理。”

“也只好如此。”刘秉璋说，“现在朝廷的意思还不知道，我亦暂时只能在‘保管’二字上尽力。”他又问道，“雪翁，一时不会离开杭州？”

这句话问出来，暗含着有监视他的行踪的意味在内，胡雪岩略想一想，决定据实而陈。

“回大人的话，职道想到上海去一趟，能够让丝茧不至于拍卖，于公于私，都有好处。”

“呃，你要去多少时候？”

“总得半个月。”

刘秉璋微微颔首，视线若不经意似的转向德馨，却带着一种戒备与征询的神色。然后又转过脸来说：“雪翁，这半个月之中，万一有事一定要请你来面谈，怎么办？”

胡雪岩还没有想到这一点，一时愣在那里，无从答言，不想德馨却代他回答了。

“如果有这样的情形，请大人告诉我就是。”

“好！”刘秉璋很爽快地答应，“雪翁，你干你的正经去吧！但望这半个月之中，你能料理出一个眉目来，只要公款不亏，私人不闹，我又何必多事？”

“是，是。”胡雪岩站起身来，垂手哈着腰，“多仗大人成全。”

“言重，言重！”说着，刘秉璋手已摸到茶碗上。

站在门口的戈什哈随即一面掀帘，一面向外高唱：“送客——”

等胡雪岩一走，刘秉璋回到签押房，随即将一本由吏部分发到浙江的候补知县的名册取了出来，细细检阅。这本名册除了姓名、年龄、籍贯、出身，到省年月以外，另有两项记载：一项是曾派何差，如某年月派案某、某年月派解“京饷”之类；再一项便是此人的关系，是刘秉璋亲笔所注，如某中堂表亲，某年月日某尚书函托等等。刘秉璋现在要派二十九员候补知县的差使，根据四个条件来考虑。

第一个条件是出身，正途优先，假使是“榜下即用”的新科进士，一时无缺可补，甚至连署理都没有机会，当然毫不考虑地，先派这个差使。一翻名册，这种情形只有三个人，当时在名册上一勾，还剩下二十六个人要派。

两榜出身的进士以外，举人当然比军功保举及捐班来得占便宜，但须看第二个条件，即是其人的关系，如果曾有朝中大老的“八行”推荐，当然是在候选之列；但还要看第三个条件，最近派过差使没有？派的差使是苦是美？最近派过苦差使，为了“调剂”起见，不妨加以考虑，否则就要缓一缓了。

费了好大的功夫，才将一张名单拟妥，即时派戈什哈个别通知，翌日上午到巡抚衙门等候传见，同时另抄一张全单，送交德馨作参考。

接到通知的二十九名候补州县官不敢怠慢，第二天一大早，都备好了“手本”，齐集在抚院厅待命。这天逢“衙参”之期，刘秉璋接见藩、臬二司、盐道、巡道、首府、首县——杭州知府及钱塘知县，一直到午牌时分，才轮到首班候补州县官进见，在座的还有德馨。知县见巡抚照例是有座位的，但人数太多，没有那么多椅子，值堂的差役去端了几张长条凳来，二十九位“大老爷”，挨挨挤挤地坐了下来，却还有两个人无处容身。一个赌气，退到廊下去听消息；一个做官善于巴结，看刘秉璋因为他还没有安顿好，不便开口，觉得让“宪台”久候，不好意思，便蹲了下来，臀部临空，双手按膝，仿佛已经落座似的。

“今天邀各位老哥来，有个差使要请各位分头去办。”刘秉璋说，“各位想必都已经在《申报》上看到了，胡观察的阜康银号倒闭，市面大受影响。阜康的存款之中，官款很多，不能没有着落。胡观察自愿拿他所开设的二十九家当铺，请我查封，备抵官款。现在就要请各位老哥，每人查封一家。”

此言一出，无不诧异，但却不敢发问，只有刚才虚蹲着的那人，因为双腿酸得无法忍受，正好装作发言，站起来舒舒筋骨。

“回大人的话，这种差使，从来没有人当过，卑职不知道怎么样当法？”

“喔，”刘秉璋看了他一眼问道，“老哥贵姓？”

“卑职姓马。”

“他叫马逢时，陕西人，刚到省不久。”德馨在一旁悄悄提示。

刘秉璋点点头说：“马大哥的话不错，这种差使，我也是头一回遇到。不过，人不是生而知之的。各位莫非没有想到过，将来退归林下，也许会设典当谋生？收典跟开典当是一样的，不外验资、查账而已。”

“再要请示。”马逢时又问，“验资、查账以后，是不是封门？”

“不是，不是。验资、查账，如果毫无弊病，责成典当管事，照旧经营。各位只要取具管事甘结，承认该典有多少资本，就可以交差了。”

原来名为查封，其实是查而不封。接下来便由德馨主持抽签，马逢时抽到的，却正好是作为总号的公济典。

其时已在午后未末申初，当天查封，时间已不许可。马逢时领了公事回头，一个人坐着发愣，心里在想典当里又是账目，又是“当头”，账目则那笔龙飞凤舞字，比张旭、怀素的草书还要难识；“当头”则包罗万象，无所不有，自己一个人只手空拳，如何盘查封存？而况公济典既然是总号，规模一定很大，倘或照顾不过来，查封之际出现了虚冒走漏等等情事，责任非轻。

转念到此，愁眉不展，马太太不免困惑，一早兴匆匆上院，说有差使，看起来今年这个年是可以过得去了。不道一回来是这等神气，岂不可怪？

这一来，少不得动问缘由，马逢时叹口气说：“派了个从来没有干过的差使，去查封胡财神的公济典。光是查账验资，典当仍旧照常开门。你想，我连算盘都不会打，这个差使怎么顶得下来？”

马太太的想法不同，“到浙江来候补，只派过一个解饷的差使，靠典当过日子，朝奉的脸真难看。”她兴高采烈地说，“想不到你会派这个差使，让我也出口气。”

马逢时破颜一笑，“真正妇人之见。”他说，“这个差使好处没有，倒霉有份。”

“怎么会倒霉？”

“查账、验资！如果我们动了手脚，将来责任都在我头上，吃不了兜着走呢！”

“我不懂你说的什么。”马太太想了一下说，“你何不去请教请教杨大哥？”

这倒提醒了马逢时。原来这“杨大哥”是仁和县礼房的书办，住得不远，马逢时夫妇为人都很随和，并不看轻他的身份，平时“杨大哥、杨大哥”叫得很亲热。杨书办受宠若惊，也很照应马逢时，每年学台院试发榜，是他最忙的时候，有些土财主家的子弟中了秀才，请客开贺，总希望来几位有功名的贵客，壮壮门面，于是杨书办就会来通知马逢时，穿上官服，去当贺客，酒足饭饱，主人家有一个红包，最少也有二两银子。一年像这样的机会总有七八次，在马逢时也算受惠不浅了。

因此，听了马太太的话，愁颜一展，唤他的儿子去请“杨伯伯”。杨书办这天正好没有应酬，一请就到，动问何事。

“我有个差使，不知道怎么办，还是内人有主意，说要请教杨大哥。”

“喔，马大老爷，”杨书办倒是按规矩称呼，“是啥差使？”

“查封当铺。”

杨书办一愣，旋即笑道：“恭喜、恭喜！马大老爷，你好过个肥年了。”

此言一出，马逢时的表情，又惊又喜地问：“杨大哥，你这话怎么说？”

“我先请问，是不是查封胡大先生当铺？”

“是啊！”

“哪一家？”

“公济。”

“嘿！那马大老爷，你这个年过得越发肥了。”

马逢时心里越喜，但也越困惑，搔搔头问：“我，我是看得到，吃不下。”

“这话怎么说？”杨书办立即又是省悟的神情，“喔，马大老爷，你是说，不晓得怎么样下手，是不是？”

“不错。”马逢时紧接着说，“要肥大家肥。杨大哥，你是诸葛亮，我是刘先主。”

“不敢、不敢！等我想想，有个朋友，一定帮得上忙——”

“杨大哥，你这位令友，今天找得找不到？你要知道，明天一早就要动手。”

杨书办想起一个朋友，便是周少棠。从他在阜康门前“登台说法”，为胡雪岩解围以后，名气大为响亮，马逢时也知道有这样一个人，很乐意向他请教，但怕时间上来不及，因为查封一事，次日上午便须见诸行动。

“不要紧，不要紧！”杨书办看一看天色说，“这时候去正好，他在大井巷口隆和酒店吃酒。”

大井巷在城隍山脚下，有口极大的甜水井，井的对面，就是隆和酒店，周少棠每天傍晚在那里喝酒，即令有饭局，也一定先到隆和打个照面，所以这时候去了，即令他不在，也会知道他的行踪。

当下安步当车，走到隆和，其时华灯初上，隆和正在上市。吃“柜台酒”的贩夫走卒，各倚着柜台，人各一碗，悠闲自在，其中识得杨书办的人很不少，纷纷招呼。杨书办一面应答，一面往里走——里面是一座敞厅，摆了十几张方桌，已上了七成座，杨书办站定看了一下，没有发现周少棠，便拉一个伙计问讯。

“周先生来过走了。不过，停一停还要来。”伙计问道，“你老是等他，还是留话？”

“我等他好了。”

于是挑了一张位在僻处的桌子，两人坐了下来，要了酒慢慢喝着，喝到第三碗酒，周少棠来了。

“少棠、少棠！”杨书办起身叫唤，将他拉了过来说道，“我们等你好半天了。我先来引见，这位是马大老爷。”

周少棠是很外场的人，对马逢时很客气地敷衍了一阵。等酒到微酣，杨书办方始道明来意，马逢时随即举杯相敬：“我对当铺一窍不通，接了这个差使，不知道该怎么办。”他说，“全要仰仗周先生指点。”

“好说，好说。”周少棠一面应答，一面在肚子里做功夫。他跟公济典的唐子韶，只是点头之交，但阜康的谢云青，却跟他很熟，最近的过从更密，从谢云青口中，知道了紧邻公济典的好些秘密，这当然也就是唐子韶的秘密。

周少棠很看不起唐子韶，同时因为与胡雪岩是贫贱之交，情分不同，所以对唐子韶在胡雪岩遭遇这样沉重的打击，不想想平日所受的提携，拿出良心来共患难，反而乘人于危，趁火打劫，在公济典中大动手脚，暗中侵吞，大为不平。如今恰有这样一个马逢时可以去查账的机会，岂可错过？

“马大老爷，人家都说我周少棠好说大话，做起事来不扎实。所以，查封公济典这件事，我不想多说啥，只有一句话奉告，马大老爷把我这句话想通摸透，包你差使办得漂亮。”周少棠停了一下说，“这句话叫作：‘看账不如看库，验资不如验货。’”

马逢时一愣，因为周少棠的两句开场白颇为突兀，有点发牢骚的意味在内，因而嗫嚅着说：“周先生我们今天是初会，我从没有说过那些话——”

“啊，啊，误会了误会了。马大老爷，我不是说你，也不是说杨大哥，不过因为今天正好有人这样子说我，顺便一提。”周少棠又说，“马大老爷，你不是要我指点？我刚才那两句话，就是把‘总筋’指点给你看，你要看清楚，想透彻。”

原来刚才那种近乎牢骚的话，是周少棠为引起对方注意的一种方式，经此折冲，马逢时已将“看账不如看库，验资不如验货”十二个字深印入脑中，当即作出受教的神色说道：“周先生，你这两句话，从字面上说，就有大学问在里头，索性请你明明白白地开导一番。”

“言重、言重。”周少棠问道，“马大老爷，典当的规矩，你懂不懂？”

“我刚才说过，一窍不通。”

“那就难怪了——”

“老周，”杨书办忍不住了，“你不必城头大出丧，大兜大转了。马大老爷明天去查封，要留意哪几件事，请你细说一说。”

“是的。”马逢时接口，“还有，一去要怎样下手？”

周少棠心想，查封胡雪岩的典当，是为了备抵存在阜康的公款，能多保全一分，胡雪岩的责任即轻一分，因此，能将唐子韶在公济典侵吞的款子追出来，对胡雪岩就是最直接、也最切实的帮忙。转念到此，他决定插手干预。

于是他问：“马大老爷去查封公济典，有没有委札？”

“有。不过交代是抚台交代，委札是藩台所出。”

“那一样，都是宪台。”周少棠又问，“领了封条没有？”

“领了。”

“几张？”

“两张。”

“怎么只领两张呢？”

“我以为查封是封前后门，所以只领了两张。”马逢时又说，“后来想想不对，抚台交代，查封归查封，当铺还是照常取赎，既然如此，封了门，岂非当主不能上门了。”

“不独当主不能上门，公济的人也不能进出了。”周少棠想了一下说，“不过不要紧，马大老爷今天就去刻一个长条戳，上面的字是：‘奉宪谕查封公济典委员候补知县马’。凭这个长条戳，马大老爷自己就可以封。”

“嗯，嗯，”马逢时一面想一面点头，“我应该有这个权柄。”

“当然有。”

“周先生，”马逢时问道，“明天我去了，第一步做什么，第二步做什么？请你给我说一说。”

“这，这要看情形，现在很难说。”说着，周少棠望一望杨书办。

一直很冷静在旁听的杨书办，知道该他说话了：“马大老爷，我看你要请少棠去帮忙。”

“是啊，是啊！”马逢时一迭连声地说，“我就有这样一个打算，不过不知道合不合公事上的规矩。”

“怎么会不合？譬如马大老爷你‘挂牌’放了实缺，起码要请刑名、钱谷两位师爷，现在请少棠去帮忙，也是同样的道理。”

“是，是！这个譬仿通极。”马逢时双手举起酒杯，“周先生，请你帮忙。不过，惭愧的是，现在还谈不到什么敬意，只有感恩在心里。”

于是商定几个步骤，其实也就是周少棠在发号施令，马逢时要做的是，连夜将长条戳刻好，第二天一早在开市以前，便须到达公济典，首先要贴出一张告示：“奉宪谕查封，暂停营业一天。”然后分头查封，最要紧的是库房跟银柜。

“这就要看账了。‘看账不如看库，验资不如验货。’此话怎讲？因为账是呆的，账面上看不出啥。到库房看过，再拿账来对照，真假弊病就一目了然了。”

“是，是。请教周先生，这姓唐的有哪些弊病？”马逢时问。

“我也是听说，到底如何，要明天去看了才晓得。”周少棠说，“第一种是满当的货色上动脑筋，当本轻、东西好，这也有两种脑筋好动；一种是掉包，譬如大毛的皮统子，换成二毛的，还有一种——”

“慢慢，周先生，请问这个弊病要怎么查？”

“容易。一种是看账，不过当铺里的账，总是好的写成坏的，所以不如估价。”周少棠说，“朝奉的本事就在看货估价，绝不会走眼，大毛是大毛的价钱，二毛是二毛的价钱，你拿同样的货色来比较，问它同样的当价，为啥一个大毛，一个是二毛？他说话不清楚，里头就有弊病了。”

“我懂了。请问还有一种呢？”

“还有一种说是赎走了，其实是他占了满当的便宜。要查封这种弊病也不难，叫他拿销号的原票出来看。有，是真的赎走了，没有，就是当主根本没有来赎。”

处理满当货的弊端，马逢时大致已经了解，但是否还有其他毛病呢？问到这一点，周少棠的答复是肯定的，而且词色之间，颇为愤慨。

“这个姓唐的，真是狗彘不如！今日之下，他居然要趁火打劫，真正丧尽天良。”

原来唐子韶从阜康出事以后，认为胡雪岩之垮只是迟早间事，公济典当然也保不住了，既然如此，且趁眼前还能为所欲为之时大捞一笔。

“他的手法很毒，不过说穿了一个钱不值，弄个破铜表来算是金表，一当十两、八两银子，马大老爷，你说，这是不是放抢？”

“太可恶了！”马逢时亦是义形于色，“在满当货上动手脚，还可以说是取巧，因为东家的本息到底已经收回了，只不过没有占到额外的好处而已。像这样子，以假作真，以贱为贵，诈欺东家，是可以重办他的罪的。”

“当然应该重办。”周少棠冷笑一声，“他自以为聪明，假货要到满当没人来赎，盘库日验货，才会发现，那时他已回徽州老家了，你就告他，他也可以赖，说当初原是金表，不晓得怎么掉包了。也没有想到，偏偏会遇到你马大爷，又遇到我，不等满当，就要办它一个水落石出，这叫‘人有千算，天只一算。’”

谈到这里杨书办插嘴了。“唐子韶总还有同党吧？”他说，“朝奉是很爱惜名誉的，如果有为唐子韶勾结、欺骗东家这个名声在外，以后就没有人敢请教他，只好改行了。”

“老杨，你问得好。唐子韶自然有同党，不过这个同党，同他的关系不同，是他一手提拔起来的外甥。”

“嗯，嗯！这就是了。唐子韶预备卷铺盖了，当然也要带了他一起走。”

“一点不错。”周少棠转脸说道，“马大老爷，你明天去了，就要着落在唐子韶的外甥身上，追究真相。要格外留心最近的账，拿当得多的几笔，对账验货，如果货账不符，再问是哪个经的手，第一步只要这样就可以了。”

“你是说当时不要追究？”

“对，当时不要追究，因为当时一问，唐子韶一定有番花言巧语，打草惊蛇，不是聪明的办法。”

“那么，怎么是聪明的办法呢？”

“把唐子韶的外甥带走，另外找个地方去问。那些小后生禁不起吓，一吓什么都说出来了。”周少棠又说，“最好到县衙门里借两名差役带了去，威风更足，事情也就更容易办了。”

“是，是。这倒容易，仁和县的王大老爷，我很熟。”马逢时越听越有兴趣，很起劲地问，“问出来以后呢？是不是再传唐子韶来问？”

“用不着你去传他，他自己会到府上来求见。”

“何以见得？”

“这——”周少棠迟疑了一会儿，说声，“对不起！我先同老杨说句话。”

他将杨书办拉到一边，悄悄问他跟马逢时的关系，杨书办据实以告，周少棠便另有话问了。

“快过年了，马大老爷当然要弄几个过年盘缠是不是？”

“当然。”杨书办问，“你的意思是要他敲唐子韶一笔？”

“不错。不过，公私兼顾，他可以同唐子韶提条件：第一，要他拿原当赎回去，这是公；第二，要弄几两银子过年，数目他自己同唐子韶去谈——或者，同你谈。如果唐子韶不就范，报上去请他吃官司。”

杨书办盘算了一下，觉得其事可行，笑笑说道：“你对胡大先生倒是满够朋友。”

“贫贱之交不可忘。”周少棠掉了句文，虽然有些不伦，却不能说他这句话不通。

两人再深入地谈了一下，自然而然地出现了一种演变，即是襄助马逢时的工作，由周少棠移转到杨书办身上。不过周少棠仍在幕后支援，商定他在阜康钱庄对面的一家安利茶店喝茶，公济典近在咫尺，有事随时可以接头。

等相偕回到原座，周少棠作了交代，“马大老爷，”他说，“你同杨书办很熟，明天请他陪了你去，有啥话说起来也方便。其中的窍门，我同杨书办说过了，这桩差使，一定可以办得漂亮。”说着起身告辞而去。

其时已是万家灯火，酒客络绎而至，热闹非凡，说话轻了听不见，重了又怕泄漏机密，杨书办提议另外找个地方去喝酒。

“到哪里？”

“你跟我去，不过，”杨书办声明在先，“马大老爷，到了那个地方，我不便用尊称，一叫马大老爷，露了相不好。”

“不要紧，你叫我老马好了。”

“最好连姓都不要用真的。你们老太太尊姓？”

“姓李。”

“我就叫你老李了。离这里不远，我们走了去。”

第九章　大封典铺

杨书办记了账，带着马逢时穿过两条街，进入一条曲曲折折的小巷，在巷底有一家人家，双扉紧闭，但门旁有一盏油灯，微弱的光焰，照出一张褪了色的梅红笺，上写“孙寓”二字。

“这是什么地方？”马逢时有些不安地问。

“马——”杨书办赶紧顿住，“老李，这个地方你不能告诉李大嫂。”

一听这话，马逢时不再作声，只见杨书办举手敲门，三急三缓，刚刚敲完，大门呀的一声开了，一个半老徐娘，高举着“手照”说：“我道哪个，是你。算算你也应该来了。”接着，脸上浮满了笑容又问，“这位是？”

“李老板。”杨书办紧接着问，“楼上有没有客人？”

“没有。”

“楼下呢？”

“庆余堂的老朱同朋友在那里吃酒，就要走的。”

“他们东家遭难，他倒还有心思吃花酒。”杨书办又说，“你不要说我在这里。”

“多关照的。”那半老徐娘招呼“李老板”说，“请你跟我来。走！”

于是一行三人，由堂屋侧面的楼梯上楼，楼上一大两小三个房间，到了当中大房间，等主人剔亮了灯，杨书办方为马逢时引见。

“她姓孙。你叫她孙干娘好了。”

马逢时已经了然，这里是杭州人所说的“私门头”，而孙干娘便是鸨儿，当即笑嘻嘻地说道：“孙干娘的干女儿一定很多？”

“有，有。”孙干娘转脸问杨书办，“先吃茶是先吃酒？”

“茶也要，酒也要，还要吃饭。”说着，杨书办拉着孙干娘到外房，过了好一会儿才进来。

“这个孙干娘，倒是徐娘半老，风韵犹存。”

“怎么？你倒看中她了！我来做媒。”

“算了，算了！我们先谈正事。”

这话正好符合杨书办的安排，他已关照好孙干娘备酒备饭，要讲究，但不妨慢慢来，以便跟马逢时先谈妥了明日之事，再开怀畅饮。

“你的事归我来接下半段。我先问你，你年底有多少账？”

马逢时一愣，约莫估计了一下说：“总要五六十两银子才能过关。”

“我晓得了。”杨书办说，“明天我陪了你去，到了公济典，你看我的眼色行事。”

何谓看眼色行事？马逢时在心里好好想了一会儿问道：“杨大哥——”

“慢点，慢点。”杨书办硬截断了他的话，“明天在公济典，你可不能这样叫我。”

“我明白。做此官，行此礼，到那时候，我自然会官派十足地叫你杨书办，你可不要生气。”

“不会，不会。这不过是唱出戏而已。”

“这出戏你是主角。”马逢时问，“你认识不认识唐子韶？”

“怎么不认识，不过没有什么交情。”

“你认识最好，我想明天我做红脸，你做白脸，遇见有不对的地方，我打官腔，你来转圜，唐子韶当然就要找上你了，什么事可以马虎，什么事不能马虎，我都听你的语气来办。”

“一点不错。”杨书办很欣慰地，“我们好好儿来唱他一出‘得胜回朝’。”

谈到这里，楼梯上有响声，只见帘启处，孙干娘在前，后面跟着女佣，手中端一个大托盘，四样酒菜，两副杯筷。

“怎么只有两副？”杨书办问。

“我怕你们要谈事情，不要旁人来打搅。”

“谈好了，再去添两副来。”杨书办去问，“巧珍在不在？”

“今天没有来。”孙干娘说，“阿兰在这里，不晓得李老板看得中看不中？”

杨书办心中一动，因为看到马逢时目不转睛地看着孙干娘，决心成全他们这一段露水姻缘，当即说道：“等一等再说。你先陪我们吃两杯。”

于是又去添了杯筷来，孙干娘为客人布菜斟酒，颇为周到，马逢时不住地夸赞酒好、菜好，杨书办只是微笑不语。

看看是时候了，他问：“庆余堂的老朱还没有走吧？”

“还没有。”

“我下楼去看一看他。”杨书办站起身来，对孙干娘说，“你陪李老板多吃几杯，我的好朋友，你要另眼相看。”

于是杨书办扬长下楼，叫相帮进去通知，庆余堂的老朱满脸通红地迎了出来。“老杨、老杨！”他拉着他的手说，“请进来吃酒。”

“方便不方便？”

“方便，方便。不是你的熟人，就是我的熟人。”

进去一看，四个人中只有一个不认识，请教姓名，才知道是老朱的同事。

杨书办之来闯席，一则是故意避开，好让马逢时有跟孙干娘勾搭的机会，再则便是打听庆余堂的情形，尤其使他困惑而又好奇的是，胡雪岩的全盘事业，都在风雨飘摇之中，何以老朱竟还兴高采烈地在这里寻欢作乐。

席间一一应酬过了，一巡酒下来有人提起阜康的风波，这是最近轰动南北的大新闻，凡是应酬场中，几乎无一处不资以为谈助。杨书办只是静静地听着，等到谈得告一段落时，他开口了。

“老朱，你在庆余堂是啥职司？”

“我管查验。”

“查验？”杨书办问，“查验点啥？查验货色？你又不是药材行出身，药材‘路脚’正不正，你又不懂。”

“货色好坏不懂，斤两多少还不会看？等看货的老先生说药材地道，过秤时就要请我了。”老朱又说，“不过，我顶重要的一项职司，是防备货色偷漏。”

“有没有抓到过?”

“当然抓到过，不过不多。”

“你说不多，只怕已经偷漏了的，你不晓得。”

“不会。”老朱停了一下说，“老实说，你就叫人偷漏，他们也不肯。你倒想，饭碗虽不是金的、银的，至少也是铁的，一生一世敲不破，工钱之外有花红，遇到夏天有时疫流行，上门的主顾排长龙等药，另外有津贴。再说家里大人、小伢儿有病痛，用药不管丸散膏丸，再贵重的都是白拿，至于膏滋药、药酒，收是收钱，不过比成本还要低。如果贪便宜，偷了一两枝人参，这些好处都没有了，你想划得来，划不来？”

“你的话是不错，不过这回恐怕要连根铲了？”

“你是说胡大先生的生意怕会不保？别的难说，庆余堂一定保得住。”

“为啥？”

“有保障。”老朱从从容容地说，“这回阜康的事情出来，我们的档手同大家说，胡大先生办得顶好的事业，就是我们庆余堂。不但挣钱，还替胡大先生挣了名声，如果说亏空公款，要拿庆余堂封了抵债，货色生财，都可以入官，庆余堂这块招牌拿不出去的。庆余堂是简称，正式的招牌是胡庆余堂，如果老板不姓胡了，怎么还好用庆余堂的招牌？所以官府一定不会封庆余堂，仍旧让胡大先生来当老板。大家要格外巴结，抓药要地道，对待客人要和气，这只饭碗一定捧得实，不必担心。”

听到这里，杨书办心中浮起浓重的感慨，胡雪岩有如此大的事业，培植了不知道多少人才，是可想而知的事，但培植人才之始，如果只是为他自己找个不问手段，只要能替他赚钱的帮手，结果不是宓本常，就是唐子韶，因为水涨船高，“徒弟”升伙计，伙计升档手，这时候的档手心里就会想：“你做老板，还不是靠我做徒弟的时候，洗尿壶、荡水烟袋，一步一步抬你起来的？伙计做到啥时候？我要做老板了。”

一动到这个念头，档手就不是档手了，第一步是“做小货”，有好生意，自己来做，譬如有人上门求售一批货色，明知必赚，却多方挑剔，最后明点暗示，到某处去接头，有成交之望，其实指点之处就是他私下所设的号子。

其次是留意人才，伙计、徒弟中看中了的，私下刻意笼络，一旦能成局面，不愁没有班底。最后是拉拢客户，其道孔多，但要拉拢客户，一定不会说原来的东家的好话，是一定的道理，否则客户不会“跳槽”。

因此，只要有了私心重的档手，一到动了自立门户的念头，就必然损人以利己，侵蚀到东家的利益。即令是东家所一手培植出来的，亦不会觉得自己忘恩负义，因为他替东家赚过钱，自以为已经报答过了。

庆余堂的档手能够如此通达诚恳，尽力维持庆余堂这块金字招牌，为胡雪岩保住一片事业，这原因是可想而知的。胡雪岩当初创办庆余堂，虽起于西征将士所需成药及药材，数量极大，向外采购不但费用甚巨，而且亦不见得能够及时供应，他既负责后路粮台，当然要精打细算，自己办一家大药店，有省费、省事、方便三项好处，并没有打算赚钱，后来因为药材地道、成药灵验，营业鼎盛，大为赚钱。

但盈余除了转为资本，扩大规模以外，平时对贫民施药施医，历次水旱灾荒、时疫流行，捐出大批成药，亦全由盈余上开支，胡雪岩从来没有用过庆余堂的一文钱。

由于当初存心大公无私，物色档手的眼光，当然就不同了。第一要诚实。庆余堂一进门，供顾客等药休息之处，高悬一副黑漆金字的对联："修合虽无人见，存心自有天知。"因为不诚实的人卖药，尤其是卖成药，材料欠佳，分量不足，服用了会害人。

其次要心慈。医家有割股之心，卖药亦是如此，时时为病家着想，才能刻刻顾到药的质量。最后当然还要能干，否则诚实、心慈，反而成了易于受欺的弱点。

这样选中的一个档手，不必在意东家的利润，会全心全力去经营事业，东家没有私心，也就引不起他的私心，加以待遇优厚，亦不必起什么私心。

庆余堂能不受阜康的影响，细细考查来龙去脉，自有种善因得善果的颠扑不破之理在内。

念头转到这里，杨书办不由得对那连姓名都还不知道的庆余堂的档手，油然而起敬慕之心。于是在把杯闲谈之际，杨书办向老朱问起此人的生平。据说庆余堂的档手姓叶，当初是由胡雪岩的一个姓刘的亲戚去物色来的，性情、才干大致证明了杨书办的推断，这就更使他感到得意了。

"你们的档手对得起胡大先生，也对得起自己，不比公济典的那个黑良心的唐子韶，我看他快要吃官司了。"

"怎么？"老朱问说，"你这话是哪里来的？"

这一问才使杨书办意识到酒后失言了。他当然不肯再说，支支吾吾地敷衍了一会儿，重回楼上。

楼上的马逢时与孙干娘，还在喝酒闲谈，彼此的神态倒都还庄重，但谈得很投机，却是看得出来的，因而杨书办便开玩笑地说："老李，今天不要回去了。"

"你在同哪个说话？"孙干娘瞟眼过来问说。

杨书办尚未开口，马逢时却先笑了，这一笑自有蹊跷在内，他就不作声了。

"明明是马大老爷，你怎么说是李老板？"孙干娘质问，"为啥要说假话？"

“对不起！”马逢时向杨书办致歉，“她说我不像生意人，又问我哪里学来的官派，所以我跟她说了实话。”

“说了实话？”杨书办问，“是啥实话？除了身份还有啥？”

“没有别的。”

杨书办比较放心了，转脸对孙干娘说：“你要识得轻重，不要说马大老爷到你这里来玩过。”

“这有啥好瞒的？道台大人都到我这里来吃过酒。”

“你不要同我争，你想我常常带朋友来，你就听我的话。”杨书办又说，“今天要走了，马大老爷明天有公事，改天再来。”

“哪天？”孙干娘问，“明天？”

“明天怕还不行。”马逢时自己回答，“我等公事一完了，就来看你。”

“条戳没有到，今天晚上也找不着人了，明天一早去请教刻字店。”杨书办说，“总要到中午，一切才会预备好，我看准定明天吃过中饭去查封。”

“好！一切拜托，我在舍间听你的信。”

于是相偕离座出门，走在路上，杨书办少不得有所埋怨，而马逢时不断道歉，他也就不便多说什么了。

第二天是“卯期”，杨书办照例要到“礼房”去坐一坐，以防“县大老爷”有什么要跟“学老爷”打交道的事要问，好及时“应卯”。礼房有现成的刻字匠，找了一个来，将一张马逢时的临时衔名条交了给他，不到一顿饭的工夫，已经刻好送来，看看无事，起身回家，预备伴随马逢时到公济典去查封。

一进门跨进堂屋，便看到正中方桌上堆了一条火腿，大小四个盒子，门口又是五十斤重的一坛花雕，知道是有人送礼，便喊：“阿毛娘，阿毛娘！”

阿毛是他儿子的乳名，“阿毛娘”便是叫他的妻子。杨太太应声而至，不等他开口便说：“有张片子在这里，是公济典的姓唐的。我们跟他没有来往，送的礼我也不敢动。”

说着，杨太太递过来一张名片，一看果然是唐子韶，略一沉吟，杨书办问道：“他有什么话？”

“说等等再来，”杨太太答说，“看他吞吞吐吐，好像有什么话，要说不肯说似的。”

“我晓得了。这份礼不能收的。”

杨书办坐了下来，一面喝茶一面想，唐子韶的来意，不问可知。他只奇怪，此人的消息，何以如此灵通，知道他会陪马逢时去查封公济？是不是已经先去看过马逢时，马逢时关照来找他的呢？倘是如此，似乎先要跟马逢时见个面，问一问他交谈的情形，才好定主意。

正这样转着念头，听得有人敲门，便亲自起身去应接。他跟唐子韶在应酬场中见过，是点头之交，开门看时，果然是他，少不得要作一番讶异之状。

“杨先生，”唐子韶满脸堆笑地说，“想不到是我吧？”

“想不到，想不到。请里面坐。”杨书办在前头领路，进了堂屋，指着桌上说，“唐朝奉，无功不受禄，你这份礼，我决不收。”

唐子韶似乎已经预知他会有这种态度，毫不在乎地说：“小事、小事，慢慢谈。”

杨书办见他如此沉着，不免心生警惕，说声：“请坐。”也不叫人倒茶，自己在下首正襟危坐，是不想久谈的神情。

“杨先生，听说你要陪马大老爷来查封公济典？”

见他开门见山地发问，杨书办却不愿坦然承认，反问一句：“唐朝奉，你听哪个说的？”

“是辗转得来的消息。”

辗转传闻，便表示他不曾跟马逢时见过面，而消息来源，只有两处，一是周少棠，一是庆余堂的老朱。细想一想，多半以后者为是。

"请问，你是不是庆余堂那边得来的消息？"

这也就等于杨书办承认了这件事，唐子韶点点头说："是的。"

"那么，老兄就是打听这一点？"

"当然还有话要请教杨先生。"唐子韶问，"请问，预备什么时候来？我好等候大驾。"

"言重！言重！这要问马大爷。"

由于话不投机，唐子韶不能吐露真意，不过他送的那份不能算菲薄的礼，始终不肯收回，杨书办亦无可奈何，心头不免有欠了人家一份人情，协助马逢时去查封公济时，较难说话的困惑。

"杨先生，"唐子韶起身预备告辞时，忽然问出一句话来，"我想请问你，同周少棠熟不熟？"

杨书办沉吟了一下，只答了一个字："熟。"

"他同马大老爷呢？"

问到这句话，显得此人的交游很广，路子很多，也许前一天他与马逢时、周少棠曾在酒店中一起聚晤这件事，已有人告诉了他，然则若自己用一句"不大清楚"来回答，便是故意说假话。受了人家一份礼，连这么一句话都不肯实说，唐子韶自然会在心里冷笑。

以后如何是以后的事，眼前先让唐子韶这样的人对他鄙视，未免太划不来了。这样转着念头，杨书办不由得说了实话："不算太熟。"

唐子韶似乎对他的回答很满意，微笑着说："打扰，打扰。改天公事完了，我要请杨先生、马大老爷好好叙一叙。"

正当杨书办在马逢时家，准备出发去查封公济典时，他家里的女仆匆匆奔了来，请他回家，道是："太太有要紧事要商量。"

杨书办还在踌躇，马逢时开口了，"你就先请回去吧！"他说，"商量好了马上请过来，我在这里等。"

好在离得近，杨书办决定先回去一趟。到家一看，他非常意外地发现是周少棠在等他。明明是他要请周少棠来说话，周少棠却作了托辞。显然的，周少棠来看他，是不愿让马逢时知道。

“事情有了变化。”周少棠停了一下说，“我说实话吧，唐子韶来看过我了。”

“喔，”杨书办问，“啥辰光？”

“就是刚刚的事，他寻到阜康来的。”周少棠说，“他的话也有点道理，公济的事一闹出来，又成了新闻，对胡大先生不利，而且查封的事，一生枝节，官府恐怕对胡大先生有更厉害的处置。我想这两点也不错，投鼠忌器，特为来同你商量。”

杨书办想了一下答说：“他先到我这里来过了，还送了一份礼。事情很明白的了，他在公济确有毛病，而且毛病怕还不小。现在你说投鼠忌器，是不是放他一马，就此拉倒？”

“那不太便宜他了？他亦很识相，答应‘吐’出来。”

“怎么吐法？”

“这就要看你了。”

周少棠的意思是，杨书办陪了马逢时到公济典，细细查库、查账，将唐子韶的毛病都找了出来，最好作成笔录，但不必采取任何行动，回来将实情告诉周少棠，由他跟唐子韶去办交涉。

杨书办心想，这等于是一切由周少棠作主，他跟马逢时不过是周少棠的“伙计”而已。不过，只要有“好处”，做“伙计”亦无所谓。

当然，这不必等他开口，周少棠亦会有交代：“这样做法，不过是免了唐子韶吃官司，他再想要讨便宜，就是妄想。我们还是照原来的计划，一方面是帮胡大先生的忙，一方面我们三个，你、我、老马，弄几两银子过年。”

“你我倒无所谓。”杨书办说，“老马难得派个差使，而且这件事也要担责任，似乎不好少了他的。”

“一点不错。你叫他放心好了。”

“你做事，他也很放心的，不过，最好开个‘尺寸’给他。”

尺寸是商场的切口，意指银数，周少棠答说：“现在有‘几尺水’还不晓得，这个尺寸怎么开法？”

“几尺水”者是指总数。唐子韶侵吞中饱几何，能“吐”出来多少，目前无从估计，周少棠不能承诺一个确数，固属实情，但亦不妨先“派派份头”。

等杨书办提出这个意见以后，周少棠立即说道：“大份头当然是归胡大先生。如果照十份派，胡大先生六份，老马两份，你我各一份。怎么样？”

杨书办心想，如果能从唐子韶身上追出一万银子，马逢时可得两千，自己亦有一千两进账，这个年可以过得很肥了。于是欣然点头：“好的，就照这样子派好了。”

由于事先已有联络，马逢时由杨书办陪着到了公济典，不必摆什么官派，只将预先写好的，暂停营业三天的告示贴了出去，等顾客散尽，关上大门，开始封库查账。

唐子韶先很从容，看马逢时态度平和，杨书办语气客气，以为周少棠的路子已经走通了，及至看到要封库，脸色已有些不大自然，再听说要查账，便无法保持常态了。

“杨先生，你请过来。”他将杨书办拉到一边，低声问道，“今天中午，周少棠同你碰过头了？”

“是的。”

“他怎么说？”

杨书办不免诧异，不过他的念头转得很快，知道周少棠下了一着狠棋，因而声色不动地问说：“你同他怎么说的？”

原来唐子韶托谢云青居间，见到周少棠以后，隐约透露出，请他转托杨书办及马逢时，在查封公济典时，不必认真，同时许了周少棠三千银子的好处，“摆平”一切。复又央请谢云青作保，事过以后，三千银子分文不少。

谢云青也答应了。

但他不知道周少棠有意要助胡雪岩，并非为了他自己的好处，有为胡雪岩不平的意味在内，这就不关钱的事了。当时周少棠满口应承，实是一个“空心汤圆”，而犹一直不曾醒悟，只以为周少棠自己吞得太多，杨书办嫌少，故而有意刁难，说不得只好大破悭囊了。

“杨先生，大家都是场面上的人，有话好说，不要做得太难堪。”情急之下，他口不择言了，“快过年了，大家都有账要付，这一层我知道的。除了原来的以外，我另外再送两千银子，马大老爷那里，只要你老大哥摆平，我不说话。”

什么是原来的？杨书办略想一想也就明白了，不过还是要打听一下：“原来多少？”

等将唐子韶与周少棠打交道的情形问清楚以后，杨书办觉得很为难。他为人比较忠厚，觉得唐子韶可怜兮兮的，不忍心像周少棠那样虚与委蛇，让他吃个“空心汤圆”，当然，要接受他的条件，也是决不可能的事。

“杨先生，”唐子韶近乎哀求地说，“你就算交我一个朋友。我知道你在马大老爷面前一言九鼎，只要你说一声，他就高抬贵手，放我过去了。”

谈到“交朋友”，杨书办倒有话说了。“朋友是朋友，公事是公事。”他说，“只要马大老爷公事上能过得去，我当然要顾朋友的交情。唐朝奉，我答应你一件事，今天决不会让你面子难看，不过，我只希望你不要妨碍公事。至于查封以后，如何办法，我们大家再商量。”

这番话是“绵里针”，唐子韶当然听得出来，如果自己不知趣，不让马逢时查账，变成“妨碍公事”，他是有权送他到县衙门的“班房”去收押的。好在还有以后再商量的话，好汉不吃眼前亏，先敷衍好了杨书办，再作道理。

“杨先生，你这样子说，我不能不听，一切遵吩咐就是。”

唐子韶也豁出去了，不但要什么账簿有什么账簿，而且问什么答什么，非常合作，因此查账非常顺利。只是账簿太多，这天下午只查了三分之一，至少第二天还要费一整天才能完事。

等回到家，杨太太告诉丈夫："周少棠来过了，他说他在你们昨天吃酒的地方等你。"

"喔！"杨书办问，"光是指我一个人？"

"还有哪个？"

"有没有叫老马也去？"

"他没有说。"

"好。我马上就去。"杨书办带着一份记录去赴约。

"胡大先生怎么不要倒霉！"周少棠指着那份记录说，"光是这张纸上记下来的，算一算已经吞了三四万银子都不止了。"

"你预备怎么个办法？"

"还不是要他吐出来。"周少棠说，"数目太大，我想先要同胡大先生谈一谈。"

"这，"杨书办为马逢时讲话，"在公事上不大妥当吧？"

"怎么不妥当？"周少棠反问。

杨书办亦说不出如何不妥，他只是觉得马逢时奉派查封公济典，如何交差，要由周少棠跟胡雪岩商量以后来决定，似乎操纵得太过分，心生反感而已。

"公事就是那么一回事，你老兄是'老公事'，还有啥不明白的？"周少棠用抚慰的语气说，"总而言之，老马的公事，一定让他交代得过，私下的好处，也一定会让他心里舒服。至于你的一份，当然不会比老马少，这是说都用不着说的。"

当然，周少棠的"好处"亦不会逊于他跟马逢时，更不待言。照此看来，唐子韶的麻烦不小，想起他那万般无奈，苦苦哀求的神情，不由得上了心事。

"怎么？"周少棠问，"你有啥为难？"

“我怎么不为难？”杨书办说，“你给他吃了个空心汤圆，他不晓得，只以为都谈好了，现在倒好像是我们跟他为难。他到我家里来过一次，当然会来第二次，我怎么打发他？”

“那容易，你都推在我头上好了。”

事实上这是唯一的应付办法，杨书办最后的打算亦是如此，此刻既然周少棠自己作了承诺，他也就死心塌地，不再去多想了。

第二天仍如前一天那样，杨书办嘴上很客气，眼中不容情，将唐子韶的弊端，一样一样，追究到底。唐子韶的态度，却跟前一天有异，仿佛对马逢时及杨书办的作为，不甚在意，只是坐在一边，不断地抽水烟，有时将一根纸煤搓了又搓，直到搓断，方始有爽然若失的神情，显得他在肚子里的功夫，做得很深。

约莫刚交午时，公济开出点心来，请马逢时暂时休息。唐子韶便趁此时机，将杨书办邀到一边有话说。

“杨先生，”他问，“今天查得完查不完？”

“想把它查完。”

“以后呢？”唐子韶问道，“不是说好商量？”

“不错，好商量。你最好去寻周少棠，只要他那里谈好了，马大老爷这里归我负责。”

唐子韶迟疑了好一会儿说：“本来不是谈好了，哪晓得马大老爷一来，要从头查起。”

语气中仿佛在埋怨杨书办跟周少棠彼此串通，有意推来推去，不愿帮忙。杨书办心想，也难怪他误会，其中的关键，不妨点他一句。

“老兄，你不要一厢情愿！你这里查都还没有查过，无从谈起，更不必说啥谈好了。你今天晚上去寻他，包你有结果。”

唐子韶恍然大悟，原来是要看他在公济典弄了多少“好处”然后再来谈“价钱”。看样子打算用几千银子“摆平”，是一种不切实际的妄想，“树倒猢狲散”，不如带着月如远走高飞，大不了从此不吃朝奉这一行的饭，后半世应可衣食无忧。

就这刹那间打定了主意，就更不在乎杨书办与马逢时了。不过表面上仍旧很尊敬，当天查账完毕，要请他们吃饭，马逢时当然坚辞，杨书办且又暗示，应该早早去觅周少棠“商量”。

唐子韶口头上连声称“是”，其实根本无此打算，他要紧的是赶回家去跟月如商量，约略说了经过，随即透露了他的决心。

“三十六计，走为上计。你从现在起始，就要预备，最好三五天之内料理清楚，我们开溜。”

月如一愣，“溜到哪里？”她说，“徽州我是不去。”

唐子韶的结发妻子在徽州原籍，要月如去服低做小，亲操井臼，她宁死不愿。这一层意思她表明过不止一次，唐子韶当然明白。

“我怎么会让你到徽州去吃苦？就算你自己要去，我也舍不得。我想有三个地方，一个是上海，一个是北京，再有一个是扬州，我在那里有两家亲戚。”

只要不让她到徽州，他处都不妨从长计议，但最好是能不走，土生土长三十年，从没有出过远门，怕到了他乡水土不服住不惯。

“不走办不到，除非倾家荡产。”

“有这么厉害？”

“自然。”唐子韶答说，“这姓周的，良心黑，手段辣，如今一盘账都抄了去了，一笔一笔照算，没有五万银子不能过门。”

“你不会赖掉？”

“把柄在人家手里，怎么赖得掉？”

“不理他呢？”

“不理他？你去试试看。”唐子韶说，“姓马的是候补县，奉了宪谕来查封，权力大得很呢！只要他一句话，马上可以送我到仁和县班房，你来送牢饭吧！”

月如叹口气说：“那就只好到上海去了。只怕到了上海还是保不得平安。”

“一定可以保！”唐子韶信心十足地，“上海市场等于外国地方，哪怕是道台也不能派差役去抓人的，上海县更加不必谈了。而且上海市场上五方杂处，各式各样的人都有，只要有钱，每天大摇大摆，坐马车、逛张园、吃大菜、看京戏，没有哪个来管你的闲事。”

听他形容上海的繁华，月如大为动心，满腔离愁，都丢在九霄云外，细细盘算了一会儿说道：“好在现款存在汇丰银行，细软随身带了走，有三天工夫总可以收拾好，不动产只好摆在那里再说。不过，这三天当中，会不会出事呢？”

“当然要用缓兵之计。杨书办要我今天晚上就去看周少棠，他一定会开个价钱出来，漫天讨价，就地还钱，一定谈不拢，我请他明天晚上来吃饭，你好好下点功夫——”

“又要来这一套了！”月如吼了起来，“你当我什么人看！”

“我当你大慈大悲，救苦救难的观世音菩萨看。”唐子韶说，“这姓周的请我吃空心汤圆，你要替我报仇。”

“报仇？哼，”月如冷笑，“我不来管你的事！你弄得不好‘赔了夫人又折兵’，我白白里又让人家占一回便宜，啥犯着？”

“你真傻，你不会请他吃个空心汤圆？两三天一拖拖过去，我们人都到上海了，他到哪里去占你的便宜？”

“万一，”月如问说，“万一他来个霸王硬上弓呢？”

“你不会叫？一叫，我会来救你。”

“那不是变成仙人跳了？而且，你做初一，他做初二。看起来我一定要去送牢饭了。”

唐子韶不作声。月如不是他的结发妻子，而且当初已经失过一回身，反正不是从一而终了，再让周少棠尝一回甜头，亦无所谓。不过这话不便说得太露骨，唐子韶只好点她一句。

“如果你不愿意送牢饭，实在说，你是不忍心我去吃牢饭，那么全在你发个善心了。”

月如亦不作声，不过把烧饭的老妈子唤了来，关照她明天要杀鸡，要多买菜。

周少棠兴匆匆地到了元宝街，要看胡雪岩，不道一说来意，就碰了个钉子。

“说实话，周先生，”胡家的门上说，“生病是假，挡驾是真。你老倒想想，我们老爷还有啥心思见客。我通报，一定去通报，不过，真的不见，你老也不要见怪。”

“我是有正事同他谈。”

“正事？”门上大摇其头，“那就一定见不着，我们老爷一提起钱庄、当店、丝行，头就大了。”

“那么，你说我来看看他。”

“也只好这样说。不过，”门上一面起步，一面咕哝着，“我看是白说。”

见此光景，周少棠的心冷了。默默盘算，自己想帮忙的意思到了，胡雪岩不见，是没法子的事。唐子韶当然不能便宜他，不妨想想看，用什么手段卡住他的喉咙，让他把吞下去的东西吐出来。过年了，施棉衣、施米、做好事，也是阴功积德。

这一落入沉思，就不觉得时光慢了，忽然听得一声：“周先生！”抬头看时，是门上在他面前，“我们老爷有请。”

“喔，”周少棠定定神说，“居然见我了？”

“原来周先生是我们老爷四十年的老朋友。”门上赔笑说道，“我不晓得！周先生你不要见气。”

“哪里，哪里！你请领路。”

门上领到花园入口处，有个大丫头由一个老妈子陪着，转引客人直上百狮楼。

"周先生走好！"

一上楼便有个中年丽人在迎接，周少棠见过一次，急忙拱拱手说："螺蛳太太，不敢当，不敢当！"

"大先生在里头等你。"

说着螺蛳太太亲自揭开门帘。周少棠是头一回到这里，探头一望，目迷五色，东也是灯，西也是灯，东也是胡雪岩，西也是胡雪岩。灯可以有多少盏，胡雪岩不可能分身，周少棠警告自己，这里大镜子很多，不要像刘姥姥进了怡红院那样闹笑话。因此，进门先站住脚，看清楚了再说。

"少棠！"胡雪岩在喊，"这面座。"

循声觅人，只见胡雪岩坐在一张红丝绒的安乐椅上，上身穿的小对襟棉袄，下身围着一条花格子的毛毡，额头上扎一条寸许宽的缎带，大概是头痛的缘故。

"坐这里！"胡雪岩拍一拍他身旁的绣墩，指着头上笑道，"你看我这副样子，像不像产妇坐月子？"

这时候还有心思说笑话，周少棠心怀一宽，看样子他的境况，不如想象中那么坏。

于是他闲闲谈起查封公济典的事，原原本本、巨细靡遗，最后谈到从唐子韶那里追出中饱的款子以后，如何分派的办法。

"算了，算了。"胡雪岩说，"不必认真。"

此言一出，周少棠愣住了，好半天才说了句："看起来，倒是我多事了？"

"少棠，你这样子一说，我变成半吊子了。事到如今，我同你说老实话，我不是心甘情愿做洋盘瘟生，不分好歹、不识是非，我是为了另外一个人。"

"为了哪一个？"周少棠当然要追问。

"唐子韶姨太太——"

"喔，喔！"周少棠恍然大悟，他亦久知胡雪岩有此一段艳闻，此刻正好求证，“我听说，唐子韶设美人局，你上了他的当？”

“也不算上当，是我一时糊涂。这话也不必去说它了。”胡雪岩紧接着说，“昨天我同我的几个妾说，我放你们一条生路，愿意走的自己房间里东西都带走，我另外送五千银子。想想月如总同我好过，现在有了这样一个机会，我想放她一马。不过，这是马逢时的公事，又是你出了大力，我只好说一声：多谢你！到底应该怎么办，我也不敢多干预。”

“原来你是这么一种心思，倒是我错怪你了。”周少棠又说，“原来是我想替你尽点心，你不忘记老相好，想这样子办，我当然照你的意思。至于论多论少，我要看情形办，而且我要告诉人家。”

“不必，不必！不必说破。”胡雪岩忽然神秘地一笑，“少棠，你记不记得石塔儿头的‘豆腐西施’阿香？”

周少棠愣了一下，从尘封的记忆中，找出阿香的影子来——石塔儿头是地名，有家豆腐店的女儿，就是阿香，艳声四播，先是周少棠做了入幕之宾，后来胡雪岩做了他的所谓“同靴弟兄”，周少棠就绝迹不去了。少年春梦，如今回想起来，他什么感觉都没有了，只是奇怪胡雪岩何以忽然提了起来。

“当初那件事，我心里一直难过，‘兔子不吃窝边草’，我不该割你靴腰子。现在顶好一报还一报。”胡雪岩放低了声音说，“月如是匹扬州人所说的‘瘦马’，你倒骑她一骑看？”

听此一说，周少棠有点动心，不过口头上却是一迭连声地：“笑话，笑话！”

胡雪岩不作声，笑容慢慢地收敛，双眼却不断眨动，显然有个念头在转。

“那么，少棠，我说一句决不是笑话的话，你要不要听？”

“要的。”

“年大将军的故事，你总晓得啰？”

“年大将军”是指年羹尧。这位被杭州人神乎其词地说他“一夜工夫连降十八级”的年大将军，在杭州大概有半年的辰光。他是先由一等公降为杭州将军，然后又降为“闲散章京”，满洲话叫作“拜他喇布勒哈番”，汉名叫作“骑都尉”，正四品，被派为西湖边上涌金门的城守尉，杭州关于他的故事极多，所以周少棠问说：“你是问哪一个？”

“是年大将军赠妾的故事。”

这是众多年羹尧的故事中，最富传奇性的一个。据说，年羹尧每天坐在涌金门口，进出乡人震于他的威名，或者避道而行，或者俯首疾趋，唯有一个穷书生，早晚进出，必定恭恭敬敬地作一个揖。这样过了几个月，逮捕年羹尧入京的上谕到了杭州，于是第二天一早，年羹尧等那穷书生经过时，喊住他说：“我看你人很忠厚，我这番入京，大概性命不保，有个小妾想送给你，让你照料，千万不要推辞。”

那个穷书生哪里敢作此非分之想，一再推辞，年羹尧则一再相劝。最后，穷书生说了老实话，家徒四壁，添一口人实在养不起。

“原来是为这一层，你毋庸担心，明天我派人送她去。你住哪里？”

问了半天，穷书生才说了他的住址。下一天黄昏，一乘小轿到门，随携少数“嫁妆”。那轿中走出来一个风信年华的丽人，便是年羹尧的爱妾。

穷书生无端得此一段艳福，自然喜心翻倒，但却不知往后何以度日。那丽人一言不发，只将带来的一张双抽屉的桌子，开锁打开抽屉，里面装满了珠宝，足供一生。

“我现在跟年大将军差不多。”胡雪岩说，“我的几个妾，昨天走了一半，有几个说是一定要跟我，有一个想走不走，主意还没有定，看她的意思是怕终身无靠。我这个妾人很老实，我要替她好好找个靠得住的人。少棠，你把她领了回去。”

“你说笑话了！”周少棠毫不思索地，“没有这个道理！”

“怎么会没有这个道理。你没有听‘说大书’的讲过，这种赠妾、赠马的事，古人常常有的。现在是我送给你，可不是你来夺爱，怕啥？”

周少棠不作声，他倒是想推辞，但找不出理由，最后只好这样说：“我要同我老婆去商量看。”

第二天一大早，周少棠还在床上，杨书办便来敲门了。起床迎接，周少棠先为前一日晚上失迎致歉，接着动问来意。

“唐子韶——”杨书办说，“昨天晚上就来看我，要我陪了他来看你。看起来此人倒满听话，我昨天叫他晚上来看你，他真的来了。”

“此刻呢？人在哪里？”

“我说我约好了你，再招呼他来见面，叫他先回去。你看，在哪里碰头？”

“要稍微隐蔽一点的地方。”

“那么，在我家里好了。”杨书办说，“我去约他，你洗了脸，吃了点心就来。”

周少棠点点头，送杨书办出门以后，一面漱洗，一面盘算，想到胡雪岩昨天的话，不免怦然心动，想看看月如倒是怎么样的一匹“瘦马”。

到得杨家，唐子韶早就到了，一见周少棠，忙不迭地站了起来，反客为主，代替杨书办招待后到之客，十分殷勤。

“少棠兄，”杨书办站起来说，“你们谈谈，我料理了一桩小事，马上过来。中午在我这里便饭。”

这是让他们得以密谈，声明备饭，更是暗示不妨详谈长谈。

但实际上无须花多少辰光，因为唐子韶成竹在胸，不必抵赖，当周少棠出示由杨书办抄来的清单，算出他一共侵吞了八万三千多银子时，他双膝一跪，口中说道：“周先生，请你救救我。”

“言重，言重！”周少棠赶紧将他拉了起来，“唐朝奉，你说要我救你，不管我办得到办不到，你总要拿出一个办法来，我才好斟酌。”

“周先生，我先说实话，陆陆续续挪用了胡大先生的架本，也是叫没奈何！这几年运气不好，做生意亏本，我那个小妾又好赌，输掉不少。胡大先生现在落难，我如果有办法，早就应该把这笔款子补上了。”

“照此说来，你是‘铁公鸡一毛不拔’？”

“不是，不是。”唐子韶说，“我手里还有点古董、玉器。我知道周先生你是大行家，什么时候到我那里看看能值多少？”唐子韶略停了一下又说，“现款是没有多少，我再尽量凑。”

“你能凑多少？”

“一时还算不出。总要先看了那些东西，估个价，看缺多少，再想办法。”

原来这是唐子韶投其所好，编出来的一套话。周少棠玩玉器，在“茶会”上颇有名声，听了唐子韶的话信以为真，欣然答说：“好！你看什么时候，我来看看。”

“就是今天晚上好不好？”唐子韶说，“小妾做的菜，很不坏。我叫她显显手段，请周先生来赏鉴赏鉴。”

一听这话，周少棠色心与食指皆动，不过不能不顾到杨书办与马逢时，因而说道：“你不该请我一个。”

“我知道，我知道。马大老爷我不便请他，我再请杨书办。”

杨书办是故意躲开的，根本没有什么事要料理，所以发觉唐子韶与周少棠的谈话已告一段落，随即赶了出来留客。

“便饭已经快预备好了，吃了再走。”

“谢谢！谢谢！”唐子韶连连拱手，“我还有事，改日再来打搅。顺便提一声：今天晚上我请周少棠到舍下便饭，请你老兄作陪。”

说是“顺便提一声”，可知根本没有邀客的诚意，而且杨书办也知道他们晚上还有未完的话要谈，亦根本不想夹在中间。当即亦以晚上有事作推托，回绝了邀约。

送走唐子韶，留下周少棠，把杯密谈，周少棠将前一天去看胡雪岩的情形，说了给杨书办听。不过，他没有提到胡雪岩劝他去骑月如那匹瘦马的话，这倒并非是他故意隐瞒，而是他根本还没有作任何决定，即便见了动心，跃跃欲试，也要看看情形再说。

“胡大先生倒真是够气概！”杨书办说，“今日之下，他还顾念着老交情！照他这样厚道来看，将来只怕还有翻身的日子。”

“难！他的靠山已经不中用，人呢，锐气也倒了，哪里还有翻身的日子？”周少棠略停一下说，“闲话少说，言归正传，你看唐子韶吐多少出来？”

“请你作主。”

周少棠由于对月如存着企图，便留了个可以伸缩的余地，“多则一半，少则两三万。”他说，“我们三一三十一。”

唐子韶家很容易找，只要到公济典后面一条巷子问一声“唐朝奉住哪里？”自会有人指点给他看。

是唐子韶亲自应的门，一见面便说：“今天很冷，请楼上坐。”

楼上生了火盆，板壁缝隙上新糊的白纸条，外面虽然风大，里头却是温暖如春，周少棠的狐皮袍子穿不住了，依主人的建议脱了下来，只穿一件直贡呢夹袄就很舒服了。

“周先生，要不要‘香一筒’？”唐子韶指着烟盘说。

“谢谢！你自己来。”周少棠说，“我没有瘾，不过喜欢躺烟盘。”

“那就来靠一靠。”

唐子韶命丫头点了烟灯，然后去捧出一只大锦盒来，放在烟盘下方说道：“周先生，你先看几样玉器。”

两人相对躺了下来，唐子韶抽大烟，周少棠便打开锦盒，鉴赏玉器。那锦盒是做了隔板的，第一层上面三块汉玉，每一块的尺寸大致相仿，一寸多长，六七分宽，上面刻的篆字，周少棠只识得最后四个字。

“这是‘刚卯’。”周少棠指着最后四个字说，“一定有这四个字：‘莫我敢当’。”

“喔，”唐子韶故意问说，“刚卯作啥用场？”

“辟邪的。”

“刚卯的刚好懂，既然辟邪，当然要刚强。”唐子韶说，“卯就不懂了。”

“卯是‘卯金刀刘’，汉朝是姓刘的天下。还有一个说法，要在正月里选一个，所以叫刚卯。”

“周先生真正内行。”

“玩儿汉玉，这些门道总要懂的。”说着周少棠又取第二方，就着烟灯细看。

“你看这三块刚卯，怎么样？”

“都还不错。不过——”

唐子韶见他缩口不语，便抬眼问道：“不过不值钱？”

“也不好说不值钱。”周少棠没有再说下去。

唐子韶当然明白，他的意思是，几万银子的亏欠，拿这些东西来作抵，还差得远，因而也就不必再问了，只伸手揭开隔板说道：“这样东西，恐怕周先生以前没有见过。”

周少棠拿起来一看，确是初见，是很大的一块古色斑斓的汉玉，大约八寸见方，刻成一个圆环，再由圆环中心向外刻线，每条线的末端有个数目字，从一到九十，一共是九十条线，刻得极细极深极均匀。

“这是啥？像个罗盘。”

“不错，同罗盘差不多，是日晷。”

“日晷？”周少棠反复细看，“玉倒确是汉玉，好像出土不久。”

“法眼，法眼！”唐子韶竖起大拇指说，“出土不过三四年，是归化城出土的。”

“喔，”周少棠对此物颇感兴趣，“这块玉啥价钱？”

“刚刚出土，以前也没有过同样的东西，所以行情不明。”唐子韶又说，“原只要当一千银子，我还了他五百，最后当了七百银子。这样东西，要遇见识货的，可以卖好价钱。”

“嗯。”周少棠不置可否，去揭第二块隔板，下面是大大小小八方玉印，正取起一块把玩时，只听得楼梯上有响声，便即侧身静听。

“你去问问老爷，饭开在哪里？”

语声发自外面那间屋子，清脆而沉着，从语声的韵味中，想象得到月如是过了风信年华，正将步入徐娘阶段的年龄。这样在咫尺之外，发号司令，指挥丫头，是不是意味着她不会露面？转念到此，周少棠心头不免浮起一丝怅惘之感。

此时丫头进来请示，唐子韶已经交代，饭就开在楼上，理由仍旧是楼上比较暖和。接着，门帘启处，周少棠眼前一亮，进来的少妇，约可三十上下年纪，长身玉立，鹅蛋形的脸上长了一双极明亮的杏眼，眼风闪处，像有股什么力量，将周少棠从烟榻上弹了起来。周少棠望着盈盈含笑的月如，不由得也在脸上堆满了笑容。

“这是小妾月如。”在烧烟的唐子韶，拿烟篾子指点着说，“月如，这是周老爷，你见一见。”

“喔，是姨太太！”周少棠先就抱拳作揖。

“不敢当，不敢当！”月如裣衽作礼，“周老爷我好像哪里见过。”

“你自然见过。”唐子韶说，“那天阜康门口搭了高台，几句话说得挤兑的人鸦雀无声，就是周老爷。”

“啊！我想起来了。”月如那双眼睛，闪闪发亮，惊喜交集，“那天我同邻居去看了热闹回来，谈周老爷谈了两三天。周老爷的口才，真正没话说，这倒还在其次，大家都说周老爷的义气，真正少见。胡大先生是胡财神，平常捧财神的不晓得多少，到了财神落难，好比变了瘟神，哪个不是见了他就躲，只有周老爷看不过，出来说公道话。如今一看周老爷的相貌，就晓得是行善积德，得饶人处且饶人，有大福气的厚道君子。”

这番话说得周少棠心上像熨过一样服帖，当然，他也有数，“得饶人处且饶人”，话中已经递过点子来了。

“好说，好说！”周少棠说，“我亦久闻唐姨太太贤惠能干，是我们老唐的贤内助。”

唐子韶一听称呼都改过了，知道周少棠必中圈套，“随你奸似鬼，要吃老娘洗脚水”，心中暗暗得意，一丢烟枪，蹶然而起，口中说道：“好吃酒了。”

其时方桌已经搭开，自然是请周少棠上坐，但只唐子韶侧面相陪。菜并非如何讲究，但颇为入味。周少棠喜爱糟腌之物，所以对糟蒸白鱼、家乡肉、醉蟹这三样肴馔，格外欣赏，再听说家乡肉、醉蟹并非市售，而是月如手制，便更赞不绝口了。

周少棠的谈锋很健，兴致又好，加以唐子韶是刻意奉承，所以快饮剧谈，相当投机。当然，话题都是轻松有趣的。

“老唐，”周少棠问到唐子韶的本行，“天下的朝奉，都是你们徽州人，好比票号都是山西人，而且听说只有太谷、平遥这两三府的人。这是啥道理？”

“这话，周先生，别人问我，我就装糊涂，随便敷衍几句，你老哥问到，我不能不跟你谈来历。不过，说起来不是啥体面的事。”

“喔，怎么呢？”

“明朝嘉靖年间，有个我们徽州人，叫汪直，你晓得不晓得？”

“我只晓得嘉靖年间有个‘打严嵩’的邹应龙，不晓得啥汪直。”

“你不晓得我告诉你，汪直是个汉奸。”

“汉奸？莫非像秦桧一样私通外国。”

“一点不错。”唐子韶答说，“不过汪直私通的不是金兵，是日本人，那时候叫作倭寇。倭寇到我们中国，在江浙沿海地方一登了陆，两眼漆黑，都是汪直同他的部下做向导，带他们一路奸淫掳掠。倭寇很下作，放抢的时候，什么东西都要，不过有的带不走，带走了，到他们日本也未见得有用，所以汪直动了个脑筋，开爿典当，什么东西都好当，老百姓来当东西，不过是幌子，说穿了，不过替日本人销赃而已。”

“怪不得了，你们那笔字像鬼画符，说话用‘切口’，原来都有讲究的。”周少棠说，“这是犯法的事情，当然是用同乡人。”

“不过，话要说回来，徽州地方苦得很，本地出产养不活本地人，只好出外谋生，呼朋招友，同乡照顾同乡，也是迫不得已。”

“你们徽州人做生意，实在厉害，像扬州的大盐商，问起来祖籍一大半是徽州。”周少棠说，“像汪直这样子，做了汉奸，还替日本人销赃，倒不怕公家抓他法办？”

“这也是有个原因的，当时的巡按御史，后来做了巡抚的胡宗宪，也是徽州人，虽不说包庇，念在同乡分上，略为高一高手，事情就过去了。官司不怕大，只要有交情，总好商量。”唐子韶举杯相邀，“来，来，周先生干一杯。”

最后那两句话，加上敬酒的动作，意在言外，灼然可见，但周少棠装作不觉，干了酒，将话题扯了开去，“那个胡宗宪，你说他是巡按御史，恐怕并没有庇护汪直的权柄。”他又问了一句，“真的权柄这么大？”

“那只要看《三堂会审》的王金龙好了。”

“王金龙是小生扮的，好像刚刚出道，哪有这样子的威风？戏总是戏。”

谈到这方面，唐子韶比周少棠内行得多了，“明朝的进士，同现在不一样。现在的进士，如果不是点翰林或者到六部去当司官，放出来不过是个‘老虎班’的知县。明朝的进士，一点‘巡按御史’赏尚方宝剑，等于皇上亲自来巡查，威风得不得了。我讲个故事，周先生你就晓得巡按御史的权柄了。”

据说明朝有个富人，生两个女儿，长女嫁武官，次女嫁了个寒士，富人不免有势利之见，所以次婿受了许多委屈。及至次婿两榜及第，点了河南的巡按御史，而长婿恰好在河南南阳当总兵。御史七品，总兵二品，但巡按御史“代天巡狩”，地位不同，所以次婿巡按到南阳，第二天五更时分，尚未起身，长婿已来禀请开操阅兵，那次婿想到当年岳家待他们连襟二人，炎凉各异，一时感慨，在枕上口占一绝：“黄草坡前万甲兵，碧纱帐里一书生，于今应识诗文贵，卧听元戎报五更。”

既然“有诗为证”，周少棠不能不信，而且触类旁通，有所领悟，“这样说起来，《三堂会审》左右的红袍、蓝袍，应该是藩司同臬司？”他问，

"我猜得对不对？"

"一点不错。"

"藩司、臬司旁坐陪审，那么居中坐的，身份应该是巡抚？"

"胡宗宪就是由巡按浙江的御史，改为浙江巡抚的。"

"那就是了。"周少棠惋惜地说，"胡大先生如果遇到他的本家就好了。"

这就是说，胡雪岩如果遇见一个能像胡宗宪照顾同乡汪直那样的巡抚，他的典当就不至于会查封。唐子韶明白他的意思，但不愿意接口。

"周先生，"唐子韶忽然说道，"公济有好些满当的东西，你要不要来看看？"

周少棠不想贪这个小便宜，但亦不愿一口谢绝，便即问说："有没有啥比较特别，外面少见的东西？"

"有，有，多得很。"唐子韶想了一会儿说，"快要过年了，有一堂灯，我劝周先生买了回去，到正月十五挂起来，包管出色。"

一听这话，周少棠不免诧异，上元的花灯，竹篾彩纸所糊，以新奇为贵，他想不明白，凭什么可以上当铺？

因此，他愣了一下问道："这种灯大概不是纸扎货？"

"当然。不然怎么好来当？"唐子韶说，"灯是绢灯，样子不多，大致照宫灯的式样，以六角形为主。绢上画人物仕女，各种故事，架子是活动的，用过了收拾干净，折起包好，明年再用。海宁一带，通行这种灯。周先生没有看过？"

"没有。"

"周先生看过了就晓得了。这种灯不是哄小伢儿的纸扎走马灯，要有身份的人家，请有身份的客人吃春酒，厅上、廊上挂起来，手里端杯酒，慢慢赏鉴绢上的各家画画。当然，也可以做它多少条灯谜，挂在灯上，请客人来打。这是文文静静的玩法，像周先生现在也够身份了，应该置办这么一堂灯。"

周少棠近年收入不坏，常想在身份上力争上流，尤其是最近为阜康的事，跟官府打过交道，已俨然在缙绅先生之列，所以对唐子韶的话，颇为动心，想了一下问道：“办这么一堂灯，不晓得要花多少？”

“多少都花得下去！”唐子韶说，“这种灯，高下相差很大，好坏就在画上，要看是不是名家，就算是名家，未见得肯来画花灯，值钱就在这些地方。譬如说，当今画仕女的，第一把手是费晓楼，你请他画花灯，他就不肯。”

“那么，你那里满当的那一堂灯呢？是哪个画的呢？”

“提起此人大大的有名，康熙年间的大人先生，请他画过‘行乐图’的，不晓得多少。他是扬州人，姓大禹的禹，名叫禹之鼎，他也做过官，官名叫鸿胪寺序班。这个官，照规矩是要旗人来做的，不晓得他怎么会做了这个官……”

“老唐，”周少棠打断他的话说，“我们不要去管他的官，谈他的画好了。”

于是唐子韶言归正传，说禹之鼎所画的那堂绢制花灯，一共二十四盏，六种样式，画的六个故事：西施沼吴、文君当垆、昭君出塞、文姬归汉、宓妃留枕、梅杨争宠。梅是梅妃，杨是杨玉环，所以六个故事，却有七大美人。

“禹之鼎的画，假的很多，不过这堂灯绝不假，因为来历不同。”唐子韶又说，“康熙年间，有个皇帝面前的大红人，名叫高江村，他原来是杭州人，后来住在嘉兴府的平湖县，到了嘉庆年间，子孙败落下来，这堂灯就是高江村请禹之鼎画的，所以不假。周先生，这堂灯，明天我叫人送到府上。”

“不，不！”周少棠摇着手说，“看看东西，再作道理。”

唐子韶还要往下说时，只见一个丫头进来说道：“公济派人来通知，说‘首柜’得了急病，请老爷马上去。”

典当司事，分为“内缺”“外缺”两种，外缺的头脑，称为“首柜”，照例坐在迎门柜台的最左方，珍贵之物送上柜台，必经首柜鉴定估价，是个极重要的职司，所以唐子韶得此消息，顿时忧形于色，周少棠也就坐不住了。

“老唐，你有急事尽管请。我也要告辞了。”

“不！不！我去看一看就回来。我们的事也要紧的。”接着便喊，“月如，月如。”

等丫头将月如去唤了来，唐子韶吩咐她代为陪客，随即向周少棠拱拱手，道声失陪，下楼而去。

面临这样的局面，周少棠自然而然地想起了胡雪岩中美人计的传说，起了几分戒心。但月如却落落大方地，一面布菜斟酒，一面问起周少棠的家庭情形，由周太太问到子女，因话搭话，谈锋很健，却很自然，完全是不拘礼的闲话家常。在周少棠的感觉中，月如是个能干贤惠的主妇，因而对于她与胡雪岩之间的传说，竟起了不可思议之感。

当然也少不得谈到胡雪岩的失败，月如更是表现了故主情殷，休戚相关的忠悃。周少棠倒很想趁机谈一谈公济的事，但终于还是不曾开口。

“姨太，”丫头又来报了，“老爷叫人回来说，首柜的病很重，他还要等在那里看一看，请周老爷不要走，还有要紧事谈。”

“晓得了。你再去烫一壶酒来。”

“酒够了，酒够了。”周少棠说，“不必再烫，有粥我想吃一碗。”

“预备了香粳米粥在那里，酒还可以来一点。”

“那就以一壶为度。”

喝完了酒喝粥，接着又喝茶，而唐子韶却无回来的消息，周少棠有些踌躇了。

“周老爷，”月如从里间走了出来，是重施过脂粉了，她大大方方地说，“我来打口烟你吃。”

“我没有瘾。”

“香一筒玩玩。”

说着，她亲自动手点起了烟灯，自己便躺了下去，拿烟签子挑起烟来烧。丫头端来一小壶滚烫的茶、一盘松子糖，放在烟盘上，然后一语不发地退了出去。

“烟打好了。”月如招呼，“请过来吧！”

周少棠不由自主地躺在月如对面，两人共享一个长枕头，一躺下去便闻到桂花油的香味。

魔障一起，对周少棠来说，便成了苦难，由她头上的桂花油开始，鼻端眼底，触处无不是极大的挑逗。“周少棠啊周少棠！”他在心中自语，“你混了几十年，又不是二三十岁的小伙子了，莫非还是这样子的‘嫩’？”

这样自我警告着，周少棠心里好像定了些，但很快地又意乱神迷了，需要第二次再提警告。就这样一筒烟还没有到口，他倒已经在内心中挣扎了三四回了。

月如终于打好了一个“黄、长、松”的烟泡，安在烟枪“斗门”上，拿烟签子轻轻地捻通，然后将烟枪倒过来，烟嘴伸到周少棠唇边，说一声：“尝一口看。”

这对周少棠来说，无异为抵御“心中贼”的一种助力，他虽没有瘾，却颇能领略鸦片烟的妙处，将注意力集中在烟味的香醇上，暂时抛开了月如的一切。

分几口抽完了那筒烟，口中又干又苦，但如“嘴对嘴”喝一口热茶，把烟压了下去，便很容易上瘾，所以他不敢喝茶，只取了块松子糖送入口中。

“周老爷，”月如开口了，“你同我们老爷，原来就熟悉的吧？”

“原来并不熟，不过，他是场面上的人，我当然久闻其名。”

“我们老爷同我说，现在有件事，要请周老爷照应，不晓得是什么事？”

一听这话，周少棠不由得诧异，不知道她是明知故问呢，还是真个不知，想一想，反问一句：“老唐没有跟你谈过？”

“他没有。他只说买的一百多亩西湖田，要赶紧脱手，不然，周老爷面上不好交代。”

“怎么不好交代？”

“他说，要托周老爷帮忙，空口说白话不中用。”月如忽然叹口气说，“唉，我们老爷也是，我常劝他，你有亏空，老实同胡大先生说，胡大先生的脾气，天大的事，只要你老实说，没有不让你过门的。他总觉得扯了窟窿对不起胡大先生，‘八个坛儿七个盖’，盖来盖去盖不周全，到头儿还是落个没面子，何苦？”

“喔，”周少棠很注意地问，“老唐扯了什么窟窿？”

接下来，月如便叹了一大堆苦经，不外乎唐子韶为人外精明、内糊涂，与人合伙做生意，吃了暗亏，迫不得已在公济典动了手脚，说到伤心处，泫然欲涕，连周少棠都心酸酸地为她难过。

“你说老唐吃暗亏，又说有苦说不出，到底是啥个亏，啥个苦？”

“同周老爷说说不要紧。”月如问道，“胡大先生有个朋友，这个姓很少见的，姓古。周老爷晓不晓得？”

“听说过，是替胡大先生办洋务的。”

“不错，就是他这位古老爷做地皮，邀我们老爷合股，当初计算得蛮好，哪晓得洋人一打仗，市面不对了。从前‘逃长毛’，都逃到上海，因为长毛再狠，也不敢去攻租界，一到洋人要开仗，轮到上海人逃难了，造好的房子卖不掉，亏了好几十万，周老爷你想想，怎么得了？”月如又说，“苦是苦在这件事还不能同胡大先生去讲。”

因为第一，唐子韶当年曾有承诺，须以全副精力为胡雪岩经营典当，自己不可私营贸易。这项承诺后来虽渐渐变质，但亦只属于与胡雪岩有关的生意为限，譬如收茧卖丝之类，等于附搭股份，而经营房地产是一项新的生意。

“再有一个缘故是，古老爷是胡大先生的好朋友，如果说跟古老爷一起做房地产亏了本，告诉了胡大先生，他一定会不高兴。为啥呢？”月如自问自答，“胡大先生心里会想，你当初同他一起合伙，不来告诉我，亏本了来同我说，是不是要我贴补呢？再说，同古老爷合伙，生意为啥亏本，有些话根本不便说，说了不但没有好处，胡大先生还以为有意说古老爷的坏话，反而会起误会。”

“为啥？”周少棠问道，“是不是有不尽不实的地方？”

月如不作声，因为一口烟正烧到要紧的地方，只见她灵巧的手指，忙忙碌碌地一面烘一面卷，全神贯注，无暇答话，直待装好了烟，等周少棠抽完，说一声：“真的够了，我是没有瘾的。”月如方始搁下烟签子，回答周少棠的话。

“周老爷你想，人在杭州，上海的行情不熟，市面不灵，怕胡大先生晓得，还不敢去打听，这种生意，如果说会赚钱，只怕太阳要从西面出来了。”

这话很明显地表示，古应春有侵吞的情事在。周少棠对这话将信将疑，无从究诘，心里在转的念头是：唐子韶何以至今未回，是不是也有设美人局的意思？

这又是一大疑团，因而便问：“老唐呢？应该回来了吧？”

“是啊！”月如便喊来她的丫头关照，“你走快点，到公济看老爷为啥现在还不回来。你说，周老爷要回府了。”

丫头答应着走了。月如亦即离开烟榻，在大冰盘中取了个天津鸭梨，用一把象牙柄的锋利洋刀慢慢削皮，周少棠却仍躺在烟榻上，盘算等唐子韶回来了，如何谈判。

正想得出神时，突然听得“啊唷”一声，只见月如右手捏着左手拇指，桌上一把洋刀，一个快削好的梨。不用说，是不小心刀伤了手指。

“重不重，重不重？”周少棠奔了过去问说。

“不要紧。”月如站起身来，直趋妆台，指挥着说，“抽斗里有干净帕儿，请你撕一条来。”

杭州话的“帕儿”就是手绢。周少棠开抽斗一看，内有几方折得方方正正的各色纺绸手绢，白色的一方在下面，随手一翻，发现了一本书。

“这里还有本书。”

周少棠顺口说了一句，正要翻一翻时，只听得月如大声急叫：“不要看，不要看！”

周少棠吓一大跳，急忙缩手，看到月如脸上，双颊泛红，微显窘色，想一想恍然大悟那本不能看的书是什么。

于是他微笑着抽出一条白纺绸手绢，拿剪刀剪一个口子，撕下寸许宽的一长条，持在手上，另一只手揭开粉缸，伸两指拈了一撮粉说道：“手放开。”

等月如将手松开，他将那一撮粉敷在创口上，然后很快地包扎好了，找根线来缚紧。“痛不痛？”周少棠问，但仍旧握着她的手。

“还好。”月如答说，“亏得你在这里，不然血一定流得满地。”说着，她在手上用了点劲想抽回去，但周少棠不放，她也就不挣扎了。

“阿嫂，你这双手好白。”

“真的？”月如问道，“比你太太怎么样？”

“那不能比了。”

“你说你的太太是填房，这么说年纪还轻。”

“她属猴的，今年三十六。”周少棠问，“你呢？”

“我属牛，她比我大五岁。”

“看起来大了十五岁都不止。”周少棠牵着她的手，回到中间方桌边，放开了手，各自落座。

“梨削了一半——”

“我来削。”周少棠说，“这个梨格外大，我们分开来吃。”

“梨不好分的。”月如说道，“你一个人慢慢吃好了。梨，化痰清火，吃烟的人，冬天吃了最好。”

“其实，我同你分不分梨无所谓。”周少棠说，“只要你同老唐不分梨就好了。”

“梨”字谐音为“离”，彼此默喻，用以试探，月如抓住机会说了一句切中要害的话。

“我同老唐分不分离，完全要看你周老爷，是不是阴功积德了。”

“言重，言重。我哪里有这么大的力量。”

“不必客气。我也听说了，老唐会不会吃官司，完全要看周老爷你肯不肯帮忙。你肯帮忙，我同老唐还在一起，你不肯帮忙，我看分离分定了。”

周少棠这时才发现，她对唐子韶的所作所为，即使全未曾参与，定必完全了解，而且是唐子韶安排好来跟他谈判的人。然则自己就必须考虑了，要不要跟她谈，如果不谈，现在该是走的时候了。

但一想到走，顿有不舍之意，这样就自然而然在思索，应该如何谈法？决定先了解了解情况再作道理。

于是他问：“阿嫂，你晓得不晓得老周亏空了多少？”

“我想，总有三四万银子吧？”

“不止。”

“喔，是多少呢？”

“起码加个倍。”

一听这话，月如发愣，怔怔地看着周少棠——不知她心里在想什么生平最凄凉的事，居然挤出来一副“急泪”。

周少棠大为不忍。“阿嫂，你也不必急，慢慢商量。我能帮忙，一定帮忙。”他问，“老唐眼前凑得出多少现银？”

“现银？”月如想了一下说，“现银大概只有两三千，另外只有我的首饰。”

“你的首饰值多少？”

“顶多也不过两三千。”

“两个两三千，就有五六千银子了。”周少棠又问，“你们的西湖田呢？”

“田倒值一万多银子，不过一时也寻不着买主。”

“西湖田俏得很，不过十天半个月，就有买主。”

“十天半个月来得及来不及？”

这句话使得周少棠大为惊异，因为问到这话，就显得她很懂公事。所谓“来得及来不及”，是指“马大老爷”复命而言，既受藩宪之委，当然要克期复命，如果事情摆不平，据实呈复，唐子韶立即便有缧绁之灾。

照此看来，必是唐子韶已彻底研究过案情，想到过各种后果，预先教好了她如何进言，如何应付。自己千万要小心，莫中圈套。

于是他想了一下问说：“来得及怎么样，来不及又怎么样？”

“如果来得及最好，来不及的话，要请周老爷同马大老爷打个商量，好不好把公事压一压，先不要报上去？”

“这恐怕难。”

就在这时，周少棠已经打定主意，由于发现唐子韶与月如，是打算用施之于胡雪岩的手法来对付他，因而激发了报复的念头，决定先占个便宜再说。

“阿嫂，”他突然说道，“船到桥头自会直，你不必想太多。天塌下来有长人顶，等老唐来了，商量一个办法，我一定帮你们的忙。不过，阿嫂，我帮了忙，有啥好处？”

“周老爷，你这话说得太小气了。”月如瞟了他一眼，“好朋友嘛，一定要有好处才肯帮忙？”

“话不是这么说，一个人帮朋友的忙，总要由心里发出来的念头，时时刻刻想到，帮忙才帮得切实。不然，看到想起，过后就忘记了，这是人之常情，不是小气。”

“那么，你说，你想要啥好处？”

“只要阿嫂待我好就好了。想起阿嫂的好处，自然而然就会想起阿嫂交代我的事。”说着，周少棠伸出手去，指着她的拇指问，“还痛不痛？”

“早就不痛了。”

“我看看。”周少棠拉住她的手，慢慢地又伸手探入她的袖筒，她只是微笑着。

"好不好？"她忽然问说。

"什么好不好？"

"我的膀子啊！摸起来舒服不舒服？"

"舒服，真舒服。"

"这就是我的好处。"月如说道，"想起我的好处，不要忘记我托你的事。"

"不会，不会！不过，可惜。"

"可惜点啥？"

"好处太少了。"

"你要多少好处？"说着，月如站起身来，双足一转，索性坐在周少棠的大腿上。

这一下，周少棠自然上下其手，恣意轻薄。不过他脑筋仍旧很清楚，双眼注意着房门，两耳细听楼梯上的动静，心里在说，只要不脱衣服不上床，就让唐子韶撞见了也不要紧。

话虽如此，要把握得住却不大容易，他的心里像火烧那样，一次又一次，按捺不住想做进一步的行动的意念越来越强，到快要真的忍不住时，突然想到了一个法子。他推开月如，将在靠窗一张半桌上放着的一杯冷茶，拿起来往口中就倒，"咕嘟、咕嘟"一气喝完，心里比较舒服了。

但他不肯就此罢手，喘着气说："阿嫂，怪不得胡大先生见了你会着迷。"

"瞎说八道。"月如瞪起眼说，"你听人家嚼舌头！"

"无风不起浪，总有点因头吧？"

"因头，就像你现在一样，你喜欢我，我就让你摸一摸、亲一亲，还会有啥花样？莫非你就看得我那么贱？"

"我哪里敢？"周少棠坐回原处，一把拉住她，恢复原样，但这回自觉更有把握了，"好，既然你说喜欢你就让我摸一摸、亲一亲，我就照你的话做。"说着，一手搂过她来亲她的嘴。

月如很驯顺地，毫无挣扎之意，让他亲了一会儿，将头往后一仰问道："我给你的好处，够不够多？"

"够多。"

"那么，你呢？"

"我怎么？"

"你答应我的事。"

"一定不会忘记。"

"如果忘记掉呢？"月如说道，"你对着灯光菩萨罚个咒。"

赌神罚咒，在周少棠也很重视的，略作盘算以后说道："阿嫂，我答应帮你的忙，暂时让马大老爷把你们的事情压一压，不过压一压不是不了了之。你不要弄错，这是公事，就算马大老爷是我的儿子，我也不能叫他怎么办，他也不会听我的。"

"这一层我明白，不过，我倒要问你，你打算叫他怎么办？"

"我叫他打个折扣。"

"几折？"

"你说呢？"

"要我说，最好大事化小，小事化无。如果你肯这样做，我再给你好处。"

周少棠心中一动，笑嘻嘻地问道："什么好处？"

月如不作声，灵活的眼珠不断地在转，周少棠知道又有新花样了，很冷静地戒备着。

突然间，楼梯上的响动打破了沉默，而且听得出是男人的脚步声，当然是唐子韶回来了。

"周老爷，"月如一本正经地说，"等下当着我们老爷，你不要说什么疯话。"接着，起身迎了过去。

这一番叮嘱，使周少棠颇有异样的感觉，明明是他们夫妇商量好的一档把戏，何以月如又要在她丈夫面前假作正经，而且她又何以会顾虑到他在她丈夫面前可能会说“疯话”？这都是很值得玩味的疑问，但一时却无暇细想，因为唐子韶已经回来了，他少不得也要顾虑到礼貌，起身含笑目迎。

“对不起，对不起！”唐子韶抢步上前，抱拳致歉，“累你久等，真正不好意思。”

“没有啥，没有啥！”周少棠故意说疯话，“我同阿嫂谈得蛮投机的，削梨给我吃，还害得她手都割破了。”

“是啊！”唐子韶转脸看着月如，“我刚刚一进门就看见了，你的手怎么割破的？要紧不要紧？”

“不要紧。”月如关切地问，“赵先生怎么样了？”

赵先生便是公济典得急病的“首柜”。唐子韶答说：“暂时不要紧了。亏得大先生给我的那枝好参，一味‘独参汤’总算扳回来了。”接下来他又说，“你赶快烧两筒烟，我先过瘾要紧。来，来，周先生，我们躺下来谈。”

于是宾主二人在烟盘两旁躺了下来，月如端张小凳子坐在两人之间。开灯烧烟，唐子韶便谈赵先生的病情，周少棠无心细听，支支吾吾地应着，很注意月如的神情，却看不出什么来。

等两筒鸦片抽过，月如开口了。“刚刚我同周老爷叹了你的苦经，亏空也是没办法。”她说，“周老爷很帮忙，先请马大老爷把公事压一压，我们赶紧凑一笔钱出来，了这件事。”

“是啊！事情出来了，总要了的，周先生肯帮我们的忙，就算遇到救星了。”

“周老爷说，亏空很多，只好打个折扣来了。我们那笔西湖田，周老爷说，有十天半个月就可以脱手。你如今不便出面，只好请周老爷代为觅个买主。”月如又说，“当然，中人钱或许周老爷，我们还是要照送的。”

谈来谈去，唐子韶方面谈出来一个结果，他承诺在十天之内凑出两万四千银子，以出售他的西湖田为主要财源，其次是月如的首饰、唐子韶的古董。如果再不够，有什么卖什么，凑够了为止。

现在要轮到周少棠说话了，他一直在考虑的是，马逢时呈报顺利接收的公事一报上去，唐子韶的责任便已卸得干干净净，到时候他不认账又将如何？当然，他可以要唐子韶写张借据，但“杀人偿命”，有官府来作主，“欠债还钱”两造是可以和解的。俗语说，“不怕讨债的凶，只怕欠债的穷”，唐子韶有心赖债，催讨无着，反倒闹得沸沸扬扬，问起来“唐子韶怎么会欠你两万四千银子，你跟唐子韶不过点头之交，倒舍得把大笔银子借给他？”那时无言以对，势必拆穿真相，变成“羊肉没有吃，先惹一身臊”，太犯不着了。

由于沉吟不语的时间太久，唐子韶与月如都慢慢猜到了他的心事。唐子韶决定自己先表示态度。

“周先生，你一定是在想，空口讲白话，对马大老爷不好开口，是不是？”

既然他猜到了，周少棠不必否认，“不错，”他说，“我是中间人，两面都要交代。”

“这样子，我叫月如先把首饰捡出来，刚才看过的汉玉，也请你带了去，请你变价。至于西湖田，也请你代觅买主，我把红契交了给你。”

凡是缴过契税，由官府钤了印的，称为“红契”。但这不过是上手的原始凭证，收到了不至于另生纠葛，根本上买卖还是要订立契约，没有买契，光有红契，不能凭以营业，而况唐子韶可用失窃的理由挂失，原有的红契等于废纸。

唐子韶很机警，看周少棠是骗不到的内行，立即又补上一句：“当然，要抵押给你，请老杨做中。”

周少棠心中一动，想了一下说道：“这样吧，明天上午，我同老杨一起到公济典来看你，商量一个办法出来。”

“好，好！我等候两位大驾。”

“辰光不早，再谈下去要天亮了。”周少棠起身说道，“多谢，多谢！明朝会。”

“这一盒玉器，你带了去。”

“不，不！”周少棠双手乱摇，坚决不受，然后向月如说道，“阿嫂，真正多谢，今天这顿饭，比吃鱼翅席还要落胃。”

“哪里，哪里。周老爷有空尽管请过来，我还有几样拿手菜，烧出来请你尝尝。”

“好极，好极！一定要来叨扰。”

第十章　赠妾酬友

由于有事，回到家只睡了一忽，周少棠便已醒来，匆匆赶到杨家。杨书办正要出门。

“你到哪里去？”

“想到城隍山去看个朋友……”

“不要去了。”周少棠不等他话完，便即打断，“我有要紧事同你商量。”

于是就在杨家密谈。周少棠将昨夜的经过情形，细细告诉了杨书办，问他的意见。

“卖田他自己去卖好了，月如为啥说唐子韶不便出面？”

“对！我当时倒忘记问她了。”

“这且不言。”杨书办问道，“现在马大老爷那里应该怎么办？”

“我正就是为这一点要来同你商量。月如打的是如意算盘，希望先报出去，顺利接收，那一来唐子韶一点责任都没有了。不过，要等他凑齐了银子再报，不怕耽误日子。如今我倒有个办法，”周少棠突然问道，“你有没有啥路子，能够借到一笔大款子？”

“现在银根紧。”杨书办问，“你想借多少？”

“不是我借。我想叫唐子韶先拿他的西湖田抵押一笔款子出来，我们先拿到了手，有多少算多少。”

杨书办沉吟了好一会儿说：“这是出典。典田不如买田，这种主顾不多，而且手续也很麻烦，不是三两天能办好的。”

周少棠爽然若失。“照此看来，”他说，“一只煮熟的鸭子，只怕要飞掉了。”

“这也不见得。如果相信得过，不妨先放他一马。”

“就是因为相信不过。”周少棠说，“你想他肯拿小老婆来陪我——”

周少棠自知泄漏了秘密，要想改口，已是驷不及舌。杨书办笑笑问道：“唷，你‘近水楼台先得月’，同月如上过阳台了？”

“没有，没有。”周少棠急忙分辩，“不过嘴巴亲一亲，胸脯摸一摸。总而言之，唐子韶一定在搞鬼，轻易相信他，一定会上当。”

“我晓得了。等我来想想。”

公事上到底是杨书办比较熟悉，他认为有一个可进可退的办法，即是由马逢时先报一个公事，说是账目上尚有疑义，正在查核之中，请准予暂缓结案。

“唐子韶看到这样子一个活络说法，晓得一定逃不过门，会赶紧去想法子，如果他真的想赖掉，我们就把他的毛病和盘托出。虽没有好处，至少马大老爷也办了一趟漂亮差使。”

“好极！就是这个办法。”周少棠说，“等下我们一起到公济典，索性同唐子韶明说，马大老爷已经定规了。事不宜迟，最好你现在就去通知马大老爷。”

“他不在家，到梅花碑抚台衙门‘站班’去了。”

原来巡抚定三、八为衙参之期，接见藩臬两司及任实缺、有差使的道员，候补的知县佐杂，都到巡抚衙门前面去“站班”，作为致敬的表示，目的是在博得好感，加深印象。这是小官候补的不二法门，有时巡抚与司道谈论公事，有个什么差使要派人，够资格保荐的司道，想起刚刚见过某人，正堪充任，因而获得意外机缘，亦是常有之事。

“你同唐子韶约的是啥辰光？”

“还早，还早。”周少棠说，“我们先到茶店里吃一壶茶再去。”

“也不必到茶店里了。我有好六安茶，泡一壶你吃。”

于是泡上六安茶，又端出两盘干点心，一面吃，一面谈闲天，杨书办问起月如，周少棠顿时眉飞色舞，不但毫不隐瞒，而且作了许多形容。

杨书办津津有味地听完，不由得问道：“如果有机会，月如肯不肯同你上床？”

“我想一定会肯。其实昨天晚上，只要我胆子够大，也就上手了。”

“你是怕唐子韶来捉你的奸，要你写‘伏辩’？”

“不错。这是三个人的事，我不能做这种荒唐事，连累好朋友。”

“少棠，你不做见色轻友的事，足见你够朋友。”杨书办说，“我倒问你，你到底想不想同月如困一觉？”

“想是想，没有机会。”

“我来给你弄个机会。”杨书办说，“等下，我到公济典去，绊住唐子韶的身子，你一个人闯到月如楼上，我保险不会有人来捉你们的奸。”

“不必，不必！”周少棠心想，即令能这样顺利地真个销魂，也要顾虑到落一个话柄在杨书办手里。这种傻事决不能做，所以又加了一句：“多谢盛情。不过我的胆还不够大，谢谢，谢谢。”

杨书办倒是有心想助他成其好事，看他态度如此坚决，也就不便再说，只是付之一笑。

“不过，你倒提醒我了，我还是可以到月如那里去一趟，问问你提出来的那句话。”

“这样说，仍旧我一个人到公济典？”

“不错，你先去，我问完了话，随后就来。”

“那么！”杨书办问，“我在唐子韶面前，要不要说破？”

“不必，你只说我随后就到就是。”

近午时分，两人到了公济典旁边的那条巷子，暂且分手。周少棠到唐家举手敲门，好久没有回音，只好怏怏回身，哪知一转身便发现月如冉冉而来，后面跟着她家的丫头，手里挽个菜篮。主婢俩是刚从小菜场回来。

“碰得巧，”周少棠说，“如果你迟一步，或者我早来一步，就会不到面。”

“周老爷，你也来得巧，今天难得买到新鲜菌子，你在我那里吃了中饭走。”

“不，不！杨书办在公济典等我——”

“那就请杨书办一起来。”

“等一息再说。阿嫂，我先到你这里坐一坐，我有句话想问你。”

其时丫头已经去开了大门，进门就在客堂里坐，月如请他上楼，周少棠辞谢了，因为他不想多作逗留，只说两句话就要告辞，觉得不必累人家费事。

“阿嫂，我想请问你，你昨天说卖西湖田，老唐不便出面。这是啥讲究？”

不想问的是这句话，月如顿时一愣，同时也提醒她想起一件事，更加不安。看在周少棠眼里，颇有异样的感觉，心头不由得疑云大起。

“周老爷，你请坐一坐，我是突然之间想起有句话要先交代。”接着便喊，“阿翠，阿翠，你在做啥，客人来了也不泡茶。”

“我在厨房里，烧开水。”阿翠高声答应着，走了出来。

“你到桥边去关照一声，家里有客人，要他下半天再来。”

阿翠发愣，一时想不起到“桥边”要关照什么人。

“去啊！”

“去，去，”阿翠嗫嚅着问，“去同哪个说？”

“不是我们刚刚去过？叫他们老板马上来？”

“喔，喔！”阿翠想起来了，“木器店、木器店。”说着，转身而去。

“真笨！”月如咕哝着，转身说道，“对不起，对不起！周老爷，你刚才要问我的那句话，我没有听清楚。”

“老唐卖田，为啥不便出面？”

月如原来是因为唐子韶忽然要卖田，风声传出去，惹人猜疑：莫非他要离开杭州了，是不是回安徽老家？这一来会影响他们开溜的计划，所以不便出面。如今的回答，当然改过了。

“公济典一查封，我们老爷有亏空，大概总有人晓得，不晓得也会问，为啥卖田？如果晓得卖田是为亏空，就一定会杀价，所以他是不出面的好。”

理由很充分，语气亦从容，周少棠疑虑尽释，“到底阿嫂细心。”他站起身来，“我就是这句话，清楚了要走了。”

出了唐家往公济典，走不多远，迎面遇见阿翠，甩着一条长辫子，一扭一扭地走了过来。“周老爷，”她开口招呼，“要回去了？”

“不，我到公济典去。”

“喏，”阿翠回身一指，“这里一直过去，过一座小桥，就是公济典后门。”

周少棠本来要先出巷子上了大街从公济典前门入内，现在既有捷径可通后门，落得省点气力。“谢谢你。”他含笑致谢，“原来还有后门。”

“走后门要省好多路。”阿翠又加了一句客气话，“周老爷有空常常来。”

见她如此殷勤，周少棠想起一件事，昨夜在唐家作客，照例应该开发赏钱，因而唤住她说：“阿翠你等等。”

说着，探手入怀，皮袍子口袋中，有好几块碎银子，摸了适中的一块，约莫三四钱重，递向阿翠。

“周老爷，这做啥！”

“这个给你。昨天我走的时候忘记掉了。”

“不要，不要……”

“不许说不要。”周少棠故意板一板脸，“没规矩。”

于是阿翠笑着道了谢，高高兴兴地甩着辫子回去。周少棠便照她指点，一直往前走，果然看到一座小石桥，桥边一家旧货店，旧木器都堆到路上来了。

周少棠心中一动，站住脚细看了一会儿，并没有发现什么木器店，不由得奇怪，莫非月如所说的木器店，即是指这家旧货店？

这样想着，便上前问讯：“老板，请问这里有家木器店在哪里？”

“不晓得。”旧货店老板诧异，“从没有听说过这里有一家木器店。哪个跟你说的？骗你来‘撞木钟’。”

“是——”周少棠疑云大起，决意弄个水落石出，“只怕我听错了，公济典唐朝奉家说这里有家木器店，要同你买木器。”

“你不是听错了，就是弄错了。不是买木器，是要卖木器，叫我去看货估价。”

“她为啥要——”周少棠突然将话顿住了，闲事已经管得太多了，再问下去，会惹人猜疑，因而笑一笑，说一声，“是我弄错了。”扬长而去。

到了公济典，只见唐子韶的神情很难看，是懊恼与忧虑交杂的神情。可想而知的，杨书办已将他们所决定的处置告诉他了。

不过，看到周少棠，他仍旧摆出一副尊敬而亲热的神情，迎上前来，握着周少棠的手说：“老大哥，你无论如何要帮我一个忙。”

“啥事情？”周少棠装作不知，一面问一面坐了下来，顺便跟杨书办交换了一个眼色，相戒谨慎。

“老杨告诉我，马大老爷预备报公事，说我账目不清。”唐子韶话说得很急，“公事上怎么好这样说？”

“这也无所谓，你把账目弄清楚，不就没事了吗？”

“话不是这样说，好比落了一个脚印在那里，有这件案底在衙门里，我以后做人做事就难了。”

“那么，你想怎么样呢？”

“咦！”唐子韶手指着说，“周先生，你不是答应我的，请马大老爷暂时把公事压一压？”

“压也不过一天半天的事。”杨书办插了一句嘴。

“一两天哪里来得及？”唐子韶说，“现在银根又紧。”

“好了。我晓得了。”周少棠说，“老唐，外头做事，一定要上路，不上路，人家要帮忙也无从帮起。这样子，你尽快去想办法，我同老杨替你到马大老爷那里讨个情，今天晚上再同你碰头。”说完，他已经站了起来，准备离去。

“不忙，不忙！”唐子韶忙说道，“我已经叫人去叫菜了，吃了饭再走。”

“饭不吃了。”周少棠灵机一动，故意吓他一吓，“说实话，我们到你这里来，已经有人在盯梢了，还是早点走的好。”

这一下，不但唐子韶吃惊，也吓了杨书办，脸上变色，悄悄问道：“是哪里的人？在哪里？”

“杭州府的人，你出去就看到了。”说着，往外就走，杨书办紧紧跟在后面。

“两位慢慢！”唐子韶追上来问，“晚上怎么样碰头？”

“我会来看你。”

“好，恭候大驾。”

于是周少棠领头扬长而去，出了公济典，不断回头看，杨书办神色紧张地问：“人在哪里？”

周少棠“噗哧”一声笑了出来，“对不起，对不起，害得你都受惊了。”他说，“我们到城隍山去吃油褰饼，我详详细细告诉你。”

上了城隍山，在药师间壁的酒店落座，老板姓陈，是周少棠的熟人，也认识杨书办，亲自从账桌上起身来招待。

“这么冷的天气，两位倒有兴致上城隍山？难得，难得。”陈老板问，“要吃点啥？”

“特为来吃油蓑饼。”周少棠说，“菜随便，酒要好。”

“有一坛好花雕，卖得差不多了，还剩下来三斤，够不够？”

“中午少吃点。够了。”

“我上回吃过的‘一鸡四吃’，味道不错。”杨书办说，“照样再来一回。鸡要肥。”

“杨先生放心好了。”

于是烫上酒来，先用现成的小菜，发芽豆、茶油鱼干之类下酒。这时周少棠告诉杨书办，根本没有人盯梢，只是故意吓一吓唐子韶而已。

“不过，有件事很奇怪，月如不晓得在搞啥花样。”

等周少棠细说了他发现唐家要卖木器的经过，杨书办立刻下了一个判断：“唐子韶要带了他的小老婆，逃之夭夭了。”

周少棠也是如此看法。“逃到哪里呢？”他问，“不会逃回徽州吧？”

“逃回徽州，还是可以抓回来的。只有逃到上海，在租界里躲了起来，只要他自己小心，不容易抓到。”杨书办又说，“我看他用的是缓兵之计，卖田最快也要十天半个月，要开溜，时间上足足够用。”

“嗯，嗯。那么，我们应该怎么办呢？”

杨书办亦无善策，默默地喝了一会儿酒，突然之间，将酒杯放下，双手靠在桌上，身子前倾，低声说道：“我同你说实话，你刚刚开玩笑，说有人‘盯梢’，我当时心里七上八下，难过极了。俗语说得，‘日里不做亏心事，夜半敲门心不惊’。发横财也要命的，强求不来，这件事，我们作成马大老爷立一场功劳，关照他据实呈报，唐子韶自作自受，不必可惜。你看如何？”

周少棠想了一下，点点头：“我同意。不过数目要打个折扣。”

“为啥？”

“咦！我不是同你讲过，胡大先生要报月如的情，我们原来预备分给他的一份，他不要，算是送月如。所以唐子韶作弊的数目不能实报。”

这段话中的“胡大先生”四字，不知怎么让陈老板听到了，便踱过来打听他的消息，少不得嗟咨惋惜一番。

周少棠他们的座位临窗，窗子是碎锦格子糊上白纸，中间嵌一方玻璃，望出去一株华盖亭亭的不凋松，春秋佳日，树下便是极好的茶座。陈老板指着说道："那株松树下面，就是胡大先生同王抚台第一次来吃茶吃酒的地方。王抚台有一回来过，还特为提起，这句话十七八年了。"

"王抚台如果晓得胡大先生会有今天这种下场，只怕他死不瞑目。"杨书办感慨不止，"这样子轰轰烈烈的事业，说败就败，真同年大将军一样。"

"比年大将军总要好得多。"周少棠说，"至少，性命之忧是不会有的。"

陈老板接口说道："就算没有性命之忧，活得也没意思了。"

"是啊！"杨书办深深点头，"爬得高，跌得重，还是看开点好。"

就这样一直在谈胡雪岩，直到酒醉饭饱，相偕下山，周少棠方又提到唐子韶，"我答应过他，只算两万四千银子。"他说，"你同马大老爷去说，要报就报这个数目好了。"

"好的。"杨书办说，"不过，你应该同胡大先生去说说清楚，现在是照他的意思，看在唐子韶小老婆份上，特为少报。我们三个人是随公事。不然，他只以为我们从中弄了多少好处，岂不冤枉？"他又加了一句，"这句话请你一定要说到。"

由于杨书办的态度很认真，周少棠决定到元宝街去一趟，胡雪岩已经不会客了，但对周少棠的情分不同，仍旧将他请了进去，动问来意。

"你说的那匹'瘦马'我见过了，亦就是见一见，没有别的花样。"周少棠说，"他亏空至少有八万银子，照你的意思，打了他一个三折，公事一报上去，当然要追。追出来抵还你的官款，也不无小补。"

一听这话，胡雪岩的眼圈发红。"少棠，"他说，"有你这句话就够了。从出事到现在，再好的朋友，都是同我来算账的，顶多说是打个折扣，少还一点，没有人说一句：我介绍来的那笔存款，不要紧，摆在那里再说；帮我去弄钱来的，可以说没有。其中只有两个人，一个是古应春，帮我凑二三十万银子，应付上海的风潮，再一个是你。古应春受过我的好处，大家原有往来的，像你，该当凭你本事去弄来的外款不要，移过来替我补亏空，虽说杯水车薪，无济于事，不过，我看来这两万四千银子，比什么都贵重。”

“大先生，你不要这样说。从前我也受过你的好处。”周少棠又说，“今天中午，我们在城隍山吃油蓑饼，还提起你同王抚台的交情。只怕王抚台听得你有这一场风波，在阴司里都不安心。”

提到王有龄，枨触前尘，怀念故友，胡雪岩越发心里酸酸地想哭，“真正是一场大梦！”他说，“梦终归是梦，到底是要醒的。”

“一个人能够像你这样一场梦，古往今来，只怕也不过数得出来的几个人。”

这话使得胡雪岩颇受鼓舞，忽然想到他从未想过的身后之名，“不晓得将来说书的人，会不会说我？”他问，“说我又是怎样子地说，是骂我自作孽，还是运气不好？”

“说是一定会说的，好比年大将军一样，哪个不晓得？”

这使得胡雪岩想起年大将军赠妾的故事，心中一动，便笑一笑说：“我哪里比得上年大将军？不讲这些了。老弟兄聊聊家常。少棠，你今年贵庚？”

“我属老虎，今年五十四。”

“嫂夫人呢?”

“他属羊，比我小五岁。”周少棠说，“照道理，羊落虎口，我应该克她，哪晓得她的身子比我还健旺。”

“你也一点都不像五十几岁的人。”胡雪岩说，“嫂夫人我还是年纪轻的时候见过。那时候，我看你就有点怕她。现在呢？”

“都一把年纪了，谈啥哪个怕哪个？而况——”

“怎么不说下去？”胡雪岩问。

这是因为说到周少棠伤心之处了，不愿多谈，摇摇头说：“没有啥。”

“一定有缘故。少棠，你有啥苦衷，何妨同我讲一讲。”

“不是有啥苦衷。”周少棠说，“我们的独养儿子——”

周少棠的独子，这年正好三十，在上海一家洋行中做事，颇得“大老板”的器重，当此海禁大开，洋务发达之时，可说前程如锦。哪知这年二月间，一场春瘟，竟尔不治。

周太太哭得死去活来，周少棠本来要说的一句话是：“而况少年夫妻老来伴，独养儿子死掉了，我同她真正叫相依为命。”

原来是提到了这段伤心之事，所以说不下去，胡雪岩便问：“你儿子娶亲了没有呢？”

“没有。”

“怎么三十岁还不成家？”

“那是因为他学洋派，说洋人都是这样的，三十岁才成家，他又想跟他们老板到外国去学点本事，成了家不方便，所以就耽误下来了。如今是连孙子都耽误了。”

“是啊！不孝有三，无后为大。”胡雪岩说，“嫂夫人倒没有劝你讨个小？”

“提过。我同她说——”

周少棠突然顿住，因为他原来的话是：“算了，算了，‘若要家不和，讨个小老婆。’”

话到嘴边，他想起忌讳：第一，螺蛳太太就是“小老婆”；第二，胡雪岩家“十二金钗”，“小老婆”太多，或许就是落到今天这个下场的原因。总之，令人刺心的话，决不可说。

于是他改口说道：“内人虽有这番好意，无奈一时没有合适的人，只好敬谢不敏了。”

“这倒是真话，要有合适的人，是顶要紧的一桩。‘若要家不和，讨个小老婆’，大家总以为指大太太吃醋，其实不然！讨小讨得不好，看太太老实好欺侮，自己恃宠而骄，要爬到大太太头上。那一来大太太再贤惠，还是要吵架。”

周少棠没有想到自己认为触犯忌讳的那句俗话，倒是胡雪岩自己说了出来。不过他的话也很有道理，螺蛳太太固然是个现成的例子，古应春纳妾的经过，他也知道，都可以为他的话作脚注。

“少棠，你我相交一场，我有力量帮你的时候，没有帮你什么——”

“不，不！”周少棠插嘴拦住，“你不要说这话，你帮我的忙，够多了。”

“好！我现在还要帮你一个忙，替你好好儿物色一个人。”

“大先生！”周少棠笑道，“你现在倒还有闲工夫来管这种闲事？”

“正事轮不到我管，有刘抚台、德藩台替我操心，我就只好管闲事了。”

满腹牢骚，出以自我调侃的语气，正见得他的万般无奈。周少棠不免兴起一种英雄末路的苍凉之感。再谈下去，说不定会掉眼泪，因而起身告辞。

胡雪岩握着他的手臂，仿佛有话要说，两次欲言又止，终于松开了手说：“再谈吧！”

半夜里叩中门，送进来一封信，说是藩台衙门的专差送来的，螺蛳太太将胡雪岩唤醒了，拿一盏水晶玻璃罩的“洋灯”，让他看信。

看不到几行，胡雪岩将信搁下，开口说道：“我要起来。”

于是螺蛳太太叫起丫头，点起灯火，拨旺炭盆，服侍胡雪岩起身。胡雪岩他将德馨的信置在桌上细看，一张八行笺以外，另有一个抄件，字迹较小，需要戴老花眼镜，才看得清楚。

抄件是一道上谕：“谕内阁：给事中郎承修奏请，责令贪吏罚捐巨款，以济要需一折，据称该给事中所开赃私最著者，如已故总督瑞麟、学政何廷谦、前任粤海关监督崇礼及俊启二人，学政吴宝恕、水师提督翟国彦、盐运使何兆瀛、肇庆道方浚师、广州府知府冯端本、潮州府知府刘溎年、廉州府知府张丙炎、南海县知县杜凤治、顺德县知县林灼之、现任南海县知县卢乐戌，皆自官广东后，得有巨资，若非民膏，即是国帑等语，着派彭玉麟将各该员在广东居官声名若何，确切查明，据实具奏。”这跟胡雪岩无关。

另有一个附片，就大有关系了：“另片奏：闻阜康银号关闭，协办大学士刑部尚书文煜，所存该号银数至七十余万之多。请即查明确数，究所从来。据实参处等语，着顺天府确查具奏。”

接下来再看德馨的亲笔信，只有短短的两行：“事已通天，恐尚有严旨，请速为之计。容面谈。”

“你看！”胡雪岩将信递了给螺蛳太太，“话没有说清楚，‘容面谈’是他来，还是要我去？”

“等我来问问看。”螺蛳太太将递信进来的丫头，由镜槛阁调过来的巧珠唤了来，关照她到中门上传话，赶紧到门房去问，藩司衙门来的专差是否还在，如果已经走了，留下什么话没有。

这得好一阵工夫才会有回话。胡雪岩有点沉不住气了，起身蹀躞，喃喃自语：“严旨，严旨！是革职还是抄家？”

螺蛳太太一听吓坏了，但不敢现诸形色，只将一件大毛皮袍、一件贡缎马褂堆在椅子上，因为不管是德馨来，还是胡雪岩去，都要换衣服，所以早早预备在那里。

“‘速为之计’，怎么‘计’法？”胡雪岩突然住足，“我看我应该到上海去一趟。”

“为啥？”

“至少我要把转运局的公事，弄清楚了，作个交代，不要牵涉到左大人。不然我就太对不起人了。”

“光是为这件事，托七姐夫就可以了。”

“不！还有宓本常，我要当面同他碰个头，看看他把上海的账目清理得怎么样了。”

商议未定之际，只见巧珠急急来报，德馨已经微服来访，胡雪岩急忙换了衣服，未及下楼，已有四名丫头，持着宫灯，前引后拥地将德馨迎上楼来。胡雪岩在楼梯口迎着，作了一个揖，口中不安地说："这样深夜，亲自劳步，真正叫我不知道怎么说了！"

"自己弟兄，不必谈这些。"德馨进了门，还未坐定，便即说道，"文中堂怕顶不住了。"

"文中堂"便是文煜，现任协办大学士刑部尚书，所以称之为"中堂"。他是八旗中有名的殷实大户，发财是在福州将军任上。海内冲要重镇，都有驻防的将军，位尊而权不重，亦谈不到什么入息，只有福州将军例外，因为兼管闽海关，五口通商以后，福州亦是洋商贸易的要地，税收激增，所以成了肥缺。文煜因为是恭王的亲戚，靠山甚硬，在这个肥缺上盘踞了九年之久，及至内调进京，又几次派充崇文门监督，这也是一个日进斗金的阔差，数十年宦囊所积，不下千万之多。在阜康，他是第一个大存户，一方面是利害相共，休戚相关，一方面他跟胡雪岩的交情很厚，所以从阜康出事以后，他一直在暗中支持，现在为邓承修一纸"片奏"所参，纸包不住火，自顾不暇，当然不能再替胡雪岩去"顶"了。

"雪岩，"德馨又问，"文中堂真的有那么多款子，存在你那里？"

"没有那么多。"胡雪岩答说，"细数我不清楚，大概四五十万是有的。"

"这也不少了。"

"晓翁，"心乱如麻的胡雪岩，终于找到一句要紧话，"你看，顺天府据实奏报以后，朝廷会怎么办？"

"照定制来说，朝廷应不会听片面之词，一定是要文中堂明白回奏。"

"文中堂怎么回奏呢？"

"那就不知道了。"德馨答说，"总不会承认自己的钱来路不明吧？"

"他历充优差，省吃俭用，利上滚利，积成这么一个数目，似乎也不算多。"

“好家伙，你真是‘财神’的口吻，光是钱庄存款就有四五十万，还不算多吗？”

胡雪岩无词以对，只是在想：文煜究竟会得到怎么一种处分？

“文中堂这回怕要倒霉。”德馨说道，“现在清流的气焰正盛，朝廷为了尊重言路，只怕要拿文中堂来开刀。”

胡雪岩一惊，“怎么？”他急急问道，“会治他的罪？”

“治罪是不会的。只怕要罚他。”

“怎么罚？罚款？”

“当然。现在正在用兵，军需孔急，作兴会罚他报效饷银。数目多寡就不知道了。”德馨语重心长地警告，“雪岩，我所说的早为之计，第一步就是要把这笔款子预备好。”

“哪笔款子？”胡雪岩茫然地问。

“文中堂的罚款啊！只要上谕一下来，罚银多少，自然是在他的存款中提的。到那时你就变成欠官银子，而且是奉特旨所提的官款，急如星火，想拖一拖都不成。”

“喔！”胡雪岩心想，要还的公私款项，不下数千万，又何在乎这一笔？但德馨的好意总是可感的，因而答说，“晓翁关爱，我很感激，这笔款子我这回一到上海，首先把它预备好，上谕一到，当即呈缴。”

“这才是。”德馨问道，“你预备什么时候动身？”

“明天来不及，后天走。”

“哪天回来？”

“看事情顺手不顺手。我还想到江宁去一趟，看左大人能不能帮我什么忙。”

“你早就该去了。”德馨紧接着说，“你早点动身吧！这里反正封典当这件事正在进行，公款也好，私款也好，大家都要看封典当清算的结果，一时不会来催。你正好趁这空档，赶紧拿丝茧脱手，‘讲倒账’就比较容易。”

“讲倒账”便是打折扣来清偿。任何生意失败，都是如此料理，但讲倒账以前，先要准备好现款，胡雪岩一直在等待情势比较缓和，存货就比较能卖得较好的价钱，“讲倒账”的折扣亦可提高。但照目前的情势看，越逼越紧，封典当以后，继以文煜这一案，接下来可能会有革职的处分，那时候的身份，一落千丈，处事更加困难，真如德馨所说的，“亟应早为之计”。

因此，等德馨一走，胡雪岩跟螺蛳太太重作计议，“箭在弦上，不得不发了。”他说，“有句话叫作‘壮士断腕’，我只有斩掉一条膀子，人虽残废，性命可保。你看呢？”

“都随你！”螺蛳太太噙着眼泪说，“只要你斩膀子，不叫我来动手。”

“虽不叫你来动手，只怕要你在我的刀上加一把劲，不然斩不下来。这一点，你一定要答应我。”

螺蛳太太一面流泪，一面点头，然后问道：“这回你到上海，预备怎么办？”

“我托应春把丝茧全部出清，款子存在汇丰银行，作为讲倒账的准备金。再要到江宁去一趟，请左大人替我说说话，官款即全不能打折扣，也不要追得那么紧，到底我也还有赚钱的事业，慢慢儿赚了来还，一下子都逼倒了，对公家也没有什么好处。”

“怎么？”螺蛳太太忽有意会，定神想了一下说，“你是说，譬如典当，照常开门，到年底下结账，赚了钱，拿来拉还公账，等还清了，二十几家典当还是我们的？”

胡雪岩失笑了。“你真是一只手如意、一只手算盘，天下世界哪里有这么好的事？”他说，“所谓‘慢慢儿赚了来还’，意思是赚钱的事业，先照常维持，然后再来估价抵还公款。”

“这有啥分别呢？迟早一场空。”螺蛳太太大失所望，声音非常凄凉。

“虽然迟早一场空，还是有分别的。譬如说，这家典当的架本是二十万两，典当照常营业，当头有人来赎，可以照二十万两算，倘或关门不做生意了，当头只好照流当价来估价，三文不值两文，绝不能算二十万两，不足之数，仍旧要我们来赔，这当中出入很大。这样子一说，你明白了吧？”

“明白是明白。不过，”螺蛳太太问道，“能不能留下一点来？”

“那要看将来。至少也要等我上海回来才晓得，现在言之过早。”

螺蛳太太前前后后想了一遍，问出一番极紧要的话来：“从十月底到今天，二十天的工夫，虽然天翻地覆，但总当作一时的风波，除了老太太搬到城外去住以外，别的排场、应酬，不过规模小了点，根本上是没有变。照你现在的打算，这家人是非拆散不可了？”

听得这话，胡雪岩心如刀割，但他向来都是先想到人家，将心比心，知道螺蛳太太比他还要难过，一泡眼泪只是强忍着不让它流下来而已。

这样转着念头，便觉得该先安慰螺蛳太太，“我同你总归是拆不散的。”他说，“不但今生今世，来世还是夫妻。”

螺蛳太太的一泡强忍着的眼泪，哪禁得起他这样一句话的激荡？顿时热泪滚滚，倚着胡雪岩的肩头，在他的湖绉皮袍上，湿了一大片。

“罗四姐，罗四姐，”胡雪岩握着她的手说，“你也不要难过。荣华富贵我们总算也都经过了，人生在世，喜怒哀乐，都要尝到，才算真正做过人。闲话少说，我同你商量一件事。”

这件事，便是遣散姬妾，两个人秘密计议已定，相约决不让第三者——包括胡太太在内，都不能知道，只等胡雪岩上海回来，付诸实行。

“你看，”胡雪岩突然问道，“花影楼的那个，怎么样？”

花影楼住的是朱姨太，小名青莲，原是绍兴下方桥朱郎中的女儿，朱郎中是小儿科，只为用药错误，看死了周百万家三房合一子的七岁男孩，以致官司缠身，家道中落。朱郎中连气带急，一病而亡，周百万家却还放不过，以至于青莲竟要落入火坑，幸而为胡雪岩看中，量珠聘来，列为第七房姬妾。

螺蛳太太不明白他的话，愣了一下问道：“你说她什么怎么样？没头没脑，我从哪里说起？”

“我是说她的为人。”

“为人总算是忠厚的。”螺蛳太太答说，“到底是郎中的女儿，说话行事，都有分寸。”

“你看她还会不会生？”

问到这话，螺蛳太太越发奇怪。“怎么？”她问，“你是不是想把她留下来？”

“你弄错了。”胡雪岩说，“你光是说她会生不会生好了。”

“只要你会生，她就会生。圆脸、屁股大，不是宜男之相？”

“好！”胡雪岩说，“周少棠的独养儿子，本来在洋行里做事，蛮有出息的，哪晓得还没有娶亲，一场春瘟死掉了。周少棠今年五十四，身子好得出奇，我想青莲如果跟了他，倒是一桩好事。”

“你怎么想出来的？”螺蛳太太沉吟了一会儿说，“好事是好事，不过周太太愿意不愿意呢？”

“愿意。”胡雪岩答得非常爽脆。

“你问过他？”

“是啊。不然我怎么会晓得？”

“这也许是他嘴里的话。”

“不！我同少棠年纪轻的时候，就在一起，我晓得他的为人，有时候看起来油腔滑调，其实倒是实实惠惠的人，对我更不说假话。”

“那好。”螺蛳太太说，“不过青莲愿意不愿意，就不晓得了。等我来问问她看。”

“我看不必问，一问她一定说不愿。”胡雪岩用感慨的声音说，“‘夫妻本是同林鸟，大限来时各自飞。’夫妻尚且如此，别的不必说了，到时候，她自会愿意。”

胡雪岩是早就打算好了的，到了上海，哪里都不住，到城里找了一家小客栈住了下来，为的是隐藏行迹。租界上熟人太多，“仕宦行台”的茶房头脑，更是见多识广，岂能没有见过鼎鼎大名的“胡财神”？所以要遮掩真相，只有隐身在远离租界的小客栈中。

安顿既定，派跟班去通知古应春来相会。古应春大出意外，但亦不难体会到胡雪岩的心境，所以尽管内心为他兴起一种英雄末路的凄凉，但见了面神色平静，连“小爷叔为啥住在这里”这么一句话都不问。

“七姐怎么样？身子好一点没有？”

“还好。”

“我的事情呢？”胡雪岩问，“她怎么说？”

“她不晓得。”

“不晓得？”胡雪岩诧异，“怎么瞒得住？”

“多亏瑞香，想尽办法不让她晓得。顶麻烦的是报纸。每天送来的《申报》，我先要看过，哪一张上面有小爷叔的消息，就把这张报纸收起来，不给她看。”

“喔！”胡雪岩透了一口气，心头顿感轻松，他本来一直在担心的是，见了七姑奶奶的面，不知道说什么话来安慰她，现在不必担心了。

接下来便谈正事。胡雪岩首先将他所作的“壮士断腕”的决定，告诉了古应春，当然也要问问他的看法。

“小爷叔已下了决心，我没有资格来说对不对，我日日夜夜在想的是，怎么样替小爷叔留起一笔东山再起的本钱……”

“应春，”胡雪岩打断他的话说，“你不要痴心妄想了。我胡某人之有今天，是天时、地利、人和，再加上两个可遇不可求，可一不可再的机会凑成功的。试问，天时、地利、人和，我还占得到哪一样？就算占全了，也不会再有那样两个机会了。”

“小爷叔说的两个机会是啥？一个大概是西征，还有一个呢？”

“还有一个海禁大开。当时懂得跟外国人打交道的，没有几个，现在呢？懂洋务的不晓得多少，同洋人打交道、做生意，不但晓得他们的行情，而且连洋人那套吃中国人的诀窍都学得很精了，哪里还轮得到我来做市面。再说，中国人做生意要靠山——”胡雪岩摇摇头换了个话题，“你说要替我留一笔钱起来，我只好说，盛情可感，其实是做不到的。因为我的全部账目都交出去了，像丝茧两样，都有细数，哪里好私下留一部分？”

“办法还是有。”古应春说，“顶要紧的一点是，丝茧两项，小爷叔一定要坚持，自己来处理。”

“我懂你的意思。不过现在一步都错不得，东西虽然在我手里，主权已经不是我的了。我们有户头，卖不卖要看刘抚台愿意不愿意，他说价钱不好，不卖，我们没有话说。”

“价钱好呢？”

“好到怎样的程度？”胡雪岩脱口相问，看古应春不作声，方又说道，“除非价钱好到足抵我的亏空有余，我马上可以收回，自己处理。无奈办不到，只有请刘抚台出面来讲折扣，那就只好由他作主了。”

“不过，刘抚台一时也未见得找得到主顾。”

“不错，我也晓得他找不到。我原来的打算是，他找不到，就拖在那里，拖它个几个月，或者局面好转了，或者洋商要货等不及了，行情翻醒，或许我们可以翻身。不过照目前的情形看，再拖下去，会搞得很难看。”

于是胡雪岩将言官参劾，可能由文煜的案子，牵连到他受革职处分的情形细说了一遍，接着又细谈此行的目的。

“我这趟来，第一件事，就是找丝茧的买主，你有没有？”

“有。就是价码上下，还要慢慢儿磨。”

“不要磨了。我们以掮客的身份，介绍这生意。刘抚台答应了，佣钱照样也要同他说明。”

“那么刘抚台呢？”古应春问，“佣金是不是也要分他一份？”

“当然，而且应该是大份。不过，这话不便同他说明，一定要转个弯。”

“怎么转法？是不是先跟德藩台去谈？”

“不错，要先同德晓峰谈。我同他的关系，你是晓得的，既然你有了户头，我们马上打个电报给他。”

“这要用密电。”

“是的。”胡雪岩说，“临走以前，我同他要了一个密码本，而且约好，大家用化名。”

“那就很妥当了。”

接下来，古应春便细细地谈了他所接洽的户头，有个法国的巨商梅雅，开的条件比较好，胡雪岩听完以后，又问了付款的办法、担保的银行，认为可以交易，但仍旧追问了一句：“比梅雅好的户头还有没有？”

“没有。”

“好！就是他。”胡雪岩又说，“至于佣金，你的一份要扣下来，我的一份，归入公账。”

“我的也归公账。”

“不必，不必！我是为了显我的诚心诚意，你又何必白填在里头？如果说，折扣打下来，不足之数仍旧要在我身上追，你这样做，让我少一分负担，犹有可说，如今总归是打折了事，你这样做，于我没啥好处，连我都不必见你的情。至于旁人，根本不晓得你不要佣金，就更不用谈了。”

“我是觉得我应该同小爷叔共患难……”

“好了，好了！你不必再说了。”胡雪岩拿他的话打断，“铜钱掼到水里还听个响声，你这样子牺牲了都没有人晓得，算啥？”

“好吧！”古应春另外打了主意，不必说破，只问，“电报什么时候打？”

“现在就打，你先起个稿子看。”

古应春点点头，凝神细想了一会儿说：“佣金的话，怎么说法？”

“这先不必提，你只报个价，叙明付款办法，格外要着重的是，没有比这个价钱更好了。如果刘抚台有意思，由你到杭州同他当面接头，那时候再谈佣金。”

“小爷叔，你自己回去谈，不是更妥当吗？”

“不！第一，我要到江宁去一趟；第二，这件事我最好不要插手，看起来置身事外，德晓峰才比较好说话。”

“好！我懂了。”

于是唤茶房取来笔砚，古应春拟好一个电报稿，与胡雪岩斟酌妥当，然后取出密码本来，两人一起动手，翻好了重新誊正校对，直到傍晚，方始完事。

“我马上去发，不发，电报局要关门了。”古应春问，“小爷叔是不是到我那里去吃饭，还是苦中作乐，去吃一台花酒？”

“哪里有心思去吃花酒？”胡雪岩说，“我们一起出去逛逛，随便找个馆子吃饭，明天再去看七姐。”

“也好。”于是胡雪岩连跟班都不带，与古应春一起出了客栈，先到电报局发了密电，安步当车，闲逛夜市。

第十一章　少年绮梦

走过一家小饭馆，胡雪岩站住了脚，古应春亦跟着停了下来，那家饭馆的金字招牌，烟熏尘封，已看不清是何字号。进门炉灶，里面是一间大厅，摆着二三十张八仙桌，此时已将歇市，冷冷清清的，只有两桌客人，灯火黯淡，益显萧瑟，古应春忍不住说："小爷叔，换一家吧，或者到租界上去，好好找家馆子。这家要打烊了。"

"问问看。"

说着，举步踏了进去，跑堂的倒很巴结，古应春亦就不好意思打断人家的生意了。

"两位客人请坐，吃饭还是吃酒？"

"饭也要，酒也要。"胡雪岩问道，"你们这家招牌，是不是叫老同和？"

"是的。老同和。"

"老板呢？"胡雪岩问，"我记得他左手六个指头。"

"那是我们老老板，去世多年了。"

"现在呢？小开变老板了？"

“老老板没有儿子，只有一个女儿，现在是我们的老板娘。”

“啊！”胡雪岩突然双眼发亮，“你们老板娘的小名是不是叫阿彩？”

“原来你这位客人，真正是老客人了。”跑堂的说道，“现在叫得出我们老板娘名字的，没有几个人。”接着，便回过去，高声喊道，“老板娘，老板娘！”

看看没有回音，古应春便拦住他说：“不必喊了。有啥好东西，随意配几样来，烫一斤酒。”

等跑堂离去，胡雪岩不胜感慨地说：“二十多年了！我头一回到上海，头一顿饭就是在这里吃的。”

“小爷叔好像很熟嘛！连老板女儿的小名都叫得出来。”

“不但叫得出来——”胡雪岩摇摇头，没有再说下去。

这种欲言又止的神态，又关涉到一个“女小开”，很容易令人想到，其中必有一段故事。如此寒夜，如此冷店，听这段故事，或者可以忘忧消愁。

就这样一转念间，古应春便觉得兴致好得多了，等跑堂端来“本帮菜”的白肉、乌参，一个“糟钵头”的火锅，看到熊熊的青焰，心头更觉温暖，将烫好的酒为胡雪岩斟上一杯，开口说道：“小爷叔，你是什么都看得开的，吃杯酒，谈谈当年在这里的情形。”

正落入沉思中的胡雪岩，啜了一口酒，夹了一块白肉送入口中，咀嚼了一会儿说：“不晓得是当年老板的手艺好，还是我的胃口变过了，白肉的味道，大不如前。”

“说不定两个原因都有。”古应春笑道，“还说不定有第三个原因。”

“第三个？”

“是啊！当年还有阿彩招呼客人。”

“她不管招呼，只坐账台。那时我在杭州钱庄里的饭碗敲破了，到上海来寻生意，城里有家钱庄，字号叫作源利，有个得力的伙计是我一起学生意的师兄弟，我到上海来投奔他，哪晓得他为兄弟的亲事，回绍兴去了，源利的人说就要回上海的，我就住在一家小客栈里等。一等等了十天，人没有等到，盘缠用光了，只好在小客栈里‘孵豆芽’——”

囊底无钱，一筹莫展，只好杜门不出，上海的俗语叫作“孵豆芽”。但客栈钱好欠，饭不能不吃，他每天到老同和来吃饭，先是一盘白肉、一碗大血汤，再要一样素菜，后来减掉白肉，一汤一素菜，再后来大血汤变为黄豆汤，最后连黄豆汤都吃不起了，买两个烧饼、弄碗白开水便算一顿。

“这种日子过了有七八天，过不下去了。头昏眼花还在其次，心里发慌，好像马上要大祸临头，那种味道不是人受的。这天发个狠，拿一件线春夹袍子当掉，头一件事就是到老同和来‘杀馋虫’，仍旧是白肉、大血汤，吃饱惠账，回到小客栈，一摸袋袋，才晓得当票弄掉了——”

“掉在老同和了？”古应春插嘴问说。

“当时还不晓得。不过，也无所谓，掉了就掉了，有钱做新的。”胡雪岩停下来喝口酒，又喝了两瓢汤，方又说道，“到第二天，出了怪事，有个十二三岁的伢儿，手里捧个包裹，找到我住的那间房，开口说道：‘客人、客人。你的夹袍子在这里。’一看，这个伢儿是老同和小徒弟，我问他：‘哪个叫你送来的？’他说：‘客人，你不要问。到我们店里去吃饭，也不要讲我送衣服来给你。’我说：‘为啥？’他说：‘你不要问，你到店里也不要说。你一定要听我的话，不然有人会打死我。’”

“有这样怪事！”古应春兴味盎然地问，“小爷叔，你总要逼他说实话啰！”

“当然。”胡雪岩的声音也很起劲了，“我当时哄他，同他说好话，他就是不肯说，逼得我没法子，只好耍无赖，我说，你不说，我也要打死你，还要拿你当小偷，送你到县衙门去打屁股。你说了实话，我到你店里吃饭，一定听你的话，什么话都不说。两条路，随你自己挑。”

“这一来，当然把实话逼出来了？”

“当然，那个小徒弟叫阿利，是阿彩的表弟，我的夹袍子，就是阿彩叫他送来的。原来——”

原来胡雪岩掏钱惠账时，将当票掉落在地上，至晚打烊，阿利扫地发现，送交账台。阿彩本就在注意胡雪岩，见他由大血汤吃到黄豆汤，而忽然又恢复原状，但身上却变了“短打”，便知长袍已送入当铺，悄悄赎了出来，关照阿利送回。特为交代，要守秘密，亦望胡雪岩不必说破，倒不是怕她父亲知道，是怕有人当笑话去讲。

“照此说来，阿彩倒真是小爷叔的红粉知己了。”古应春问道，“小爷叔见了她，有没有说破？”

“从那天起，我就没有看见她。”胡雪岩说，“当时我脸皮也很薄，见了她又不能还她钱，尴尬不尴尬？我同阿利说，请你代我谢谢你表姐。她替我垫的钱，我以后会加利奉还。”

不道此一承诺竟成虚愿。大约一年以后，胡雪岩与王有龄重逢，开始创业，偶然想到其事，写信托上海的同业，送了一百两银子到老同和，不道竟碰了一个钉子。

“那次是怪我的信没有写对。”胡雪岩解释其中的缘故，“信上我当然不便说明缘故，又说要送给阿利或者女小开阿彩，人家不知道是啥花样，自然不肯收了。”

“那么，以后呢？小爷叔一直在上海，莫非自己就不可以来一趟？”

“是啊！有一回我想起来了，用个红封袋包好五百两银子一张银票，正要出门，接到一个消息，马上把什么要紧的事，都掼在脑后了。”

“什么消息？”古应春猜测着，“不是大坏，就是大好。”

“大好！”胡雪岩脱口答说，“杭州光复了。”

“那就怪不得了。以后呢？以后没有再想到过？”

“当然想到过。可惜，不是辰光不对，就是地方不对。”

“这话怎么说。”

“譬如半夜里醒过来，在枕头上想到了，总不能马上起床来办这件事，这是辰光不对；再譬如在船上想到了，也不能马上回去，叫人去办。凡是这种时候，这种地方想到了，总觉得日子还长，一定可以了心愿，想是这样想，想过忘记，等于不想。到后来日子一长，这件事就想了起来，也是所谓无动于衷了。”

古应春深深点头。“人就是这样子，什么事都要讲机会。明明一定办得到的事，阴错阳差，教你不能如愿。”他心里在想，胡雪岩今日的遭遇，也是一连串阴错阳差的累积，如果不是法国挑衅，如果不是左宗棠出军机，如果不是邵友濂当上海道，如果不是宓本常亏空了阜康的款子——这样一直想下去，竟忘了身在何地了。

“应春！”

古应春一惊，定定神问道：“小爷叔，你说啥？”

“我想，今天辰光、地方都对了。这个机会决不可以错过。”

“啊，啊！”古应春也兴奋了，“小爷叔你预备怎么样来补这个情？”

“等我来问问看。”当下招一招手，将那伙计唤了来先问，“你叫啥名字？”

“我叫孙小毛。”

“喔，”胡雪岩向古应春问道，“你身上有多少洋钱？”

“要多少？”

“十块。”

“有。”古应春掏出十块鹰洋，摆在桌上。

“孙小毛！”胡雪岩指着洋钱说，“除了惠账，另外的是你的。”

“客人！”孙小毛睁大了眼，一脸困惑，“你说啥？”

“这十块洋钱，”古应春代为回答，“除了正账，都算小账。”

“喔唷唷！太多，太多，太多了。”孙小毛仍旧不敢伸手。

“你不要客气！”胡雪岩说，“你先把洋钱拿了，我还有话同你说。”

“这样说，我就谢谢了。客人贵姓？”

“我姓胡。”

“胡老爷，”孙小毛改了称呼，“有啥事体，尽管吩咐。”

“你们老板娘住在哪里？”

“就在后面。”

“我托你去说一声，就说有个还是二十多年前，老老板的朋友，想同她见个面。”

“胡老爷，我们老板在这里。”

“也好！先同你们老板谈一谈。”

孙小毛手捧十个鹰洋，转身而去，来了这么一位阔客，老板当然忙不迭地来招呼，等走近一看，两个人都有些发愣，因为彼此都觉得面善，却记不起在哪里见过。

“你不是阿利？”

“你这位胡老爷是——”

“我就是当年你表姐叫你送夹袍子的——”

“啊，啊！”阿利想起来，“二十多年的事了。胡老爷一向好？”

“还好，还好！你表姐呢？”胡雪岩问道，“你是老板，你表姐是老板娘，这么说，你娶了你表姐？”

“不是。”阿利不好意思地说，“是入赘。”

“入赘也好，娶回去也好，总是夫妻。恭喜、恭喜！”胡雪岩又问，“有几个伢儿？”

“一男一女。”

“一男一女一盆花，好极、好极！”胡雪岩转脸向古应春说道，“我这个把月，居然还遇到这样巧的一件事，想想倒也有趣。”

看他满脸笑容，古应春也为之一破愁颜，忽然想到两句诗，也不暇去细想情况是否相似，便念了出来：“‘山穷水尽疑无路，柳暗花明又一村。’”

这时孙小毛远远喊道：“老板、老板你请过来。”

“啥事体？我在陪客人说话。”

“要紧事体，你请过来，我同你说一句话。”

阿利只好说一声：“对不起，我去去就来。”

等他去到账台边，孙小毛又好奇又兴奋地说：“老板你晓得这位胡老爷是啥人？他就是胡财神。”

“胡雪岩？”

“是啊。”

“哪个说的。”阿利不信，“胡财神多少威风，出来前前后后跟一大班人，会到我老同和来吃白肉？”

“是一个刚刚走的客人说的。我在想就是因为老同和，他才进来的。”孙小毛又说，“你倒想想看，正账不过两把银子，小账反倒一出手八九两。不是财神，哪里会有这样子的阔客？”

“啊！啊！这句话我要听。”阿利转身就走，回到原处，赔笑说道，“胡老爷，我有眼不识泰山，原来你老人家就是胡财神。”

“那是从前，现在是‘赤脚财神’了。”

“财神总归是财神。”阿利非常高兴地说，“今天是冬至，财神临门。看来明年房子翻造，老同和老店新开，我要翻身了。”他又加了一句，“我们老丈人的话要应验了。”

“呃！”胡雪岩随口问说，“你老丈人怎么说？”

“我老丈人会看相，他说我会遇贵人，四十岁以后会得发，明年我就四十岁了。”

胡雪岩算了一下，他初见阿利是在二十七年前，照此算来，那时的阿利只有十三岁，而阿彩至少有十六七岁，记得她长得并不丑，何以会嫁一个十三岁的小表弟？一时好奇心起，便即问道：“你表姐比你大几岁？”

“大四岁。”阿利似乎猜到了胡雪岩的心思，“阿彩眼界高，高不成低不就，一直到二十七岁，老姑娘的脾气怪，人人见了她都怕，只有——”他不好意思地笑了一笑不肯再说下去了。

“只有你不怕？”

“不是我不怕。我是从小让她呼来喝去惯了的，脾气好是这样，脾气坏也是这样，无所谓。”阿利停了一下又说，“后来我老丈人同我说，我把阿彩嫁给你，你算我女婿，也算我儿子。你嫌不嫌阿彩年纪大？”

“你老丈人倒很开通、很体恤。”胡雪岩问道，“你怎么回答他呢？”

“我说，只要阿彩不嫌我年纪小就好了。”

胡雪岩与古应春都哈哈大笑。“妙、妙！”胡雪岩说，“再烫壶酒来。”

“胡老爷，我看，你如果不嫌委屈，请你同这位古老爷，到我那里坐坐。今天做冬至，阿彩自己做了几样菜，你倒尝尝看。”

胡雪岩还未有所表示，古应春已拦在前面。“多谢，多谢！”他说，“辰光晚了，我们还有事，就在这里多谈一息好了。”

这话矛盾，既然有事，何以又能多谈？阿利听不出话中的漏洞，胡雪岩却明白，因为他们以前与洋人谈生意、办交涉是合作惯了的，经常使用这种暗带着机关的话，当面传递信息。胡雪岩虽不知道他的本意何在，但暗示必须谢绝，却是很明白的，因而顺着他的语气说：“不错，我们还有要紧事情，明天再说吧！”

“那么，明天一定要请过来。”阿利又说，“我回去告诉了阿彩，她一定也想见一见胡老爷。”

“好，好！”胡雪岩将话题宕开，“你们的房子要翻造了？”

“是的。要造马路了。房子前面要削掉一半。不过，地价有补贴的，左邻右舍大家合起来，平房翻造楼房，算起来不大吃亏。”

“翻造楼房还要下本钱？”

“是啊！就是这一点还要想法子。”

“翻造要花多少钱？”

“那要看情形。如果拿后面的一块地皮买下来，方方正正成个格局，总要用到一千五百银子。”

“你翻造了以后，做啥用场？老店新开，扩大营业？”

“想是这样想，要看有没有人合股。”阿利又说，“老店新开，重起炉灶，一切生财都要新置，这笔本钱不小。”

“要多少？”

“总也还要一千五百银子。”

“那么，你股东寻着了没有？”

“谈倒有两三个在谈，不过谈不拢。”

“为啥？”

“合伙做生意，总要合得来才好。”阿利停了一下说，“阿彩不愿意。她说，店小不要紧，自己做老板、自己捏主意，高兴多做，不高兴少做，苦是苦一点，人是自由的。一合了伙，大家意见不合，到后来连朋友都没得做了。”

“不错！”胡雪岩深深点头，“阿彩的话你要听。”

“是啊，没办法，只好听她的话。”

“听她的话才有办法。”古应春接口说了一句，举杯复又放下，从大襟中探手进去，从夹袄表袋中掏出金表，打开表盖来看了看说，“小爷叔，辰光到了。”

在看表的这个动作中，胡雪岩便已得到暗示，此时便顺着他的语气对阿利说：“今天晚上我们还有事，辰光到了，明天再来。”

“明天来吃中饭。”古应春订了后约，“请你留张桌子。”

“有，有！”阿利一迭连声地答应，“胡老爷、古老爷，想吃点啥，我好预备。”

“我要吃碗‘带面’。”胡雪岩兴高采烈地说，“拣瘦、去皮、轻面、重洗、盖底、宽汤、免青。”

所谓“带面”便是大肉面，吃客有许多讲究，便是“拣瘦”云云的一套“切口”。

胡雪岩并不是真想吃这样一碗面，不过回忆当年贫贱时的乐事，自然而然地说了出来，而且颇以还记得这一套“切口”而兴起一种无可言喻的愉快。

顺路买了四两好茶叶，古应春陪胡雪岩在小客栈住夜长谈，他们都同意，这是此时此地，为胡雪岩排遣失意无聊最好的法子。

“应春，你为啥不愿意到阿彩那里去吃饭？”

古应春原以为他能默喻他的深意，不想他还是问了出来，那就是不能不提醒他了。

“小爷叔，阿彩为啥‘高不成，低不就’？你想想她替你赎那件夹袍子，还不明白？”

胡雪岩一愣，回想当时情景，恍然大悟，低徊久久，才说了句：“看起来是‘落花有意，流水无情’。”

古应春很少听到胡雪岩用这种“文绉绉”的语意说话，不由得笑了。“小爷叔，”他故意开玩笑，“如果你当时娶了阿彩，现在就是老同和的老板，不晓得是不是还有后来的一番事业。”

“那就不晓得了。不过，”胡雪岩加重了语气说，“如果我是老同和的老板，我一定也会把它弄成上海滩上第一家大馆子。”

“这话我相信。”

胡雪岩多日无聊，此时突然心中一动，想小施手段，帮阿利来“老店新开”，要轰动一时，稍抒胸中的块垒。但念头一转到阜康，顿时如滚汤沃雪，自觉是可笑的想法。

看他眼神闪烁，脸上忽热忽冷，古应春大致也能猜到他心里，此时此地，心思决不可旁骛，因而决定提醒他一番。

“小爷叔，我刚才的话没有说完。其实到阿彩那里去吃一顿饭，看起来也是无所谓的事，不过，我怕阿彩冷了多少年的一段旧情，死灰复燃，而小爷叔你呢，一个人不得意的时候，最容易念旧，就算不会有笑话闹出来，总难免分你的心。是不是呢？”

“是的。”胡雪岩深深点头。

“还有，看样子当初阿彩也是不得意才嫁阿利，她总有看得阿利不如意的地方，事隔多年，老夫老妻，也忘记掉了。不过，‘人比人，气煞人’，有小爷叔你一出现，阿利的短处，在阿彩面上又看得很清楚了——”

“啊，啊！”胡雪岩很不安地说，“亏得你想到，万一害他们夫妇不和，我这个孽就作得大了。”他停了一下又问，“应春，你说我现在应该怎么办？”

古应春想了一下说：“我明白你的意思，要送阿利三千银子。我来替你料理妥当。不过，小爷叔，你明天要搬地方，省得纠缠。”

“搬到哪里？”

“还是搬到我那里去住，一切方便。”

“好！”胡雪岩很爽快地答应下来。

于是古应春回去安排，约定第二天上午来接。胡雪岩静下来想一想，三千两银子了却当年的一笔人情债，是件很痛快的事，所以这一夜很难得地能够恬然入梦。一觉醒来，漱洗甫毕，古应春倒已经到了。

“你倒早。”

“想陪小爷叔去吃碗茶。”古应春问道，“昨天晚上睡得好不好？”

“交关好，一觉到天亮。”

“大概是路上辛苦的缘故。”

“也不光是这一点。”胡雪岩说，“实在说，是你提醒了我，这笔人情债能够了掉，而且干干净净，没有啥拖泥带水的麻烦，我心里很痛快，自然就睡得好了。”

“银票我带来了。”古应春又说，“我这么早来，一半也是为了办这件事。请吧，我们吃茶去。”

城里吃茶，照常理说，自然是到城隍庙，但胡雪岩怕遇见熟人，古应春亦有这样的想法，所以走到街上，找到一家比较干净的茶馆，也不看招牌，便进去挑张桌子，坐了下来。

哪知“冤家路窄”，刚刚坐定便看到阿利进门。吃他们这行饭的，眼睛最尖不过，满面堆笑地上前来招呼：“胡老爷、古老爷！”

“倒真巧！”古应春说，“请坐，请坐，我本来就要来看你。”

“不敢当，不敢当！古老爷有啥吩咐？”

古应春看着胡雪岩问：“小爷叔，是不是现在就谈？”

“稍微等一等。”

阿利自然不知道他们在谈些什么，只很兴奋地告诉胡雪岩：阿彩得知昨夜情形以后，说是“做梦都没有想到”。二十多年前，当掉夹袍子来吃白肉的客人，竟然就是天下无人不知的“胡财神”。真是太不可思议了。

“胡老爷，”阿利又说，“阿彩今天在店里，她是专门来等你老人家，她说她要看看胡老爷比起二十多年前，有啥不同的地方。”

“有啥不同？”胡雪岩笑道，“头发白了，皮肤皱了，肚皮鼓起来了。”

阿利忽然笑了，笑得很稚气。“胡老爷，”他说，“你不是说你自己，是在说阿彩，头发白了，不多，皮肤皱了，有一点，肚皮鼓起来了，那比胡老爷要大得多。”

“怎么？”胡雪岩说，“她有喜了？”

“七个月了。”阿利不好意思地笑一笑，得意之情，现于词色。

“恭喜、恭喜！阿利，你明年又添丁、又发财，好好儿做。”胡雪岩站起身来说，“我到街上逛一逛，等下再来。”

古应春知道他的用意，将为了礼貌起身送胡雪岩的阿利拉了一把。“你坐下来！”他说，“我有话同你说。”

“是！”

“阿利，遇见‘财神’是你的运气来了！可惜，稍为晚了一点，如果是去年这时候你遇见胡老爷，运气还要好。”说着，他从身上掏出皮夹子，取出一张花花绿绿的纸头，伸了过来，“阿利，你捏好，胡老爷送你的三千银子。”

阿利愣住了！首先是不相信有人会慷慨到萍水相逢，便以巨款相赠的事，不过，“胡财神”的名声，加上昨夜小账一赏八九两银子，可以改变他原来的想法。

但疑问又来了，这位“财神”是真是假？到底是不是胡雪岩？会不会有什么害人的阴谋诡计在内？

这最后的一种想法，便只有上海人才有，因为西风东渐以来，上海出现了许多从未见过的花样，譬如保险、纵火烧屋之外，人寿保险亦有意想不到的情节，而且往往是在穷人身上打主意。有人认丐作父，迎归奉养，保了巨额的寿险，然后设计慢性谋杀的法子，致之于死，骗取赔偿。这种“新闻”已数见不鲜，所以阿利自然而然会有此疑虑。

不过，再多想一想，亦不至于，因为自问没有什么可以令人觊觎的。但最后的一种怀疑，却始终难释，这张花花绿绿的纸头，是啥名堂？何以能值三千两银子？

原来古应春带来的是一张汇丰银行的支票，上面除了行名是中国字以外，其余都是蟹行文。阿利知道钱庄的庄票，却从未见过外国银行的支票，自然困惑万分。

古应春当然能够了解他呆若木鸡的原因，事实是最好的说明。“阿利！”他说，“我们现在就到外滩去一趟，你在汇丰照了票，叫他们开南市的庄票给你。”南市是上海县城，有别于北面的租界的一种称呼。

原来是外国银行的支票，阿利又惭愧，又兴奋，但人情世故他也懂，总要说几句客气话，才是做人的道理，想一想答道：“古老爷，这样大的一笔数目，实在不敢收，请古老爷陪了胡老爷一起来吃中饭，等阿彩见过了胡老爷再说。”

“谢谢你们。胡老爷今天有事，恐怕不能到你们那里吃饭。你先把支票收了，自己不去提，托钱庄代收也可以。”古应春问道，“你们是同哪一家钱庄往来的？”

“申福。”

“喔，申福，老板姓朱，我也认识的。你把这张票子轧到申福去好了。”

这一下越见到其事真实，毫无可疑，但老同和与申福往来，最多也不过两三百两银子，突然轧进一张三千两的支票，事出突兀，倘或申福问到，这张票子怎么来的，应该如何回答？

“怎么？”古应春看到他阴阳怪气的神情，有些不大高兴，“阿利，莫非你当我同你开玩笑？”

“不是，不是！古老爷，你误会了。说实话，我是怕人家会问。”

这一下倒提醒了古应春。原来他替胡雪岩与洋人打交道，购买军火，以及他自己与洋商有生意往来，支付货款，都开外国银行的支票，在钱庄里的名气很大。他的英文名字叫William，昵称Billy，那些喜欢“寻开心”的“洋行小鬼”，连他的姓在内，替他起了个谐音的外号叫“屁股”。申福钱庄如果问到这张支票的来历，阿利据实回答，传出去说胡雪岩的钱庄倒了人家的存款，自己依旧大肆挥霍，三千两银子还一个人情债，简直毫无心肝。这对胡雪岩非常不利，不能不慎重考虑。

情势有点尴尬，古应春心里在想：人不能倒霉，倒起霉来，有钱都会没法子用。为今之计，只有先把阿利敷衍走了，再作道理。

于是他说：“阿利，你先把这张支票拿了。回头我看胡老爷能不能来。能来，一起来，不能来，我一个人一定来。支票是轧到申福，还是到汇丰去提现，等我来了再说。”

“古老爷，”阿利答说，“支票我决不敢收，胡老爷一定要请了来，不然我回去要‘吃排头’。”因为人家已经知道他怕老婆，所以他对可能会挨阿彩的骂，亦无须隐讳了。

“好！好！我尽量办到。你有事先请吧！”

等阿利殷殷作别而去，胡雪岩接着也回来了，古应春将刚才的那番情形，约为提了一下，表示先将胡雪岩送回家，他另外换用庄票，再单独去赴阿利之约。

“不必多跑一趟了，我带了十几张票子在那里，先凑了给他。我们先回客栈。”

到得客栈，胡雪岩打开皮包，取出一叠银票，两张一千、两张五百、凑成三千，交到古应春手里时，心头一酸，几乎掉泪——自己开钱庄，“阜康”这块响当当的金字招牌，如今分文不值，要用山西票号的银票给人家，真正是穷途末路了。

古应春不曾注意到他的脸色，拿起四张庄票，匆匆而去，在客栈门口，跨上一辆刚从日本传来的“东洋车”，说一声“老同和”，人力车的硬橡皮轮子，隆隆然地滚过石板路。拉到半路，听见有人在叫：“古老爷，古老爷！”

一听声音，古应春心想，幸而是来替人还人情，倘或是欠了人家的债，冤家路狭，一上午遇见两次，真是巧了。

“停停，停停！”等东洋车在路边停了下来，阿利也就迎上来了。

“车钱到老同和来拿。”车夫是阿利认识的，关照了这一句，他转脸对古应春说，“古老爷，我家就在前面弄堂里，请过去坐一坐。胡老爷呢？”

“他有事情不来了。”古应春问，“你太太呢？”

“现在还在家，等一下就要到店里去了。”

古应春心想，在他店里谈这件事，难免惹人注目，倒不如去他家的好，于是连连点头：“好！好！我到你家里去谈。”

于是阿利领路走不多远，便已到达。他家是半新不旧的弄堂房子，进石库门是个天井，阿利仰脸喊道：“客人来了！”

语声甫毕，楼窗中一个中年妇人探头来望，想必这就是阿彩了。古应春不暇细看，随着阿利踏进堂屋，楼梯上已有响声了。

“阿彩，赶紧泡茶！”

“是你太太？”

“叫她阿彩好了。”

阿彩下楼，从堂屋后面的一扇门，挺着个大肚子闪了出来，她穿得整整齐齐，脸上薄施脂粉，含笑问道：“这位想来是古老爷？”

“不敢当。”

“胡老爷呢？”

“有事情不来了。”是阿利代为回答。

阿彩脸上浮现出的失望神色，便如许了孩子去逛城隍庙，看变把戏，吃南翔馒头、酒酿圆子，新衣服都换好了，却突然宣布，有事不能去了那样，真可谓之惨不忍睹，以至于古应春不能不将视线避了开去。

不过阿彩仍旧能若无其事地，尽她做主妇的道理，亲自捧来细瓷的盖碗茶，还开了一罐虽已传到上海、但平常人家还很少见的英国“茄力克”纸烟。显然的，她是细心安排了来接待胡雪岩的。

但如说她是“接财神”，古应春便觉得毫无歉意，探手入怀，将一把银票捏在手里，开口问道：“阿利老板，你贵姓？”

“小姓是朱。”

“喔，”古应春便叫一声，“朱太太，听说你们房子要翻造，扩充门面，胡老爷很高兴，他有三千两银子托我带来给你们——”

其实阿彩亦非薄漂母而不为，而是“千金”与“韩信”之间，更看重的是后者。从前一天晚上，得知有此意外机缘之后，她就有种无可言喻的亢奋，絮絮不断地跟阿利说，当时她是如何看得胡雪岩必有出息，但也承认，做梦也没有想到他会创这么一番大事业，而这番大事业又会垮于旦夕之间，因而又生了一种眼看英雄末路的怜惜。这些悲喜交集的复杂情绪夹杂在一起，害得她魂梦不安了一夜。

及至这天上午，听阿利谈了他在茶馆中与胡雪岩、古应春不期而遇的经过，以及他对那张汇丰银行支票的困惑，阿彩便嗔怪他处理不当。照她的意见是，这笔巨款尽可不受，但不妨照古应春的意思，先到汇丰银行照一照票，等证实无误，却不必提取，将古应春请到老同和或家里来，只要缠住了古应春，自然而然地也就拉住了胡雪岩。

她的判断不错，古应春一定会来，但胡雪岩是否见得到，却很难说，因而患得患失地坐立不安。到此刻她还不肯死心，心里有句话不便说出来：“你三千两银子除非胡老爷亲手送给我，否则我不会收。”

就因为有这样一种想法，所以她并未表示坚辞不受，彼此推来让去，古应春渐渐发现她的本意，但当着阿利，他亦不便说得太露骨，只好作个暗示。

“朱太太，”他说，“胡老爷是我的好朋友，他的心境我很清楚，如果早些日子，他会很高兴来同你谈谈当年落魄的情形，现在实在没有这种心情，也没有工夫。你收了这笔银子，让他了掉一桩心事，就是体谅他，帮他的忙，等他的麻烦过去，你们老同和老店新开的时候，我一定拉了他来道喜，好好儿吃一顿酒。”

“是的，是的。”阿彩口中答应着，双眼却不断眨动，显然只是随口附和，心中别有念头，等古应春说完，她看着她丈夫说，“你到店里去一趟，叫大司务把菜送了来，请古老爷在家里吃饭。”

“不必，不必！”古应春连连摇手，“我有事。多谢，多谢！”

“去啊！”阿彩没有理他的话，管自己催促阿利。

阿利自然奉命唯谨，说一声：“古老爷不必客气。”掉头就走。

这是阿彩特意遣开丈夫，有些心里的话要吐露，“古老爷，”她面色深沉地说，“我实在没有想到，今生今世，还会遇见二十几年前的老客人，更没有想到，当年当了夹袍子来吃饭的客人，就是名气这样子大的胡财神。古老爷，不瞒你说，我昨天晚上一夜没有睡着，因为这桩事情，想起来想不完。”说着，将一双眼睛低了下去，眼角微显晶莹，似乎有一泡泪水要流出来。

古应春当然能体会得她的心情，故意不答。他觉得既不能问，更不能劝慰，只要有这样一句话，她的眼泪就会忍不住，唯有保持沉默，才能让她静静地自我克制。

果然，停了一会儿，阿彩复又抬眼，平静地说道：“古老爷，请你告诉胡老爷，我决不能收他这笔钱。第一，他现在正是为难的时候，我收了他的这笔钱，于心不安；第二，我收了他的这笔钱，变成我亏欠他了，也没有啥好想的了。”

古应春觉得事态严重了，比他所想象的还要严重，这三千两银子，可能会引起他们夫妇之间的裂痕。转念到此，颇为不安，也深悔自己多事。

细细想去，要割断她这一缕从云外飘来的情丝，还是得用“泉刀”这样利器，于是他说：“朱太太，我说一句不怕你见气的话，如果说，胡老爷现在三千两银子都花不起，你未免太小看他了。”

“朱太太，”古应春将声音压得低低的，同时两眼逼视着她，“我有两句肺腑之言，不晓得你要不要听？”

“当然要听。”

“只怕我说得太直。”

“不要紧，没有旁人在这里。”

这表示连阿利不能听的话都能说，古应春便不作任何顾忌了，“朱太太，”他说，“三千两银子，不是一个小数目，而况是号称财神的胡老爷送你的，更何况人家是为了还当年的一笔人情债，送的人光明正大，受的人正大光明。朱老板如果问一句：你为啥不收？请问你怎么同他说？”

阿彩根本没有想到阿利，如今古应春提出来一问，才发现自己确有难以交代之处。

见她语塞，古应春知道“攻心”已经生效，便穷追猛打地又钉一句：“莫非你说，我心里的那段情，万金不换，三千两算得了什么？”

“我当然有我的说法。”

这是遁词，古应春觉得不必再追，可以从正面来劝她了。

“不管你怎么说，朱老板嘴里不敢同你争，心里不会相信的。这样子，夫妇之间，就有一道裂痕了。二十几年的夫妻，你肚皮里还有个老来子，有这三千两银子，拿老同和老店新开，扩充门面，兴兴旺旺做人家，连你们死掉的老老板——在阴世里都会高兴。这种好日子不过，要自寻烦恼，害得一家人家可能会拆散，何苦？再说，胡老爷现在的处境，几千银子还不在乎，精神上经不起打击，他因为能先还笔人情债，心里很高兴，昨天晚上睡了个把月以来从没有睡过的好觉。倘或晓得你有这种想法，他心里一定不安，他现在经不起再加什么烦恼了。总而言之，你收了这笔银子，让他了掉一桩心事，就是帮他的忙，不然，说得不客气一点，等于存心害他！朱太太，你不是十七八岁的姑娘了，而且有儿有女，闹出笑话来，不好听。”

这长篇大套一番话，将想得到的道理都说尽了，阿彩听得惊心动魄，终于如梦方醒似的说了一句：“我收！请古老爷替我谢谢胡老爷。”

“对啊！”古应春大为欣慰，少不得乘机恭维她几句，“我就晓得你是有见识、讲道理、顾大局的人。朱太太，照你的面相，真所谓‘地角方圆’，是难得的福相，走到一步帮夫运，着实有一番后福好享。”

说着，他将捏在手里的一把银票摊开来，三张“蔚丰厚”，一张“百川通”，这两家票号在山西帮中居领袖地位，联号遍布南北，商场中无人不知的。

“朱太太，你收好。”

“古老爷，其实你给我阜康的票子好了。”

阿彩也知道阜康已经在清理，票款能收到几成，尚不可知，所以如此说法，亦依旧是由于一种不愿接受赠款的心理。古应春明白这一点，却正好借此道出胡雪岩的心境。

“朱太太，这四张银票，是胡老爷身上摸出来的。不过一个多月以前，阜康的名气比蔚丰厚、百川通响亮得多，而现在，只好用人家的票子了。你倒想，换了你是他，还有啥心思来回想当初当了夹袍子来吃白肉的情形？”

阿彩爽然若失，慢条斯理地一面理银票，一面说道：“胡老爷自然不在乎这三千银子，不过在我来说，总是无功受禄。”

“不是，不是！我想你在城隍庙听说书，总听过韩信的故事，一饭之恩，千金以报，没有哪个说漂母不应该收。”

“那，我就算漂母好了。人家问起来……”

“喔，喔，”古应春被提醒了，急急打断她的话说，“朱太太，有件事，请你同朱老板一定要当心，千万不好说胡财神送了你们三千银子。那一来，人家会说闲话。这一点关系重大，切切不可说出去。千万、千万！”

见他如此郑重叮嘱，阿彩自然连连点头，表示充分领会。

“古老爷，”阿彩说道，“我晓得你事情忙，不留你吃饭了。不过，古老爷，你要把府上的地址告诉我，改天我要给古太太去请安。”

“请安不敢当。内人病在床上，几时你来陪她谈谈，我们很欢迎。”

古应春留下了地址，告辞出门，回想经过，自觉做了一件很潇洒的事，胸怀为之一宽。

第十二章　不堪回首

胡雪岩见了七姑奶奶，两人对望着，彼此都有隔世之感，忍不住心酸落泪——一个月不见，头上都添了许多白发，但自己并不在意，要看了对方，才知道忧能伤人，尤其是胡雪岩，想到病中的七姑奶奶，为他的事焦忧如此，真忍不住想放声一恸。

每一回见了面，七姑奶奶第一个要问的是胡老太太，只有这一次例外，因为她怕一问，必定触及胡雪岩伤心之处，所以不敢问。但螺蛳太太却是怎么样也不能不问的。

“罗四姐呢？只怕也老了好多。”

“怎么不是！如今多亏她。”胡雪岩接下来谈了许多人情冷暖的境况，七姑奶奶的眼圈红红的，不时有泪珠渗出来。

“息一息吧！”瑞香不时来打岔，希望阻断他们谈那些令人伤感的事，最后终于忍不住了，用命令的语气说，“要吃药睡觉了。”

“喔、喔！”胡雪岩不免歉疚，“七姐，你好好儿息一息，心放宽来，有应春帮我，难关一定过得去。”

于是古应春陪着胡雪岩下楼，刚在书房中坐定，听差来报，有客相访，递上名片一看，是电报局译电房的一个领班沈兰生。

“大概是杭州有复电来了。”古应春将名片递给胡雪岩，“此人是好朋友，小爷叔要不要见一见？”

“不啰！”胡雪岩说，“我还是不露面的好。”

“也好！”古应春点点头，出书房到客厅去会沈兰生。

书房与客厅只是一墙之隔，房门未关，所以古、沈二人交谈的声音，清晰可闻，“有两个电报，跟胡观察有关，我特抄了一份送来。”是陌生的声音，当然是沈兰生。

接下来便没有声音了。胡雪岩忍不住从门缝中去张望，原来没有声音是因为古应春正在看电报。

“承情之至。”古应春看完电报对沈兰生说，“如果另外有什么消息，不分日夜，务必随时见告。老兄这样子帮忙，我转告胡观察，一定会有酬谢。”

“谈不到此。我不过是为胡观察不平，能效绵薄，聊尽我心而已。”

“是，是。胡观察这两天也许会到上海来，到时候我约老兄见见面。”

“好，好！我告辞了。”

等古应春送客出门，回到书房时只见他脸色凝重异常，显然的，那两个电报不是什么好消息。

“应春，”胡雪岩泰然地问，“电报呢？怎么说？”

“意想不到的事。”古应春将两份电报递给了他。

这两份电报是《申报》驻北京的访员发来的两道上谕，第一道先引述顺天府府尹周家楣，以及管理顺天府的大臣左都御史毕道远的复奏，说奉旨彻查协办大学士刑部尚书文煜在阜康存款的经过，指出有一笔存银四十六万两，其中十万两为前江西藩司文辉所有，而据文辉声称，系托文煜经手代存，另外三十六万两，账簿上只注“文宅”字样，是否文煜所有，不得而知。

像这样的案子，照例“着由文煜明白回奏”。文煜倒说得很坦白，他在这二十年中，曾获得多次税差，自福建内调后，又数蒙派充“崇文门监督”，廉俸所积，加上平日省俭，故在阜康存银三十六万两。

上谕认为他“所称尚属实情”，不过“为数稍多”，责成他捐出十万两，以充公用。这十万两银子，由顺天府自阜康提出，解交户部。

“应春，”胡雪岩看完这一个电报以后说，“托你跟京号联络一下，这十万两银子，一定要马上凑出来，最好不等顺天府来催，自己送到户部。”

“小爷叔，”古应春另有意见，“我看要归入整个清理案去办，我们似乎可以观望观望。”

“不！这是一文都不能少的，迟交不如早交。”

“好！既然小爷叔这么说，我就照你的意思办好了。”古应春又说，“请先看了第二个电报再说。”

一看第二个电报，胡雪岩不觉变色，但很快地恢复如常。“这是给左大人出了一个难题。”他沉吟了一会儿问，“左大人想来已接到‘廷寄’了？”

“当然。”

“这里呢？”胡雪岩说，“明天《申报》一登出来，大家都晓得了。”

“明天还不会，总要后天才会见报。”

胡雪岩紧闭着嘴沉吟了好一会儿：“这件事不能瞒七姐。”

“是的。”古应春停了一下又说，“她说过，就怕走到这一步。”

“她说过？”

“说过。”古应春还能举出确实日期，“四天以前跟我说的。”

“好！”胡雪岩矍然而起，“七姐能看到这一步，她一定替我想过，有四天想下来，事情看得很透彻了，我们去同她商量。”

于是古应春陪着他复又上楼，脚步声惊动了瑞香，蹑着足迎了出来，先用两指撮口，示意轻声。

“刚睡着。”

古应春还未答话，胡雪岩已拉一拉他的衣服，放轻脚步踏下楼梯，回到书房的胡雪岩，似乎已胸有成竹，说话不再是瞻顾踌躇的神气了。

“应春，你替我去跟沈兰生打个招呼，看要怎么谢他，请你作主。顶要紧的是务必请他不要张扬。”

“我刚才已经关照他了。”

“再盯一盯的好。顺便到集贤里去一趟，告诉老宓，我住在这里。”胡雪岩又说，“我趁七姐现在休息，好好儿想一想，等你回来，七姐也醒了，我们再商量。”

卧室中只有三个人，连瑞香亦不得其闻。七姑奶奶果然心理上早有准备，当胡雪岩拿电报给她看时，她平静地问：“是不是京里打来的？”

“是军机处的一道上谕。”古应春说，“让你说中了。”

“我变成乌鸦嘴了。”她问她丈夫说，“上谕不是啥七个字一句的唱本，我句子都读不断，总还有不认识的字，你念给我听！”

于是古应春缓慢地念道：“现在阜康商号闭歇，亏欠公项及多处存款，为数甚巨。该号商江西候补道胡光墉，着先行革职，即着左宗棠饬提该员，严行追究，勒令将亏欠多处公私等款，赶紧逐一清理。倘敢延不完缴，即行从重治罪。并闻胡光墉有典当二十余处，分设各省，茧丝若干包值银数百万两，存置浙省。着该督咨行该省督抚一一查明办理，将此谕令知之。”念完问道，“听明白没有？”

“这还听不明白？”七姑奶奶抬眼说道，“小爷叔，恭喜、恭喜！比我原来所想的好得多。”

胡雪岩一愣，古应春亦觉突兀，脱口问道：“喜从何来？”

“朝廷里把小爷叔的案子交给左大人来办，还不是一喜？”七姑奶奶说，“这是有人在帮小爷叔的忙。”

这一说，胡雪岩首先领悟。“真是旁观者清。”他说，“如说有人帮忙，一定是文中堂，他同恭王是亲戚。”

“嗯、嗯。”古应春问他妻子，“你说比你原来所想的好得多，你原来怎么想的？”

“事情过去了，不必再说。”

“不！”胡雪岩的声音很坚决，“到这步田地了，而且还要同你彻底商量，有话不必忌讳。”

“我原来以为革职之外，还要查抄。现在只左大人‘严行追究’，而且不是勒令完清，是勒令‘清理’。后面又说要左大人去公事给各省督抚，查明办理，照这样子看，浙江刘抚台要听左大人的指挥，要他查才查，不要他查就不查。这个出入关系很大。”

经七姑奶奶一说破，胡雪岩领悟到，其中大有关系。因为目前负清理全责的浙江巡抚刘秉璋，他虽出身淮军，但本人也是翰林，所以不愿依附李鸿章，话虽如此，由于与淮军的关系很深，不免间接会受李鸿章的影响。胡雪岩既为李鸿章认作左宗棠的羽翼，必须加以翦除，那么期望刘秉璋能加以额外的援手，便等于缘木求鱼了。如今朝廷将阜康所欠公私各款交左宗棠逐一清理，左宗棠便可直接指挥德馨办理，这一来对胡雪岩自然非常有利。

“七姐，你是一语点醒梦中人。如今该怎么办，请你这位女诸葛发号施令。”

“小爷叔不要这么说。我出几个主意，大家商量。第一，应该打个电报给德藩台，让他心里有数，刘抚台管不到那么多了。”

“不错，这个电报马上要打。”

“左大人那里当然要赶紧联络。”七姑奶奶问，“小爷叔，你是自己去一趟呢，还是让应春去面禀一切？”

“我看我去好了。”古应春自告奋勇，“小爷叔没有顶戴不方便。”

这话在胡雪岩正中下怀。奉旨革职的人，当然只能穿便衣，这对左宗棠来说，倒是无所谓的事，但江宁是全国候补道最多的地方，为人戏称“群道如毛”。一到华灯初上，城南贡院与秦淮河房一带，碰来碰去的称呼都是“某观察”，人家当然还是照旧相呼，但胡雪岩不知是默受，还是要声明，已是一介平民？这种尴尬的情势，能避免自然求之不得。

因此，他即时说道："对！应春请你辛苦一趟。见了左大人，你是第三者的地位，比较好说话。"

"是！我明天一早就走。还有啥话要交代？"

"你特别要为德晓峰致意，他很想走左大人的路子，左大人能在封疆大吏中多一个帮手，也是好的。"

古应春也知道，德馨对升巡抚一事，非常热衷，如果能找机会为他进言，并取得左宗棠的承诺，保他更上层楼，那一来德馨自然就会更加出力来帮胡雪岩的忙。

"不过，德藩台的复电，不是今天、明天一定会到，洋人那面，接不上头，似乎不大好。"古应春说，"丝能脱手，到底是顶要紧的一件大事。"

"现在情形不同了，归左大人清理，这批丝能不能卖，就要听他的了。"胡雪岩紧接着说，"所以你到江宁去最好，可以当面跟左大人谈。"

"如果德藩台复电来了，说可以卖呢？"

"那也要听左大人的。"

"事情不是这样办的。"七姑奶奶忍不住开口，"如今是洋人这面重要，价钱谈不拢不必谈，谈拢了又不能卖，要请示左大人，时间上耽误了，洋人或许会变卦。"

"七姐的话不错。"胡雪岩马上作了决定，"丝是一定要脱手的，现在不过价钱上有上落，日子也要宽几天。应春，你明天先把买主去稳住，你同他说，交易一定做得成，请他等几天。现在洋人也晓得了，一牵涉到官场，做事情一定要有耐心，几天的工夫不肯等，根本就没有诚意，这种户头，放弃了也没有什么可惜。"

"好！我明天一早去，去了回来就动身。"古应春忽然发觉，"咦，老宓怎么还不来？"

原来古应春去看沈兰生时，照胡雪岩的嘱咐，顺道先转到集贤里，阜康虽已闭歇，宓本常与少数伙计还留守在那里。宓本常听说胡雪岩来了，即时表示，马上就会到古家来“同大先生碰头”。这句话到此刻，将近三个钟头了，何以踪影不见？

“丑媳妇总要见公婆面，他会来的。小爷叔吃消夜等他。”七姑奶奶说，“消夜不晓得预备好了没有？”

“早就预备好了。”瑞香在外面起坐间中，高声回答，接着进了卧室，将坐在轮椅上的七姑奶奶推了出去。

消夜仍旧很讲究，而且多是胡雪岩爱吃的食物，时值严寒，自然有火锅，是用“糟钵头”的卤汁，加上鱼圆、海参、冬笋，以及名为“胶菜”的山东大白菜同煮。这使得胡雪岩想起了老同和。

“应春，”他问，“你看见阿彩了？”

“看见了。”

“哪个阿彩？”七姑奶奶问，“好像是女人的名字。”

胡雪岩与古应春相视而笑。由于胡雪岩现在的心境，倒反而因为京里来的消息而踏实了，所以古应春觉得谈谈这段意外的韵事，亦自不妨，当即开玩笑地说：“小爷叔如果当时再跟阿彩见一面，说不定现在是老同和的老板。”

以这句笑谈作为引子，古应春由昨夜在老同和进餐，谈到这天上午与阿彩的对话，其间胡雪岩又不时作了补充。这段亘时二十余年的故事，近乎传奇，七姑奶奶与瑞香都听得津津有味，胡雪岩借此也了解了许多他以前不知道，甚至想象不到的情节。尤其是阿彩如此一往情深，大出他的意料，因而极力追忆阿彩当年的模样，但只有一个淡淡的、几乎不成形的影子，唯一记得清楚的是纤瘦的身子与一双大眼睛。

这顿消夜，吃到午夜方罢。宓本常始终未来。“算了！”胡雪岩说，“明天早上再说，睡觉要紧。”

这一夜睡得不很舒适，主因是古家新装了一个锅炉，热气由铅管通至各处。这是西洋传来的新花样，上海人称之为“热水汀”，胡雪岩元宝街的住宅虽讲究，却尚无此物。但虽说“一室如春”，胡雪岩却还不甚习惯，盖的又是丝棉被，半夜里出汗醒了好几次，迫不得已起床，自己动手，在柜子里找到两条毛毯来盖，才能熟睡。

醒来时，红日满窗。瑞香听得响动，亲自来伺候漱洗，少不得要问到胡家上下，胡雪岩只答得一句：“都还好。”便不愿多谈，瑞香也就知趣不再问下去了。

上楼去看七姑奶奶时，已经摆好早餐在等他了，照例有一碗燕窝粥，胡雪岩说道：“谢谢！七姐你吃吧。”

“为啥不吃？”七姑奶奶说，“小爷叔，你不要作践自己。”

“不是作践自己。我享福享过头了，现在想想，应该惜福。”

七姑奶奶未及答言，只听楼梯上的脚步声，异常匆遽，仿佛是奔了上来的。大家都定睛去看，是古应春回来了。

“小爷叔，”他说，“老宓死掉了！”

“死掉了？”胡雪岩问，“是中风？”

“不是，自己寻的死路，吞鸦片死的。”古应春沮丧地说，“大概我走了以后就吞了几个烟泡，今天早上，一直不开房门，阿张敲门不应，从窗子里爬进去一看，身子都僵了。”阿张是阜康的伙计。

“是为啥呢？”胡雪岩摇摇头，“犯不着！”

“小爷叔，你真真厚道。”七姑奶奶说，“他总觉得祸都是他闯出来的，没有脸见你。他来过两回，一谈起来唉声叹气，怨他自己不该到宁波去的。那时候——”

七姑奶奶突然住声不语，胡雪岩便问：“七姐，你说下去啊。”

七姑奶奶没有答他的话，只问她丈夫：“你怎么晓得你一走了，他就吞了几个烟泡？”

“他们告诉我，昨天我一走，他就关房门睡觉了，那时候只有八点钟，大家都还没有睡。”

“那么，”七姑奶奶紧接着问，“大家倒没有奇怪，他为啥这样子早就上床？”

“奇怪归奇怪，没有人去问他。”古应春答说，“阿张告诉我，他当时心里就在想，不是说要去看大先生，怎么困了呢？他本来想进去看一看，只为约了朋友看夜戏，中轴子是杨月楼的‘八大锤带说书’，怕来不及，匆匆忙忙就走了。看完夜戏吃消夜，回来就上床，一直到今天早上起来去敲门，才晓得出了事。”

七姑奶奶不作声了，但脸上的神色却很明显表示出，她另有看法。

“阜康的人也还有好几个，当时就没有一个人会发现？”胡雪岩又说，“吞鸦片不比上吊，要死以前，总会出声，莫非就没有一个人听见？”

“我也这么问他们，有的说一上床就睡着，没有听见，有的说逛马路去了，根本不知道。”

“这也是命中注定。”七姑奶奶终于忍不住开口，“不是人死了，我还说刻薄话，照我看是弄假成真。”

“你是说，他是假装寻死？”古应春问。

“你又不是不晓得，他随身的那个明角盒子里，摆了四个烟泡，在人面前亮过不止一回。”

“喔，”胡雪岩很注意地问，“他是早有寻死的意思了？”

“是啊！”七姑奶奶看着古应春说，“我不晓得你听他说过没有？我是听他说过的。”

“他怎么说？”胡雪岩问。

“他说，我实在对不起胡大先生，只有拿一条命报答他。”

“七姐，你倒没有劝他，不要起这种念头？”

“怎么没有？我说，古人舍命救主的事有，不过赔了性命，要有用处。没有用处，白白送了一条命，对胡大先生一点好处都没有。”

“他又怎么说呢？”

“他说，不是这样子，我对胡大先生过意不去。”七姑奶奶又说，“他如果真的是这样想老早就该寻死了。迟不死，早不死，偏偏等到要同你见面了，去寻死路。照我想，他是实在没有话好同小爷叔你说，只好来一条苦肉计。大凡一个人真的不想活了，就一定会想到千万不要死不成，所以要挑挑地方，还要想想死的法子，要教人不容易发现，一发现了也死不成。他身上的烟泡，照我想，阜康的伙计总也见过的，莫非他们就没有想到？说了要来看大先生，忽然之间关了大门睡觉，人家自然会起疑心，自然会来救他。这样子一来，天大的错处，人家也原谅他了，他也不必费心费力说多少好话来赔罪了。哪晓得偏偏人家留心不到此，看戏的看戏，逛马路的逛马路，睡觉的睡觉，这都是他想不到的。小爷叔你也不必难过，他这样子一死，不必再还来生债，对他有好处的。”

“死了，死了，死了一切都了掉了。”胡雪岩说，“他的后事，要有人替他料理，应春，我晓得他对你不大厚道，不过朋友一场，你不能不管。”

“是的。我已经叫阜康的伙计替他去买棺材了。尽今天一天工夫，我把他的后事料理好，明天动身。”古应春又问，“是不是先打个电报给左大人？”

“应该。”

于是古应春动笔拟了个由胡雪岩具名，致左宗棠的电报稿说：“顷得京电，知获严谴，职谨回杭待命，一闻电谕，即当禀到，兹先着古君应春赴宁，禀陈一切。”胡雪岩原执有左宗棠给他的一个密码本，为了表示光明磊落，一切遵旨办理，特别交代古应春用明码拍发。

“洋人那里呢？”胡雪岩又问。

“谈妥了。”

“好！”胡雪岩向七姑奶奶征询，“七姐，你看我是不是今天就动身？”

“要这样子急吗？”

“我是由宓本常寻死，联想到杭州，《申报》的消息一登，一定有人会着急，不晓得会出什么意外。所以我要赶回去，能在《申报》运到之前，赶回杭州最好。”

“说得一点不错。”七姑奶奶答说，“昨天晚上我们光是谈了公事，本来今天我还想同小爷叔谈谈家务。现在小爷叔已经想到了，就不必我再说。赶紧去订船吧。”

“我来办。”古应春说，“订好了，我马上回来通知。”

等古应春一走，胡雪岩又跟七姑奶奶秘密商量，一直到中午古应春回来，说船已订好，花三百两银子雇了一只小火轮拖带，两天工夫可以回杭州。

胡雪岩专用的官船，大小两号，这回坐的是吃水浅的小号，小火轮拖着，宛如轻车熟路，畅顺无比，黄昏过了海宁直隶州，进入杭州府境界，当夜到达省城，在望仙桥上岸，雇了一乘小轿，悄然到家。

“这么快就回来了？”螺蛳太太惊讶地问，“事情顺手不顺手？”

“一时也说不尽。”胡雪岩问，“老太太身子怎么样？”

“蛮好。就是记挂你。”

“唉！”胡雪岩微喟着，黯然无语。

“我叫他们预备饭，你先息一息。”螺蛳太太唤着阿云说，“你去告诉阿兰，叫她禀报太太，说老爷回来了。”

这是她守着嫡庶的规矩，但胡雪岩却拦住了。“不必，不必！”他说，“等我们谈妥当了，再告诉她。”

这一谈谈到四更天，胡雪岩方始归寝。螺蛳太太却不曾睡，一个人盘算了又盘算，到天色微明时，带着阿云去叩梦香楼的房门，与胡太太谈了有半个时辰，方始回来，唤醒胡雪岩，伺候他漱洗完毕。开上早饭来，依旧食前方丈。

“从明天起，不能再这样子摆排场了。”

螺蛳太太急忙解释：“原是因为你头一天回来，小厨房特别巴结。”

“小厨房从明天起，也可以撤销了。”

“我晓得。”螺蛳太太说，“这些事我会料理，你就不必操这份心吧！”

胡雪岩不作声了，朝餐桌上看了一下说：“到大厨房去拿两根油炸桧来。”

古来奸臣无数，杭州人最恨的是害死岳飞的秦桧，所以将长长的油条称之为“油炸桧”，意思是他在十八层地狱下油锅，又写做“油灼脍”。胡家下人多，每天大厨房里自己打烧饼、炸油条，从来不尝的胡雪岩，忽然想到此物，无非表示今后食贫之意。螺蛳太太觉得太委屈了他，也怕下人加油添酱作新闻去传说，或者还有人会骂他做作，所以当面虽未拦阻，却向阿云使个眼色。这俏黠丫头，自能会意，到外面转了一圈回来说：“已经歇火不炸了，冷油条最难吃，我没有要。”

“没有要就不要了。”螺蛳太太说道，“老爷也快吃好了。”

胡雪岩不作声，吃完粥站起，恰好钟打八下，便点点头说：“是时候了。”

“阿云！”螺蛳太太开始发号施令，“你叫人把福生同老何妈去叫来。随后通知各房姨太太，到二厅上会齐，老爷有话交代。再要告诉阿兰，请太太也到二厅上。”

她说一句，阿云应一句，不一会儿，男女总管福生与老何妈应召而至，螺蛳太太吩咐福生，在二厅上生火盆，然后将老何妈唤到一边，密密交代了好些话。

胡家这十年来，“夜夜元宵，朝朝寒食”，各房姨太太此时有的刚刚起身，正在漱洗，有的还在床上。其中有两个起得早的，都从丫头口中得知胡雪岩已于昨夜到家，一个素性懒散，听过丢开，只关心她的一架鹦鹉，一缸金鱼，天气太冷，金鱼冻死了两条，令人不怡；另一个性情淳厚，服侍胡雪岩，总是处处想讨他的欢心，深知胡雪岩喜欢姬妾修饰，所以梳洗以后，插戴得珠翠满头，换了一件簇新的青缎皮袄，打算着中午必能见到胡雪岩——每逢他远道归家，必定召集十二房姨太太家宴，如今虽非昔比，她认为老规矩是不会改的。

因为如此，等丫头一来传唤，她是首先到达二厅的，令胡雪岩觉得眼前一亮。“唷！”他说，“你一大早就打扮得花枝招展，好像要赶到哪里去吃喜酒，是不是？”

宋姑娘在胡家姬妾中排行第五。胡雪岩一向喜欢她柔顺，加以性情豁达，虽遭挫折，未改常度，所以这样跟她开玩笑地说。

宋姑娘却不慌不忙地先向胡太太与螺蛳太太行礼招呼过了，方始含笑答说：“听说老爷回来了，总要穿戴好了，才好来见你。”

“对，对！”胡雪岩说，“你穿戴得越多越好。”

一句刚完，螺蛳太太重重地咳嗽了一声，仿佛怪他说错了话似的。

宋姑娘当然不会想到他话中另有深意，一眼望见人影说道：“福建姨太来了。”

福建姨太姓杨，家常衣服，虽梳好了头，却连通草花都不戴一朵，进得厅来，一一行礼，心里还在惦念着她那两条死掉的金鱼，脸上一点笑容都没有。

接着其余各房姨太太陆续而来，螺蛳太太看是时候了，便向胡雪岩说一句：“都到齐了。”

于是胡雪岩咳嗽一声，里里外外，静得连针掉在地上都听得见。但胡雪岩却怔怔地看看这个，看看那个，好久都无法开口，而且已经眼角晶莹，含着泪珠了。

他此时的心境，别人不知道，胡太太跟螺蛳太太都很清楚。这十一个姨太太，都是他亲自选中的，或者量珠以聘，或者大费周折，真所谓来之不易。何况一个有一个的长处，不管他在官场、商场、洋场遭遇了什么拂逆之事，一回到家，总有能配合他的心情，让他暂时抛开烦恼的人相伴，想到一旦人去楼空，他如何狠得下这个心来？

螺蛳太太当机立断。“请太太跟大家说吧！”接着便想吩咐站在胡太太身后的阿兰，将胡雪岩扶了进去，但一眼瞥见行七的朱姨太，灵机一动，改口说道，“七妹，你送老爷到后头去。”

朱姨太心知别有深意，答应着来扶胡雪岩。他一言不发，摇摇头，掉转身子往里就走，不过朱姨太还是抢上两步，扶着他的手臂。

“老爷是昨天晚上回来的。”胡太太说道，“消息交关不好，我也不必细说，总而言之一句话，树倒猢狲散，只好各人自己作打算了。”

此言一出，里外一阵轻微的骚动，胡太太重重咳嗽一声，等大家静了下来，正要再往下说，不过有人抢在她前面开了口。

此人是排行第二的戴姨太太。“我今年四十岁了。”她说，“家里没有人，没有地方好去，我仍旧跟太太，有饭吃饭，有粥吃粥。我跟老爷、太太享过福，如今吃苦也是应该的。”

“戴姨太，你不要这样说——”说到这里，胡太太发觉螺蛳太太拉了她一把，便即停了下来，转眼等她开口。

螺蛳太太是发觉对戴姨太要费一番唇舌，如果说服不了她，事情便成了僵局，所以轻声说道：“太太，我看先说了办法，一个一个来问，不愿意走的，另外再说。”

胡太太听她的话，开口说道：“老爷这样做，也叫作没奈何。现在老爷已经革职了，还要办啥罪名，还不晓得，为了不忍大家一起受累，所以只好请大家各自想办法。老爷想办法凑了一点现银，每人分五百两去过日子。大家也不必回自己房里去了，‘将军休下马，各自奔前程’，就在这里散了吧！”

一听这话，福建籍的杨姨太太扶着一个丫头的肩，第一个急急奔出厅去，去到花园门口，只见园门紧闭，挂了一把大锁，老何妈守在那里。

“开门！开门！”杨姨太说，“我要回去拿东西。”

“杨姨太，进不去了，没有钥匙。”

“钥匙在哪里？”

“在老爷身上。”

“我不相信。”

“不相信也没有办法。”老何妈说，“杨姨太，算了吧！”

“我，我，”杨姨太哭着说，“我的鹦鹉、金鱼还没有喂。”

"你请放心。"老何妈说，"自有人养，不会死的。"

杨姨太还要争执，但老何妈寒着脸不开腔，看看无法可想，只好委委屈屈地重回二厅。

二厅上聚讼纷纭，有的在商谈归宿，有的在默默思量，有的自怨自艾——早知如此，该学宋姑娘，将所有的首饰都带在身上。当然，表情亦各个不同，有的垂泪，不忍遽别；有的茫然，恍如铩羽；亦有欣然色喜，等一开了笼子，就要振翅高飞的。

厅外聚集的男女仆人，表情就更复杂了，大多是三三两两，聚在一起交头接耳地窃窃私议。有人脸上显得兴奋而诡异，那就不难窥见他们的内心了，都是想捡个现成便宜，尤其是年纪较轻而尚未成家的男仆，仿佛望见一头天鹅从空而降，就要到嘴似的，这种人财两得的机会，是做梦都不曾想到的。

乱过一阵，大致定局，除了戴姨太坚持不走，决定送她去陪老太太以外，其余五个回娘家，四个行止未定，或者投亲，或者在外赁屋暂住，一共是九个人。胡太太当即交代总管，回娘家或者投亲的雇车船派人护送；赁屋暂住的，大概别有打算，亦自有人照料，就不必管了。

此外就只剩有一个朱姨太了，她是由胡雪岩亲自在作安排。"老七，"他说，"你是好人家的女儿，所以我对你一向另眼看待，你自己也晓得的。"

"我晓得。"朱姨太低着头说。

"在我这回去上海以前，罗四姐跟你谈过周少棠，你的意思怎么样？"

"我根本没有想过。"朱姨太说，"我只当她在说笑话。"

"不是笑话。"胡雪岩很委婉地说，"我也晓得你不愿意出去，不过时势所限，真叫没法。俗语说得是：'夫妻本是同林鸟，大限来时各自飞'，你要想开一点。"

"哪里想得开？我跟老爷八年，穿罗着缎，首饰不是珍珠就是翡翠，这样的福享过，哪里还能够到别人家去过日子？"

口气是松动了。胡雪岩像吃了萤火虫似的，肚子里雪亮，略想一想，低声说道："我同太太她们定规的章程是，每人送五百两银子，不必再回自己房间里去了。对你，当然是例外。"

朱姨太心里一块石头落地，当即盈盈下拜："谢谢老爷。"

"起来，起来。"胡雪岩问道，"你有多少私房？"

"也没有仔细算过。而且老爷赏我的都是首饰，也估不出价钱。"

"现银呢？"

"我有两万多银子，摆在钱庄里。"

胡家的姨太太，都有私房存在阜康生息。阜康一倒，纷纷提存，胡雪岩亦曾关照这些存款，都要照付。不过朱姨太还存着两万多两，不免诧异。

"怎么？你没有把你的款子提出来？"

"我不想提。"

"为啥？"

"老爷出了这种事，我去提那两万多银子，也显得太势利了。"

"好！好！不枉我跟罗四姐对你另眼相看。"胡雪岩停了一下，"你的存折呢？"

"在房间里。"

"等一下你交给我，我另外给你一笔钱。"

"不要啦！"朱姨太说，"老爷自己的钱都不知道在哪里。"

接下来，胡雪岩便谈到周少棠，说他从年纪轻时，就显得与众不同，一张嘴能说善道，似乎有些油滑，但做事却实实在在。又谈周太太如何贤惠，朱姨太嫁了过去，一定能够和睦相处。

朱姨太却一直保持着沉默，甚至是不是在倾听，都成疑问，因为她不是低着头，便是望着窗外，仿佛在想自己的心事似的。

这使得胡雪岩有些不大放心了。"你的意思到底怎么样？"他问。

"我，"朱姨太答说，"我想问问我哥哥。"

"初嫁由父，再嫁由己。你老子去世了，你哥哥怎么管得到你？"

朱姨太沉吟未答，就这时候听得房门轻轻推开，出现在门口的是螺蛳太太。

“都弄好了？”

“只有戴姨太，一定不肯走，情愿去服侍老太太。”

“喔。”胡雪岩无可无不可地点点头，“宋姑娘呢？”

“她回娘家。”螺蛳太太说，“她要进来给你磕头，我说见了徒然伤心，不必了。”

“她倒也是有良心的。”胡雪岩又指着朱姨太说，“她有两万多银子存在阜康，上个月人家都去提存，她没有提。”

“喔。”螺蛳太太没有再说下去。

就这时只听有人叩门，求见的是福生，只为拿进来一份刚送到的《申报》。报上登着胡雪岩革职，交左宗棠查办的新闻，还有一段“本埠讯”：

> 本埠英租界集贤里内，胡雪岩观察所开设之阜康庄号执事人宓本常，因亏空避匿，致庄倒闭等因，已刊前报。兹悉宓本常初至原籍宁波，继到杭州，然未敢谒胡观察，今仍来沪。胡观察于日前至沪，约见宓本常，不意宓于当夜服毒身死。至前日清晨，始被人发现，已寻短见，惟察其肚腹膨弯，且有呕血之痕迹，疑吞西国药水身死。

宓本常如何身死，已无足关心，胡雪岩所关心的是另外一篇夹叙夹议的文章，题目叫作《胡财神因奢而败》。其中有一段说：

> 胡在上海、杭州各营大宅，其杭宅尤为富丽，皆订规禁制，仿西法，屡毁屡造。厅事间四壁皆设尊罍，略无空隙，皆秦汉物，每值千金，以碗沙捣细涂墙，扪之有棱，可以百年不朽。园内仙人洞状如地窖、几榻之类、行行整列。六七月胡御重裘偃卧其中，不知

世界内，尚有炎尘况味。

看到这里，胡雪岩笑出声来，螺蛳太太与朱姨太围了拢来，听他讲了那段文章，螺蛳太太问道："什么叫'重裘'？是不是皮袍子？"

"就算不是皮袍子，至少也是夹袄。假山洞里比较凉快是有的，何至于六七月里要穿夹袄。我来看看是哪个胡说八道？"

仔细一看，这篇文章有个总题目，叫作《南亭笔记》，作者为李伯元。又有一段说：

胡尝衣敝过一妓家，妓慢之不为礼，一老妪殷殷讯问，胡感其诚，坐移时而去。明日使馈老妪以蒲包，启视之，粲粲然金叶也。妓大悔，复使老妪踵其门，请胡命驾，胡默然无一语，但拈须微笑而已。胡尝过一成衣铺，有女倚门而立，颇苗条，胡注目观之，女觉，乃阖门而入，胡恚，使人说其父，欲纳之为妾，其父靳而不予。胡许以七千圓，遂成议。择期某日，燕宾客，酒罢入洞房，开尊独饮，醉后会女裸卧于床，仅擎巨烛侍其旁，胡回环审视，轩髯大笑曰："汝前日不使我看，今竟何为？"

看到这里，胡雪岩复又大笑。"你们看，这个李伯元，说我一把胡子。"接着将那段笔记，连念带讲地告诉了她们。

"嚼舌头！"螺蛳太太说，"哪里有这种事！"

"而且前言不搭后语。"朱姨太是医生的女儿，略通文墨，指出李伯元的矛盾，"一会儿'拈须微笑'，一会儿'轩髯大笑'，造谣言造得自己都忘其所以了。"

"不错。"胡雪岩说，"不过后面这一段倒有意思，好像晓得有今天这样的收场结果似的。"

"喔，"螺蛳太太问，"他怎么说？"

“他说，‘已而匆匆出宿他所。诘旦遣妪告于女曰：房中所有悉将去，可改嫁他人，此间固无从位置也。女如言获二万余金归诸父，遂成巨富。’”

“这个人眼孔也太小了。”朱姨太说，“两万多银子，就好算巨富了？”

胡雪岩不作声，螺蛳太太问道：“你说，要多少才好算巨富？”

朱姨太将自己的话回味了一下，才发觉自己的无心之言，已经引起螺蛳太太的猜疑了，想了一下答说：“我是笑他这个姓李的眼孔比我还小，他把两万多银子看得大得不得了，我有两万多银子，情愿不要。”

这是指她的那笔阜康存款而言，再一次表示放弃。当然，她不妨说漂亮话，而胡雪岩认为不须认真分辨，只要照自己的办法去做就是。螺蛳太太更觉不便多说什么，不过朱姨太不想多争财货的本心，却已皎然如见，因而对她又添了几分好感。

这时厅上已经静了下来，只是螺蛳太太与胡太太，照预定的计划，还有遣散男女佣仆的事要安排，所以仍是朱姨太太陪着胡雪岩闲坐。

“我们进去吧！”胡雪岩说，“这里太冷。”

“园子门还不能开，老爷再坐一息。我去叫人再端一个火盆来。”

一去去了好半天，没有人来理胡雪岩，想喝杯茶，茶是冷的，想找本书看，翻遍抽屉，只有一本皇历，不由得想起一句俗语：“年三十看皇历，好日子过完了。”

朱姨太终于回来了。原来当十一房姨太太，奉召至二厅时，由老何妈与阿云，随即将多处房门上锁，丫头、使女都被集中到了下房待命。

朱姨太的一个大丫头春香也在其中，她先找到春香，由春香四处去寻觅，好不容易才找到了一篮木炭，这一下耽误的工夫便大了。

火盆上续了火炭，坐上铜铫子烧开了水，胡雪岩才能有热茶，身上也不冷了，但腹中咕噜噜一阵响，便即问道：“在哪儿吃饭？”

“只好在这里。”朱姨太关照春香，“你到小厨房去交代，老爷的饭开到这里来。”

“我去交代没有用。”春香答说，“有规矩的，小厨房要螺蛳太太的人才算数。”

“那你去找阿云。”

春香答应着去了，不一会儿回来复命：“小厨房我同阿云一起去的。刘妈说，小厨房今天不开伙，也不晓得老爷已经回来了，没有预备。不过，她没有事做，把明天要吃的腊八粥倒烧好了，问老爷要不要吃？”

“为啥今天小厨房不开伙？”胡雪岩问。

“这当然是螺蛳太太交代的。”朱姨太答说。

胡雪岩会意了，这也是螺蛳太太迫不得已的下策，伙食断绝，大家自然非即时离去不可。胡雪岩大不以为然，摇摇头说：“这也太过分了。出去的人说一句：我是饥了肚子出胡家大门的！你们想，这话难听不难听？”

“没法子的事。老爷也不要怪螺蛳太太。”

“我不怪她，我只怪我自己，我应该想到的。”

朱姨太不再作声，等刘妈带着人来开饭，居然还能摆出四盘四碗来，不过都是现成材料凑付，而且还有一个火锅，当然是什锦火锅。

世家大族一年到头，不断有应时的食品，而况胡家已是钟鸣鼎食之家，兼以胡老太太信佛，所以每年这顿腊八粥，非常讲究，共分上中下三等。中下两等，为执事人等及下人所用，由大厨房预备。上等的由小厨房特制，除了“上头人”以外，只有宾客与少数“大伙”才能享用。这腊八粥的讲究，除了甜的有松仁、莲子、桂圆、红枣等干果，咸的有香菌、笋干等珍品以外，另外还加上益中补气的药材。今日之下，艳姬散落如云，满目败落的景象，只有这两种腊八粥，依然如昔。这便又引起了胡雪岩的感慨，但也是一种安慰，因而很高兴地说：“甜的、咸的我都要。”

“先吃咸的，后吃甜的。”朱姨太说，“先吃了甜的，再吃咸的就没有味道了。”

“对！”胡雪岩说，“要后头甜。”

等盛了粥来，刚扶起筷子，忽然想起一件事，立即将筷子又放了下来。

“怎么？”

“老太太那里送去了没有？”

“这，倒还不知道。”朱姨太急忙喊道，“刘妈、刘妈！”

在外待命的刘妈，应声而进，等朱姨太一问，刘妈愣住了，“螺蛳太太没有交代。”她嗫嚅着说。

胡雪岩从阜康出事以来，一直没有发过怒，这时却忍不住了，蓦地将桌子一拍。“没有交代，你就不管了！”他咆哮着，“你们就不想想，老太太平时待你们多少好！她不在家，你们就连想都想不到她了，忘恩负义，简直不是人！”

一屋的人，都没有见他发过这么大的脾气，朱姨太见机立即跪了下来，她一跪，其余的人自然也都矮了半截。

“老爷不要生气。今天是初七——”

“今天初七，明天不是腊八，你以为可以耽误到啥辰光？”

朱姨太无缘无故挨了骂，自然觉得委屈，但不敢申辩，更不敢哭，只要言不烦地说：“马上就送上山去，我亲自送。”

有了这句话，胡雪岩方始解怒，但却忍不住伤心。回想往事，哪一回不是腊月初七先试煮一回，请胡老太太尝过认可，方始正式开煮？如今连她人在何处，都没有人关心了！他这做儿子的，怎不心如刀绞？

其时螺蛳太太已经得报，说“老爷为了没有替老太太送腊八粥去，大发雷霆”，自知疏忽，急急赶了来料理。

事实上等她赶到，风波已经过去，但胡雪岩心里气尚未消，是她所想象得到的。好在刘妈平日受她的好处很多，不妨委屈委屈她，来消胡雪岩的余怒。

因此，她一到便摆脸色给刘妈看。“今天腊月初七，不是吃腊八粥的日子，”她问，“你把腊八粥端出来作啥？”

“我是问阿兰，腊八粥烧好了，老爷要不要尝一碗。”刘妈嗫嚅着说，

“不是我自己要端出来的。”

“你还要嘴强！”螺蛳太太大喝一声，“你烧好了，自然要吃，不吃莫非倒掉。哪年的腊八粥，都是晚上一交子时才下锅，你为啥老早烧出来？”

“我是因为今天不开伙——”

“哪个跟你讲今天不开伙？”螺蛳太太抢着责问，“不开伙，难道老爷就不吃饭了？我怎么关照你的，我说今天有事，乱糟糟的，老爷只怕不能安心吃饭，迟一点再开，几时说过今天不开伙？”

声音越来越高，仿佛动了真气似的，刘妈不敢作声。胡雪岩倒有点过意不去，正想开口解劝时，不道螺蛳太太却越骂越起劲了。

“还有，常年旧规你不是不晓得，每年腊八粥总要请老太太先尝了再煮。今年老太太住在山上，我还打不定主意，腊八粥是送了去，还是带了材料到山上去煮，你就自作主张，不到时候就煮好了。”说着，螺蛳太太将桌子使劲一拍，“你好大胆！”

到了这个地步，胡雪岩不但余怒全消，而且深感内疚，自悔不该为这件小事认真，因而反来解劝螺蛳太太，安慰刘妈。

“好了，好了！你也犯不着生这么大的气，总怪我不好。”他又对刘妈说，“你没有啥错，螺蛳太太说你两句，你不要难过。”

“我不敢。”

朱姨太与阿兰也来打圆场，一个亲自倒了茶来，一个绞了手巾，服侍螺蛳太太。一场风波，霎时间烟消云散。

“粥还不坏。”胡雪岩说道，“你也尝一碗。”

“我不饿。”螺蛳太太脸色如常地说，“等我去料理完了，同太太一起去看老太太。”

“你们两个人都要去？”

“怎么不要？家里这么一件大事，莫非不要禀告她老人家？”螺蛳太太又说，“戴姨太一去，老太太自然也晓得了，心里会记挂。”

这一下提醒了胡雪岩。此是家庭中极大的变故，按规矩应该禀命而行，如果老母觉得他过于专擅，心里不甚舒服，自己于心何安？

转念到此，便即说道：“我也去。”

“你怎么能去？”螺蛳太太说，“如果有啥要紧信息，不但没有人作主，而且大家都上山，会接不上头。”

“这倒也是。”胡雪岩接着又说，“我是怕老太太会怪我，这么大一件事，说都不跟她说一声。”

“不要紧！我有话说。”

“你预备怎么说法？”

螺蛳太太看朱姨太不在眼前，只有阿兰在，但也不宜让她听见，便即问说：“刘妈呢？”

“回小厨房去了。”

“你叫她来一趟。”

“是。”

等阿兰走远了，螺蛳太太方始开口：“我打算跟老太太这么说，这件事如果来请示老太太，心里一定不忍，事情就做不成功了。倒不如不说，让太太跟我两个人来做恶人。”她接着又说，“倒是纱帽没有了这一层，我不晓得要不要告诉老太太？”

提起这一层，胡雪岩不免难过，“你说呢？”他问。

螺蛳太太想了个折中的说法，不言革职，只道辞官，胡雪岩无可无不可地同意了。

其时只见阿雪悄悄走了来，低声说了一句：“差不多了。”

“喔，”螺蛳太太问道，“太太呢？”

“肝气又发了，回楼上去了。”

“要紧不要紧？”

“不要紧。太太自己说，是太累了之故，歇一歇就会好的，到‘开房门’的时候再去请她。”

“人都走了？”

螺蛳太太所说的“人”指遣散的男女佣仆。人数太多，有的在账房中领取加发的三个月工钱，有的在收拾行李，还有的要将经手的事务，交代给留用的人，总要到傍晚才能各散。

不过，这与“开房门”不生影响，因为花园中自成天地，螺蛳太太考虑了一会儿，发觉一个难题，皱着眉问：“有没有人学过铜匠的？”

一直不曾开口的胡雪岩，诧异地问道：“要铜匠做啥？”

“开锁啊！”

胡雪岩不作声了，阿云亦能会意：“在门房里打杂的贵兴，原来是学铜匠生意的。不过，他也是要走的人。”她问，“要不要去看看，如果还没有走，留他下来。”

“要走的人，就不必了。”

“那么去叫个铜匠来。”

“更加不妥当。”螺蛳太太沉吟了一下，断然决然地说，“你叫福生预备斧头、钉锤！劈坏几口箱子算什么。”

原来这天一早，各房姨太太与她们的丫头，一出了园子，房门随即上锁，开房门有钥匙，房间里锁住的箱子，却无钥匙，需要找铜匠来开。但用这样的手段来豪夺下堂妾的私蓄，这话传出去很难听，所以螺蛳太太考虑再三，决定牺牲箱子。

“老爷，”螺蛳太太说，“你可以进去了。”

人去楼空，还要劈箱子搜索财物，其情难堪，胡雪岩摇摇头说：“我想出去走走。”

“预备到哪里？”螺蛳太太建议，“要不去看看德藩台？”

照道理说，早该去看德馨了，但一去要谈正事，胡雪岩心力交瘁，不敢接触严肃的话题，所以摇摇头不答。

“要不去看看亲家老爷？”

螺蛳太太是指他的新亲家“王善人”，胡雪岩一去，便会客气非凡，那些繁文缛节实在吃不消。“我懒得应酬。”胡雪岩说，“顶好寻个清静地方，听人讲讲笑话。”

“那就只好去寻周少棠了。”

“对！”胡雪岩矍然而起，“去寻少棠。”

“慢点！”螺蛳太太急忙说道，“我们先谈一谈。”

第十三章　人去楼空

两人并座低声谈了好一会儿方始结束。胡雪岩戴了一顶风帽，帽檐压得极低，带了一个叫阿福的伶俐小厮，打开花园中一道很少开启的便门。出门是一条长巷，巷子里没有什么行人，就有，亦因这天冷得格外厉害，而且西北风很大，都是低头疾行，谁也没有发觉，这位平时出门前呼后拥的胡财神竟会踽踽凉凉地，只带一个小厮步行上街。

“阿福，”胡雪岩问道，“周老爷住在哪里，你晓得不晓得？”

“怎么不晓得？他住在龙舌嘴。”

“对！龙舌嘴。”胡雪岩说，“你走快一点，通知他我要去。”

“是。”阿福问道，“如果他不在家呢？”

“这么冷的天，他不会出门的。”胡雪岩又说，“万一不在，你留句话，回来了到城隍山药王庙旁边的馆子里来寻我。”

阿福答应一声，迈开大步往前走，胡雪岩安步当车，缓缓行去。刚进了龙舌嘴，只见阿福已经走回头路了，发现主人，急急迎了上来。

“怎么样，不在家？”

“在！”阿福回头一指，“那不是？”

原来周少棠特为赶了来迎接。见了面，胡雪岩摇摇手，使个眼色，周少棠会意，他是怕大声招呼，惊动了路人，所以见了面，低声问道："你怎么会来的？"

这话问得胡雪岩无以为答，只笑笑答说："你没有想到吧？"

"真是没有想到。"

胡雪岩发觉已经有人在注意了，便放快了脚步，反而走在周少棠前面，一直到巷口才停住步，抬头看了一下说："你府上有二十年没有来过了。我记得是坐南朝北第五家。"

"搬到对面去了，坐北朝南第四家。"

"不错、不错！你后来买了对面的房子，不过，我还是头一回来。"

"这房子风水不好。"

何以风水不好？胡雪岩一时无法追问，因为已到了周家。周少棠的妻子，在胡雪岩还是二十几年前见过，记得很清楚的是她生得非常富态，如今更加发福，一双小足撑持着水牛般的身躯，行动非常艰难，但因胡雪岩"降尊纡贵"，在她便觉受宠若惊，满脸堆笑，非常殷勤。

"不敢当，不敢当！"胡雪岩看她亲自来敬茶，摇摇晃晃，脚步不稳，真担心她会摔跤，所以老实说道，"周大嫂，不要招呼，你法身太重，掼一跤不是当耍的。"

"是不是！你真好省省了。胡大先生肯到我们这里来，是当我们自己人看待，你一客气，反而见外了。"周少棠又说，"有事叫阿春、阿秋来做。"

原来周少棠自从受了胡雪岩的提携，境遇日佳，他又喜欢讲排场，老夫妇两口，倒有四个佣人，阿春、阿秋是十年前买来的两个丫头，如今都快二十岁了。

"恭敬不如从命。"周太太气喘吁吁地坐了下来，跟胡雪岩寒暄，"老太太精神倒还健旺？"

"托福，托福。"

“胡太太好？”

“还好。”

看样子还要问螺蛳太太跟姨太太，周少棠已经知道了胡家这天上午发生了什么事，怕她妻子过于啰唆，再问下去会搞得场面尴尬，所以急忙打岔。

“胡大先生在我们这里吃饭。”他说，“自己预备来不及了，我看只有叫菜来请客。”

“少棠，”胡雪岩开口了，“你听我说，你不要费事！说句老实话，山珍海味我也吃厌了，尤其是这个时候，你弄好了，我也吃不下。我今天来，是想到我们从前在一起的日子，吃得落、困得着，逍遥自在，真同神仙一样，所以，此刻我不觉得自己是在做客人，你一客气，就不是我来的本意了。你懂不懂我的意思？”

“本来不懂，你一说我自然就懂了。”周少棠想了一下说，“可惜，张胖子死掉了，不然邀他来一起吃‘木榔豆腐’，听他说荤笑话，哪怕外头下大雪，都不觉得冷了。”

提起张胖子，胡雪岩不免伤感，怀旧之念，亦就越发炽烈。“当年的老朋友还有哪几个？”他说，“真想邀他们来叙一叙。”

“这也是改天的事了。”周少棠说，“我倒想起一个人，要不要邀他来吃酒？”

“哪个？”

“乌先生。”

胡雪岩想了一下，欣然同意。“好的、好的。”他说，“我倒又想起一个人，郑俊生。”

这郑俊生是安康名家——杭州人称滩簧为“安康”，生旦净末丑，五个人坐着弹唱，而以丑为尊，称之为“小花脸”，郑俊生就是唱小花脸的。此人亦是当年与胡雪岩、周少棠一起凑份子喝酒的朋友。只为胡雪岩青云直上，身份悬殊，郑俊生自惭形秽，不愿来往，胡家有喜庆堂会，他亦从不承应。胡雪岩一想起这件事，便觉耿耿于怀，这一天很想弥补这个缺憾。

周少棠知道他的心事，点点头说："好的，我同他有来往，等我叫人去请他。"当即将他用了已经十年的佣人贵生叫了来吩咐，"你到安康郑先生家去一趟，说我请他来有要紧事谈，回头再去请乌先生来吃酒。喔，你到了郑先生那里，千万不要说家里有客。"这是怕郑俊生知道胡雪岩在此不肯来，特意这样叮嘱。

交代完了，周少棠告个罪，又到后面跟周太太略略商量如何款客。然后在堂屋里坐定了陪胡雪岩围炉闲话。

"你今天看过《申报》了？"客人先开口。

"大致看了看。"周少棠说，"八个字的考语：加油添酱，胡说八道。你不要理他们。"

"我不在乎。你们看是骂我，我自己看，是他们捧我。"

"你看得开就好。"周少棠说，"有句话，叫作'百足之虫，死而不僵。'你只要看得开，着实还有几年快活日子过。"

"看得开，也不过是自己骗自己的话。这一个多月，我常常会有个怪念头，哪里去寻一种药，吃了会教人拿过去忘记掉。"胡雪岩又说，"当然不能连自己的时辰八字、父母兄弟都忘记掉，顶好能够把日子切掉一段。"

"你要切哪一段呢？"

"从我认识王有龄起，到今天为止，这段日子切掉，回到我们从前在一起的辰光，那就像神仙一样了。"

周少棠的心情跟他不同，觉得说回到以前过苦日子的辰光像神仙一样，未免言过其实。所以笑笑不作声。

"少棠，"胡雪岩又问，"你道我现在这种境况，要做两件什么事，才会觉得做人有点乐趣？"

周少棠想了好一会儿，而且是很认真地在想，但终于还是苦笑着摇摇头说："说老实话，我想不出，只有劝你看开点。"

"我自己倒想得一样。"

"喔！"周少棠倒是出自衷心地想与胡雪岩同甘苦，只是身份悬殊，谈不到此，但心情是相同的，所以一听胡雪岩的话，很兴奋地催促着，“快！快说出来听听。”

“你不要心急，我先讲一桩事情你听。”他讲的就是在老同和的那一番奇遇，讲完了又谈他的感想，“我年年夏天施茶、施药，冬天施粥、施棉袄，另外施棺材，办育婴室，这种好事做是在做，心里老实说一句，叫作无动于衷，所谓‘为善最乐’这句话，从没有想到过。少棠，你说，这是啥道理？”

“我想，”周少棠说，“大概是因为你觉得这是你应该做的，好比每天吃饭一样，例行公事无所谓乐不乐。”

“不错，发了财，就应该做这种好事，这是钱用我，不是我用钱，所以不觉得发财之可贵——”

“啊、啊！我懂了。”周少棠插嘴说道，“要你想做一件事，没有钱做不成，到有了钱能够如愿，那时候才会觉得发财之可贵。”

“你这话说对了一半。有钱可用，还要看机会。机会要看辰光，还要看人。”

“怎么叫看人？”

“譬如说，你想帮朋友的忙，无奈力不从心，忽然中了一张彩票，而那个朋友又正在为难的时候，机会岂不是很好？哪知道你把钱送了去，人家不受。这就是看人。”

“为啥呢？”周少棠说，“正在需要的时候，又是好朋友，没有不受的道理。”

“不受就是不受，没有道理好讲的。”

“那，”周少棠不住摇头，“这个人一定多一根筋，脾气古怪，不通人情。”

“换了你呢？”

“换了我，一定受。”

“好！”胡雪岩笑着一指，“这话是你自己说的，到时候你不要赖！”

周少棠愕然。“我赖啥？”他说，“胡大先生，你的话说得我莫名其妙。”

胡雪岩笑笑不答，只问：“乌先生不是住得很近吗？”

原来乌先生本来住在螺蛳门外，当年螺蛳太太进胡家大门，周少棠帮忙办喜事，认识了乌先生，两人气味相投，结成至交。螺蛳太太当乌先生“娘家人”，劝他搬进城来住，有事可以就近商量，乌先生托周少棠觅屋，在一条有名曲折的十三弯巷买的房子，两家不远，不时过从，乌太太与周太太还结拜成了姐妹。胡雪岩是因为周少棠提议邀他来喝酒，触机想起一件事，正好跟他商量，因而有此一问。

“快来了，快来了。”

果不其然，不多片刻，乌先生来了，发现胡雪岩在座，顿感意外，殷勤致候，但却不便深谈。

“少棠，”胡雪岩说，“我要借你的书房一用，跟乌先生说几句话。”

“啊唷，胡大先生，你不要笑我了，我那个记账的地方，哪里好叫书房？”

“只要有书，就是书房。”

“书是有的，时宪书。”

时宪书便是历本。虽然周少棠这样自嘲地说，但他的书房却还布置得并不算太俗气，又叫阿春端来一个火盆，也预备了茶，然后亲自将门关上，好让他们从容密谈。

“乌先生，我家里的事，你晓不晓得？”

“啥事情？我一点都不晓得。”乌先生的神情显得有些紧张不安。

“我把她们都打发走了。”

“呃，”乌先生想了一下问，“几位？”

“一共十个人。”

胡雪岩的花园中，有名的“十二楼”，遣走十个，剩下两个，当然有螺蛳太太，此外还有一个是谁呢？

他这样思索着尚未开口，胡雪岩却换了个话题，谈到周少棠了。

“少棠的独养儿子死掉了，不孝有三，无后为大，有没有另外纳妾的意思？”

何以问到这话？乌先生有些奇怪，照实答道：“我问过他，他说一时没有适当的人。”

“他这两个丫头，不都大了吗？”

“他都不喜欢。”乌先生说，“他太太倒有意拿阿春收房，劝过他两回，他不要。”

“他要怎么样的人呢？”

“这很难说。不过，看样子，他倒像袁子才。”

“袁子才？”胡雪岩不解，“袁子才怎么样？”

“袁子才喜欢年纪大一点的，不喜欢黄毛丫头。”乌先生又念了一句诗：“徐娘风味胜雏年。”

乌先生与周少棠相知甚深，据他说，在周少棠未有丧子之痛以前，贤惠得近乎滥好人的周太太，因为自己身躯臃肿不便，劝周少棠纳妾来照应起居，打算在阿春、阿秋二人中，由他挑一个来收房，周少棠便一口拒绝，原因很多。

“他的话，亦不能说没有道理。”乌先生说，“老周这个人，做事不光是讲实际，而且表里兼顾，他说，他平时嘴上不大饶人，所以他要讨小纳妾，人前背后一定会有人糗他，说他得意忘形，如果讨了个不三不四，拿不出去的人，那就更加会笑他了。既然担了这样一个名声，总要真的享享艳福，才划算得来。只要人品真的好，辰光一长，笑他骂他的人，倒过来羡慕他、佩服他，那才有点意思。”

“那么，他要怎么样的人呢？”

“第一，当然是相貌，娇妻美妾，说都说死了，不美娶什么妾；第二，脾气要好，不会欺侮周太太。”

胡雪岩点点头赞一声：“好！少棠总算是有良心的。”

“现在情形又不同了。”乌先生接着又说，“讨小纳妾是为了传宗接代，那就再要加个第三：要宜男之相。”

“那么，我现在说个人，你看怎么样？我那个第七，姓朱的。”

乌先生愣住了，好一会儿才说：“大先生，你想把七姨太送给老周？”

“是啊！”胡雪岩说，“年大将军不是做过这样的事？”

“也不光是年大将军，赠妾，原是古人常有。不过，从你们府上出来的，眼界都高了。大先生，这件事，你还要斟酌。”

“你认为哪里不妥当？”

“第一，她会不会觉得委屈？第二，吃惯用惯，眼界高了，跟老周的日子过得来过不来？”

“不会过不来。”胡雪岩答说，“我老实跟你说吧，我不但叫罗四姐问问她，今天早上我同她当面都提过，不会觉得委屈。再说，她到底是郎中的女儿，也知书识字，见识跟别人到底不同，跟了少棠，亦就像罗四姐跟了我一样，她也知道，我们都是为她打算。”

“那好。不过老周呢？你同他谈过没有？”

“当然谈过。”

“他怎么说？”

胡雪岩笑一笑说：“再好的朋友，遇到这种事，嘴上推辞，总是免不了的。”

“这话我又不大敢苟同。”乌先生说，“老周这个人外圆内方，他觉得做不得的事，决不会做。”

“他为啥不会做，你所说的三项条件，她都有的。”胡雪岩又说，“至于说朋友的姨太太，他不好意思要，这就要看旁人了，你们劝他，他会要，你们不以为然，他就答应不下。今天你同郑俊生都好好敲一敲边鼓。还有件事，我要托你，也只有你能办。”

“好！大先生你说。”

“要同周太太先说好。”

“这！”乌先生拍拍胸脯，“包在我身上，君子成人之美，我马上就去。”

“好的！不过请你私下同周太太谈，而且最好不要先告诉少棠，也不要让第三个人晓得，千万千万。”

“是了！”乌先生答说，“回头我会打暗号给你。”

于是一个往前、一个往后。往前的胡雪岩走到厅上，恰好遇见郑俊生进门，他从亮处望暗处，看不真切，一直上了台阶，听见胡雪岩开口招呼，方始发觉。

“原来胡大先生在这里！”他在“安康”中是唱丑的，练就了插科打诨、随机应变的本事，所以稍为愣了一下，随即笑道，“怪不得今天一早起来喜鹊对我叫，遇见财神，我的运气要来了。”

胡雪岩本来想说，财神倒运了。转念一想，这不等于说郑俊生运气不好，偏偏遇见正在倒霉的人？因而笑一笑改口说道：“不过财神赤脚了。”

“赤脚归赤脚，财神终归是财神。”

“到底是老朋友，还在捧我。”胡雪岩心中一动，他这声“财神”不应该白叫，看看有什么可以略表心意之处？

正这样转着念头，只听做主人的在说：“都请坐！难得胡大先生不忘记老朋友，坐下来慢慢儿谈。”

“我们先谈一谈。”郑俊生问道，“你有啥事情要关照我？”

“没有别的，专程请你来陪胡大先生。”

“喔，你挑陪客挑到我，有没有啥说法？”

“是胡大先生念旧，想会会当年天天在一起的朋友。”

“还有啥人？”

“今天来不及了，就邀了你，还有老乌。”周少棠突然想起，“咦！老乌到哪里去了。”

“来了，来了。”乌先生应声从屏风后面闪了出来，“我在后面同阿嫂谈点事。”

“谈好了没有？”胡雪岩问。

“谈好了。”就在这一句话的交换之间，传递了信息，周少棠懵然不觉，郑俊生更不会想到他们的话中暗藏着玄机。胡雪岩当然亦是不动声色，只在心里盘算。

“老爷！”阿春来请示，“菜都好了，是不是现在就开饭？”

“客都齐了。开吧！”

于是拉开桌子，摆设餐具。菜很多，有“皇饭儿”叫来的，也有自己做的。主菜是鱼头豆腐，杭州人称之为“木榔豆腐”——木榔是头的歇后语。此外有两样极粗的菜，一样是肉片、豆腐衣、青菜杂烩，名为“荤素菜”；再一样，是虾油、虾子、加几粒虾仁白烧的“三虾豆腐”。这是周少棠与胡雪岩寒微之时，与朋友们凑份子吃夜饭常点的菜，由于胡雪岩念切怀旧，所以周少棠特为点了这两样菜来重温旧梦。

家厨中出来的菜，讲究得多，一个硕大无比的一品锅，是火腿煮肥鸡，另外加上二十个鸽蛋，再是一条糟蒸白鱼。光是这两样菜，加上鱼头豆腐，就将一张方桌摆满了。

“请坐，胡大先生请上座。”

“不！不！今天应该请乌先生首座，俊生其次，第三才是我。”

“没有这个道理。”乌先生说，“我同俊生是老周这里的常客，你难得来，应该上坐。”

“不！乌先生，你们先坐了，我有一番道理，等下再说，说得不对，你们罚我酒，好不好？”

乌先生听出一点因头来了，点点头说：“恭敬不如从命。俊生，我们两个人先坐。”

坐定了斟酒，烫热了的花雕，糟香扑鼻，郑俊生贪杯，道声：“好酒！”先干了一杯，笑笑说道，“春天不是读书天，夏日炎炎正好眠。待得秋天冬已到，一杯老酒活神仙。”

大家都笑了，胡雪岩便说：“俊生，你今天要好好儿唱一段给我听听。”

“一句话。你喜欢听啥？可惜没有带把三弦来，只有干唱了。”

“你的拿手活儿是‘马浪荡’，说多于唱，没有三弦也不要紧。”

“三弦家伙我有地方借，不要紧！”周少棠高高举杯，“来、来，酒菜都要趁热。”

有的浅尝一口，有的一吸而尽，郑俊生干了杯还照一照，口中说道：“说实话，我实在没有想到，今天会在这里同胡大先生一淘吃酒。”

这句话听起来有笑胡雪岩“落魄”的意味，做主人的周少棠为了冲淡可能会发生的误会，接口说道：“我也没有想到胡大先生今天会光降，难得的机会，不醉无归。”

“难得老朋友聚会，我有一句心里的话要说。”胡雪岩停了下来，视线扫了一周，最后落在郑俊生身上，“俊生，你这一向怎么样？”

郑俊生不知他问这句话的用意，想一想答说：“还不是老样子，吃不饱、饿不杀。”

“你要怎样才吃得饱？”

从来没有人问过他这话，他自己也没有想过这一点，愣了一下，忽然想到曾一度想过，而自以为是胡思乱想，旋即丢开的念头，随即说出口来：“我自己能弄它一个班子就好了。”

“喔，”胡雪岩紧接着问，“怎么个弄法？”

“有钱马上就弄起来了。”

“你说！”

这一来，周少棠与乌先生都知道胡雪岩的用意了，一起用眼色怂恿郑俊生快说。

郑俊生当然也明白了，胡雪岩有资助他的意思，心里不免踌躇，因为一直不愿向胡雪岩求助，而当他事业失败之时，反而出此一举，自觉是件不合情理之事。

“你说啊！”周少棠催他，“你自己说的，胡大先生虽然赤脚，到底是财神，帮你千把银子弄个班子起来的忙，还是不费吹灰之力。”

“却之不恭，受之有愧。而且自己觉得有点于心不甘。此话怎讲？”郑俊生自问自答地说，“想想应该老早跟胡大先生开口的，那就不止一千两银子了。不过，”他特别提高了声音，下个转语，“我要早开口，胡大先生作兴上万银子帮我，那是锦上添花，不如现在雪中送炭的一千两银子，情意更重。”

周少棠听他的话，先是一愣，然后发笑：“熟透了的两句成语，锦上添花，雪中送炭，你这样拿来用，倒也新鲜。”

“不过，”乌先生接口道，“细细想一想，他也并没有用错，胡大先生自己在雪地里，还要为人家送炭，自然更加难得。来、来，干一杯，但愿俊生的班子，有一番轰轰烈烈的作为。”

“谢谢金口。”郑俊生喝干了酒，很兴奋地说，“我这个班子，要就不成功，要成功了的话，你们各位看在那里好了，一定都是一等一的好角色。”

“不错！我也是这样子在想，凡事要嘛不做，要做就要像个样子。俊生，你放手去干，钱，不必发愁，三五千两银子，我还凑得出来。”

郑俊生点点头，双眼乱眨着，似乎心中别有盘算，就这时，阿秋走来，悄悄在周少棠耳际说了句：“太太请。”

“啥事情？”

“不晓得，只说请老爷抽个空进去，太太有话说。”

“好！”周少棠站起身来说，“暂且失陪。我去去就来。”

等他一走，郑俊生欲言又止地，踌躇了一会儿，方始开口，但却先向乌先生使了个眼色，示意他细听。

“胡大先生，我有个主意，你算出本钱，让我去立个班子，一切从宽计算，充其量两千银子，不过你要给我五千，另外三千备而不用。”说着，他又抛给乌先生一个眼色，这回是示意他搭腔。

乌先生是极细心、极能体会世情的人，知道郑俊生的用意。这三千银子，胡雪岩随时可以收回，亦隐隐然有为寄顿之意——中国的刑律，自有“籍没”，亦就是俗语所说的抄家这一条以来，便有寄顿资财于至亲好友之家的办法，但往往出于受托，由于这是犯法的行为，受托者每有难色，至于自告奋勇，愿意受寄，百不得一。乌先生相信郑俊生是见义勇为，决无趁火打劫之意，但对胡雪岩来说，这数目太小了，不值一谈，所以乌先生佯作不知，默然无语。

其实，郑俊生倒确是一番为胡雪岩着想的深刻用心，他是往最坏的方面去想，设想胡雪岩在革职以后会抄家，一家生活无着，那时候除了这三千两银子以外，还有由他的资本而设置的一个班子，所入亦可维生，郑俊生本人只愿以受雇的身份，领取一份薪水而已。

胡雪岩自是全然想不到此，只很爽快地答应：“好！我借你五千银子。只要人家说一声：听滩簧一定要郑俊生的班子。我这五千银子就很值得了。”

胡雪岩接着又对乌先生说：“你明天到我这里来一趟，除了俊生这件事以外，我另外还有话同你说。”

谈到这里，只见周少棠去而复回，入席以后亦不讲话，只是举杯相劝，而他自己却有些心不在焉的模样，引杯及唇，却又放下，一双筷子宕在半空中，仿佛不知从何下箸。这种情形，胡雪岩、乌先生看在眼里，相视微笑，郑俊生却莫名其妙。

“怎么搞的？”他问，“神魂颠倒，好像有心事？”

“是有心事，从来没有过的。”周少棠看着胡雪岩说，“胡大先生，你叫我怎么说？”

原来刚才周太太派丫头将周少棠请了进去，就是谈胡雪岩赠妾之事。周太太实在很贤惠，乐见这一桩好事，虽然乌先生照胡雪岩的意思，关照她先不必告诉周少棠，但她怕周少棠不明了她的心意，人家一提这桩好事，他一定会用“我要先问问内人的意思”的话来回答，那一来徒费周折，不如直截了当先表明态度。

在周少棠有此意外的姻缘，自然喜之不胜，但就做朋友的道理来说，少不得惺惺作态一番。这时候就要旁人来敲边鼓了，乌先生在胡雪岩的眼色授意之下，便向郑俊生说道："我们要吃老周的喜酒了。"

"喔，喔，好啊！"郑俊生见多识广，看到周少棠与胡雪岩之间那种微妙的神情，已有所觉，"大概是胡大先生府上的哪个大姐，要变成周家姨太太了。"

"大姐"是指丫头，乌先生答说："你猜到了一半，不是赠婢是赠妾。我们杭州，前有年将军，后有胡大先生。"接着便将经过情形说了一遍，大大地将朱姨太太夸赞了一番。

"恭喜，恭喜！又是一桩西湖佳话。"郑俊生说，"谈到年大将军，他当初拿姨太太送人是有用意的，不比胡大先生一方面是为了朋友传宗接代，一方面是为了姨太太有个好归宿，光明正大，义气逼人。这桩好事，要把它维持到底，照我看，要有个做法。"

"喔，"胡雪岩很注意地问，"请你说，要怎么做？"

"我先说当初年大将军，拿姨太太送人，也不止在杭州的一个，而且他送人的姨太太，都是有孕在身的——"

原来年羹尧的祖先本姓严，安徽怀远人，始祖名叫严富，两榜及第中了进士，写榜时，误严为年。照定例是可以请求礼部更正的，但那一来便须办妥一切手续后，方能分发任官，未免耽误前程，因而将错就错，改用榜名年富。

年富入仕后，被派到辽东当巡按御史，子孙便落籍在那里。及至清太祖起兵，辽东的汉人，被俘为奴，称为"包衣"。"包衣"有"上三旗""下五旗"之分，上三旗的包衣隶属内务府，下五旗的包衣则分隶诸王门下，年羹尧的父亲年遐龄、长兄年希尧及他本人，在康熙朝皆为雍亲王门下，雍亲王便是后来的雍正皇帝。年羹尧的妹妹，原是雍亲王的侧福晋，以后封为贵妃。包衣从龙入关后，一样也能参加考试，而且因为有亲贵奥援，飞黄腾达，往往是指顾间事。

年遐龄官至湖广巡抚，年希尧亦是二品大员，年羹尧本人是康熙三十九年的翰林，由于雍亲王的推荐，出任四川总督。其实，这是雍亲王为了夺嫡布下的一着棋。

原来康熙晚年已经选定了皇位继承人，即是雍亲王的同母弟，皇十四子恂郡王胤祯，当他奉命以大将军出征青海时，特许使用正黄旗纛，暗示代替天子亲征，亦即暗示天命有归。恂郡王将成为未来的皇帝，是一个心照不宣的公开秘密。

恂郡王征青海的主要助手便是年羹尧，及至康熙六十一年冬天，皇帝得病，势将不起，急召恂郡王来京时，却为手握重兵的年羹尧所钳制，因此，雍亲王得以勾结康熙皇帝的亲信，以后为雍正尊称为“舅舅”的隆科多，巧妙地夺得了皇位。

雍正的城府极深，在夺位不久，便决定要杀隆科多与年羹尧灭口。因此，雍正起初对年羹尧甘言蜜语，笼络备至，养成他的骄恣之气。年羹尧本来就很跋扈，自以为皇帝有把柄在他手里，无奈其何，越发起了不臣之心，种种作为都显出他是吴三桂第二。

但时势不同，吴三桂尚且失败，年羹尧岂有幸理。雍正用翦除他的羽翼以及架空他的兵权的手法，双管齐下，到他乞饶不允，年羹尧始知有灭门之祸，因而以有孕之妾赠人，希望留下自己的骨血。

这番话，在座的人都是闻所未闻。“那么，”乌先生问说，“年羹尧有没有留下亲骨血呢？”

“有。”郑俊生答说，“有个怪姓，就是我郑俊生的生字，凡姓生的，就是年羹尧的后代。”

“为什么要取这么一个怪姓？”

“这也是有来历的，年字倒过来，把头一笔的一撇移到上面，看起来不就像生字？”郑俊生说，“闲话表过，言归正传。我是想到，万一朱姨太太有孕在身，将来两家乱了血胤，不大好。”

“啊、啊！”乌先生看着胡雪岩说，“这要问大先生自己了。”

“这也难说得很。”胡雪岩沉吟了一会儿说，“老郑的话很不错，本来是一桩好事，将来弄出误会来倒不好了，为了保险起见，我倒有个办法，事情我们就说定了，请少棠先找一处地方，让她一个人住两个月，看她一切如常再圆房。你们看好不好？”

“对，对！”郑俊生与乌先生不约而同地表示赞成。

“那么，两位就算媒人，怎么样安排，还要请两位费心。”

原来请乌先生跟郑俊生上坐的缘故在此。事到如今，周少棠亦就老老脸皮，不再说假惺惺的话，逐一敬酒，头一个敬胡雪岩。

“胡大先生，我什么话都用不着说，总而言之，路遥知马力，日久见人心。倘或我能不绝后，我们周家的祖宗，在阴间都会给胡大先生你磕头。”

“失言，失言！”胡雪岩说，“你怎么好说这样的话，罚酒。”

“是，是，罚酒。”周少棠干了第二杯酒以后，又举杯敬乌先生。

“应该先敬他。”乌先生指着郑俊生说，“不是他看得透，说不定弄出误会来，蛮好的一桩事情，变得糟不可言，那就叫人哭不出来了。”

“不错！”胡雪岩接口，“提到这一层，我都要敬一敬老郑。”

“不敢当，不敢当。”三个人都干了酒，最后轮到乌先生。

“老周，”他自告奋勇，“你的喜事，我来替你提调。”

“那就再好都没有。拜托拜托。”

这一顿酒，第一个醉的是主人，胡雪岩酒量不佳，不敢多喝，清醒如常，散席后邀乌先生到家里作长夜之谈。乌先生欣然同意。两人辞谢主人，又与郑俊生作别，带着小厮安步回元宝街。

走到半路，发现迎面来了一乘轿子，前后两盏灯笼，既大且亮，胡雪岩一看就知道了，拉一拉乌先生，站在石板路正中不动。

走近了一看，果然不错，大灯笼上，扁宋字一面是“庆余堂”，一面是个“胡”字。

问起来才知道螺蛳太太不放心，特意打发轿子来接，但主客二人，轿只一乘，好在家也近了，胡雪岩吩咐空轿抬回，他仍旧与乌先生步行而归。

一进了元宝街，颇有陌生的感觉，平时如果夜归，自街口至大门，都有灯笼照明，这天漆黑一片，遥遥望去，一星灯火，只是角门上点着一盏灯笼。

但最凄凉的却是花园里，楼台十二，暗影沉沉，只有百狮楼中，灯火通明，却反而显得凄清。因为相形之下，格外容易使人兴起人去楼空的沧桑之感。

这时阿云已经迎了上来，一见前有客人，定睛细看了一下，惊讶地说：“原来是乌先生。”

“乌先生今天住在这里。”胡雪岩说，“你去告诉螺蛳太太。”

阿云答应着，返身而去，等他们上了百狮楼，螺蛳太太已亲自打开门帘在等，一见乌先生，不知如何，悲从中来，眼泪忍不住夺眶而出，赶紧背过身去，拭一拭眼泪，再回过身来招呼。

“请用茶！”螺蛳太太亲自来招待乌先生。

“不敢当，谢谢！”乌先生看她神情憔悴，不免关心，“罗四姐，你现在责任更加重了。千万要自己保重。”

“唉！”螺蛳太太微喟着，“真像一场梦。”

“嘘！”乌先生双指撮唇，示意她别说这些颓丧的话。

“听说你们是走回来的？这么大的西北风，脸都冻红了。”螺蛳太太喊道，“阿云，赶快打洗脸水来！”

“脸上倒还不太冷，脚冻僵了。”

螺蛳太太回头看了一眼，见胡雪岩与阿云在说话，便即轻声问道：“今天的事，你晓得了？”

“听说了。”

“你看这样做，对不对呢？”

“对！提得起，放得下，应该这么做。”

“提得起，放不下，今天是提不动，不得不放手。”螺蛳太太说，“乌先生，换了你，服不服这口气？”

“不服又怎么样？”胡雪岩在另一方面接口。

乌先生不作声，螺蛳太太停了一下才说：“我是不服这口气。等一下，好好儿商量商量。”

她又问道：“乌先生饿不饿？”

“不饿、不饿。”

“不饿就先吃酒，再开点心。”螺蛳太太回身跟胡雪岩商量，“乌先生就住楼下书房好了？”

“好！”胡雪岩说，“索性请乌先生到书房里去吃酒谈天。”

这表示胡雪岩与乌先生要作长夜之谈。螺蛳太太答应着，带了阿云下楼去安排。乌先生看在眼里，不免感触，更觉关切，心里有个一直盘桓着的疑团，急于打破。

“大先生，”他说，“我现在说句老话：无官一身轻。你往后作何打算？”

“你的话只说对了一半，‘无官’不错，‘一身轻’则不见得。”

“不轻要想法子来轻。”他问，“左大人莫非就不帮你的忙？”

“他现在的力量也有限了。”胡雪岩说，“应春到南京去了，等他来了，看是怎么个说法。”

乌先生沉吟了好一会儿，终于很吃力地说了出来：“朝廷还会有什么处置？会不会查抄？”

“只要公款还清，就不会查抄。”胡雪岩又说，“公款有查封的典当作抵，慢慢儿还，我可以不管，就是私人的存款，将来不知道能打几折来还。一想到这一层，我的肩膀上就像有副千斤重担，压得我直不起腰来。”

“其实，这是你心里不轻，不止身上不轻，你能不能看开一点呢？”

“怎么个看开法？”

“不去想它。”

胡雪岩笑笑不作声，然后顾左右而言他地说：“乌先生，你不要忘记少棠的事，回头同罗四姐好好谈一谈。”

“唉！”乌先生摇摇头，“你到这时候，还只想到人家的闲事。”

“只有这样子，我才会不想我自己的事。我自己的事管不了，只好管人家的闲事。管好人家的闲事，心里有点安慰，其实也就是管我自己的事。”

“这就是为善最乐的道理。可惜，今年——”

“我懂，我懂！”胡雪岩接口说道，“我亦正要同你商量这件事。今天去看少棠，去也是走路去的，西北风吹在脸上发痛，我心里就在想，身上狐皮袍子，头上戴的貂帽，脚下棉鞋是旧的，不过鞋底上黑少白多，也同新的一样。这样子的穿戴还觉得冷，连件棉袄都没有的人，怎么样过冬？我去上海之前，老太太还从山上带口信下来，说今年施棉衣、施粥，应该照常。不过，乌先生，你说，我现在的情形，怎么样还好做好事？”

“我说可惜，也就是为此。你做这种好事的力量，还是有的，不过那一来，一定有人说闲话说得很难听。”乌先生叹口气，“现在我才明白，做好事都要看机会的。”

“一点不错。”胡雪岩说，“刚才同你走回来，身上一冷，我又想到了这件事。这桩好事，还是不能不做，你看有什么办法？”

“你不能出面，你出面一定会挨骂，而且对清理都有影响。”

“对！”胡雪岩说，“我想请你来出面。”

“人家不相信的。”乌先生不断摇头，“我算老几，哪里有施棉衣、施粥的资格。”

正在筹无善策时，螺蛳太太派阿云上来通知，书房里部署好了，请主客二人下楼用消夜。

消夜亦很丰盛。明灯璀璨，灯火熊熊，乌先生知道像这样作客的日子也不多了，格外珍惜，所以暂抛愁怀，且享受眼前，浅斟低酌，细细品尝满桌子的名酒美食。

直到第二壶花雕烫上来时，他才开口：“大先生，我倒想到一个法子，不如你用无名氏的名义，捐一笔款子，指定用途，也一样的。”

话一出口，螺蛳太太插嘴问说："你们在谈啥？"

"谈老太太交代的那件事。"胡雪岩略略说了经过。

"那么，你预备捐多少呢？"

"你看呢？"胡雪岩反问。

"往年冬天施棉衣、施粥，总要用到三万银子。现在力量不够了，我看顶多捐一万。"

"好！"胡雪岩点点头说，"这个数目酌乎其中，就是一万。"

"这一万银子，请乌先生拿去捐。不过，虽说无名氏，总还是有人晓得真正的名字。我看，要说是老太太捐的私房钱，你根本不晓得。要这样说法，你的脚步才站得住。"

胡雪岩与乌先生都深以为然。时入隆冬，这件好事要做就不能片刻延误，为此，螺蛳太太特为离席上楼去筹划——她梳妆台中有一本账，是这天从各房姨太太处检查出来的私房，有珠宝，也有金银，看看能不能凑出一万银子。

"大先生，"乌先生说，"你也不能光做好事，也要为自己打算打算，留起一点儿来。"

胡雪岩不作声，过了一会儿，突然问道："乌先生，你喜欢字画，趁没有交出去以前，你挑几件好不好？"

原以为乌先生总还要客气一番，要固劝以后才会接受，不道他爽爽快快地答了一个字："好！"

于是胡雪岩拉动一根红色丝绳，便有清越的铃声响起，这是仿照西洋法子所设置的叫人铃，通到廊上，也通到楼上，顷刻之间，来了两个丫头，阿云亦奉了螺蛳太太之命，下楼来探问何事呼唤。

"把画箱打开来！灯也不够亮。"

看画不能点烛，阿云交代再来两个人，多点美孚油灯，然后取来钥匙，打开画箱。胡雪岩买字画古董，真假、精粗不分，价高为贵，有个"古董鬼"人人皆知的故事，有人拿了一幅宋画去求售，画是真迹，价钱也还克己，本已可以成交，不道此人说了一句："胡大先生，这张画我没有赚你的钱，这个价钱是便宜的。"

"我这里不赚钱，你到哪里去赚？拿走、拿走，我不要占你的便宜。"交易就此告吹。

因此，"古董鬼"上门，无不索取高价，成交以后亦必千恩万谢。乌先生对此道是内行，亦替胡雪岩经手买进过好些精品，庆余堂的收藏，大致有所了解。在美孚油灯没有点来以前，他说："我先看看帖。"

碑帖俗名"黑老虎"。胡雪岩很兴奋地说："我有一只'黑老虎'，真正是'老虎肉'，三千两银子买的。说实话，我是看中乾隆皇帝亲笔写的金字。"

"喔，我听说你有部化度寺碑，是唐拓。"乌先生说，"宋拓已经名贵得不得了，唐拓我倒要见识见识。"

"阿云，"胡雪岩问道，"我那部帖在哪里？"

"恐怕是在朱姨太那里。"

"喔，"胡雪岩又问，"朱姨太还是住她自己的地方？"

"搬在客房里住。"阿云答说，"她原来的地方锁起来了。"

"这样说，那部帖一时拿不出来？"

"我先去问问朱姨太看。"

等阿云一走，只见四名丫头，各持一盏白铜底座、玻璃灯罩的美孚油灯，鱼贯而至。书房中顿时明如白昼。胡雪岩便将一串画箱钥匙，交到乌先生手里，说一句："请你自己动手。"

乌先生亦就像处理自己的珍藏一样，先打量画箱，约莫三尺高，四尺宽，七尺长，樟木所制，一共八具，并排摆在北墙下，依照千字文"天地玄黄，宇宙洪荒"编号。钥匙亦是八枚，上镌数字，"一"字当然用来开天字号画箱，打开一看，上面有一本册子，标明"庆余堂胡氏书画碑帖目录"字样。

"这就省事了。"乌先生很高兴地说，"我先看目录。"

目录分书法、名画、墨拓三大类，每类又按朝代来分，书法类下第一件是："西晋陆机平复帖卷纸本"。乌先生入眼吓一跳，愣在那里说不出话来。

"怎么样？"胡雪岩诧异地问。

"西晋到现在，少说也有一千五百年了！居然还有纸本留下来，这比王羲之的《兰亭序》还要贵重。王羲之的《兰亭序》原本，唐太宗带到棺木里去了，想不到还有比他再早的真迹，真正眼福不浅。"

胡雪岩笑一笑说："你看了再说。"

于是乌先生兢兢业业地从画箱中，将"陆机平复帖卷"取了出来。这个手卷，装潢得非常讲究，外面是蓝地花鸟缂丝包衬，羊脂白玉卷轴，珊瑚插签，拔去插签摊了开来，卷前黄绢隔水，一条月白绢签，是宋徽宗御题："晋陆机平复帖"六字，下钤双龙玺，另外又有一条极旧的绢签题明："晋平原内史吴郡陆士衡书"。

纸呈象牙色，字大五分许，写的是章草，一共九行，细细观玩，却只识得十分之一，不过后面董其昌的一行跋，却是字字皆识："右军以前，元常以后，唯存此数行，为希代宝。"

董其昌的字，乌先生见过好几幅，细细观察，判定不真，但不便直言论断，只将那个手卷卷了起来。胡雪岩便问："怎么样？"

"似乎有点疑问。"

"你的眼光不错，是西贝货。"胡雪岩指着目录说，"你看几件真东西。"

原来这些字画，胡雪岩曾请行家鉴别过，在目录上做了记号。记号分三种，单圈是假货，双圈则在真假疑似之间，或者虽假也很值钱，譬如宋人临仿的唐画之类：至于没有疑问的真迹，则印上一朵小小的梅花为记，在目录上，大概只有五分之一。

于是，乌先生挑了一部《苏氏一门十二帖》来看，内中收了苏老泉、东坡、子由及东坡幼子叔党的十二封信，入眼即知不假。

"不必看原件，我在目录上挑好了。大先生，你打算送我几件？"

“你自己说。”

“你要我说，有梅花印记的我都要。”乌先生紧接着又说，“我是替你保管。大先生，你相信不相信我？”

乌先生的本意如此，是胡雪岩所意料不到的。但这便是私下藏匿资财，有欠光明磊落，他考虑了一会儿，断然决然地答说：“乌先生，这不必。我仍旧送你几件，你再细细挑。”

乌先生是一番好意，胡雪岩既然不受，他亦不便再多说什么。但仍旧存着能为他保全一分算一分的想法，因而除了《苏氏一门十二帖》以外，另外选了一部《宋徽宗瘦金体书千字文》，一幅董元的《风雨出蛰龙图》，一个赵孟頫的《竹林七贤图》手卷。合计这四件书画，就值上万银子。

于是丫头们在胡雪岩指挥之下，开启三只画箱，将送乌先生的字画找齐捆扎妥当。螺蛳太太与阿云亦相继而回，那部“唐拓化度寺碑”，一时无从找起，也就罢了。捐给善堂的一万银子，已经凑齐，都是银票，即时点交乌先生收讫，然后摆开桌子，酒食消夜。

“摆三双杯筷！”胡雪岩关照阿云，“一起坐。”

这是指螺蛳太太而言。她视乌先生如亲属长辈，不必有礼仪上的男女之别。入座以后，用一小杯绿色的西洋薄荷酒，陪乌先生喝陈年花雕，胡雪岩仍旧照例喝睡前的药酒。

“老七搬到客房里去了？”胡雪岩问。

胡雪岩有时管朱姨太叫老七。“她自己提出来的。”螺蛳太太说，“她说，平时大家热热闹闹的，突然之间，冷冷清清，她会睡不着。”

胡雪岩点点头，眼看乌先生，示意他开口。于是乌先生为螺蛳太太细谈这天在周少棠家情形，最后提出郑俊生的见解。

“不会的。”螺蛳太太说，“大先生哪天住在哪里，都在皇历上记下来的，我查过，住在朱姨太那里，最后一次是两个多月以前。至于——”她本来想开个小小的玩笑，说胡雪岩与朱姨太是否私下燕好过，可就不知道了。但这时候都没有说笑话的心情，所以把话咽住了。

“还是小心点的好。再等一个月看，没有害喜的样子再送到周家也还不迟。”

“也好。”螺蛳太太问，“这一个多月住在哪里呢？”

“住在我那里好了。”

“这就更加可以放心了。”胡雪岩作个切断的手势，“这件事就算这样子定规了。”

“我知道了。”螺蛳太太说，“我会安排。”

于是要谈肺腑之言、根本之计了，首先是乌先生发问：“大先生，你自己觉得这个跟斗是栽定了？”

“不认栽又怎么样？”

“我不认栽！”螺蛳太太接口说道，“路是人走出来的。”

“年纪不饶人！”胡雪岩很冷静地说，“栽了这个跟斗，能够站起来，就不容易了，哪里还谈得到重新去走一条路出来。”

“不然，能立直，就能走路。”乌先生说，“大先生，你不要气馁，东山再起，事在人为。”

“乌先生，你给我打气，我很感激。不过，说实话，凡事说来容易做来难，你说东山再起，我就不晓得东山在哪里。”

“你尽说泄气的话！”螺蛳太太是恨胡雪岩不争气的神情，“你从前不是这样子的！”

“从前是从前，现在是现在。”胡雪岩也有些激动了，“我现在是革了职的一品老百姓，再下去会不会抄家都还不晓得，别的就不必说了。”

提到抄家，乌先生又有一句心里的话要说：“大先生，你总要留点本钱起来。”

胡雪岩不作声，螺蛳太太却触动了心事，盘算了好一会儿，正要发言，不道胡雪岩先开了口。

“你不服气，我倒替你想到一个主意。”胡雪岩对螺蛳太太说，“有样生意你不妨试一试。”

“莫非要我回老本行？”螺蛳太太以为胡雪岩是劝她仍旧做绣货生意。

“不是。”胡雪岩答说，“你如果有兴致，不妨同应春合作，在上海去炒地皮、造弄堂房子，或者同洋人合伙，开一家专卖外国首饰、衣料、家具的洋行。”

“不错。这两样行当，都可以发挥罗四姐的长处。”乌先生深表赞成，“大先生栽了跟斗，罗四姐来闯一番事业，也算失之东隅，收之桑榆。”

“以后我要靠你了。”胡雪岩开玩笑自嘲，“想不到我老来会‘吃拖鞋饭’。”

“难听不难听？”螺蛳太太白了他一眼。

乌先生与胡雪岩都笑了，“不过，这两种行当，都不是小本生意。大先生，趁现在自己还能作主的时候，要早早筹划。”

这依旧是劝他疏散财物、寄顿他处之意。胡雪岩不愿意这么做，不过他觉得有提醒螺蛳太太的必要。

“她自己的私房，自己料理。”胡雪岩说，“我想，你要干那两样行当，本钱应该早就有了吧？”

“没有现款，现款存在阜康，将来能拿回多少，不晓得。首饰倒有一点，不过脱手也难。”

“你趁早拿出来，托乌先生带到上海，交给应春去想办法。”

“东西不在手里。”

“在哪里？”胡雪岩说，“你是寄在什么人手里？”

“金洞桥朱家。”

一听这话，胡雪岩不作声，脸色显得很深沉。见此光景，螺蛳太太心便往下一沉，知道不大妥当。

“怎么了？”她说，“朱家不是老亲吗？朱大少奶奶是极好的人。”

“朱大少奶奶人好，他家的老太太是吃人不吐骨头的角色。”

“啊！”螺蛳太太大吃一惊，“朱老太太吃素念经，而且她们家也是有名殷实的人，莫非——”

“莫非会吞没你的东西？”

“是啊！我不相信她会起黑心。”

“她家本来就是起黑心发的财。”

“这话，”乌先生插嘴说道，“大概有段故事在内。大先生，是不是？”

“不错，我来讲给你们听。”

第十四章　城狐社鼠

胡雪岩讲的是一个掘藏的故事。凡是大乱以后，抚缉流亡，秩序渐定，往往有人突然之间，发了大财，十九是掘到了藏宝的缘故。

埋藏金银财宝的不外两种人，一种是原为富室，遇到刀兵之灾，举家逃离，只能带些易于变卖的金珠之类，现银古玩，装入坚固不易坏的容器中，找一个难为人所注目的地方，深掘埋藏，等待乱后重回家园，掘取应用。如果这家人家，尽室遇害，或者知道这个秘密的家长、老仆，不在人世而又没有机会留下遗言，这笔财富，便长埋地下，不知多少年以后，为那个命中该发横财的人所得。

再一种就是已得悖入之财，只以局势大变，无法安享，暂且埋藏，徐图后计。同治初年的“长毛”，便不知埋藏了多少悖入之财。

“长毛”一据通都大邑，各自找大家巨室为巢穴，名为“打公馆”。凡是被打过“公馆”的人家，乱后重归，每每有人登门求见，说“府上”某处有“长毛”埋藏的财物，如果主人家信了他的话，接下来便是分账，或者对半，或者四六——主人家拿六成，指点的人拿四成，最少也得三七分账。掘到藏的固然也有，但投机的居多，反正掘不到无所损，落得根据流言去瞎撞瞎骗了。

杭州克复以后，亦与其他各地一样，纷纷掘藏。胡雪岩有个表叔名叫朱宝如，颇热衷于此，他的妻子便是螺蛳太太口中的“朱老太太”，相貌忠厚而心计极深。她跟他丈夫说：“掘藏要有路子，现在有条路子，你去好好留心，说不定时来运转，会发横财。”

“你说，路子在哪里？”

“善后局。”她说，“雪岩是你表侄，你跟他要个善后局的差使，他一定答应。不过，你不要怕烦，要同难民混在一起，听他们谈天说地，静悄悄在旁边听，一定会听出东西来。”

朱宝如很服他妻子，当下如教去看胡雪岩，自愿担任照料难民的职司。善后局的职位有好有坏，最好的是管认领妇女，有那年轻貌美而父兄死于干戈流离之中、孤苦伶仃的，有人冒充亲属来领，只要跟被领的说通了，一笔谢礼、银子上百；其次是管伙食，管采买，亦有极肥的油水；此外，抄抄写写、造造名册，差使亦很轻松。只有照料难民，琐碎繁杂而一无好处，没有人肯干，而朱宝如居然自告奋勇，胡雪岩非常高兴，立即照派。

朱宝如受妻之教，耐着心跟衣衫褴褛、气味恶浊的难民打交道，应付种种难题，细心听他们在闲谈之中所透露的种种秘闻，感情处得很好。

有一天有个三十多岁江西口音的难民，悄悄向朱宝如说：“朱先生，我这半个多月住下来，看你老人家是很忠厚的人，我想到你府上去谈谈。”

“喔，”朱宝如印象中，此人沉默寡言，亦从来没有来麻烦过他，所以连他的姓都不知道，当即问说，“贵姓？”

“我姓程。”

“程老弟，你有啥话，现在这里没有人，你尽管说。”

“不！话很多，要到府上去谈才方便。”

朱宝如想到了妻子的话，心中一动，将此人带回家，他进门放下包裹，解下一条腰带，带子里有十几个金戒指。

“朱先生、朱太太。”此人说道，“实不相瞒，我做过长毛，现在弃暗投明，想拜你们两老做干爹、干妈，不知道你们两老，肯不肯收我？”

这件事来得有些突兀，朱宝如还在踌躇，他妻子看出包裹里还有花样，当即慨然答应：“我们有个儿子，年纪同你差不多，如今不在眼前，遇见你也是缘分，拜干爹、干妈的话，暂且不提，你先住下来再说。”

“不！两老要收了我，当我儿子，我有些话才敢说，而且拜了两老，我改姓为朱，以后一切都方便。”

于是，朱宝如夫妇悄悄商量了一会儿，决定收这个干儿子，改姓为朱，由于生于午年，起了个名字叫家驹。那十几个金戒指，便成了他孝敬义父母的见面礼。

有了钱，什么事都好办了，朱宝如去卖掉两个金戒指，为朱家驹打扮得焕然一新，同时沽酒买肉，畅叙“天伦”。

朱家驹仿佛从来没有过过这样的好日子，显得非常高兴，一面大块吃肉、大碗喝酒，一面谈他做长毛的经过。他是个孤儿，在他江西家乡，被长毛“拉夫”挑辎重，到了浙江衢州，长毛放他回家，他说无家可归，愿意做小长毛。他就这样由衢州到杭州，但不久便又开拔了。

那是咸丰十年春天的事，太平军的忠王李秀成，为解“天京”之围，使了一条围魏救赵之计，二月初由皖南进攻浙江，目的是要将围金陵的浙军总兵张玉良的部队引回来，减轻压力。二月二十七日李秀成攻入杭州，等三月初三，张玉良的援军赶到，李秀成因为计已得售，又怕张玉良断他的归路，弃杭州西走，前后只得五天的工夫。

朱家驹那时便在李秀成部下，转战各地，兵败失散，为另一支太平军所收容，他的“长官”叫吴天德，是他同一个村庄的人，极重乡谊，所以他跟他的另一个同乡王培利，成了吴天德的贴身“亲兵”，深获信任。

以后吴天德在一次战役中受了重伤，临死以前跟朱家驹与王培利说：“忠王第二次攻进杭州，我在那里驻扎了半年，‘公馆’打在东城金洞桥。后来调走了，忠王的军令很严，我的东西带不走，埋在那里，以后始终没有机会再到杭州。现在我要死了，有样东西交给你们。”

说着，他从贴肉的口袋中，掏出一个油纸包，里面是一张藏宝的图，关照朱家驹与王培利，设法找机会到杭州去掘藏，如果掘到了，作三股分，一股要送回他江西的老家。又叫朱家驹、王培利结为兄弟，对天盟誓，相约不得负义，否则必遭天谴。

“后来，我同我那位拜兄商量，把地图一分为二，各拿半张，我们也一直在一起。这回左大人克复杭州，机会来了，因为我到杭州来过，所以由我冒充难民，先来探路，等找到地方，再通知我王培利来商量，怎么下手。”

“那么，”朱宝如问，“你那姓王的拜把兄弟在哪里？”

“在上海。只要我一封信去，马上就来。”

“你的把兄弟，也是自己人。”朱宝如的老婆说，“来嘛！叫他来嘛！”

“慢慢、慢慢！”朱宝如摇摇手，“我们先来商量。你那张图呢？”

“图只有半张。”

朱家驹也是从贴肉的口袋中，取出一个油纸包，打开一看，半张地图保存得很好，摊开在桌上抹平一看，是一张图的上半张，下端剪成锯齿形，想来就是“合符”的意思，另外那半张，上端也是锯齿形，两个半张凑成一起，吻合无间，才是吴天德交来的原图。

“这半张是地址。”朱家驹说，“下半张才是埋宝的细图。”

这也可以理解，朱家驹在杭州住过五天，所以由他带着这有地址的半张，先来寻觅吴天德当初打公馆的原址。朱宝如细看图上，注明两个起点，一个是金洞桥，一个是万安桥，另外有两个小方块，其中一个下注“关帝庙”，又画一个箭头，注明：“往南约三十步，坐东朝西。”

没有任何字样的那一个小方块，不言可知便是藏宝之处。

“这不难找。”朱宝如问，“找到了以后呢？”

“或者租、或者买。”

“买？”朱宝如踌躇着，“是你们长毛打过公馆的房子，当然不会小，买起来恐怕不便宜。”

“不要紧。”朱家驹说，“王培利会带钱来。”

“那好!”朱宝如很高兴地，“这件事交给我来办。”

“家驹！”他老婆问说，“里面不晓得埋了点啥东西？”

“东西很多——”

据说，埋藏之物有四五百两金叶子、大批的珠宝首饰。埋藏的方法非常讲究，珠宝首饰先用棉纸包好，置于瓷坛之中，用油灰封口，然后装入铁箱，外填石灰，以防潮气，最后再将铁箱置于大木箱中，埋入地下。

朱宝如夫妇听得这些话，满心欢喜。二人当夜秘密商议，怕突然之间收了一个来历不明的干儿子，邻居或许会猜疑，决定第二天搬家，搬到东城去住，为的是便于到金洞桥去觅藏宝之地。

等迁居已定，朱宝如便命义子写信到上海，通知王培利到杭州，然后到金洞桥去踏勘。“家驹，”他说，“你是外乡口音，到那里去查询，变成形迹可疑，诸多不便。你留在家里，我一个人去。”

朱家驹欣然从命，由朱宝如一个人去悄悄查询。万安桥是杭州城内第一座大桥，为漕船所经之地，桥洞极高，桥东桥西各有一座关帝庙，依照与金洞桥的方位来看，图上所指的关帝庙，应该是桥东的那一座。庙旁就是一家茶馆，朱宝如泡了一壶茶，从早晨坐到中午，静静地听茶客高谈阔论，如是一连三天，终于听到了他想要听的话。

当然他想听的便是有关长毛两次攻陷杭州，在这一带活动的情形，自万安桥到金洞桥这个范围之内，长毛打过公馆的民宅，一共有五处，方位与藏宝图上相合的一处，主人姓严，是个进士。

这就容易找了。朱宝如出了茶店，看关帝庙前面，自北而南两条巷子，一条宽、一条窄，进入宽的那条，以平常的脚步走了三十步，看到一块刻有“泰山石敢当”字样的石碑，以此为坐标，细细搜索坐东朝西的房屋，很快地发现了，有一家人家的门楣上，悬着一块粉底黑字的匾额，赫然大书“进士第”三字。这自然就是严进士家了。

朱宝如不敢造次，先来回走了两趟，一面走，一面观察环境。这一处“进士第”的房子不是顶讲究，但似乎不小。第二趟经过那里，恰好有人出来，朱宝如转头一望，由轿厅望到二门，里面是一个很气派的大厅。

因为怕惹人注目，他不敢多事逗留。回家先不说破，直到晚上上床，才跟他老婆密议，如何下手去打听。

“我也不能冒冒失失上门，去问他们房子卖不卖，顶多问他们，有没有余屋出租？如果回你一句：没有！那就只好走路，以后不便再上门，路也就此断了。”

他的老婆计谋很多，想了一下说：“不是说胡大先生在东城还要立一座施粥厂。你何不用这个题目去搭讪？”

“施粥厂不归我管。”

“怕啥？”朱家老婆说，“公益事情，本来要大家热心才办得好，何况你也是善后局的。”

“言之有理。”朱宝如说，“明天家驹提起来，你就说还没有找到。”

“我晓得。我会敷衍他的。”

朱家老婆真是个好角色，将朱家驹的饮食起居，照料得无微不至，因此，对于寻觅藏宝之地迟迟没有消息，他并不觉得焦急难耐。而事实上，朱宝如在这件事上，已颇有进展了。

朱宝如做事也很扎实，虽然他老婆的话不错，公益事情要大家热心，他尽不妨上门去接头，但总觉得有胡雪岩的一句话，更显得师出有名。

在胡雪岩，多办一家施粥厂，也很赞成，但提出一个相对条件，要朱宝如负责筹备，开办后，亦归朱宝如管理。这是个意外的机缘，即便掘宝不成，有这样一个粥厂在手里，亦是发小财的机会，所以欣然许诺。

于是兴冲冲地到严进士家去拜访，接待的是他家的一个老仆叫严升，等朱宝如道明来意，严升表示他家主人全家避难在上海，他无法作主，同时抄了他家主人在上海的地址给他，要他自己去接头。

“好的，”朱宝如问道，“不过，有许多情形，先要请你讲讲明白，如果你家主人答应了，这房子是租还是卖？”

“我不晓得。”严升答说，“我想既然是做好事，我家老爷说不定一文不要，白白出借。”

“不然。”朱宝如说，“一做了施粥厂，每天多少人进进出出，房子会糟蹋得不成样子。所以我想跟你打听打听，你家主人的这层房子，有没有意思出让？如果有意，要多少银子才肯卖？”

“这也要问我家老爷。”严升又说，“以前倒有人来问过，我家老爷只肯典，不肯卖，因为到底是老根基，典个几年，等时世平定了，重新翻造，仍旧好住。”

于是朱宝如要求看一看房子，严升很爽快地答应了。这一所坐东朝西的住宅，前后一共三进，外带一个院落，在二厅之南，院子里东西两面，各有三楹精舍，相连的两廊，中建一座平地升高、三丈见方的亭子。院子正中，石砌一座花坛，高有五尺，“拦土”的青石，雕镂极精。据严升说，严家老太爷善种牡丹，魏紫姚黄，皆为名种，每年春天，牡丹盛放时，严老太爷都会在方亭中设宴，饮酒赏花、分韵赋诗，两廊墙壁上便嵌着好几块“诗碑”。当然，名种牡丹，早被摧残，如今的花坛上只长满了野草。

朱宝如一面看、一面盘算，严家老太爷既有此种花的癖好，这座花坛亦是专为种牡丹所设计，不但所费不赀，而且水土保持，亦有特别讲究，所以除非家道中替，决舍不得卖屋。出典则如年限不长，便可商量，逃难在上海的杭州士绅，几乎没有一个为胡雪岩所未曾见过，有交情亦很不少，只要请胡雪岩出面写封信，应无不成之理。

哪知道话跟他老婆一说，立即被驳。“你不要去惊动胡大先生。”她说，“严进士同胡大先生一定有交情的，一封信去，说做好事，人人有份，房子定在那里，你尽管用。到那时候，轮不着你作主，就能作主，也不能关起大门来做我们自己的事！你倒想呢？”

朱宝如如梦方醒。“不错，不错！”他问，“那么，照你看，应该怎么样下手？”

“这件事不要急！走一步，想三步，只要稳当踏实，金银珠宝埋在那里，飞不掉的——”

朱家老婆扳着手指，第一、第二地讲得头头是道：

第一，胡雪岩那里要稳住，东城设粥的事，不能落到旁人手里。

第二，等王培利来了，看他手上有多少钱，是现银，还是金珠细软，如果是金珠细软，如何变卖？总要筹足了典当的款子，才谈到第三步。

第三步便是由朱宝如亲自到上海去一趟，托人介绍严进士谈判典屋。至于如何说词，看情形而定。

“总而言之一句话，这件事要做得隐秘。胡大先生这着棋，不要轻易动用，因为这着棋力量太大，能放不能收，事情就坏了。”

朱宝如诺诺连声。遇到胡雪岩问起粥厂的事，他总是以正在寻觅适当房屋作回，这件事本就是朱宝如的提议，他不甚起劲，胡雪岩也就不去催问了。

不多几天王培利有了回信，说明搭乘航船的日期，扣准日子，朱宝如带着义子去接到了。带回家中，朱家驹为他引见了义母。朱宝如夫妇便故意避开，好让他们密谈。

朱家驹细谈了结识朱宝如的经过，又盛赞义母如何体贴，王培利的眼光比朱家驹厉害。“你这位干爹，人倒不坏。”他说，“不过你这位义母我看是很厉害的角色。”

“精明是精明的，你说厉害，我倒看不出来。”

“逢人只说三分话，未可全抛一片心。”王培利问，“地方找到了没有？”

“听我干爹说，有一处地方很像，正在打听，大概这几天会有结果。”

“怎么是听说？莫非你自己没有去找过？”

“我不便出面。”朱家驹问，“你带来多少款子？”

“一万银子。”

“在哪里？”

“喏！”王培利拍拍腰包，“阜康钱庄的票子。”

“图呢？”

“当然也带了。”王培利说，“你先不要同你干爹、干妈说我把图带来了，等寻到地方再说。”

“这——”朱家驹一愣，“他们要问起来我怎么说法？”

“说在上海没有带来。”

“这不是不诚吗？”朱家驹说，“我们现在是靠人家，自己不诚，怎么能期望人家以诚待我？”

王培利想了一下说：“我有办法。”

是何办法呢？他一直不开口，朱家驹忍不住催问：“是什么办法？你倒说出来商量。”

“防人之心不可无。我们人地生疏，他要欺侮我们很容易，所以一定要想个保护自己的办法。”王培利说，“我想住到客栈里去，比较好动手。”

“动什么手？”

“你不要管。你只要编造个什么理由，让我能住到客栈里就行了。”

“这容易。”

朱家驹将他的义父母请了出来，说是王培利有两个朋友会从上海来找他，在家不甚方便，想到客栈里去住几天，等会过朋友以后，再搬回来住。

朱宝如夫妇哪里会想到，刚到的生客，已对他们发生猜疑，所以一口答应，在东街上替王培利找了一家字号名为“茂兴”的小客栈，安顿好了，当夜在朱家吃接风酒，谈谈身世经历，不及其他。

到得二更天饭罢，朱家拿出来一床半新旧洗得极干净的铺盖。“家驹，”她说，“客栈里的被褥不干净，你拿了这床铺盖，送你的朋友去。”

“你看，”忠厚老实的朱家驹，脸上像飞了金似的对王培利说，“我干妈就会想得这样周到。”

其实，这句话恰好加重了王培利的戒心，到得茂兴客栈，他向朱家驹说：“你坐一坐，就回去。你干妈心计很深，不要让她疑心。”

“不会的。”朱家驹说，“我干妈还要给我做媒，是她娘家的侄女儿。”

王培利淡淡一笑：“等发了财再说。”他还有句没有说出来的话：你不要中了美人计。

“现在谈谈正事。”朱家驹问，“你说的‘动手’是动什么？”

王培利沉吟了一会儿。他对朱家驹亦有些不大放心，所以要考虑自己的密计，是不是索性连他亦一并瞒过。

“怎么样？”朱家驹催问着，“你怎么不开口？”

“不是我不开口。”王培利说，“我们是小同乡，又是一起共过患难的，真可以说是生死祸福分不开的弟兄。可是现在照我看，你对你干爹、干妈，看得比我来得亲。”

“你错了。”朱家驹答说，“我的干爹、干妈，也就是你的，要发财，大家一起发。你不要多疑心。”

王培利一时无法驳倒他的话，但有一点是很清楚的，如果继续再劝下去，朱家驹可能会觉得他在挑拨他们义父母与义子之间的关系。大事尚未着手，感情上先有了裂痕，如果朱家驹索性靠向他的义父母，自己人单势孤，又在陌生地方，必然吃亏。

于是他摆出领悟的脸色说道：“你说得不错，你的干爹、干妈，就是我的，明天我同你干爹谈。你半张图带来了没有？”

“没有。那样重要的东西，既然有了家了，自然放在家里。”朱家驹又问，“你是现在要看那半张图？”

“不是，不是。”王培利说，“我本来的打算是，另外造一张假图，下面锯齿形的地方，一定要把你那半张图覆在上面，细心剪下来，才会严丝合缝，不露半点破绽。现在就不必了。”

“你的法子真绝。”朱家驹以为王培利听他的开导，对朱宝如夫妇恢复了信心，很高兴地说，“你住下去就知道了，我的干爹、干妈真的很好。”

“我知道。”

“我要走了。”朱家驹起身说道，“明天上午来接你去吃中饭。”

“好！明天见。”王培利拉住他又说，“我对朱家老夫妇确是有点误会，不过现在已经没有了。我们刚刚两个人说的话，你千万不要跟他们说，不然我就不好意思住下去了。”

“我明白，我明白。”朱家驹连连点头，“我又不是三岁小孩子，不识得轻重。”

等朱家驹一走，王培利到柜房里，跟账房借了一副笔砚，关起门来“动手”。

先从箱子里取出来一本“缙绅录”，将夹在书页中的一张纸取出来，摊开在桌上，这张纸便是地图的一半。王培利剔亮油灯，伏案细看，图上画着“川”字形的三个长方块，上面又有一个横置而略近于正方形的方块，这个方块的正中，画出骰子大小的一个小方块，中间圆圆的一点便是藏宝之处。

看了好一会儿，开始磨墨，以笔濡染，在废纸上试了墨色浓淡，试到与原来的墨迹相符，方始落笔，在地图上随意又添画了四个骰子大的方块，一样也在中间加上圆点。

画好了再看，墨色微显新，仔细分辨，会露马脚。王培利沉吟了一会儿，将地图覆置地上，再取一张骨牌凳，倒过来压在地上，然后闩上了房门睡觉。第二天一早起来，头一件事便是看那半张地图，上面已沾满了灰尘，很小心地吹拂了一番，浮尘虽去，墨色新旧的痕迹，却被遮掩得无从分辨了。

王培利心里很得意，这样故布疑阵，连朱家驹都可瞒过，就不妨公开了。于是收好了图，等朱家驹来了，一起上附近茶馆洗脸吃点心。

“我们商量商量。”朱家驹说，“昨天晚上回去以后，我干爹问我，你有没有钱带来？我说带来了。他说，他看是看到了一处，地方很像。没有钱不必开口，有了钱就可以去接头了。或典或买，如果价钱谈得拢，马上可以成交。”

“喔，”王培利问，“他有没有问，我带了多少钱来？”

“没有。”

王培利点点头，停了一下又说：“我们小钱不能省，我想先送他二百两银子作为见面礼。你看，这个数目差不多吧？”

“差不多了。”

“阜康钱庄在哪里？”王培利说，“我带来的银票都是一千两一张的，要到阜康去换成小票子。”

“好！等我来问一问。”

找到茶博士，问明阜康钱庄在清和坊大街，两人惠了茶资，安步当车寻了去。东街到清河坊大街着实有一段路，很辛苦地找到了，大票换成小票，顺便买了四色水礼，雇小轿回客栈。

“直接到我干爹家，岂不省事？”

“你不是说，你干爹会问到地图？”王培利说，“不如我带了去，到时候看情形说话。”

“对！这样好。”

于是，先回客栈，王培利即将那本“缙绅录”带在身边，一起到了朱家，恰是“放午炮”的时候，朱家老婆已炖好了一只肥鸡，在等他们吃饭了。

“朱大叔、朱大婶，”王培利将四色水礼放在桌上，探手入怀，取出一个由阜康要来的红封袋，双手奉上，“这回来得匆忙，没有带东西来孝敬两位，只好折干了。”

“没有这个道理。”朱宝如双手外推，“这四样吃食东西，你买也买来了，不去说它，折干就不必了。无功不受禄。”

“不！不！以后打扰的时候还多，请两老不要客气。”王培利又说，“家驹的干爹、干妈，也就是我的长辈，做小辈的一点心意，您老人家不受，我心里反倒不安。”

于是朱家驹也帮着相劝，朱宝如终于收了下来，抽个冷子打开来一看，是一张二百两银子的银票，心里很高兴，看样子王培利带的钱不少，便掘宝不成，总还可以想法子多挖他几文出来。

一面吃饭，一面谈正事：“找到一处地方，很像。吃过饭，我带你们去看看。”朱宝如问，“你那半张地图带来了没有？”

“带来了。”王培利问，“朱大叔要不要看看？”

“不忙，不忙！”朱宝如说，“吃完饭再看。”

到得酒醉饭饱，朱家老婆泡来一壶极酽的龙井，为他们解酒消食。一面喝茶，一面又谈到正事，王培利关照朱家驹把他所保存的半张地图取出来，然后从“缙绅录”中取出他的半张，都平铺在方桌上，犬牙相错的两端，慢慢凑拢，但见严丝合缝，吻合无间，再看墨色浓淡，亦是丝毫不差，确确实实是一分为二的两个半张。

这是王培利有意如此造作，这样以真掩假，倒还不光是为了瞒过朱宝如，主要的还在试探朱家驹的记忆，因为当初分割此图时，是在很匆遽的情况之下，朱家驹并未细看，但即令只看了一眼，图上骰子大的小方块只有一个，他可能还记得，看图上多了几个小方块，必然想到他已动过手脚，而目的是在对付朱宝如，当然摆在心里，不会说破，事后谈论，再作道理。倘或竟不记得，那就更容易处置了。

因而在一起看图时，他很注意朱家驹的表情，使得他微觉意外的是，朱家驹虽感困惑，而神情与他的义父相同：莫名其妙。

“画了小方块的地方，当然是指藏宝之处！”朱宝如问，“怎么会有这么多地方？莫非东西太多，要分开来埋？”

“这也说不定。”王培利回答。

“不会。”朱家驹接口说道，“我知道只有一口大木箱。”

此言一出，王培利心中一跳，因为快要露马脚了，不过他也是很厉害的角色，声色不动地随机应变。

“照这样说，那就只有一处地方是真的。”他说，“其余的是故意画上去的障眼法。”

“不错、不错！”朱宝如完全同意他的解释，“前回‘听大书’说《三国演义》，曹操有疑冢七十三，大概当初怕地图万一失落，特为仿照疑冢的办法，布个障眼法。”

王培利点点头，顺势瞄了朱家驹一眼，只见他的困惑依旧，而且似乎在思索什么，心里不免有些嘀咕，只怕弄巧会成拙，而且也对朱家驹深为不满，认为他笨得跟木头一样，根本不懂如何叫联手合作。

“我在上海，有时候拿图出来看看，也很奇怪，懊悔当时没有问个明白。不过，只要地点不错，不管它是只有一处真的也好，是分开来藏宝也好，大不了多费点事，东西总逃不走的。”

听得这一说，朱家驹似乎释然了。“干爹，”他说，“我们去看房子。”

“好！走吧！”

收好了图，起身要离去时，朱家老婆出现在堂屋中，“今天风大，”她对他丈夫说，“你进来，添一件衣服再走。”

“还好！不必了。”朱宝如显然没有懂得他老婆的用意。

“加件马褂。我已经拿出来了。”说到第二次，朱宝如才明白，是有话跟他说，于是答一声“也好”，随即跟了过去。

在卧室中，朱家老婆一面低着头替丈夫扣马褂钮扣，一面低声说道：“他们两个人的话不大对头，姓王的莫非不晓得埋在地下的，只有一口箱子？”

一言惊醒梦中人，朱宝如顿时大悟，那张图上的奥妙完全识透了，因而也就改了主意，到了严进士所住的那条弄堂，指着他间壁的那所房子说：“喏，那家人家，长毛打过公馆，只怕就是。”

“不知道姓什么？”

“听说姓王。”朱宝如信口胡说。

“喔！”王培利不作声，回头关帝庙，向朱家驹使个眼色，以平常脚步，慢慢走了过去，当然是在测量距离。

“回去再谈吧！”朱宝如轻声说道，“已经有人在留意我们了。”

听这一说，王培利与朱家驹连头都不敢抬，跟着朱宝如回家。

原来朝廷自克复金陵，戡平大乱以后，虽对长毛有“胁从不问”的宽大处置，但此辈的处境，实在跟“过街老鼠，人人喊打”无异。同时“盘查奸宄”，责有攸归的地方团练，亦每每找他们的麻烦，一言不合便可带到“公所”去法办，所以朱家驹与王培利听说有人注目，便会紧张。

到家吃了晚饭，朱家驹送王培利回客栈，朱宝如对老婆说：“亏你提醒我，我没有把严进士家指给他们看，省得他们私下去打交道。”

“这姓王的不老实，真的要防卫他，”朱家老婆问道，“那张图我没有看见，上面是怎么画的？”

“喏！”朱宝如用手指在桌面上比画，“一连三个长方块，上面又有一个横的长方块，是严进士家没有错。”

“上面写明白了？”

“哪里！写明白了，何用花心思去找？”

“那么，你怎么断定的呢？”

“我去看过严家的房子啊！”朱宝如说，“他家一共三进，就是三个长方块，上面的那一个，就是严老太爷种牡丹的地方。”

“啊、啊，不错。你一说倒像了。”朱家老婆又问，“听你们在谈，藏宝的地方好像不止一处，为啥家驹说他看到的只有一个木箱？”

“这就是你说的，姓王的不老实。”朱宝如说，“藏宝的地方只有一处，我已经晓得了。”

“在哪里？”

“就是种牡丹的那个花坛。为啥呢？”朱宝如自问自答，“画在别处的方块，照图上看，都在房子里，严家的大厅是水磨青砖，二厅、三厅铺的是地板，掘开这些地方来藏宝，费事不说，而且也不能不露痕迹，根本是不合情理的事。这样一想，就只有那个露天之下的花坛了。”

“那么，为啥会有好几处地方呢？”

“障眼法。”

“障眼法？”朱家老婆问道，“是哪个搞的呢？”

“说不定是王培利。”

朱家老婆想了一下说："这样子，你先不要响，等我来问家驹。"

"你问他？"朱宝如说，"他不会告诉王培利？那一来事情就糟了。"

"我当然明白。"朱家老婆说，"你不要管，我自有道理。"

当此时也，朱家驹与王培利亦在客栈中谈这幅藏宝的地图。朱家驹的印象中那下半幅图，似乎干干净净，没有那么多骰子大的小方块，王培利承认他动了手脚，而且还埋怨朱家驹，临事有欠机警。

"我已经跟你说过了，我们防人之心不可无，你当时应该想得到的，有什么不大对劲的地方，尽管摆在肚子里，慢慢再谈，何必当时就开口，显得我们两个人之间就有点不搭调！"

朱家驹自己也觉得做事说话，稍欠思量，所以默默地接受他的责备，不过真相不能不问。"那么，"他问，"到底哪一处是真的呢？"

王培利由这一次共事的经验，发觉朱家驹人太老实，他也相信"老实乃无用之别名"这个说法，所以决定有所保留，随手指一指第一个长方块上端的一个小方块说："喏，这里。"

"这里！"朱家驹皱着眉问，"这里是什么地方呢？"

"你问我，我去问哪个？"王培利答说，"今天我们去看的那家人家，大致不错，因为我用脚步测量过。那里坐西朝东，能够进去看一看，自然就会明白。现在要请你干爹多做的一件事，就是想法子让我进去查看，看对了再谈第二步。"

"好！我回去跟我干爹说。"

到得第二天，朱宝如一早就出门了，朱家驹尚无机会谈及此事，他的干妈却跟他谈起来了，"家驹，"她说，"我昨天听你们在谈地图，好像有的地方，不大合情理。"

"是。"朱家驹很谨慎地答说，"干妈是觉得哪里不大合情理？"

"人家既然把这样一件大事托付了你们两个，当然要把话说清楚，藏宝的地方应该指点得明明白白。现在好像有了图同没有图一样。你说是不是呢？"

“那，”朱家驹说，“那是因为太匆促的缘故。”

“还有，”朱家老婆突然顿住，然后摇摇头说，“不谈了。”

“干妈，”朱家驹有些不安，“有什么话，请你尽管说。”

“我说了，害你为难，不如不说。”

“什么事我会为难？干妈，我实在想不出来。”

“你真的想不出来？”

“真的。”

“好！我同你说。你如果觉得为难，就不必回话。”

“不会的。干妈有话问我，我一定照实回话。”

“你老实，我晓得的。”

意在言外，王培利欠老实。朱家驹听懂了这句话，装作不懂。好在这不是发问，所以他可以不作声。

“家驹，”朱家老婆问，“当初埋在地下的，是不是一口箱子？”

“是。”

“一口箱子，怎么能埋好几处地方？”

这一问，朱家驹立即就感觉为难了，但他知道，决不能迟疑，否则即便说了实话，依然不能获得信任。

因此，他很快地答说：“当然不能。昨天晚上我同王培利谈了好半天，我认为藏宝的地方，只有一处，至于是哪一处，要进去查看过再说。培利现在要请干爹想法子的，就是让我们进去看一看。”

“这恐怕不容易，除非先把房子买下来。”

“买下来不知道要多少钱？”

“这要去打听。”朱家老婆说，“我想总要两三千银子。”

“两三千银子是有的。”朱家驹说，“我跟培利来说，要他先把这笔款子拨出来，交给干爹。”

“那倒不必。”朱家老婆忽然问道，“家驹，你到底想不想成家？”

“当然想要成家。”朱家驹说，“这件事，要请干妈成全。”

“包在我身上。”朱家老婆问说，“只要你不嫌爱珠。”

爱珠是她娘家的侄女儿，今年二十五岁，二十岁出嫁，婚后第二年，丈夫一病身亡，就此居孀。她所说的“不嫌”，意思便是莫嫌再醮之妇。

朱家驹却没有听懂她的话，立即答说：“像爱珠小姐这样的人品，如说我还要嫌她，那真正是有眼无珠了。”

原来爱珠生得中上之姿，朱家驹第一次与她见面，便不住地偷觑，事后谈起来赞不绝口。朱家老婆拿她来作为笼络的工具，是十拿九稳的事，不过，寡妇的身份，必须说明。她记得曾告诉过朱家驹，但因为轻描淡写之故，他没有听清楚，此刻必须再作一次说明。

“我不是说你嫌她的相貌，我是说，她是嫁过人的。”

“我知道，我知道。干娘跟我说过。这一层，请干娘放心，我不在乎。不过，”朱家驹问，“不知道她有没有儿女？”

“这一层，你也放心好了，决不会带拖油瓶过来的。她没有生过。”

“那就更好了。”朱家驹说，“干妈，你还有没有适当的人，给培利也做个媒？”

“喔，他也还没有娶亲？”

“娶是娶过的，是童养媳，感情不好，所以他不肯回江西。”

“既然他在家乡有了老婆，我怎么好替他做媒？这种伤阴骘的事情，我是不做的。”

一句话就轻轻巧巧地推脱了，但朱家驹还不死心。“干妈，”他说，“如果他花几个钱，把他的童养媳老婆休回娘家呢？”

“那，到了那时候再说。”朱家老婆说，“你要成家，就好买房子了。你干爹今天会托人同姓王的房主去接头，如果肯卖，不晓得你钱预备了没有？”

“预备了。”朱家驹说，“我同王培利有一笔钱，当初约好不动用，归他保管，现在要买房子，就用那笔钱。”

“那么，是你们两个人合买，还是你一个人买？”

“当然两个人合买。”

“这怕不大好。”朱家老婆提醒他说，“你买来是要自己住的，莫非他同你一起住？”

朱家驹想了一下说：“或者我另外买一处，藏宝的房子一定要两个人合买，不然，好像说不过去。”

“这话也不错。”朱家老婆沉吟了一会儿说，“不过，你们各买房子以外，你又单独要买一处，他会不会起疑心呢？”

“干妈，你说他会起什么疑心？”

“疑心你单独买的房子，才真的是藏宝的地方。”

“只要我的房子不买在金洞桥、万安桥一带，两处隔远了自然就不会起疑心。”

听得这话，朱家老婆才发觉自己财迷心窍，差点露马脚。原来她的盘算是，最好合买的是朱宝如指鹿为马的所谓“王”家的房子，而朱家驹或买或典，搬入严进士家，那一来两处密迩，藏宝之地，一真一伪，才不会引起怀疑。幸而朱家驹根本没有想到，她心目中已有一个严进士家，才不致于识破机关，然而也够险的了。

言多必失，她不再跟朱家驹谈这件事了。到晚来，夫妇俩在枕上细语，秘密商议了大半夜，定下一条连环计，第一套无中生有，第二套借刀杀人，第三套过河拆桥，加紧布置，次第施行。

第二天下午，朱宝如回家，恰好王培利来吃夜饭，他高高兴兴地说：“路子找到了，房主不姓王，姓刘，我有个‘瓦摇头’的朋友，是刘家的远房亲戚，我托他去问了。”

杭州人管买卖房屋的掮客，叫作“瓦摇头”，此人姓孙行四，能言善道，十分和气，朱宝如居间让他们见了面，谈得颇为投机。提到买刘家房子的事，孙四大为摇头，连声：“不好！不好！”

“怎么不好？”朱家驹问说。

“我同老朱是老朋友，不作兴害人的。刘家的房子不干净。”

“不干净？有狐仙？”

“狐仙倒不要紧，初二、十六，弄四个白灼鸡蛋，二两烧酒供一供就没事了。”孙四放低了声音说，“长毛打公馆的时候，死了好些人在里头，常常会闹鬼。”

听这一说，王培利的信心越发坚定。“孙四爷，”他说，“我平生就是不相信有鬼。”

“何必呢？现在好房子多得很。刘家的房子看着没人要，你去请教他，他又奇货可居了，房价还不便宜，实在犯不着。”

话有点说不下去了，王培利只好以眼色向朱宝如求援。

“是这样的，”朱宝如从容说道，“我这个干儿子同他的好朋友，想在杭州落户，为了离我家近，所以想合买刘家的房子。他们是外路人，不知道这里的情形。我是晓得的，刘家的房子不干净，我也同他们提过，他们说拆了翻造，就不要紧了。啊，”他突然看着王培利、朱家驹说，“将来翻造的时候，你们到龙虎山请一道张天师的镇宅神符下来，就更加保险了。”

“是，是！”朱家驹说，“我认识龙虎山上清宫的一个‘法官’，将来请他来作法。”

“孙四哥，你听见了，还是请你去进行。”

“既然有张天师保险，就不要紧了。好的，我三天以后来回话。”

到了第三天，回音来了，情况相当复杂：刘家的房子，由三家人家分租，租约未满，请人让屋要贴搬家费，所以屋主提出两个条件，任凭选择。

“房价是四千两，如果肯贴搬家费每家二百两，一共是四千六百两，马上可以成契交屋；倘或不肯贴搬家费，交屋要在三个月之后，因为那时租约到期，房子就可以收回。”

朱宝如又说：“当然，房价也不能一次交付，先付定洋，其余的款子，存在阜康钱庄，交产以后兑现，你们看怎么样？”

“干爹，你看呢？”朱家驹问，“房价是不是能够减一点？”

“这当然是可以谈的。我们先把付款的办法决定下来。照我看第二个办法比较好，三个月的工夫，省下六百两，不是个小数。”

“到了那时候，租户不肯搬，怎么办？”王培利问。

“我也这样子问孙老四，他说一定会搬，因为房主打算让他们白住三个月，等于就是贴的搬家费。”朱宝如又说，“而且，我们可以把罚则订在契约里头，如果延迟交屋，退回定洋，再罚多少。这样就万无一失了。”

“既然如此，我们就先付定洋，等他交产，余款付清。”王培利问，“何必要我们把余款存在钱庄里？”

“其中有个道理——”

据说姓刘的房主从事米业，目前正有扩充营业的打算，预备向阜康钱庄借款，以房子作抵，但如出卖了，即无法抵押。但如阜康钱庄知道他有还款的来源，情况就不同了。

“我们存了这笔款子在阜康，就等于替他作了担保，放款不会吃账，阜康当然就肯借了。”朱宝如又说，“我在想，款子存在阜康，利息是你们的，并不吃亏，而且这一来，我们要杀他的价，作中的孙老四，也比较好开口了。这件事，你们既然托了我，我当然要前前后后，都替你们盘算到，不能让你们吃一点亏。”

“是，是。”王培利觉得他的话不错，转脸问朱家驹，“就这样办吧？”

“就这样办。”朱家驹说，“请干爹再替我们去讲讲价钱。”

“好，我现在就同孙老四去谈。晚上我约他来吃饭，你们当面再谈。”

朱宝如随即出门，他老婆为了晚上款客，挽个菜篮子上了小菜场，留着朱家驹看家，正好让他把存在心里已经好几天的话说了出来。

首先是谈他预备成家，同时也把他请他干妈为王培利作媒的话。据实相告。“我们是共患难的兄弟，我一直想同你在一起。”朱家驹说，“我们做过长毛，回家乡也没有面子，杭州是好地方，在这里发财落户，再好都没有。你另外娶老婆的事，包在我身上，一定替你办好。”

这番话说得很动听，而且由于朱家老婆这些日子以来嘘寒问暖的殷勤，王培利的观感已多少有所改变，因而也就起劲地跟朱家驹认真地谈论落户杭州的计划。

“刘家的房子，死了那么多人，又闹鬼，是一处凶宅，绝不能住人。等我们掘到了宝藏，反正也不在乎了，贱价卖掉也无所谓了。你说是不是？”

“一点不错。”王培利说，“与其翻造，还不如另外买房子来住。”

“就是这话啰！”朱家驹急转直下地说，“培利，我成家在先，要我成了家，才能帮你成家。所以我现在就想买房子，或者典一处，你看怎么样？”

“这是好事，我没有不赞成之理。”

“好！”朱家驹非常高兴地说，“这才是患难弟兄。”

王培利点点头，沉吟了一会儿说：“你买房子要多少钱？”

“目前当然只好将就，够两个人住就可以了。培利，我想这样办，我们先提出一笔款子，专门为办‘正经事’之用，另外的钱，分开来各自存在钱庄里，归自己用。当然，我不够向你借，你不够向我借，还是好商量的。”

王培利考虑了一下，同意了。带来一万银子，还剩下九千五，他提出四千五作为“公款”，开户用图章；剩下五千，各分两千五，自行处置。

这一谈妥当了，彼此都有以逸待劳之感，所以当天晚上跟孙四杯酒言欢时，王培利从容还价，而孙四是中间人的地位，只很客气地表示，尽力跟房主去交涉，能把房价压得越低越好。在这样的气氛之下，当然谈得十分投机，尽欢而散。

等孙四告辞，王培利回了客栈，朱家驹将他与王培利的协议，向干爹干妈和盘托出。

朱宝如有了这个底子，便私下去进行他的事，托辞公事派遣到苏州，实际上是到上海走了一趟，打着胡雪岩招牌，见到了严进士，谈到了典房的事。严进士一口应承，写了一封信，让他回杭州跟他的一个侄子来谈细节。

一去一回，花了半个月的工夫，朱家驹与王培利买刘家房子的事，亦已谈妥，三千四百两银子，先付零数，作为定洋，余下三千，在阜康钱庄立个折子，户名叫“朱培记”，现刻一颗图章，由王培利收执，存折交朱家驹保管。草约亦已拟好，三个月之内交屋，逾期一天，罚银子十两，如果超过一个月，合约取消，另加倍退还定洋。

“干爹，”朱家驹说，“只等你回来立契约。对方催得很急，是不是明天就办好了它？”

“不忙，不忙！契约要好好看，立契也要挑好日子。”

事实上，这是三套连环计要第二套了，朱宝如刚刚回来，需要好好布置一番。

这样拖延了四天，终于在一个宜于立契置产的黄道吉日，定了契约，王培利亦已决定搬至朱家来住。哪知就在将要移居的第一天，王培利为团练局的巡防队所捕，抓到队上一问，王培利供出朱家驹与朱宝如，结果这义父子二人亦双双被捕。

第十五章　烟消云散

胡雪岩谈朱宝如夫妇的故事，话到此处，忽然看着乌先生问道："你晓得不晓得，是哪个抓的朱宝如？"

"不是团练局巡防队吗？"

"不是。是他自己。这是一条苦肉计，巡防队的人是串出来的。"胡雪岩说，"朱宝如一抓进去，问起来在我善后局做事，巡防队是假模假样不相信。"

"朱宝如就写了张条子给我，我当然派人去保他。等他一保出来，戏就有得他唱了。"

据胡雪岩说，他释放之前，向朱家驹、王培利拍胸担保，全力营救。其时这两个人，已由巡防队私设的"公堂"问过两回，还用了刑，虽不是上"夹棍"或者"老虎凳"，但一顿"皮巴掌"打下来，满嘴喷血，牙齿打掉了好几颗，出言恫吓，当然不在话下——朝廷自平洪、杨后，虽有"胁从不问"的恩诏，但长毛余孽已成"人人喊打"的"过街老鼠"，除非投诚有案，倘为私下潜行各处，地方团练抓到了仍送官处治。因此，朱家驹、王培利惊恐万状，一线生机，都寄托在朱宝如身上，朝夕盼望，盼到第三天盼到了。

朱宝如告诉他们，全力奔走的结果，可以办个递解回籍的处分，不过要花钱。朱家驹、王培利原有款子在阜康钱庄，存折还在，他说，这笔存款不必动，他们回到上海仍可支取。至于刘家的房子，出了这件事以后，眼前已经没有用处，不如牺牲定洋，设法退掉，存在阜康的三千银子提出来，在团练局及钱塘、仁和两县，上下打点，大概也差不多了。好在宝藏埋在刘家，地图在他们身边，等这场风波过去，再回杭州，仍旧可以发财。

到此境界，朱家驹、王培利只求脱却缧绁，唯言是从，但朱宝如做事，显得十分稳重，带着老婆天天来探监送牢饭，谈到释放一节，总说对方狮子大开口，要慢慢儿磨，劝他们耐心等待。

这样，过了有十天工夫，才来问他们两人，说谈妥当了，一切使费在内，两千八百两银子，剩下二百两还可以让他们做路费，问他们愿意不愿意。

“你们想，”胡雪岩说，“岂有不愿之理？存折的图章在王培利身边，交给朱宝如以后，第二天就‘开笼子’放人了。不过，两个人还要具一张甘结，回籍以后，安分守己做个良民，如果再潜行各地，经人告发，甘愿凭官法办。”

“好厉害！”乌先生说，“这是绝了他们两个人的后路，永远不敢再到杭州。”

“手段是很厉害，不过良心还不算太黑。”乌先生说，“那两个人，叫天天不应，叫地地不灵，如果要他们把存折拿出来，五千银子全数吞没，亦未尝不可。

“不然！朱宝如非要把那张合约收回不可，否则会吃官司。为啥呢？因为从头到底都是骗局，那家的房主，根本不姓刘，孙四也不是‘瓦摇头’，完全是朱宝如串出来的。如果这张合约捏在他们两个人手里，可以转给人家，到了期限，依约付款营业，西洋镜拆穿，朱宝如不但要吃官司，也不能做人了。”

“啊，啊！”乌先生深深点头，“这个人很高明。不吞他们的五千银子，放一条路让人家走，才不会出事。”

“不但不会出事，那两个人还一直蒙在鼓里，梦想发财——”

“对了！”乌先生问，“严进士家的房子呢？”

“我先讲他骗了多少。”胡雪岩扳着手指计算，“房价一共三千四百两，付定洋四百两是孙四的好处，整数三千两听说巡防队分了一千，朱宝如实得二千两，典严家的房子够了。”

“典了房子开粥厂？”

“是啊！朱宝如来同我说，他看中严家房子的风水，想买下来，不过现在力量不足，只好先典下来，租给善后局办粥厂。他说：‘做事情要讲公道，粥厂从头一年十一月办到第二年二月，一共四个月，租金亦只收四个月，每个月一百两。’我去看了房子，告诉他说：‘这样子的房子，租金没有这种行情，五十两一个月都勉强，善后局的公款，我不能乱做人情。不过，我私人可以帮你的忙。’承他的情，一定不肯用我的钱。不过办粥厂当然也有好处。”

“那么，掘藏呢？掘到了没有？”

“这就不晓得了。这种事，只有他们夫妇亲自动手，不曾让外人插手的。不过，朱宝如后来发了财，是真的。”

“大先生！”乌先生提出一大疑问，“这些情形，你是怎么知道的呢？”

“有些情形是孙四告诉我的。他只晓得后半段，严家房子的事，他根本不清楚。”谈到这里，胡雪岩忽然提高了声音说，“若要人不知，除非己莫为。过了有四五年，有一回我在上海，到堂子里去吃花酒，遇见一个江西人，姓王，他说，胡大先生，我老早就晓得你的大名了，我还是你杭州阜康钱庄的客户。”

“不用说，这个人就是王培利了？”

“不错。当时他跟我谈起朱宝如，又问起万安桥刘家的房子。我同他说，朱宝如，我同他沾点亲，万安桥刘家，我就不清楚了。”胡雪岩接着又说，“堂子里要谈正经事，都是约到小房间里，躺在烟铺上，清清静静私下谈，席面上豁拳闹酒，还要唱戏，哪里好谈正事？所以我说了一句：有空再谈。原是敷衍的话，哪晓得——”

“他真的来寻你了？”乌先生接口问说。

“不是来寻我，是请我在花旗总会吃大菜。帖子上写得很恳切，说有要紧事情请教，又说并无别客。你想想，我应酬再忙，也不能不去——”

胡雪岩说，他准时赴约，果然只有王培利一个人，开门见山地说他做过长毛，曾经与朱宝如一起被捕。这下胡雪岩才想起他保释过朱宝如的往事，顿时起了戒心。王培利似乎知道胡雪岩在浙江官场的势力，要求胡雪岩设法，能让他回杭州。

“你答应他没有呢？”乌先生插嘴发问。

“没有。事情没有弄清楚，我不好做这种冒失的事。”胡雪岩说，“我同他说，你自己具了结的，我帮不上忙。不过，你杭州有啥事情，我可以替你办。他叹口气说：这件事非要我自己去办不可。接下来就把掘藏的事告诉我。我一面听、一面在想，朱宝如一向花样很多，他老婆更是个厉害角色——。”

说到这里，乌先生突然发觉螺蛳太太神色似乎不大对劲，便打断了胡雪岩的话问：“罗四姐，你怎么样，人不舒服？”

“不是，不是！”螺蛳太太摇着手说，“你们谈你们的。”她看着胡雪岩问，“后来呢？”

“后来，他同我说，如果我能想法子让他回杭州掘了藏，愿意同我平分。这时候我已经想到，朱宝如怎么样发的财，恐怕其中大有文章。王培利一到杭州，说不定是要去寻朱宝如算账，可是，这笔账一定算不出名堂，到后来说不定会出人命。”

“出人命？”乌先生想了一下说，“你是说，王培利吃了哑巴亏，会跟朱宝如动刀子？”

“这是可以想得到的事。或者朱宝如先下手为强，先告王培利也说不定。总而言之，如果把他弄到杭州，是害了他。所以我一口拒绝，我说我不想发财，同时也要劝你老兄，事隔多年，犯不上为这种渺茫的事牵肠挂肚，如果你生活有困难，我可以帮你忙，替你寻个事情做。他说，他现在做洋广杂货生意，境况过得去，谢谢我，不必了。总算彼此客客气气，不伤感情。”

“这王培利死不死心呢？”

“大概死心了。据说他的洋广杂货生意，做得不错。一个人只要踏上正途、勤勤恳恳去巴结，自然不会有啥发横财的心思。”胡雪岩说，“你们几时见过生意做得像个样子的人，会去买白鸽票？”

“这倒是很实惠的话。”乌先生想了一下，好奇地问，“你倒没有把遇见王培利的事，同朱宝如谈一谈？”

“没有。”胡雪岩摇摇头，“我从不挖人的痛疮疤的。”

“你不挖人家，人家要挖你。”一直默默静听的螺蛳太太开口了，“如果你同朱宝如谈过就好了。”

这一说，便连乌先生都不懂她的意思，与胡雪岩都用困惑的眼光催促她解释。

螺蛳太太却无视于此，只是怨责地说：“我们这么多年，这些情形，你从来都没有跟我谈过。”

“你这话埋怨得没有道理，朱宝如的事跟我毫不相干，我同你谈它作啥？”胡雪岩又说，“就是我自己的事，大大小小也不知经历过多少，有些事已经过去了，连我自己都记不得，怎么跟你谈？而况，也没有工夫，一个人如果光是谈过去，我看，这个人在世上的光阴，也就有限了。”

“着！”乌先生击案称赏，“这句话，我要听。我现在要劝胡大先生的，就是雄心壮志，不可消沉。你的精力还蛮旺的，东山再起，为时未晚。”

胡雪岩笑笑不作声。就这时听得寺院中晨钟已动，看自鸣钟上，短针指着四时，已是寅正时分了。

“再不睡要天亮了！”胡雪岩说，“明天再谈吧。”

于是等丫头们收拾干净，胡雪岩与螺蛳太太向乌先生道声“明朝会”，相偕上楼。

到了楼上，螺蛳太太还有好些话要跟胡雪岩谈，顶要紧的一件是，十二楼中各房姨太太私房，经过一整天的检查，收获极丰，现款、金条、珠宝等，估计不下二三万银子之多，她问胡雪岩，这笔款子，作何处置？

“我没有意见。”胡雪岩说，“现在已经轮不到我作主了。”

这句话听起来像牢骚，不过螺蛳太太明了他的本意。“你也不要这样说，现在你还可以作主。”她说，“过两三天，就难说了。”

“你说我现在还可以作主，那么，请你替我作个主看。”

“要我作主，我现在就要动手。”

“怎么动法？”

“趁天不亮，请乌先生把这些东西带出去。”螺蛳太太指着一口大箱子说，“喏，东西都装在里面。”

“喔！”胡雪岩有些茫然，定定神说，“你刚才怎么不提起？”

“现在也还不迟。”

胡雪岩重新考虑下来，认为不妥，此举有欠光明磊落，于心不安，因而很歉疚地表示不能同意。

“罗四姐，”他说，“我手里经过一百个二三十万都不止，如果要想留下一点来，早就应该筹划了，而且也绝不止二三十万。算了，算了，不要做这种事。”

螺蛳太太大失所望，同时听出胡雪岩根本反对将财物寄顿他处，这就使得她担心的一件事，亦无法跟他谈了。

“我真的困了。”胡雪岩说，“明天起码睡到中午。”

“你尽管睡。没有人吵醒你。”

螺蛳太太等他吃了炖在“五更鸡”上的燕窝粥，服侍他上床，放下帐子，移灯他处。胡雪岩奇怪地问：“你怎么不睡？”

"我还有两笔账要记。你先睡。"

"我眼睛都睁不开了！随你，不管你了。"

果然，片刻之后，帐子里鼾声渐起。螺蛳太太虽也疲乏不堪，可是心里有事，就是不想上床，当然也不是记什么账，她靠在火盆旁边红丝绒安乐椅上，半睡半醒地突然惊醒，一身冷汗。

到得清晨，只听房门微响，她睁开酸涩的眼看，是阿云蹑脚走进来，"怎么？"她惊异地问，"不上床去睡？"

"啥辰光了？"她问。

"七点还不到。"

"乌先生起来了没有？"

"还没有。"

"你留心，等乌先生起来，伺候他吃了早饭，你请他等一等，上来叫我。"

"晓得了。"阿云取床毛毯为她盖上，随即而去。

一半是累了，一半是想到乌先生，浮起了解消心事的希望，螺蛳太太居然蜷缩在安乐椅上，好好睡了一觉，直到十点钟方由阿云来将她唤醒。

"乌先生起来一个钟头了。"阿云告诉她说，"他说尽管请你多睡一会儿，他可以等。我想想，让他多等也不好意思。"

"不错。"螺蛳太太转过身来让阿秀看她的发髻，"我的头毛不毛？"

"还好。"

"那就不必重新梳头了，你打盆脸水来，我洗了脸就下去。"

话虽如此，略事修饰，也还花了半个钟头。她到得楼下，先问乌先生睡得如何，又问阿云，早饭吃的什么。寒暄了一会儿，她使个眼色，让阿云退了出去，方始移一移椅子，向乌先生倾诉心事。

"朱宝如同我们大先生是'一表三千里'的表叔，他太太，我记得你见过的？"

"见过，也听说过，生得慈眉善目，大家都说她精明能干，做事情同场面上的男人一样，很上路。”乌先生紧接着说，“昨天晚上听大先生谈起，才晓得她是好厉害的一个角色。”

“我昨天听他一谈，心里七上八下。”螺蛳太太迟疑了好一会儿，放低了声音说，“乌先生，我有件事，只同你商量，我不晓得朱太太会不会起黑心，吞没我的东西？”

乌先生问说：“你寄放在她那里的是啥东西？”

“是一个枕头——”

当然，枕头里面有花样。第一样是各色宝石，不下四五十枚。原来胡雪岩是有一回在京里听人谈起，乾隆年间的权相和珅，一早起来，取一盘五色宝石要看好些辰光，名为“养眼”，回家以后，如法炮制。这一盘宝石，起码要值十万银子。

第二样是螺蛳太太顶名贵的两样首饰，一双钻镯、一个胸饰——中间一枚三十多克拉重的火油钻镯，周围所镶十二粒小钻，每粒最少亦有两克拉，是法国宫廷中流出来的珍品，胡雪岩买它时，就花了二十五万银子。

第三样的价值便无法估计了，是十枚“东珠”。此珠产于黑龙江与松花江合流的混同江中，大如桂圆、匀圆莹白，向来只供御用。采珠的珠户，亦由吉林将军严密管制，民间从无买卖，所以并无行情。这十枚“东珠”据说是火烧圆明园时，为英国兵所盗取，辗转落入一个德国银行家手中，由于胡雪岩为“西征”借外债，这个银行家想做成这笔生意，特意以此为酬，以后胡雪岩就没有再收他的佣金。

乌先生体会到此事如果发生纠纷，对螺蛳太太的打击是如何沉重，因此，他认为首先要做的一件事，便是慰抚。

“罗四姐，世事变化莫测，万一不如意，你要看得开。”他紧接着说，“这不是说，这件事已经出毛病了，不过做要往最好的地方去做，想要往最坏的地方去想。你懂不懂我的意思？”

螺蛳太太心里很乱。“乌先生，”她答非所问地说，“我现在只有你一个人可以商量。”

“那么，我现在有几句话要问你：第一，这件事是你自己托朱太太的，还是她劝你这么做的？”

“是我自己托她的。不过，她同我说过，不怕一万，只怕万一，意思是我自己要有个打算。”

“嗯嗯！”乌先生又问，“你把东西交给她的时候，有没有人看见？”

“这种事怎么好让人看见？”

坏就坏在这里！乌先生心里在想。“你交给她的时候，”他问，“有什么话交代？”

“我说，枕头里面有点东西，寄放在你这里，我随时会来拿。”

“她怎么说呢？”

“她说，我也不管你里头是什么东西，你交给我，我不能不替你存好，随便你什么时候来拿。不过，我收条是不打的。”

“当然，这种事，哪有打收条之理？”乌先生说，“现在瞎猜也没有用，你不放心，把它去拿回来就是。”

“我——”螺蛳太太很吃力地说，“我怕她不肯给我。”

“你说她会不认账？”

“万一这样子，我怎么办？”说着，螺蛳太太叹了口气，“我真怕去见她。”

不是怕见朱太太，是怕朱太太不认账，她当时就会承受不住。既然如此，乌先生自觉义不容辞了。

“我陪你去，或者，我代你去，看她怎么说？”

“对，你代我去，看她怎么说。”螺蛳太太说，“你带两样东西给她，她就晓得你是我请去的，会跟你说实话。”

螺蛳太太随即唤阿云来，命她去开药箱，取来两个锦盒。一个内贮一枝吉林老山人参，是当年山西遇到百年未有的大旱，胡老太太特捐巨款助赈，山西巡抚曾国荃专折请奖，蒙慈禧太后颁赐一方“乐善好施”的御笔匾额，及四两人参，由于出自天家，格外珍贵。这是螺蛳太太为了结好，自动送朱太太的。

另外一个锦盒中，只残存了两粒蜡丸，这是朱太太特为跟她索取的。“我们家大少奶奶、二小姐，各用了一个，还剩两个舍不得送人。朱太太跟我要了几回，我说不知道放在哪里了，等找出来送她。如今也说不得了，舍不得也要舍得。”螺蛳太太又说，“但愿她想到，要为子孙修修福，阴功积德，才不会绝后。”

原来还有这样深意在内，螺蛳太太真可说是用心良苦，乌先生点点头说：“我拿这两样东西去给她，等于是信物，她会相信，我可以做你的‘全权代表’。好，我今天就去。”

“乌先生，我还有件事跟你商量。”

螺蛳太太要商量的，便是从各房姨太太住处查寻到的私房，本来装一只大箱子，想托乌先生寄顿，胡雪岩虽不赞成，螺蛳太太心却未死，想捡出最值钱的一部分，打成一个不惹人注目的小包裹，交付给乌先生，问他意下如何。

“既然大先生不赞成，我不能做。”乌先生又说，“不但我自己不做，罗四姐，我劝你也不要做。我说句不客气的话，今天朱太太那面的事，就是你没有先跟大先生商量，自己惹出来的烦恼。如果你再这样私下自作主张，将来不但我同大先生没有朋友做，连你，他都会起误会。”

螺蛳太太接受了他的劝告，但这一来便只有将全部希望寄托在乌先生身上了，谆谆叮嘱，务必好好花点心思，将寄放在朱太太处的那个“宝枕”能收了回来。

乌先生不敢怠慢，回家好好休息了一夜，第二天起身破例不上茶馆，在家吃了早餐，泡上一壶上好龙井，一面品茗，一面细想螺蛳太太所托之事。他假设了好几种情况，也想好了不同的对策。到得九点多钟，带一个跟班，坐轿直到朱家。

跟班上前投帖，朱家的门房挡驾。“老爷出去了。”他说，“等我们老爷回来了，我请我们老爷去回拜。”

其时，乌先生已经下了轿，他已估计到朱宝如可能不在家，所以不慌不忙地说：“我是胡家托我来的。你家老爷不在，不要紧，我看你家太太。有两样胡家螺蛳太太托我送来的东西，连我的名帖一起送进去，你家太太就知道了。”

门房原知主母不是寻常不善应付男客的妇道人家，听得此一说，料知定会延见，当时想了一下，哈着腰说：“本来要请乌老爷到花厅里坐，只为天气太冷，花厅没有生炉子，乌老爷不嫌委屈，请到门房里来坐一坐，比外面暖和。”

“好，好，多谢、多谢。”

坐得不久，门房回出来说：“我家太太说，乌老爷不是外人，又是螺蛳太太请来的，请上房里坐。”

上房在三厅上，进了角门，堂屋的屏门已经开了在等，进门便是极大的一个雪白铜炭盆，火焰熊熊，一室生春。门房将乌先生交给一个十七八岁的丫头，关上屏门，管自己走了。

“阿春！”朱太太在东面那间屋子里，大声说道，“你问一问乌老爷，吃了点心没有，如果没有，马上关照厨房预备。”

“吃过，吃过。”乌先生对阿春说，“谢谢你们太太，不必费心。”

他的话刚完，门帘掀处，朱太太出现了，穿一件灰鼠皮袄，花白头发，梳得一丝不乱，小小一个发髻上，一面插一支碧玉挖耳，一面佩一朵红花，脸上薄薄地搽一层粉，双眼明亮，身材苗条，是个“老来俏”。

“乌老爷，好久不见了，乌太太好？”她一面说，一面挽手为礼。

“托福，托福！”乌先生作揖还礼，“宝如兄不在家。”

“天不亮，去料理施粥去了。”朱宝如多少年来都是善堂的董事，公家有何赈济贫民的惠政，都有他一份。

“可佩，可佩！”乌先生说，“积善之家，必有余庆。”

“这也难说。”朱太太停了一下，未毕其词，先尽礼节，“请坐，请坐！”接着又在茶几上望了一下，已有一碗盖碗茶在，便不作声了。

“朱太太，我今天是螺蛳太太托我来的。昨天我去，她正好把你要的药找到，顺便托我送来。另外有一支人参，就算送年礼了。”

“正是！”朱太太不胜歉然，“胡大先生出了这种事，她还要为我的这点小事情操心，又送这么一支贵重的人参，我受是受了，心里实在说不出的，怎么说呢，只好说，实在是说不出的难过。”

“彼此至交，总有补情的时候。喔，还有件事，螺蛳太太说有一个枕头寄放在你这里。”

说到这里，乌先生很用心地注视她的反应，直到她点了头，他一颗心才放了下去。

“有的。”她问，“怎么样？”

“螺蛳太太说，这个枕头，她想拿回去。”

“好极！”朱太太很快地答了这两个字，然后又说，“乌老爷，说实话，当初她带了一个枕头来，说要寄放在我这里，她没有多说，我也没有多问，明晓得是犯法的，我也只好替她挺。挺是挺了，心里一直七上八下，担心会出事。现在要拿回去，在我实在是求之不得。乌老爷，你请稍为坐一坐，我马上拿出来，请你带回去。”说着，起身便走。

这一番话，大出乌先生的意料，在他设想的情况中，最好的一种是：朱太太承认有此物，说要收回，毫无异议，但不是她亲自送去，便是请螺蛳太太来，当面交还。不过她竟是托他带了回去。

要不要带呢？他很快作了一个决定：不带。因为中间转了一手，倘或有何差错，无端卷入是非，太不划算了。

因此，他急忙向刚掀帘入内的朱太太说道：“朱太太，你不必拿出来，我请螺蛳太太自己来领回。”

于是朱太太走了回来，等乌先生将刚才的话，复又说了一遍，她平静答说：“也好！那就请乌老爷告诉螺蛳太太，请她来拿。不晓得啥时候来？”

“那要问她。”

朱太太想了一下说：“这样，她如果有空，今天下午就来，在我这里便饭。胡大先生的事，大家都关心，想打听打听，又怕这种时候去打搅，变成不识相，既然她要来，我同她谈谈心，说不定心里的苦楚吐了出来，也舒服些。”

情意如此深厚，言词如此恳挚，乌先生实在无法想象她会是如胡雪岩所形容的那种阴险的妇人。

然而，胡雪岩的知人之明是有名的，莫非竟会看走了眼？

这个内心的困扰，一时没有工夫去细想，他所想到的，只是赶紧将这个好消息去告诉螺蛳太太，因而起身说道：“朱太太，我不打搅了。”

“何不吃了便饭去？宝如也快回来了，你们可以多谈谈。”

“改天，改天。”

“那么——”朱太太沉吟了一会儿说，“螺蛳太太送我这么贵重的东西，照规矩是一定要‘回盘’的。不过，一则不敢麻烦乌老爷，再则，我同螺蛳太太下半天就要见面的，当面同她道谢。请乌老爷先把我的意思说到。”

馈赠仪物，即时还礼，交送礼的人带回，称为“回盘”，朱太太礼数周到，越使乌先生觉得胡雪岩的话与他的印象不符。他坐在轿子里一直在想这件事，最后获得一个折中的结论，胡雪岩看人不会错，自己的印象也信得过，“仓廪实而知礼节”，这朱太太从前是那种人，现在发了财要修修来世，已经回心向善了。

他不但心里这样在想，而且也把他的想法告诉了螺蛳太太，她当然很高兴，使得胡雪岩很奇怪，因为她那种喜形于色的样子，在他已感觉到很陌生了。

“有啥开心的事情？”

螺蛳太太觉得事到如今，不必再瞒他了。“我同你老实说了吧！我有一个枕头寄放在朱太太那里。现在可以拿回来了——”她将整个经过情形细说了一遍。

胡雪岩不作声，只说了一句：“好嘛，你去拿了回来再说。”

“对，拿了回来，我们再商量。”她想了一下说，“或者拿到手不拿回家，就寄放在乌先生那里，你赞成不赞成？”

“赞成。”胡雪岩一口答应，他对这个枕头是否能顺利收回，将信将疑，倘或如愿以偿，当然以寄存在乌先生处为宜。

带着阿云到了朱家，在大厅檐前下轿，朱太太已迎在轿前，执手问讯，凝视了好一会儿，“你瘦了点！”接着自语似的说，“怎么不要瘦？好比天坍下来一样，大先生顶一半，你顶一半。”

就这句话，螺蛳太太觉得心头一暖，对朱太太也更有信心了。

到得上房里，盖碗茶，高脚果盘，摆满一桌，朱太太又叫人陪阿云，招呼得非常周到。乱过一阵，才能静静谈话。

“天天想去看你，总是想到，你事情多，心乱。”朱太太又说，“你又能干好客，礼数上一点不肯错的，我去了，只有替你添麻烦，所以一直没有去，你不要怪我。”

“哪里的话！这是你体恤我，我感激都来不及。”

“我是怕旁人会说闲话，平时那样子厚的交情，现在倒像素不往来似的。”

“你何必去管旁人，我们交情厚，自己晓得。”螺蛳太太又加了一句，“交情不厚，我也不会把那个枕头寄放在这里了。”

“是啊！”朱太太紧接着她的话说，“你当初把那个枕头寄放在我这里，我心里就在想，总有点东西在里头。不过你不说，我也不便问。今天早晨，乌老爷来说，你要拿了回去，再好没有，我也少背多少风险。喔，”她似乎突然想起，“你送我这么贵重的一枝参，实在不敢当。螺蛳太太，我说实话，大先生没有出事的时候，不要说一枝，送我十枝，我也老老脸皮收得下，如今不大同了，我——”

“你不要说了。”螺蛳太太打断她的话，“我明白你的意思。不过，我也要老实说，俗话说的是，‘穷虽穷，家里还有三担铜’，送你一枝参当年礼，你不必客气。”

“既然你这样说，我就安心了。不过我‘回盘’没有啥好东西。”

“你不要客气！”螺蛳太太心里在想，拿那个枕头“回盘”，就再好都没有了。

就这时丫头来请示：“是不是等老爷回来再开饭？”

“老爷回来了，也是单独开饭。”朱太太说，“菜如果好了，就开吧！”

这倒提醒了螺蛳太太，不提一声朱宝如，似乎失礼，便即问说：“朱老爷出去了？”

接下来便是闲话家常，光是胡家遣散各房姨太太这件事，便谈不完，只是螺蛳太太有事在心，只约略说了些，然后吃饭，饭罢略坐一坐，该告辞了。

“现在只有你一个人了，大先生一定在等，我就不留你了。等我把东西去拿出来。”朱太太说完，回到后房。

没有多久，由丫头捧出来一个包裹，一个托盘，盘中是一顶貂帽，一只女用金表，包裹中便是螺蛳太太寄存的枕头，连蓝布包袱，都是原来的。

“‘回盘’没有啥好东西，你不要见笑。”

“自己人。”螺蛳太太说，“何必说客气话。”

“这是你的枕头。”朱太太说，“说实话，为了你这个枕头，我常常半夜里睡不着，稍为有点响动，我马上会惊醒，万一贼骨头来偷了去，我对你怎么交代。”

“真是！”螺蛳太太不胜歉疚地，“害你受累，真正过意不去。”

“我也不过这么说说。以我们的交情，我同宝如当然要同你们共患难的。”

这句话使得螺蛳太太自然而然地想到了朱家驹与王培利，他们不也是跟他们夫妇共患难的吗？

这样转着念头，她接枕头时便迫不及待地想要知道其中的内容，但也只有掂一掂分量——很大的一个长方枕头，亮纱枕套，内实茶叶，但中间埋藏着一个长方锡盒，珍藏都在里面，她接枕头时，感觉到中间重、两头轻，足证锡盒仍在，不由得宽心大放。

“多谢、多谢！”螺蛳太太将枕头交了给阿云，看朱太太的丫头在包貂帽与金表时，微笑着说，“这顶貂帽，我来戴戴看。”

是一顶西洋妇女戴的紫貂帽，一旁还饰着一枝红蓝相间，十分鲜艳的羽毛。她是心情愉快，一时好玩，亲自动手拔去首饰，将貂帽覆在头上。朱太太的丫头，已捧过来一面镜子，她左顾右盼了一番，自己都觉得好笑。

“像出塞的昭君。”朱太太笑着说，“这种帽子，也只有你这种漂亮人物来戴，如果戴在我头上，变成老妖怪了。”

就这样说说笑笑，满怀舒畅地上了轿，照预先的约定，直到乌家。

胡雪岩已经先到了。乌太太已由丈夫关照，有要紧事要办，所以只跟螺蛳太太略略寒暄了几句，便退了出去，同时将下人亦都遣走，堂屋里只剩下主客三人。

“拿回来了。”螺蛳太太将貂帽取了下来，“还送了我这么一顶帽子，一个金表。”

胡雪岩与乌先生都很沉着地点点头，默不作声，螺蛳太太便解开了蓝布包袱，拿起桌上的剪刀准备动手时，乌先生开口了。

“先仔细看一看。”

看是看外表，有没有动过手脚，如果拆过重缝，线脚上是看得出来的，一个枕角只角，前后左右上下都仔细检查了，看不出拆过的痕迹。

“剪吧！”

剪开枕头，作为填充枕头的茶叶落了一桌，螺蛳太太捧起锡盒，入手脸色大变，“分量轻浮多了！”她的声音已经发抖。

“你不要慌！”胡岩依旧沉着，“把心定下来。”

螺蛳太太不敢开盒盖，将锡盒放在桌上，自己坐了下来，扶着桌沿说：“你来开！”

“你有点啥东西在里面？”胡雪岩问说。

“你那盘‘养眼’的宝石，我的两样金刚钻的首饰、镯子同胸花。还有，那十二颗东珠。”

胡雪岩点点头，拿起锡盒，有意无意地估一估重量，沉吟了一下说：“罗四姐，你不看了好不好？”

“为啥？”螺蛳太太刚有些泛红的脸色，一下子又变得又青又白了。

“不看，东西好好儿在里面，你的心放得下来——”

“看了，”螺蛳太太抢着说，“我就放不下心？”

“不是这话。”胡雪岩说，“钱财是身外之物，生不带来，死不带去。这一次栽了这么大的跟头，我总以为你也应该看开了。”

“怎么？”螺蛳太太哪里还能平心静气听他规劝，双手往前一伸，鼓起勇气说道，“就算她黑良心，我总也要看个明白了才甘心。”

说着，她捏住盒盖，使劲往上一提。这个锡盒高有两寸，盒盖、盒底其实是两个盒子套在一起，急切间哪里提得起来？螺蛳太太心急如焚，双手一提，提得盒子悬空，接着使劲抖了两下，想将盒底抖了下来。

“慢慢、慢慢，”乌先生急忙拦阻，“盒底掉下来，珠子会震碎。等我来。”

于是乌先生坐了下来，双手扶盒盖，一左一右地交替着往上提拔，慢慢地打开了。

盒子里塞着很多皮纸，填塞空隙，螺蛳太太不取皮纸，先用手一按，立即有数，“我的钻镯没有了！”她说，“珠子也好像少了。”

乌先生帮她将皮纸都取了出来，预期的“火油钻”闪辉出来的炫目的光芒，丝毫不见。不但钻镯已失，连胸饰也不在了。

螺蛳太太直瞪着盒子，手足冰冷，好一会儿才说了句：“承她的情，还留了六颗东珠在这里。”

“宝石也还在。”胡雪岩揭开另一个小木盒，拿掉覆盖的皮纸说。

“什么还在？”螺蛳太太气急败坏地说，“好东西都没有了。”

“你不要气急——”

“我怎么能不气急。”螺蛳太太“哇”地一声哭了出来，旋即警觉，用手硬掩住自己的嘴，不让它出声，但眼泪已流得衣襟上湿了一大片。

任凭胡雪岩与乌先生怎么劝，都不能让她把眼泪止住。最后胡雪岩说了句：“罗四姐，你不是光是会哭的女人，是不是？”

这句话有意想不到的效果，螺蛳太太顿时住了眼泪，伸手从入袖中去掏手绢拭泪。窗外的阿云早就在留意，而且已找乌家的丫头，预备了热手巾在那里，见此光景，推门闪了进来，将热手巾送到她手里。螺蛳太太擤鼻子，抹涕泪，然后将手巾交回阿云，轻轻说了句：“你出去。”

等阿云退出堂屋，乌先生说道：“罗四姐，你的损失不轻，不过，你这笔账，如果并在大先生那里一起算，也就无所谓了。”

“事情不一样的。做生意有赚就有赔，没有话说。我这算啥？我这口气咽不落。”螺蛳太太又说，“从前，大家都说我能干，现在，大家都会说我的眼睛是瞎的；从前，大家都说我有帮夫运，现在大家都会说，我们老爷最倒霉的时候，还要帮个倒忙，是扫帚星。乌先生，你说，我怎样咽得落这口气？”

乌先生无话可答，好半天才说了句：“罗四姐你不要输到底！”

“乌先生，你是要我认输？”

“是的。”

“我不认！”罗四姐的声音又快又急，带着些负气的意味。

“你不认！”胡雪岩问，“预备怎么样呢？”

“我一直不认输的。前天晚上，你劝我同七姐夫合伙买地皮、造弄堂房子，又说开一家专卖外国首饰、衣料、家具的洋行，我的心动了，自己觉得蛮有把握，你倒下去了，有我来顶，这是我罗四姐出人头地的一个机会。”螺蛳太太加重了语气说，“千载难逢的机会。有你在场面上，我天大的本事，也不能抛头露面，现在有了机会，这个机会是怎么来的？是你上千万银子的家当，一夜工夫化为灰尘换来的。好难得噢！”

原来她是持着这种想法，胡雪岩恍然大悟，心中立刻想到，从各房姨太太那里搜集到的“私房”，本要寄顿在乌先生处而为他所反对的，此刻看起来是要重新考虑。

“有机会也要有预备，我是早预备好的。”螺蛳太太指着那个锡盒说，“这一盒东西至少值五十万。现在呢，东珠一时未见得能脱手，剩下来的这些宝石，都是蹩脚货，不过值个一两万银子。机会在眼前，抓不住，你们说，我咽得落咽不落这个气？”

“机会还是有的。”胡雪岩说，“只要你不认输，总还有办法。”

“什么办法？”螺蛳太太摇摇头，“无凭无据，你好去告她？”

“不是同她打官司，我另有办法。”胡雪岩说，“我们回去吧！不要打搅乌先生了。”

“打搅是谈不到的。”乌先生接口说道，“不过，你们两位回去，好好儿商量商量看，是不是有啥办法可以挽回？只要用得着我的地方，我唯命是听。”

“多谢、多谢！”胡雪岩加重了语气说，“一定会有麻烦乌先生的地方，明天我再请你来谈。”

“是、是！明天下午我会到府上去。”

于是，螺蛳太太将阿云唤了进来，收拾那个锡盒，告辞回家。一上了百狮楼，螺蛳太太抽抽噎噎地哭个不停，胡雪岩无从解劝，阿云虽约略知道是怎么回事，但关系太大，不敢胡乱开口，只是一遍一遍地绞了热手巾让她擦眼泪。

终于她泪声渐住，胡雪岩亦终于打定了主意，“我明白你心里的意思，你不肯认输，还想翻身，弄出一个新的局面来，就算规模不大，总是证明了我们不是一蹶不振。既然如此，我倒还有一个办法，不过，”他停了一下说，“你要有个‘以前种种，譬如昨日死，以后种种，譬如今日生’的想法。”

“以后种种譬如今日生？”螺蛳太太问说，“生路在哪里？”

“喏！”胡雪岩指着那口存贮各房姨太太私房的箱子说，“如今说不得了，只好照你的主意，寄放在乌先生那里，你同应春炒地皮也好，开洋行也好，一笔合伙的本钱有了。”

螺蛳太太不作声，心里却在激动。“以前种种，譬如昨日死”的觉悟，虽还谈不到，而“以后种种，譬如今日生”的念头，油然而生，配合她那不认输的性格，螺蛳太太心头逐渐浮起了“柳暗花明又一村”的憧憬。

“现在也只好这样子了！”螺蛳太太咬咬牙说，“等我们立直了，再来同朱家老婆算账。”

“好了！睡觉了。身子要紧，”胡雪岩说，“‘留得青山在，不怕没柴烧。’”

“阿云！”螺蛳太太的声音，又显得很有力、很有权威了，“等老爷吃了药酒，服侍老爷上床，老爷睡楼下。”

“为什么叫我睡楼下？”胡雪岩问。

“我要理箱子，声音响动，会吵得你睡不着。”螺蛳太太又说，“既然托了乌先生了，不必一番手续两番做，值得拿出去的东西还多，我要好好儿理一理。”

“理一只箱子就可以了！”胡雪岩说，“多了太显眼，传出风声去，会有麻烦。”

“我懂，你不必操心。”

第二天下午，乌先生应约而至，刚刚坐定，还未谈到正题，门上送进来一封德馨的信，核桃大的九个字：“有要事奉告，乞即命驾。”下面只署了“两浑”二字，没有上款也没有下款，授受之间，心照不宣。

“大概京里有信息。”胡雪岩神色凝重地说，“你不要走，等我回来再谈。”

“是、是。”乌先生说，“我不走、我不走。”

这时螺蛳太太得报赶了来，忧心忡忡地问：“听说德藩台请你马上去，为啥？”

“还不晓得。”胡雪岩尽力放松脸上的肌肉，“不会有啥要紧事的，等我回来再说。”

说完，匆匆下楼，坐轿到了藩司衙门，在侧门下轿，听差领入签押房，德馨正在抽大烟，摆一摆手，示意他在烟榻上躺了下来。

抽完一筒烟，德馨拿起小茶壶，嘴对嘴喝了两口热茶，又闭了一会儿眼睛，方始张目说道：“雪岩，有人跟你过不去。”

“喔。”胡雪岩只答了这么一个字，等他说下去。

“今儿中午，刘中丞派人来请我去吃饭，告诉我说，你有东西寄放在别处，问我知道不知道？”

这件事来得太突然了！是不是朱宝如夫妇在捣鬼？胡雪岩心里很乱，一时竟不知如何回答。

“雪岩，”德馨又说，“以咱们的交情，没有什么话不好说的。”

胡雪岩定一定神，想到刘秉璋手中不知握有什么证据，话要说得活络，“晓翁，你晓得的，我决不会做这种事。”他说，“是不是小妾起了什么糊涂心思，要等我回去问了才明白。”

“也许是罗四姐私下的安排。”德馨踌躇了一下说，“刘中丞为此似乎很不高兴，交代下来的办法，很不妥当，为了敷衍他的面子，我不能不交代杭州府派两个人去，只当替你看门好了。”

很显然的，刘秉璋交代的办法，一定是派人监守，甚至进出家门都要搜查，果然如此，这个台坍不起。到此地步，什么硬话都说不起，只有拱拱手说：“请晓翁成全，维持我的颜面。”

“当然，当然，你请放心好了。不过，雪岩，请你也要约束家人，特别要请罗四姐看破些。”

“是、是。谨遵台命。”

“你请回吧！吴知府大概就会派人去，接不上头，引起纷扰，面子上就不好看了。”

胡雪岩诺诺连声，告辞上轿，只催脚夫快走。赶回元宝街，问清门上，杭州府或者仁和县尚未派人来过，方始放下心来。

“如果有人来，请在花厅里坐，马上进来通报。”

交代完了，仍回百狮楼，螺蛳太太正陪着乌先生在楼下闲谈，一见了他，都站起身来，以殷切询问的眼色相迎。

想想是绝瞒不过的事，胡雪岩决定将经过情形和盘托出，但就在要开口之际，想到还有机会，因而毫不迟疑地对螺蛳太太说：“你赶快寻个皮包，或者帽笼，捡出一批东西来，请乌先生带走。”

“为啥？”

“没有工夫细说，越快越好。”

螺蛳太太以为抄家的要来了，吓得手软心跳，倒是阿云还镇静，一把拉住她说：“我扶你上楼。”

“对！阿云去帮忙，能拿多少是多少，要快。”

螺蛳太太咬一咬牙，挺一挺胸，对阿云说道：“拿个西洋皮包来。”说完，首先上楼。

“怎么？”乌先生问，“是不是京里有消息？”

“不是。十之八九，是朱宝如去告的密，说罗四姐有东西寄放在外面。刘中丞交代德晓峰，要派人来——”

一句话未完，门上来报，仁和县的典史林子祥来了。

“有没有带人来？”

“四个。”

胡雪岩提示了一个警戒的眼色，随即由门房引领着，来到接待一般客人的大花厅，林子祥跟胡雪岩极熟，远远地迎了上来，撩起衣襟打了个千，口中仍旧是以往见面的称谓：“胡大人！”

“不敢当，不敢当！四老爷。”县衙门的官位，典史排列第四，所以通称“四老爷”，胡雪岩一面拱手还礼，一面说道，“现在我是一品老百姓了，你千万不要用这个称呼。”

“胡大人说哪里话，指日官复原职，仍旧戴红顶子。我现在改了称呼，将来还要改回来，改来改去麻烦，倒不如一仍旧贯。”

“四老爷口才，越来越好了。请坐。”

揖客升炕，林子祥不肯上座，甚至不肯坐炕床，谦让了好一会儿，才在下首坐下，胡雪岩坐在炕旁一张红木太师椅上相陪。

“今天德藩台已经跟我谈过了，说会派人来，四老爷有啥吩咐，我好交代他们照办。”

“不敢，不敢！上命差遣，身不由己，县大老爷交代，我们仁和县托胡大人的福，公益事情办得比钱塘县来得风光，叫我不可无礼。”林子祥紧接着说，“其实县大老爷是多交代的，我带人到府上来，同做客人一样，怎么好无礼？”

这话使得胡雪岩深感安慰，每年他捐出去“做好事”的款子不少，仁和县因为是“本乡本土”，捐款独多。如今听县官的话，可见好歹还是有人知道的。

“多谢县大老爷的美意。”胡雪岩说，“今年我出了事，现在所有的一切，等于都是公款，我也不敢随便再捐，心里也满难过的。”

“其实也无所谓，做好事嘛！”林子祥说，“哪怕抚台晓得了，也不会说话的。”

“是，是！”胡雪岩不知如何回答。

“现在辰光还来得及。”林子祥说，“今年时世不好，又快过年了，县大老爷想多办几个粥厂，经费还没有着落。”

“好！我捐。”胡雪岩问，“你看要捐多少？”

“随便胡大人，捐一箱银子好了。”

胡雪岩只觉得“一箱银子”这句话说得很怪，同时一心以为县官索贿，却没有想到人家是暗示，可以公然抬一个箱子出去，箱子之中有夹带，如何移转，那是出了胡家大门的事。

“现银怕不多，我来凑几千两外国银行的票子。等一息，请四老爷带回去。”

林子祥苦于不便明言，正在思索着如何点醒胡雪岩，只见胡家的听差进来说道：“仁和县的差人请四老爷说话。”

差人就在花厅外面，从玻璃窗中望得见，林子祥怕胡雪岩疑心他暗中弄鬼，为示坦诚，随即说道：“烦管家叫他进来说。”

这一进来反而坏事。原来乌先生拎着一个皮包，想从侧门出去，不道林子祥带来的差人，已经守在那里，乌先生有些心虚，往后一缩，差人拦住盘问，虽知是胡家的客人，但那个皮包却大有可疑，所以特来请示，是否放行。

“当然放。”林子祥没有听清楚，大声说道，“胡大人的客人，为啥盘问？”

这官腔打得那差人大起反感。“请四老爷的示，”他问，“是不是带东西出去，也不必盘查？”

“带什么东西？”

“那位乌先生带了个大皮包，拎都拎不动。”

这一说，胡雪岩面子上挂不住，林子祥也发觉自己在无意中弄成一个僵局，只好继续打官腔：“你不会问一问是啥东西？”

“我问过了，那位乌先生结结巴巴说不出来。”

见此光景，胡雪岩暗暗叹气。他知道林子祥的本意是要表明他在他心目中，尊敬丝毫不减，但形禁势格、今非昔比，要帮他的忙，只有在暗中调护，林子祥将差人唤进来问话，便是一误，而开口便打官腔，更是大错特错，事到如今，再任令他们争辩下去，不特于事无补，而且越来越僵，面子上会弄得很难看。

转念到此，他以调人的口吻说道：“四老爷，你不要怪他，他也是忠于职守，并没有错。那皮包里是我送我朋友的几方端砚，不过也不必去说他了，让我的朋友空手回去好了。”

“不要紧，不要紧！”林子祥说，“几方端砚算啥，让令友带回去。”

胡雪岩心想，如果公然让乌先生将那未经查看的皮包带出去，那差人心里一定不服，风声传出去，不仅林子祥会有麻烦，连德馨亦有不便，而刘秉璋说不定会采取更严厉的措施，面子难看且不说，影响到清理的全局，所失更大。

因此，他断然地答一声："不必！公事公办，大家不错。"

他随即吩咐听差："你去把乌先生的皮包拎进去。"

林子祥老大过意不去。"令友乌先生在哪里？"他说，"我来替他赔个不是。"

对这一点，胡雪岩倒是不反对。"不是应该我来赔。"说着，也出了花厅。

林子祥跟在后面，走近侧门，不见乌先生的踪影，问起来才知道已回到百狮楼楼下了。

结果还是将乌先生请了出来，林子祥再三致歉以后，方始辞去。

面子是有了，里子却丢掉了。乌先生一再引咎自责，自嘲是"贼胆心虚"。螺蛳太太连番遭受挫折，神情沮丧，胡雪岩看在眼中，痛在心里，而且还有件事，不能不说，踌躇再四，方始出口。

"还要凑点钱给仁和县。快过年了，仁和县还想添设几座粥厂，林子祥同我说，县里要我帮忙，我已经答应他了。"

螺蛳太太先不作声，过了一会儿才问："要多少？"

"他要我捐一箱银子，我想——"

"慢点！"螺蛳太太打断他的话，"他说啥？'一箱银子'？"

"不错，他是说一箱银子。"

"箱子有大有小，一箱是多少呢？"

"是啊！"胡雪岩说，"当时我也觉得他的话很怪。"

"大先生。"一直未曾开口的乌先生说，"请你把当时的情形，说一遍看。"

"我来想想看。"

胡雪岩思索当时交谈的经过，将记得起来的情形，都说了出来。一面回想，一面已渐有领悟。

“莫非他在‘豁翎子’？”乌先生说。“豁翎子”是杭州俗语，暗示之意。

暗示什么呢？螺蛳太太明白了。“现在也还来得及。”她说，“趁早把林四老爷请了回来，请乌先生同他谈，打开天窗说亮话好了。”

乌先生不作声，只看着胡雪岩，等候他的决定，而胡雪岩却只是摇头。

“事情未见得有那么容易。箱子抬出去，中间要有一个地方能够耽搁，把东西掉包掉出来，做得不妥当，会闯大祸。”他停了一下，顿一顿足说，“算了！一切都是命。”

这句话等于在濒临绝望深渊的螺蛳太太身后，重重地推了一把，也仿佛将她微若游丝的一线生机，操刀一割。从那一刻开始，她的神思开始有些恍惚了，但只有一件事，也是一个人的记忆是清楚的，那就是朱宝如的老婆。

“阿云，”她说，“佛争一炷香，人争一口气，一口气咽不下，哽在喉咙口，我会发疯。我只有想到一件事，心里比较好过些，我要叫起黑心吞没我活命的东西，还狠得下心，到巡抚衙门去告密的人，一辈子会怕我。”

阿云愕然，“怕点啥？”她怯怯地问。

“怕我到阎罗大王那里告状告准了，无常鬼会来捉她。”

“太太，你，”阿云急得流眼泪，“你莫非要寻死？”

螺蛳太太不作声，慢慢地闭上眼，嘴角挂着微笑，安详地睡着了。

这一睡再没有醒了，事后检查，从广济医院梅藤更医生那里取来的一小瓶安神药，只剩了空瓶子了。

（全文完）

后　记

写完《灯火楼台》最后一章，真有如释重负之感。本书自连载未几，即谬承读者奖饰有加。单行本出版后，行销遍及世界各地的华人社会，甚至还有许多外国读者，他们不识中文，特为请他们的中国朋友讲解。但说来让我有些啼笑皆非，这些外国读者是想从拙作中，学得胡雪岩的经商技巧，实为始料所不及。

《胡雪岩》三部曲的写作过程，跟小女的年龄相仿佛。在这十余年之间，我们经济发展的情势，使得我在写作中途，不断产生新的感慨，其中最深刻的是：

第一，胡雪岩失败的主要原因。当英国瓦特发明蒸汽机导致工业革命后，手工业之将没落只是时间的问题。胡雪岩非见不及此，但为了维持广大江南农村养蚕人家的生计，不愿改弦易辙，亦不甘屈服于西洋资本主义国家雄厚的经济力量之下，因而在反垄断的孤军奋斗之下，导致了周转不灵的困境。胡雪岩是不折不扣的民族资本家，如果在现代一定会获得政府的支持，但当时的当政者并无此种意识。所以他的失败，可说是时代的悲剧。

第二，胡雪岩失败后，态度光明磊落，不愧为我乡的“杭铁头”。看到近年来不断发生的经济犯罪事件，我不知道会不会有人从胡雪岩身上记取若干警惕与感化?

最近重游香港，使我又有了第三个浓重的感慨，胡雪岩是李鸿章和左宗棠争夺政治权力、争议发展路线下的牺牲者。从事投资，要看投资环境，而其间最重要的一个因素是：政治稳定。

高 阳

图书在版编目（CIP）数据

红顶商人胡雪岩：全 6 册 / 高阳著 . -- 南京：江苏文艺出版社，2014（2025.11 重印）
ISBN 978-7-5399-7357-9

Ⅰ . ①红… Ⅱ . ①高… Ⅲ . ①长篇小说 – 中国 – 当代
Ⅳ . ① I247.5

中国版本图书馆 CIP 数据核字 (2014) 第 074461 号

红顶商人胡雪岩：全 6 册

高　阳　著

责任编辑　丁小卉
特约编辑　蔡若兰　张福建　胡艳艳　赵晨凤　王丹丹　吴　涛
封面设计　邵　飞
责任印制　刘　巍
出版发行　江苏凤凰文艺出版社
　　　　　南京市中央路 165 号，邮编：210009
网　　址　http://www.jswenyi.com
印　　刷　三河市龙大印装有限公司
开　　本　710 毫米 ×1000 毫米 1/16
印　　张　139.5
字　　数　1987 千字
版　　次　2014 年 6 月第 1 版
印　　次　2025 年 11 月第 15 次印刷
标准书号　ISBN 978 – 7 – 5399 – 7357 – 9
定　　价　359.40 元（全 6 册）